HEYNE ‹

LEO REISINGER

BAVARESE

Roman

WILHELM HEYNE VERLAG
MÜNCHEN

MIX
Papier | Fördert gute Waldnutzung
FSC® C014496

Penguin Random House Verlagsgruppe FSC® N001967

4. Auflage
Originalausgabe 09/2024

Redaktion: Heiko Arntz
Umschlaggestaltung: Johannes Wiebel | punchdesign, München,
unter Verwendung von Motiven von shutterstock.com
(Deviney Designs) und Adobe Stock (dule964)
Satz: Uhl + Massopust, Aalen
Druck und Bindung: GGP Media GmbH, Pößneck
Printed in Germany
ISBN: 978-3-453-42915-4

www.heyne.de

Für Jenny und Christian

DIE HAUPTFIGUREN

Josef »Sepko« Kollinger	Rechte Hand von Brunner
Georg Brunner	Gemüselieferant
Lene Palatzky	Gemüselieferantin
Luca Palatzky	Ihr Sohn
Markus Pfeiffer	Gastronom
Diredare	Autoschrauber und Sepkos Freund
Chinesen-Toni	Mitarbeiter von Brunner
Cookie	Mitarbeiter von Brunner
Ronny	Küchenchef
Ludwig Derfler	Inhaber des Guts Fürstenhof
Steff	Polizist
Rudi	Polizist
Teo	Koch
Ralf Floßmann	Wirtschaftsreferent
Matthias Grath	Brauereidirektor
Eberhard Loibl	Gastronom und Sprecher der Wiesn-Wirte
Georg »Schorsch« Hagmeier	Bayerischer Ministerpräsident
Albert Drösel	Münchner Oberbürgermeister
Süßmann	Landtagsabgeordneter
Werner »Kopfschuss« Obermaier	Bordellbesitzer

EINE KALTE OKTOBERNACHT IN EINER BAYERISCHEN METROPOLE

1

Sepko steckte seine Hände in die Hosentaschen und ballte sie zu Fäusten. Kalt würden sie schmerzen beim Zuschlagen. Immer wieder ging er in die Hocke, um sich warm- und vor allem wachzuhalten. Er wartete nun schon eine Ewigkeit. Eine Stunde? Zwei? Sein Zeitgefühl war dahin. Armbanduhr hatte er keine, und sein Handy hatte er zu Hause gelassen. Aus Vorsicht. Vielleicht würde man damit seinen Aufenthaltsort zurückverfolgen können. *»Dem Arschloch einfach einen kleinen Denkzettel verpassen«,* hatte Brunner entgegnet, als Sepko ihn gefragt hatte, was genau er mit dem Chinesen-Toni anstellen sollte. Der Chinesen-Toni hatte Brunner 40 000 Euro unterschlagen. Schwarzgeld. Damit war eine Anzeige bei der Polizei für den Brunner tabu und Sepko sollte die Sache erledigen. Er arbeitete seit zehn Jahren beim Brunner. Sepko wusste deshalb genau, was Brunner mit einem Denkzettel meinte. Je mehr Knochen brachen, desto besser.

Das Wettbüro, vor dem Sepko dem Chinesen-Toni auflauerte, lag ideal. Am Rand eines Industriegebiets im Münchner Norden, irgendwo zwischen Klärwerk, U-Bahnhof und Müllberg. Wenig Verkehr, kaum Straßenlaternen. Die größte Lichtquelle war die wenige Kilometer entfernte Allianz Arena, deren Außenfassade die Wolkendecke dunkelrot leuchten ließ. Sepko war früher nie in einem Stadion gewesen, auch nicht als Kind. Der Lebensgefährte seiner Mutter hatte seine Kohle immer in der Kneipe an der Ecke versoffen.

Durch das dichte Gestrüpp der Verkehrsinsel, von der aus er das Wettbüro im Auge behielt, leuchtete ein Neonschild über der Eingangstür. *BETreloaded* stand drauf. Was für eine Ironie. Es war die gleiche geschwungene Schrift wie bei »Ellies Kaffeestand« am Münchner Großmarkt, wo er unzählige Espressos mit Brunner gekippt hatte. Vor Sepkos innerem Auge zogen die Jahre vorbei. Seine ganz gewöhnliche Kindheit auf dem Land mit den dazugehörigen Schlägereien hinterm Bierzelt beim Dorffest. Als Teenager dann der Umzug in einen der gesichtslosen Bunker von Neuperlach-Süd. Ein »Glasscherbenviertel«, bayerisch für »Problembezirk«, das in keinem München-Reiseführer vorkommt. Genug schlechte Einflüsse für zwei Jahre Knast.

Brunner war danach für Sepko eine Art neues Zuhause geworden. Sepko hatte sich für ihn in der Arbeit am Großmarkt den Arsch aufgerissen. Beide wurden Big Buddies. Irgendwann kam dann der Chinesen-Toni angetanzt, der damit prahlte, für Brunner haufenweise Neukunden anzuschleppen. Sepko warnte Brunner von Anfang an. Sein Gefühl sagte ihm, dass dem Kerl nicht zu trauen war. Brunner dachte anders. Und nun durfte Sepko wieder einmal die Scheiße vom Brunner regeln, die er gar nicht verschuldet hatte. Und wieder einmal stand er da wie ein Depp, war keinen Schritt weiter als damals. Gut, der Deal mit dem Koks war für Sepko unglücklich gelaufen, und Brunner hatte ihn da rausgeholt, weswegen Sepko ihm nun einen Gefallen schuldig war. Dabei fragte er sich, wie es nur so weit hatte kommen können. Sepko war nicht glücklich, dass er wieder in krumme Dinger verwickelt war. Außerdem war es arschkalt.

Während er noch so überlegte, verließen drei Männer das Wettbüro. Im Gegenlicht des Neonschilds sah man nur ihre Silhouetten. Der Erste war unverkennbar Chinesen-Toni. Klein, fülliger Bauch, dünne Beinchen und ein kürbisartiger Kopf, der ohne erkennbaren Übergang zum Hals auf seinen Schultern thronte. Er schnippte einen Zigarettenstummel in die Dunkelheit. Die beiden anderen Männer bogen auf einen Parkplatz ab, der Chinesen-Toni ging in die entgegengesetzte Richtung, zur U-Bahn. Vorsichtig trat Sepko aus dem Gebüsch und folgte ihm mit genügend Abstand, um nicht entdeckt zu werden. Die gefälschten Oxford-Ledertreter vom Chinesen-Toni klapperten laut über den Asphalt. In ungefähr fünfzig Metern würden sie eine Straße erreichen, wo die dicht stehenden Bäume links und rechts kaum Straßenbeleuchtung durchdringen ließen. Dort wollte Sepko zuschlagen. Im Kopf ging er seinen Angriff durch, kontrollierte die Faust seiner rechten Hand. Sie war immer noch kalt. Um sich nicht selbst zu verletzen, durften die vier Finger seinen Daumen nicht umfassen. Zuerst ein Schlag auf den Kopf, dann ein Tritt gegen das Knie. Ein verdrehter Arm brach dank der Hebelwirkung schnell, Finger und Gelenke sowieso. Ein halbwegs harter Schlag mit der Handkante auf den Kehlkopf konnte tödlich sein. Sepko trainierte zwar keinen Kampfsport, aber er wusste intuitiv immer, was dem Gegner am meisten wehtat. Er hatte schon gegen Stärkere als den Chinesen-Toni gekämpft.

Noch zwanzig Meter und kaum Adrenalin. Es war schwieriger, zuzuschlagen, wenn man nicht provoziert wurde. Wenige Sekunden, die für Sepko wie Minuten vergingen. Der Chinesen-Toni schlenderte unbekümmert dahin. Die rote Wolkendecke über ihm war schwärzer geworden. Noch fünf Meter. Plötzlich blieb der Chinesen-Toni stehen, nahm eine Kippe in den Mund und suchte in seinen Hosentaschen nach einem Feuerzeug.

Jetzt! *Jetzt!* Doch Sepko verharrte. *Fuck, was ist los mit mir?* Nachdem der Chinesen-Toni auch in seiner Lederjacke nicht fündig geworden war, murrte er ein leises »Ach leck mich doch« im ländlichen Dialekt. Er war genauso wenig aus Shanghai wie Sepko vom Balkan. Beide kamen einfach nur aus Bayern.

In diesem Moment drehte Chinesen-Toni sich um. Sepko konnte die tiefen Furchen in seinem Gesicht auch im schwachen Licht gut erkennen, drum herum glänzte seine speckige Haut. Der Chinesen-Toni wirkte von Sepkos Anblick nicht sonderlich überrascht. Vielleicht war zu viel Alkohol im Blut. »Was machst denn du hier?« Noch während er das sagte, veränderte sich seine Miene, und Sepko erkannte, dass der Groschen fiel. Das darauffolgende Blickduell dauerte nicht länger als zwei Sekunden. Chinesen-Toni griff blitzschnell in die Innentasche seiner Jacke, Sepko war in drei Schritten bei ihm. Sein geplanter Schlag auf den Kopf traf nicht richtig. *»Hilfe, Überfall! Hilfe, Überfall!«* Die Schreie vom Chinesen-Toni hallten schrill durch die Häuserschlucht. Sepko musste ihm schnell das Maul stopfen, doch der Chinesen-Toni wandte sich ab, nahm eine gekrümmte Schutzhaltung ein. Keine Chance, an seinen Kopf zu gelangen. Sepko setzte gerade zu einem kräftigen Tritt auf sein Knie an, da spürte er ein unangenehmes Brennen an seinem Unterarm. Sofort wurde es an der Stelle feucht. Dort, wo Sepko bei der schwarzen Gestalt vor ihm die Hand vermuten durfte, blitzte eine Klinge auf. So lange der Chinesen-Toni nach seinem Feuerzeug gesucht hatte, so kurz hatte er gebraucht, ein Messer zu ziehen. Sepkos Adrenalin lief jetzt auf Hochtouren. *»Ein Messer ist manchmal schwieriger abzuwehren als eine Knarre. Selten, dass du ohne Stichwunden davonkommst. Hau lieber ab«*, hatte ihm mal ein Kumpel von der Straße geraten. Doch für eine Flucht war es zu spät, der Chinesen-Toni hatte ihn erkannt. Sepko schaltete auf Autopilot um. Mit voller Wucht trat er dem Chinesen-Toni zwischen die Beine, der daraufhin auf den Boden sackte. Zwei weitere Tritte trafen ihn ins

Gesicht mit einem Geräusch, als würde man einen großen Tontopf zertrümmern. Danach war es still. Die Sache war schneller über die Bühne gegangen als gedacht.

Chinesen-Toni lag auf dem Rücken, das Messer neben sich. Sepko hob es auf. Die Klinge war erstaunlich lang, sicher fünfzehn Zentimeter. Er näherte sich langsam dem regungslosen Körper, Angst überkam ihn. Hoffentlich war es kein Knochen zu viel gewesen. Doch als sich Sepko über den Kopf vom Chinesen-Toni beugte, konnte er ein leises Röcheln vernehmen. Aus seinem Mund blubberte es, und das war gewiss kein Speichel. Sepko begann zu zittern und richtete sich schnell wieder auf. Dann betastete er seinen Ärmel auf Höhe des Unterarms. Der Stoff war blutgetränkt.

Plötzlich begann es um ihn herum zu rascheln. Sepko sah sich erschrocken um. Regentropfen. Auf einen Schlag wich die Stille einem monotonen Rauschen und es goss wie aus Eimern. Aus der Ferne meinte Sepko, Stimmen zu vernehmen. Noch sah er niemanden. Sepko musste weg. Die nassen Klamotten klebten ihm bereits am Körper. Im Rennen warf er einen Blick zurück, bevor er in der Dunkelheit verschwand. Wie ein zurückgelassener Müllsack lag er da, der tolle Chinesen-Toni.

2 DIESELBE OKTOBERNACHT IN DERSELBEN METROPOLE

23.58 Uhr zeigte der Bildschirm des Geldautomaten an. Lene tippte ihre Geheimzahl ein, Sekunden später spuckte das Gerät 500 Euro aus. *Tageslimit erreicht* erschien auf dem Touchscreen. Eine Zigarette später, um 00.01 Uhr, hob Lene weitere 500 Euro ab. Dann stieg sie in ihre Rostlaube, einen Mercedes Sprinter, und fuhr durch die leeren Straßen Münchens zurück zu ihrem Zuhause, einer Bausünde aus den Fünfzigerjahren in Berg am Laim mit dunklen Abgasflecken an der einstmals weißen Fassade. Lene musste unbedingt noch etwas schlafen.

Nur zwei Stunden später riss sie der Wecker aus dem Tiefschlaf. Luca, ihr fünfjähriger Sohn, lag neben ihr und wälzte sich unruhig. Schnell stellte Lene den Alarm stumm, damit er nicht aufwachte, kroch vorsichtig unter der warmen Decke hervor und schlich aus dem Schlafzimmer. Im Flur checkte sie zuerst den Anrufbeantworter, keine neuen Nachrichten. Mist. Derfler hatte wieder nicht bestellt. Schon die zweite Woche hintereinander. Er war ihr wichtigster Kunde, sie brauchte ihn. Und vor allem das Geld, das er ihr noch schuldig war.

In Lenes Wohnzimmer stand ein dreibeiniger Kunstholztisch mit Laptop drauf, davor auf dem Fußboden mischten sich in wildem Durcheinander gemalte Kinderbilder mit Formularen und Rechnungen. Lene sammelte sie zu einem Stapel, legte sie auf die Seite. Danach holte sie aus einer Nische hinter der Wohnzimmertür eine Matratze samt Kissen, Laken und Decke hervor, die dort zwischen Kunstholzschrank und Wand eingeklemmt verstaut war. Sie warf die Matratze auf den Boden, dann zog sie verschiedene Kleidungsstücke aus einem großen Wäscheberg, der sich auf einer durchgesessenen Couch türmte. Sie wählte eine enge Jeans und ein körperbetontes Top, obwohl es in der Nacht angefangen hatte zu regnen.

Wie vor jeder Schicht trug sie im Bad Wimperntusche auf und drehte das blonde Haar zu einem Dutt, wodurch man ihren nackten Hals sehen konnte. Zurück im Flur warf sie einen prüfenden Blick in den Spiegel: Ihre grazile Figur war trotz der dicken Daunenjacke gut zu erkennen, ihr Gesicht aber gefiel Lene schon lange nicht mehr. Sie lächelte, aber es sah traurig und ausgelaugt aus.

An der Wohnungstür summte die Klingel. Lene drückte den Türöffner, kurz darauf schlurften von unten Schritte in den dritten Stock. Je näher sie kamen, desto lauter wurde im Treppenhaus das Prusten eines leicht übergewichtigen Mädchens Anfang zwanzig im Jogginganzug. Sie hieß Nina und war Lucas Babysitterin.

»Guten Morgen«, flüsterte Lene freundlich.

»Morgen.«

Nina zog eine Duftwolke hinter sich her, eine beißende Mischung aus süßlichem Parfum und Nikotin. Sie verschwand sofort im Wohnzimmer und sank auf die Matratze, wo sie weiterschlief. Lene checkte noch mal, ob Luca okay war, dann stieg sie in ihre Arbeitsstiefel, schnappte sich das Reißbrett mit der Einkaufsliste und machte sich auf den Weg.

Zwei Becher Kaffee später, den sie sich am Abend zuvor gekocht hatte, erreichte sie den Großmarkt. Ein vierundvierzig Fußballfelder großes Areal, das wie eine Insel im zentrumnahen Stadtbezirk Thalkirchen lag. Als Lene vor drei Jahren das kleine

Einzelunternehmen ihres Vaters Gerhard übernommen hatte, wusste sie noch nicht, dass jede Tomate, jeder Apfel, jeder Salat, der zwischen Prag und Stuttgart, Salzburg und Nürnberg gegessen wurde – egal ob aus dem Supermarkt, in der Drei-Sterne-Küche oder an der Dönerbude –, einmal hier vorbeigekommen war. Als Gerhard Lene das erste Mal zum Großmarkt mitgenommen hatte, schwärmte er, als stünde dort das achte Weltwunder: *»Nirgends in Europa wird mehr Obst und Gemüse umgeschlagen. Hier ist das Drehkreuz der Lebensmittellogistik.«* Lene hatte nicht verstanden, warum sich ihr Vater im fortgeschrittenen Alter diesen Knochenjob antat, noch dazu um drei Uhr morgens. Noch weniger verstand sie allerdings, was um alles in der Welt sie getrieben hatte, selbst in das Geschäft einzusteigen. Auf sie wirkte der Großmarkt wie ein riesiger, platt gewalzter Teerbatzen voller LKWs – laut, dunkel, dreckig und chaotisch. Als sie zum ersten Mal die von Ratten und Ungeziefer verseuchten, verrotteten Lagerräume im Kellergeschoss der Markthallen sah, konnte sie nicht glauben, dass die Kisten Salat, die dort umgeben von Dieselabgasen vor sich hinwelkten, später in Spitzenrestaurants zu Gerichten verarbeitet werden würden.

Vor der Haupteinfahrt entlang des hohen Maschendrahtzauns, der das Betriebsgelände umfasste, wartete eine Armada aus LKWs und Sattelschleppern auf ihren Einlass. Lene reihte sich in die Schlange ein. Turmhohe Straßenlampen jenseits des Zauns tauchten das Gelände in gelblichen Schein, und Lene konnte durch das dichte Gestrüpp einer Hecke nur erahnen, dass dort schon Hochbetrieb herrschte, während der Rest der Stadt noch schlief. Der Motor ihres Sprinters ließ die Fahrzeugkabine vibrieren.

Nach fünfzehn Minuten Warten konnte Lene endlich die Haupteinfahrt passieren. Schwer beladene Gabelstapler manövrierten in Hochgeschwindigkeit ihre Paletten durch das Blechlabyrinth unzähliger LKWs und Sattelschlepper mit den verschiedensten Kennzeichen. Zu den regionalen Erzeugern kamen Vierzigtonner aus Italien, Spanien, der Türkei oder Griechenland hinzu, die ihre Fracht aus den riesigen Anbaugebieten im Mittelmeerraum über den Brenner geschleppt hatten. Belgien und Holland waren weitere große Importländer.

Irgendwo zwischen den Ungetümen fand Lene einen Parkplatz für ihre geliebte Rostlaube. Der Regen hatte nachgelassen, Lene lief im Eilschritt über die großen Parkplätze. Um ein Haar wurde sie von einem Gabelstapler über den Haufen gefahren. »Kannst du nicht aufpassen, Blödmann!«, raunzte sie den Fahrer an, ohne ihren Schritt zu verlangsamen. Die Regeln der Straßenverkehrsordnung galten hier nicht. *Münchens Bauch,* wie der Großmarkt von den Einheimischen genannt wurde, war eine eigene Welt.

Lene erreichte die vier Haupthallen. Hier wurde der größte Anteil der Ware angeboten. Beim Betreten setzte Lene ihr charmantestes Lächeln auf, ihre Sorgen und Nöte gingen niemanden etwas an. Der Geruch von nassem Asphalt und Diesel wechselte mit dem blumigen Duft eines tropischen Urwalds, gelegentlich trat eine herzhafte Prise Leberkäs oder Imprägniermittel von den hölzernen Salatkisten hinzu. Seitlich der langen Gänge waren die Stände der Händler wie die Parzellen eines Campingplatzes aneinandergereiht. Hier handelte und verkaufte die versammelte Münchner Gemüse-Mafia jegliche Sorte an Salat, Gemüse, Obst, Beeren, Südfrüchten und Nüssen an Großhändler. Als junge Frau war Lene in der Männerdomäne eine seltene, doch gern gesehene Ausnahme. Dass sie genauso hart arbeitete wie ihre männlichen Kollegen, war nicht allen klar. Sie spürte jedes Mal die Blicke, die ihr ungeniert folgten, wenn sie mit ihren schweren Arbeiterstiefeln und Sackkarre versuchte, sich so elegant wie möglich durch das Gewirr aus Paletten und Hubwagen zu kämpfen.

Ihre erste Anlaufstelle war Michi, Berufsbezeichnung Fruchtimporteur, in der Halle sagte man Standverkäufer. Anfang dreißig. Junggeselle und Sohn vom Chef. Das lichte Haar trug er gepflegt nach hinten gegelt, die Steppweste über einem anwaltsblauen Hemd mit Manschettenknöpfen. Er war sympathisch, doch so gar nicht Lenes Typ, dafür sie eindeutig seiner, und das wusste Lene zu ihrem Vorteil zu nutzen. Er stand hinter einem rollbaren Schreibpodest, zugepflastert mit handschriftlich vollgekritzelten Zetteln – Bestellungen der Kunden. Ein Chaos, in das nur Michis fotografisches Gedächtnis eine Ordnung brachte. Sein Gesicht hellte sich auf, als er Lene erblickte.

»Scheiß Regen«, sagte sie und umarmte Michi kumpelhaft.

»Hm, dein Haar riecht gut. Riechst du überall so gut?«

Lene ging auf solche Sprüche aus Prinzip nicht ein. Sie lächelte nur. »Schnauze. Was kosten die Gurken?«

Michi hatte gute Laune, das lag wahrscheinlich am Wochentag. Mittwochs ging es in der Halle etwas ruhiger zu als an Freitagen – dann benötigten die Gastronomen viel Ware für das Wochenende und es blieb wenig Zeit für Smalltalk. Ebenso montags, wenn die Kühlhäuser wieder leer gefuttert waren.

»Kiste sieben fünfzig«, gab Michi Auskunft.

»Okay, da nehme ich zwölf.«

Lene ging ihre Bestellliste durch. »Strauchtomaten?«

»Neun zwanzig.«

Lene überlegte kurz. Sie hätte den Preis noch bei einem anderen Standverkäufer erfragen können, aber sie war auf Michis Hilfe angewiesen, da er sie schon die letzten Tage hatte anschreiben lassen.

»Welchen Preis brauchst du denn?«, unterbrach Michi ihre Gedanken.

»Acht Euro.«

»*Acht?*«

Michi warf einen vorsichtigen Blick über die Schulter zu seinem Vater, der hinter der Plexiglasscheibe eines bemitleidenswerten Kabuffs saß, das er sein Büro nannte. Aber der alte Herr war ganz in seine Rechnungen vertieft. »Okay, geht klar. Ausnahmsweise«, entschied Michi schnell. »Geschenk unter Freunden.«

Lene bedankte sich, heilfroh und erleichtert. Ihr war klar, dass Michi jetzt nichts mehr an der Kiste verdiente. Auch, dass das seinem Vater gar nicht schmecken würde. Er gehörte zur Nachkriegsgeneration und hatte als Kind mitgeholfen, das wieder aufzubauen, was die Engländer in Schutt und Asche gebombt hatten.

Lene begann, die Gurken und die Strauchtomaten auf ihre Sackkarre zu laden.

»Lass gut sein, ich sag meinen Leuten, sie sollen sie dir mit dem Gabelstapler zum Auto fahren.«

»Ach, was würde ich nur ohne dich tun!« Sie zwinkerte ihm zu und wandte sich zum Gehen, wohl wissend, dass sein Blick noch eine Weile auf ihrem Hintern kleben würde. Im Gehen hörte sie Michis Vater noch zu seinem Sprössling sagen: »Viel Haben kommt von wenig Geben. Merk dir das.«

Drei Stunden später hatte Lene ihre Einkäufe erledigt, zum Glück hatte sie auch bei anderen Standverkäufern anschreiben dürfen. Sie litt darunter, ständig zu kitten. Kaum war eine Rechnung bei einem Fruchtimporteur bezahlt, musste sie beim nächsten anschreiben.

Als sie zu ihrem Sprinter kam, stand ein Teil der gekauften Ware schon vor der Heckklappe. Der Regen hatte aufgehört, am Horizont brachen erste Sonnenstrahlen durch die Wolken und färbten sie glutrot. Lene hatte den brennenden Morgenhimmel schon immer geliebt. Sie seufzte, dann lud sie Kiste für Kiste in den Laderaum. Als ein Gabelstapler die letzte Palette etwas ruppig abstellte und dabei fast ihre Kisten mit den Zucchini umstieß, machte Lenes Herz einen Satz. Für den Fahrer waren es nur Kisten, für sie waren die Kisten die Sicherung ihrer Existenz. Doch heute meinte es das Leben gut mit ihr und alles blieb heil. Als die Ware eingeladen war, machte sie sich auf den Weg zu ihren Kunden. Um halb elf hatte Lene alle Restaurants beliefert und fuhr nach Hause zu Luca.

Es würde noch ein langer Tag werden. Zweimal in der Woche arbeitete sie nachmittags in der Kinderbetreuung eines exklusiven Fitnessstudios im Nobelvorort Grünwald, so auch heute. Sie mochte den Job. Es war ein Ausgleich zum Großmarkt. Und das Gute war, dass sie Luca mitnehmen konnte …

Dort, wo sich bis vor ein paar Jahren in ihrer Straße noch Schrebergärten befunden hatten, war inzwischen ein metallisch glänzender Bürokomplex hochzogen worden. Die wenigen Parklücken wurden von den geleasten Karossen der Anzugträger blockiert. Deswegen hatte Lene sich um einen Deal gekümmert. Sie durfte ihren Wagen unter einer Brücke des Mittleren Rings abstellen, wo ein älteres Pärchen eine Leergut-Annahmestelle betrieb und wöchentlich von ihr mit einer Obstkiste bezahlt wurde.

Lene stapfte die drei Stockwerke zu ihrer Wohnung hoch und freute sich auf den Pudding, den ihr ein Küchenchef heute geschenkt hatte. Sie öffnete die Wohnungstür, wo sie das Plärren des Fernsehers empfing. Im Wohnzimmer hockte Luca im Schlafanzug auf einem Kissen vor dem Sofa am Boden und sah eine Action-Zeichentrickserie.

»Hey, Stinker«, sagte Lene und drückte ihn. »Wie lange guckst du schon?«

Keine Antwort. Luca war zu gebannt von den Actionhelden, die gerade mit Weltraum-Kettcars versuchten, die Welt zu retten.

Lene ging in die Küche, wo Nina auf ihrem Handy irgendwelche Bullshit-Games spielte.

»Hi! Willst du noch mitessen?«, versuchte Lene ein Gespräch einzuleiten.

»Nee, danke. Wie sieht es heute mit meiner Kohle aus?«

Lene ignorierte den patzigen Unterton.

»Ja klar. Wie viel bekommst du?«

»Na, es sind inzwischen dreißig Stunden – macht vierhundertfünfzig Euro.«

Lene schluckte, öffnete ihr Portemonnaie und kratzte mit Ach und Krach das Geld zusammen.

Nina nahm es rasch an sich. »Außerdem komme ich ab morgen nicht mehr«, platzte es aus ihr heraus.

»Was?«

»Ich habe einen neuen Job.«

Lene wusste, dass Nina log. Sie zu überreden, hatte keinen Sinn. Sie machte sich ohnehin sofort aus dem Staub.

»Mama, ich hab Hunger«, rief Luca von nebenan.

»Ich mach dir was«, antwortete Lene mit dünner Stimme.

Sie kochte Luca Nudeln, während sie am Telefon versuchte, Luca irgendwo unterzubringen. Doch niemand hatte Zeit.

Als Lene im Fitnessstudio ankam, warteten schon die ersten Mütter darauf, ihre Kinder vor der Aerobic-Stunde abgeben zu können. Lene führte die Kleinen in den Gruppenraum und die stürzten sich auf die Spielsachen. Nur Luca war zu Anfang noch zurückhaltend und hing seiner Mama am Bein. Lene spielte mit den Kindern Verstecken und beobachtete sie in ihrer Unbeschwertheit. Sie war ein bisschen neidisch, wie sie so sorgenfrei durchs Leben liefen. Auch Luca verlor bald seine Schüchternheit und gesellte sich lachend zu den anderen.

In diesem Moment öffnete sich die Tür und eine Mutter kam mit ihrer Tochter an der Hand herein. Janine. Lene wusste, dass ihr schon immer ein Dorn im Auge gewesen war, dass Lene ihr eigenes Kind dabeihatte. Und dementsprechend abfällig schaute sie jetzt drein. Janine schob ihre Tochter vor sich her und blickte Lene in die Augen: »Sie wissen schon, dass wir für die Betreuung bezahlen. Mein Kind geht vor.« Lene wollte gerade verblüfft antworten, da rauschte sie auch schon aus dem Raum.

»Mama? Hey, Mama!« Lene riss die Augen auf. Scheiße. Sie war tatsächlich eingeschlafen. Vor ihr lagen die Rechnungen, die sie immer abarbeitete, während die Kinder spielten. Punkt achtzehn Uhr kamen die Mütter, um ihre Kinder abzuholen. Sie waren beladen mit schweren Einkaufstaschen, sichtlich beschwipst, keine Spur von Schweiß. Von wegen Sport. Die Mitgliedschaft im Fitnessstudio diente den Damen dazu, ihre Kinder zu parken, während sie ihren eigentlichen Interessen nachgingen.

Auf der Heimfahrt zerbrach sich Lene den Kopf, wie sie den morgigen Tag bestreiten sollte, während Luca vergnügt neben ihr saß und ein Lied vor sich hin sang.

ZEHN JAHRE ZUVOR 3

Sepko fuhr mit einem Ruck aus dem Schlaf auf. »Fuck«, stieß er aus. Er hatte vergessen, den Wecker zu stellen. Seine Hände suchten die kleine Schreibtischlampe, die neben seiner Matratze auf dem nackten Boden stand. Er schaltete sie ein, kniff die Augen gegen das grelle Licht zusammen. Der altmodische Wecker zeigte Viertel nach eins. Gott sei Dank. Er würde es pünktlich zur Arbeit schaffen.

Seit vier Wochen hauste er nun in diesem Hinterzimmer der Kfz-Werkstatt, in der sein Kumpel Diredare ihm zwischen Ersatzteilen und anderem Gerümpel einen Schlafplatz eingerichtet hatte. Er war es auch gewesen, der ihn vom Knast abgeholt hatte. Auf Diredare war wie immer Verlass. Aber Sepko war klar, dass er ihm nicht länger zur Last fallen konnte. Er musste sein Leben endlich in den Griff bekommen. Die Arbeit beim Brunner schien dafür ein guter Ansatz. Die Jobangebote vom Bewährungshelfer waren dagegen ein Reinfall gewesen. Eine Sportfiliale war dringend auf der Suche nach Mitarbeitern im Einzelhandel, und Sepko landete in der Damen-Skibekleidung. Dort hatte er es nicht länger als drei Tage ausgehalten. Er hatte Kleiderbügel sortiert und Kartons zerkleinert, weil man ihn als Verkäufer nicht ernst nahm. Vielleicht, weil die Kolleginnen ihn als Ex-Knacki entlarvt hatten und sie ihn nicht auf Kundinnen loslassen wollten. Noch kürzer war der Job im Schlachthof gewesen. Als er den Metzgern zusehen musste, wie sie eine Kuh nach der anderen mit dem Bolzenschussgerät ins Jenseits beförderten, wurde ihm umgehend schlecht. Der Anblick der schreienden Kälber ließ ein altes Trauma wieder aufleben. Acht Jahre war Sepko damals alt gewesen, als die Sache mit dem Kater geschah. Der Kater hieß Ignaz und war eine verschmuste, rot getigerte Schönheit vom Bauernhof nebenan. Sepko liebte es, wenn er angelaufen kam, sich um seine Beine schmiegte und kraulen ließ. An jenem Tag war etwas anders. Sepko sah Ignaz in der Ferne über die Straße gehen. Das heißt, das Tier ging nicht, es kroch vorwärts wie eine Robbe. Sepko ging zu Ignaz hin und sah, dass er seine Hinterbeine nicht mehr bewegen konnte. Irgendetwas hatte dem Tier das Kreuz gebrochen. Sepko eilte in den Stall, um Hilfe zu holen. »Schon wieder eine, die man erschlagen muss«, sagte der Bauer lapidar. Dann reichten seine rauen Arbeiterhände Sepko ein Brecheisen. »Musst wahrscheinlich ein paarmal zuhauen, die Viecher sind zäh.« Sepko sah ihn mit großen Augen an. Als er zurückkehrte, hatte Ignaz die Straße überquert und sich in den Schatten eines Baumes gelegt. Sepko zögerte. Dann hob er das Brecheisen. Blieb so stehen wie erstarrt. Ignaz sah zu Sepko auf, so wie sonst, wenn er am warmen Ofen der Stube gestreichelt werden wollte. Dann begann der Todeskampf. Ignaz röchelte erst. Es folgte ein seltsamer Schrei. Als würde ein Baby weinen. Einen derartigen Laut hatte Sepko noch nie gehört. Erschrocken warf Sepko das Brecheisen von sich und lief, blind vor Tränen, davon. Am nächsten Tag ging er ängstlich zu der Stelle bei Baum, aber von Ignaz keine Spur …

»Hab dich nicht so«, unterbrach die laute Stimme des Metzgers Sepkos Gedanken. »Im Kuhhimmel haben sie's gut.« Mit blassem Gesicht stand er vor dem Mann, als er ungerührt fortfuhr: »Sei froh. Schon mal einem Wolf dabei zugesehen, wie er ein Schaf reißt?« Ohne auf Sepkos Antwort zu warten, schilderte er den Vorgang in allen Einzelheiten.

Sepko gab die weiße, mit Blut bespritzte Arbeitskleidung zurück. Dann brauchte er dringend ein Bier, um den metallisch-dumpfen Geschmack in seinem Mund loszuwerden.

Die »Gruam« war nur wenige Schritte entfernt – ein alteingesessenes Absturzlokal, das keine Konkurrenz zu fürchten hatte. Gelegen im Niemandsland unter einer Eisenbahnbrücke, zwischen den düsteren Industriehallen des Schlachthofs auf der einen und des Großmarkts auf der anderen Seite, war München vielleicht nirgendwo so Berlin wie hier. Es war fast zwei Uhr. Drinnen saßen vier einsame Gäste, allesamt Männer.

»Was ist denn mit dir passiert?«, sprach ihn einer in Cordhose, Steppjanker und Trachtenhut an.

Sepko erzählte, was er in den wenigen Stunden im Schlachthof erlebt hatte.

»Sauber«, sagte der Mann unbeeindruckt und trank den letzten Schluck seines Biers. »Aber ich muss dann mal zur Arbeit.«

Jetzt?, dachte Sepko.

»Wenn du einen neuen Job suchst, melde dich bei mir. Gemüse schreit nicht«, fügte er hinzu und drückte Sepko beim Gehen einen Zettel in die Hand. »Sein Bier übernehme ich«, sagte der Mann zum Wirt und verließ das Lokal.

Sepko blickte auf den Zettel. Drauf stand handgeschrieben: *Georg Brunner – Obst- und Gemüselieferant*, dazu eine Telefonnummer.

Seit fünf Tagen war er jetzt dabei, und er schien sich langsam an den neuen Rhythmus zu gewöhnen, zumindest nahmen die Sekundenschlaf-Anfälle auf der Fahrt zum Großmarkt langsam ab. Diredare hatte ihm dafür einen Opel Corsa aus verschiedenen

Fahrzeugen zusammengeflickt. Über die Zulassung des Wagens brauchte sich Sepko keine Gedanken zu machen, denn Diredares Augenzwinkern sagte alles: »Mein Kumpel arbeitet beim TÜV, verstehst du?« Sepko verstand.

Wenn er den Großmarkt erreichte, kamen schon die ersten Gabelstapler angefahren und umzingelten Brunners LKW mit Paletten voller Ware. Brunner war immer schon eine Stunde früher in der Markthalle, um die Ware zu bestellen. Wenn Sepko eintraf, musste alles sehr schnell gehen. Er wuchtete jede Kiste, jeden Sack einzeln in den LKW. Genau die richtige Betätigung, um den unangenehm frostigen Nächten im Februar zu trotzen. Brunners ehemaligem Möbelwagen fehlte die richtige Isolierung, vom Thermogerät ganz zu schweigen. Um sicherzustellen, dass der Salat auf der Fahrt nicht gefror, wärmte Brunner den Laderaum mit einem Gas-Heizstrahler, der mit Expanderseilen an der Außenwand befestigt war. Sepko hoffte sehr, dass Brunner ebenfalls jemanden beim TÜV kannte, legal sah die Konstruktion jedenfalls nicht aus.

Sepko sicherte die Ware im LKW, damit sie bei der ersten Bremsung nicht durcheinanderflog. Dabei summte er Lieder, die er sich als Eselsbrücke gebaut hatte, um sich die ganzen Obst- und Gemüsenamen zu merken. »Schickeria« für Chicorée, »Radio Gaga« für Radicchio. Bisher hatte er mit Grünzeug wenig am Hut, er war mit Schweinebraten, Kartoffelknödel und Dunkelbiersoße aufgewachsen und selbst verwundert, dass man das seiner Figur nicht ansah.

Seine Arbeit wurde einzig vom Gebrüll am Parkplatz gegenüber gestört. Dort lag die Ladezone vom Ragstager. Er war schon seit Jahren Brunners größter Konkurrent.

»Sechs LKWs und zwölf Mitarbeiter. Nicht schlecht, oder?«, hatte Brunner zu Sepko gesagt, als der ihn auf Ragstager ansprach. »Aber keine Kunst, wenn man bloß Ausländer beschäftigt. Die sind billig und leicht ersetzbar.« Er schüttelte verächtlich den Kopf. »Der Ragstager merkt sich nicht mal ihre Namen. Bei ihm heißen alle nur Arschloch-Wichser-Hurensohn.« Doch Sepko hörte den Neid heraus, als Brunner hinzufügte: »Aber sechs LKWs ist schon eine Hausnummer.« Sein Ziel war es, mindestens auch einmal so groß zu sein.

Wenn Brunner gegen sechs Uhr von seiner Tour durch die Markthalle zurückkam, hatte Sepko die Ware bereits verladen. Außer wenn sie auf sogenannte »Fehlmengen« warten mussten, weil am Brenner Schnee lag und die Ware aus Spanien oder Italien verspätet ankam, oder ein Schiff in Rotterdam mit der Ware aus Übersee zu spät angelegt hatte.

Wie immer gab es auch heute Frühstück um sechs in der »Gaststätte Großmarkthalle«. Das Traditionslokal war um diese Zeit noch leer, bis auf ein paar Bedienungen, die aussahen, als wären sie hier geboren. Brunner schrieb die Lieferscheine für die Kunden und trug per Hand die Tagespreise ein. Sepko saß derweil daneben, schlürfte Filterkaffee und aß eine Butterbreze. Später würde er es bereuen, dass er nicht besser aufgepasst hatte.

Kurz darauf setzte Brunner sich ans Steuer und Sepko neben ihn und beide lieferten quer durch München und Umgebung die Ware aus. Auf ihrer Fahrt von Kunde zu Kunde unterhielten sie sich über die Champions League und Autos, beide waren eingefleischte FC-Bayern-Fans und hatten eine Passion für amerikanische Autos aus den Sechziger- und Siebzigerjahren. Für Sepko war dies die beste Zeit des Tages. Draußen wurde es hell, die Stadt erwachte zum Leben, doch sie hatten den anstrengendsten Teil ihrer Arbeit bereits erledigt.

Drei Wochen später, es war kurz nach acht Uhr abends, und Sepko wollte gerade ins Bett, klingelte sein Handy. Es war Brunner.

»Du musst kommen. Ich bin im Harlachinger Krankenhaus.«

Er klang gefasst. Er sei nur unglücklich gestürzt, sagte er. Er habe Schmerzen in der Bauchgegend und war zur Kontrolle ins Krankenhaus gebracht worden. Als Sepko ihn in der Notaufnahme fand, hatte Brunner bereits eine Mappe für ihn vorbereitet. Sie enthielt eine Liste der Kunden, die für den morgigen Tag bestellt hatten. Dazu eine Liste, welche Waren Sepko dafür bei welchem Standverkäufer kaufen müsse, sowie einen groben Lageplan, wo in der Markthalle sich der jeweilige Standverkäufer befand. Sepko hatte keine Möglichkeit mehr, Details zu erfragen. Brunner wurde im nächsten Moment ins MRT geschoben. Sepko wollte warten, wurde aber eine gute halbe Stunde später davon in Kenntnis gesetzt, dass Brunner sich beim Sturz einen Leberanriss zugezogen habe. Nichts Schlimmes, doch er musste unter Vollnarkose operiert werden und würde erst morgen wieder ansprechbar sein.

Sepko stand wie vor den Kopf geschlagen da, mit den Listen in der Hand, und wusste nicht, was er tun sollte.

Als er am nächsten Morgen zur Arbeit erschien, war er nervös. Hätte er doch in den letzten Tagen besser aufgepasst! Er kannte sich noch immer nicht richtig in der Halle aus, von den Gemüsesorten ganz zu schweigen. Er hatte auch keinen LKW-Führerschein, das hatte er Brunner gegenüber nur behauptet, um den Job zu bekommen, und er war Brunners einziger Mitarbeiter.

Doch dann ging alles überraschend gut. Mit Befriedigung stellte Sepko fest, dass sich in den drei Wochen bereits eine gewisse Routine eingestellt hatte. Und wenn er etwas nicht wusste, gab es immer Menschen, die man fragen konnte. Mit seiner offenen, freundlichen Art kam er überall gut an. Selbst Fröstl, der grummelige Küchenchef vom »Kölblerwirt«, blieb auf ein paar Worte bei ihm stehen und erkundigte sich überraschenderweise nach dem Wohlbefinden seines Chefs.

Als Brunner nach einer Woche aus dem Krankenhaus entlassen wurde, staunte er nicht schlecht, wie gut Sepko sich geschlagen hatte. Er hatte die Sympathie von Standverkäufern und Kunden gewonnen und bereits zwei neue Kunden aufgetan – vier weitere sollten folgen, allesamt auf Empfehlung der Köche. Sepko hatte täglich die Fahrten variiert, um pünktliche Lieferungen zu gewährleisten. Brunner war zufrieden, überließ Sepko zunehmend die Organisation und setzte ihn immer dort ein, wo es mit den üblichen Schmiergeldern nicht getan war, sondern zwischenmenschliche Fähigkeiten gefragt waren.

Der Laden lief besser denn je. Ein halbes Jahr später investierte Brunner in einen neuen LKW und innerhalb des Jahres besaß die Firma vier Wagen und sieben Mitarbeiter. Im folgenden Jahr kamen drei weitere Laster hinzu und die Mitarbeiterzahl stieg auf fünfzehn. Brunner hatte es geschafft, er hatte seinen Konkurrenten Ragstager eingeholt. Zudem hatte er eine Lagerfläche angemietet, um die Ware zwischenzulagern. Dank der Laderampen mussten nun die LKWs nicht mehr auf dem Parkplatz beladen werden.

Und Sepko war sein Mann für alles. Er distribuierte die Lagerarbeiter und teilte die Kunden nach Touren auf. Doch seine eigentliche Stärke war der Umgang mit den Menschen. Sympathie war am Großmarkt das A und O. Sepko schaffte es immer, gute Preise auszuhandeln, und Brunner kümmerte sich um schnelle Überweisungen, das mochten die Standverkäufer.

In den ersten Jahren verbrachten Sepko und Brunner auch privat viel Zeit miteinander. Gemeinsam schraubten sie in Diredares

Garage an Brunners Mustang Fastback und am Samstag gingen sie ins Bayernspiel. Sepko war zum ersten Mal in seinem Leben glücklich und vielleicht galt das nicht nur für Sepko. Brunner und er waren wie Vater und Sohn.

Doch ihre Zweisamkeit fand ein jähes Ende, als Brunner am Großmarkt eine Floristin kennenlernte. Brunner hatte nie zuvor eine Frau in seinem Leben erwähnt. Doch jetzt drehte sich alles nur noch um Corinna. Obwohl Sepko sie mochte und Corinna ihm immer freundlich begegnete, musste er sich eingestehen, dass er eifersüchtig auf sie war, weil sie ihm seinen besten Freund und Mentor wegnahm. Und vielleicht wäre alles anders gekommen, wenn Corinna nicht gewesen wäre. Denn als wenig später Sepkos Stiefvater starb und ihm einen Haufen Schulden hinterließ, wandte sich Sepko in seiner Not nicht an Brunner, sondern an die Köche der Nobelrestaurants. Der Großmarkt war berüchtigt dafür, dass man dort Stoff bekommen konnte, Kokain vor allem. Die Köche hatten ihn oft gefragt, und Sepko hatte stets abgelehnt. Doch jetzt wurde er schwach. Als Brunner dahinterkam – und es war klar, dass er früher oder später dahinterkommen musste –, war er außer sich. Er beschwor ihn, diese Scheiße zu lassen.

Sepko erzählte ihm von den Schulden, die er geerbt hatte, worauf Brunner ihm ohne zu zögern 15 000 Euro lieh. Doch beiden war klar, dass es zwischen ihnen nie mehr werden würde wie früher.

Und irgendwann stand dann dieser Typ im Büro. Toni. Klein, untersetzt, feistes Gesicht, redete auf Brunner ein, behauptete, er hätte beste Kontakte zur asiatischen Gastronomie. Eine lukrative Kundengruppe, wie Brunner wusste, aber äußerst misstrauisch.

Sepko hatte sich an den Asiaten schon die Zähne ausgebissen, sie wollten einfach nicht kaufen. Der Typ verbrachte anscheinend ständig Urlaub im asiatischen Raum, hatte eine Thailänderin zur Frau und sprach etwas Thailändisch und Chinesisch.

Sepko war dieser »Chinesen-Toni« von Anfang suspekt. Als Brunner ihm mitteilte, dass er ihn einstellen wolle, konnte er es nicht glauben. Er warf Brunner vor, leichtgläubig zu sein, und empfahl, zuerst Erkundigungen über den Mann einzuziehen, um herauszufinden, ob seine Kontakte wirklich so gut waren. Doch Brunner wollte davon nichts hören. »Bist neidisch, weil du bei den Chinesen nicht landen konntest?«, sagte er und grinste spöttisch. Sepko fühlte sich tief gekränkt.

Zu allem Überfluss hatte Chinesen-Toni auch noch Erfolg. Die Asiaten vertrauten ihm und bestellten reichlich. Und er gewann immer noch neue Kunden dazu. Brunner ließ keine Gelegenheit aus, seinen neuen Mitarbeiter zu loben, gern in Gegenwart von Sepko. Der war stinksauer. Seinen Ärger ließ er am Chinesen-Toni aus. Meist indem er ihm Arbeiten aufhalste, die er genauso gut einem Hilfsarbeiter hätte geben können. Toni rächte sich, indem er über ihn herzog und die anderen Mitarbeiter gegen ihn aufhetzte.

Wochenlang hatte der Hass zwischen ihnen geschwelt, bis es schließlich zum großen Knall kam. Der Auslöser war banal genug gewesen. Sepko war über eine Palette gestolpert und – zur allgemeinen Erheiterung – in eine Kiste mit Tomaten gefallen. Das Gelächter war groß. Doch Sepko war nicht nach Späßen zumute. Wutentbrannt stürzte er sich auf den Chinesen-Toni, der arglos mitgelacht hatte, und packte ihn am Kragen. Es kam zum Gerangel, in dessen Verlauf Sepko seinem Feind einen Kinnhaken verpasste. Nur mit Mühe konnten die Kollegen die beiden Kampfhähne voneinander trennen. Sepko musste bei Brunner zum Rapport erscheinen und bekam eine Abmahnung. Eine Abmahnung! Er, der die Scheiß-Firma mit aufgebaut hatte. Sepko war drauf und dran zu kündigen.

Zwei Tage ließ er sich nicht bei Brunner blicken. Als er am dritten Tag wieder erschien, erwartete er eine Standpauke, doch stattdessen teilte Brunner ihm mit, dass Toni ebenfalls nicht zur Arbeit gekommen sei. Sein Handy sei abgeschaltet, ob er, Sepko, etwas von ihm gehört habe. Nein, hatte Sepko nicht. Als der Chinesen-Toni auch nach vier Tagen noch nicht auftauchte, begann Brunner Verdacht zu schöpfen. Er fuhr die Kunden von Chinesen-Toni ab und sein Verdacht wurde Gewissheit. Der Chinesen-Toni war verschwunden und mit ihm das Geld, das er von seinen Kunden bar einkassiert hatte. Die Außenstände eines Monats – 40 000 Euro – weg!

Sepko hatte es ja gleich gewusst. Aber ihm war klar, dass Brunner das in dieser Situation nicht hören wollte. Als Brunner ihm auftrug, den Chinesin-Toni ausfindig zu machen und ihm einen Denkzettel zu verpassen, hatte er nur genickt. Er wusste, was zu tun war.

ZURÜCK IN DER GEGENWART 4

Der Samstagabend war noch jung. Sepko fläzte auf der Couch, es lief RTL. Irgendein jugendlicher Freak versuchte, die Jury von seiner Gesangsstimme zu überzeugen. Aber selbst wenn seine Stimme besser gewesen wäre, hätte Sepko sie nicht genießen können. Seine Wunde am Arm brannte noch immer, obwohl der Kampf bereits drei Wochen zurücklag. Seither war Sepko nicht zur Arbeit erschienen und ging auch kaum raus. Er konnte keine dummen Fragen zu seinem Verband gebrauchen.

Etwas umständlich löffelte er den letzten Happen von seinem Porridge, das er in der Vegan-Abteilung des Supermarkts gefunden hatte. Sepko wollte schon lange etwas für seine Gesundheit tun, aber es schmeckte beschissen. Als das Telefon klingelte, stellte er die leere Schüssel auf den Boden, wo bereits eine angebrochene Bierflasche stand, dann griff er zum Handy.

»Ich bin unten«, meldete sich eine raue, vertraute Stimme. »Mach auf.«

Kurz darauf stand Brunner in Sepkos Wohnzimmer. Die Wohnung war so spartanisch eingerichtet, als ob er erst vor Kurzem eingezogen wäre. Keine Bilder, keine Pflanzen, keine Bücher. Auch in der Küche gab es, abgesehen von einem Kasten Helles, keine Highlights.

»Ein Bier?«, fragte Sepko und hob seine Flasche an.

Brunner ging nicht darauf ein. »Geht's besser?«

Sepko hob den verbundenen Arm. »Einigermaßen. Der Verband kann bald ab.«

»Gut. Dann kannst am Montag wiederkommen? Ist grad viel los.«

Er setzte sich an den kleinen Esstisch. Dann zog er aus der Innentasche seines Mantels ein in Butterbrotpapier gewickeltes Päckchen. Sepko wusste, dass es 50-Euro-Scheine enthielt.

»Für wen?«, fragte er.

»Das bringst du bitte dem Ronny.«

»Und die anderen?«

»Die anderen habe ich schon gemacht«, sagte Brunner. »Du hast dich ja erholen müssen.«

Sepko vernahm den sarkastischen Unterton.

Arschloch, ging es ihm durch den Kopf, *ich wär fast für dich draufgegangen*. Aber er verkniff sich einen Kommentar. Er nahm das Geld entgegen und setzte sich damit auf die Couch. Er legte das Päckchen neben sich und nahm einen Schluck von seinem Bier.

»Irgendwelche … Neuigkeiten?«, fragte Sepko vorsichtig. Er musste wissen, ob Gerüchte die Runde machten.

»Nein. Offenbar noch immer keine Zeugen. Nichts. Und der Regen hat alle Spuren verwischt.«

Sepko nickte erleichtert.

»Der Kerl hat's nicht anders verdient«, fuhr Brunner fort. »Wir sind nicht die Einzigen, die er bestohlen hat. Den anderen ist es wahrscheinlich nur recht, dass er mit ner Essenssonde auf der Intensiv liegt. Und wenn er hopsgeht, umso besser. Hast du gut gemacht.«

Sepko brummte nur. Die Sache war aus dem Ruder gelaufen, er hatte dem Chinesen-Toni eine Abreibung verpassen wollen, nicht ihn halb totprügeln.

Doch Brunner lächelte zufrieden. Er stand auf und klopfte ihm zum Abschied auf die Schulter. »Dann bis Montag.«

Sepko hörte, wie die Wohnungstür zufiel. Er war auf der Couch sitzen geblieben.

Essensonde. Das hörte sich gar nicht gut an. Sepko stellte zu seiner Verwunderung fest, dass er Mitleid mit dem Chinesen-Toni verspürte, wie er da in seinem Krankenbett lag, Mitleid mit diesem Arschloch, dem er früher am liebsten täglich die Fresse poliert hätte. Brunner war da anders. Ihm war es egal, wenn der Chinesen-Toni draufging.

Sepko holte tief Luft. Wäre es ihm auch egal gewesen, wenn er, Sepko, draufgegangen wäre?

Er stand auf, ging ins Badezimmer. Dort wickelte er den Verband ab und ersetzte ihn durch ein harmloses Pflaster.

Wurde Zeit, dass er sich wieder unter Leute begab.

5 EIN GEWÖHNLICHER MONTAG

»Hausruckinger der Affe der blöde – da helfe ich ihm mit seinen drei Türken und jetzt stirbt er – hunderttausend krieg ich noch von ihm – hunderttausend – der hätte lieber beim Golfen bleiben sollen da in Pattaya – jetzt vögelt er diese Kokosnuss – Herzinfarkt – toll – und ich steh dumm da und schaue mit dem Ofenrohr ins Gebirge …«

Es war Montag, vier Uhr am Morgen, und seit Cookie vor fünfzehn Minuten auf dem Beifahrersitz neben Sepko Platz genommen hatte, redete er ohne Punkt und Komma. Am Anfang konnte Sepko den Aus- und Abschweifungen von Cookie nur schwer folgen. Doch je öfter Cookie seinen Monolog wiederholte, desto mehr Verständnislücken konnte Sepko füllen, es dauerte allerdings. Cookie war ein Kollege bei Brunner, und Sepko hatte ihm am Morgen eine Mitfahrgelegenheit angeboten, da das Männerwohnheim, in dem Cookie wohnte, auf seinem Weg lag.

Cookie war siebenundsechzig und in seiner Jugend einmal ein Stenz gewesen – vielleicht auch Profi-Fußballer, wie er immer wieder behauptete, Google jedenfalls wusste nichts davon. Dass er noch immer als Lagerarbeiter bei Brunner arbeitete, war dem Umstand geschuldet, dass er in seinem Leben keinen Cent in die Rentenkasse eingezahlt hatte. Nun stand er kurz vor der Obdachlosigkeit. Ein schräger Vogel, immer in Geldnöten. Den

Nacken schmückte ein Tattoo, das das Logo eines Internetanbieters zeigte. Cookie hatte es sich stechen lassen, weil er dachte, er bekäme dafür Geld. Stattdessen erhielt er nur zwei Konzertkarten für eine unbekannte Punkband, zu deren Konzert ihn Sepko begleitet hatte.

»Da schmeißen die Schwuchteln Eier auf seinen Bentley reden blöd daher und der Depp lässt sich das auch noch gefallen – da hab ich zu ihm gesagt nein Hausruckinger das lässt du dir nicht gefallen – darfst du nicht – nicht von den Türken – bei denen wasche ich mir erst nach der Watschen die Hände das darfst du glauben …«

Sepko versuchte ein erstes Resümee: »Du kriegst also hunderttausend von einem Typ, dem du geholfen hast bei einem Problem.«

»Nix Problem. Türken«, antwortete Cookie.

»Wie auch immer. Und jetzt ist der Typ mit dem Geld tot.«

»Genau. Dabei bin ich extra auf den Billardtisch raufgesprungen.« Cookies Augen glänzten voller Stolz.

Sepko hatte schon geglaubt, den roten Faden gefunden zu haben, aber offenbar hatte er sich getäuscht. Er hatte Mühe, sich vorzustellen, wie Cookie mit seinen O-Beinen auf einen Billardtisch gesprungen sein wollte. Ganz abgesehen vom *Warum*.

Cookie bemerkte Sepkos zweifelnden Blick: »Mann da war diese Bar – ich wollte die drei Türken aufmischen da haben sie mich gepackt – aus Not bin ich auf den Billardtisch gesprungen hopp – top fit vom Fußball halt – und die Höhe war optimal verstehst du – genau richtig – beidfüßiger Außenverteidiger in der dritten Liga – da liegst du gleich am Boden wenn du vom Fuß getroffen wirst – einen Türken musste ich dann noch eins mit dem Queue überziehen – mit dem breiten Ende vorne logisch – der ist zerbrochen – scheiße den muss ich noch zahlen fällt mir grad ein – gar nicht billig die Dinger – siehst könnte ich dem Hausruckinger sein Geld jetzt gut gebrauchen Affe blöder …«

Und dann fing die Geschichte wieder von vorne an, mit neuen Variationen. Sepko erreichte das Haupttor des Großmarkts. Ein einsamer Pförtner in seinem Häuschen öffnete die Schranke. Es war noch ruhig auf dem Gelände. Sepko fuhr am Umschlagplatz vorbei, wo sich die Sattelschlepper aus Italien, Spanien und Holland aneinanderreihten. In einigen Fahrerkabinen brannte Licht. Die Fahrer wollten schnell entladen und zurück in ihre Heimat fahren. Ihre Fahrzeuge wirkten in der Dunkelheit wie überdimensionale Särge und der dampfende Schornstein des Heizkraftwerks im Hintergrund wie das dazugehörige Krematorium. Der Großmarkt in München glich um diese Uhrzeit mehr einem Friedhof als Europas größtem Drehkreuz der Lebensmittellogistik.

Schließlich erreichten sie Brunners Lager.

Ein unschöner Betonklotz aus den Achtzigern, nur eine Straßenbreite entfernt von den vier historischen Markthallen, in denen das Hauptgeschäft stattfand. Das Lager hatte sechs Ladebuchten für LKWs und drei Büroräume im ersten Stock.

Sepko parkte das Auto.

»War die Grippe, oder?«

Cookies Frage riss Sepko aus seinen Gedanken. Er musste seit Brunners Besuch am Freitag immer wieder an den Chinesen-Toni denken.

»Hatte letzte Woche auch ein bisschen Gliederschmerzen und bin zwei Tage zu Hause geblieben.«

Das Schöne an Cookie war, dass er Sepko nicht ein einziges Mal gefragt hatte, wo er die letzten drei Wochen gewesen war. Er nahm einfach an, es war die Grippe. Sepko wusste, dass Brunner ihn am liebsten losgeworden wäre. »Wir sind doch kein Altenheim«, hatte Brunner mehr als einmal zu Sepko gesagt. Aber

Sepko hatte stets für Cookie Partei ergriffen. Er mochte den alten Mann, er war eine ehrliche Haut, auch wenn seine endlosen Geschichten manchmal nervten.

Sie betraten gemeinsam das Gebäude und begannen sofort mit der Arbeit. Nach und nach trudelten auch die anderen Mitarbeiter ein. Sepko nahm den Stapel Lieferscheine zur Hand, um die Lieferung zusammenzustellen, die er heute ausfahren musste. Er kommissionierte die Waren auf Rollcontainer, einen nach dem anderen, und schob sie über die heruntergelassene Hebebühne in den LKW.

Währenddessen stand Brunner wie fast jeden Morgen an der Anlieferung. In einer langen Schlange reihten sich dort die Gabelstapler auf und lieferten Paletten ab. Brunners Blick hatte etwas Lüsternes – als würde er eine Orgie beobachten. Für ihn waren die vollen Paletten Obst und Gemüse wie Goldbarren, die in Fort Knox eingelagert wurden. Geld. Umsatz.

Als der LKW voll beladen war, fuhr Sepko los. Am Montag waren die Lieferungen immer besonders groß, da die Kühlräume der Restaurants über das Wochenende leer gefressen worden waren. Er war noch nicht weit gekommen im Gewusel der Gabelstapler, als Sepko plötzlich etwas aus dem Augenwinkel sah. Er hielt den LKW an und stieg aus. Ein kleines Kind in einem Panda-Schlafanzug aus Plüsch tapste durch das Labyrinth der Salatkisten. Seine Hausschuhe hatten die Form von dicken Bärentatzen.

»He, Kleiner! Was machst du hier?«, fragte Sepko. »Hast du dich verlaufen?«

Der Kleine blieb stehen und blickte ihn mit großen Augen an.

»Wie heißt du?«

Keine Antwort. Sepko musste los, die Kunden waren am Wochenanfang immer pingelig, wenn die Ware zu spät kam.

»Okay. Ich bringe dich jetzt zur Verwaltung, hörst du?«

Der Kleine sah ihn ängstlich an und nickte.

»Luca«, sagte er unvermittelt.

»Luca? Du heißt Luca?«

Der Kleine nickte wieder.

»Alles klar, Luca, dann mal los.«

Sepko stoppte den Motor seines LKW und nahm Luca auf den Arm.

Er war gerade zehn Meter gelaufen, als er hinter sich eine laute Frauenstimme hörte.

»Luca, Luca! Ich bin hier, Luca!«

Im nächsten Moment war die Frau bei Sepko und entriss ihm das Kind, als ob er es hätte entführen wollen.

Ihr Schreien hatte die Aufmerksamkeit der Leute erregt. Ein Gabelstapler hatte angehalten, die Lieferanten reckten die Hälse und versuchten zu verstehen, was los war.

Sepko war die Sache sehr unangenehm. »Sorry. Der Kleine ist einfach hier herum…«

Doch die junge Frau hörte nicht zu. Sie drückte den Jungen fest an sich.

»Was machst du denn für Sachen? Ich habe doch gesagt, du sollst im Auto warten.«

»Ich musste aufs Klo.«

Die junge Frau blickte Sepko mit finsterer Miene an, als wäre all das seine Schuld.

Der Gabelstaplerfahrer kam zu ihnen. Haocheng, ein Vietnamese.

»Ey, Sepko. Alles klar bei euch, brauchst du Hilfe?«

»Nein, das Kind hat sich verlaufen«, antwortete Sepko.

Die Miene der jungen Frau wurde weicher. »Sorry … ich …«

»Schon gut. Er ist ja wieder da.«

Die Frau seufzte. »Mein Auto springt nicht an. Kann mir von euch jemand helfen?«

Haocheng und Sepko warfen sich gegenseitig ein Schulterzucken zu. *Du oder ich?* Schließlich steckten beide ihre Köpfe in den Motorraum des Lieferwagens der jungen Frau, die sich ihnen als Lene vorgestellt hatte.

»Batterie?«

»Ja, vermutlich«, sagte Sepko.

Zusammen mit Haocheng schob er den Sprinter rückwärts, bis er das Überbrückungskabel mit seinem LKW verbinden konnte. Dann startete Sepko den Motor. »Lass ihn eine Weile laufen, bevor du losfährst. Ein Besuch in der Werkstatt wäre nicht schlecht.«

Lene nickte. Beide sahen sich einen Moment schweigend an.

»Meine Füße sind nass«, sagte in diesem Moment Luca.

Lene nickte zum Abschied Sepko zu.

Sepko lächelte und ging in die Hocke, hielt Luca die Faust hin. Der reagierte prompt und boxte dagegen.

»Check«, sagte Sepko.

»Check«, sagte Luca.

Dann marschierte Lene mit ihrem Sohn zurück zu ihrem Lieferwagen.

Sepko zögerte. Schließlich ging er ihnen nach. Er klopfte an die Scheibe und Lene kurbelte sie runter.

»Hast du Papier und Schreiber?«, fragte Sepko.

Lene reichte ihm die Lieferscheine und Sepko schrieb ihr seine Telefonnummer drauf. »Mein Kumpel hat eine Werkstatt. Wenn du mal Bedarf hast.«

»Schon klar«, sagte sie nur müde lächelnd. Dann kurbelte sie das Fenster hoch und fuhr los.

»Bist du immer noch da?«, ließ sich jetzt eine Männerstimme

vernehmen. Es war Cookie, der mit Leberkässemmel im Mund an Sepko vorbeispazierte. »Öha«, sagte er ungewohnt einsilbig, als er Lene im Auto sah.

Sepko stieg in den LKW und verschwand in der Dunkelheit.

EIN GEWÖHNLICHER MONTAG (2) 6

Der Vorfall am frühen Morgen hatte Sepko viel Zeit gekostet. Das Gut Fürstenhof im Stadtteil Neuried südwestlich von München war sein letzter Kunde, den er am heutigen Tag zu beliefern hatte. Die Traditionsgaststätte war bekannt für gehobene bayerische Küche und mit ihrem großen Biergarten ein beliebtes Ausflugsziel für Jung und Alt. Der Fürstenhof war eine Goldgrube, vor allem in den Sommermonaten, und seit Neuestem war er bei Brunner Neukunde. Jahrelang war Sepko bei der Akquise gescheitert. Er hatte alles versucht, aber Rampft, der Küchendirektor, hielt seinen langjährigen Lieferanten die Treue. Vor ein paar Wochen kam dann der Anruf. Es war Ronny, der Koch. Er verkündete, er werde die Nachfolge von Rampft antreten, der sich in die Pension verabschiedet hatte. Von da an begann sich das Blatt zu Brunners Gunsten zu wenden.

Sepko parkte den LKW in der Lieferanteneinfahrt. Als er den Ersten der drei Rollcontainer voll Ware abstellte, hörte er Ronny, der in der Küche seine Kommandos brüllte. »Bräuteller neu, Pfannkuchensuppe neu, zwei überbackene Camembert neu, Beilagensalat neu! Los, los!«

Sepko holte noch die anderen beiden Container aus dem Wagen, dann trat er in die Küche.

Dampfende Töpfe, brutzelnde Pfannen, das Klappern des Geschirrs mischten sich mit dem Zischen vom Dampfstrahler aus der Spülküche. Mittendrin am Küchenpass delegierte Ronny seine Mannschaft. Sie schuftete am Anschlag, während er vom Kassenbondrucker zum Herd balancierte, wo ein Jungkoch gerade mühsam versuchte, Schnitzel zu panieren. Ronny riss die Fleischstücke aus seinen klebrigen Händen, tauchte sie fachmännisch elegant in Mehl, Ei und Semmelbrösel und warf sie in eine Pfanne. Dabei spritzten Tropfen von heißem Fett auf den nackten Unterarm des Jungkochs, der die Ärmel zum Panieren hochgekrempelt hatte. »Auf was wartest du?«, blökte Ronny. Die unmissverständliche Aufforderung, schneller zu arbeiten.

Sepko sah die feuchten Augen des Jungkochs und konnte erkennen, wie er die Lippen zusammenpresste, um sich die Schmerzen am Arm nicht anmerken zu lassen. Dann panierte er die nächsten Schnitzel.

Sepko kannte Ronnys Ausbrüche schon. Jeder hatte sie schon einmal über sich ergehen lassen müssen, Lehrlinge, Köchinnen und Köche, Lieferanten und Servicekräfte. Auch ein Löffel, mit dem Ronny eine Soße kostete und sich dabei die Lippen verbrannte, konnte bei ihm in Ungnade fallen. »Du verbrennst mir nicht das Maul«, schimpfte er, und der Löffel flog in hohem Bogen durch die Küche. Selbst vor seinen Chefs, den Inhabern des Restaurants, kannte Ronny keine Zurückhaltung. Ihm war bewusst, dass er unverzichtbar war, und sie akzeptierten seine Launen – und auch seinen Hang zu Nutten, Alkohol oder anderen Substanzen, die er brauchte, um auf Hochtouren arbeiten zu können.

»Guten Morgen«, grüßte Sepko.

Ronny drehte sich um und stellte sich breitbeinig vor ihm auf, die tätowierten Arme vor der Brust verschränkt. »Morgen ist gut. Will die Firma Brunner, dass ich mir einen neuen Lieferanten suche? Warum so spät?« Er warf demonstrativ einen Blick auf die große Wanduhr. Sepko sah die besorgten Blicke der anderen Köche. Doch er zuckte nur mit den Schultern und kaute gelassen weiter auf seinem Kaugummi. Die Zeiten, wo er vor Ronny in Ehrfurcht erstarrt war, waren lange vorbei.

Ronny setzte sich in Gang und marschierte wie ein Offizier nach draußen. Sepko schlurfte hinterher.

»Alles dabei?« Ronny überflog mit zusammengekniffenen Augen die Listen und betrachtete dann die Kisten.

»Logisch.«

»Leergut?«

Sepko deutete auf den Rollcontainer, auf den er vorher bereits Holz- und Pfandkisten gestapelt hatte.

»Guter Mann.« Ronny fischte einen Kugelschreiber aus seiner Armtasche und setzte genialisch schwungvoll seine Unterschrift auf den Lieferschein.

»Du hast noch was, oder?« Er grinste so breit, dass man die Plomben in seinen gelb gerauchten Zähnen sehen konnte.

Sepko nickte.

»Ich habe gerade etwas Zeit. Kaffee gefällig?«

In der Küche herrschte Chaos, aber Ronny hatte Zeit. Nun gut, nicht Sepkos Problem. Eigentlich hätte er sich lieber nach Hause verzogen und aufs Ohr gelegt, er war hundemüde, doch Ronny hatte bereits eine Zigarette im Mundwinkel und öffnete die Tür zu seinem kleinen Büro. Er nahm eine halb volle Kanne Kaffee aus einer billigen Kaffeemaschine und schenkte sich und Sepko je einen Becher ein. Dann setzte er sich in den niedrigen Sessel einer schäbigen Sitzgarnitur, auf deren Tisch ein Aschenbecher voller Kippen stand. Sepko setzte sich zu ihm, nahm den Becher Kaffee in Empfang und trank einen Schluck.

Er hatte Ronny das erste Mal im »Les Halles« getroffen. Das war Jahre her. Damals arbeitete Ronny in dem französischen Restaurant als Küchenchef und Brunner hatte ihn als Kunden gewonnen. Sepko hatte keine Ahnung, wie Brunner das geschafft hatte, der Typ war ein wahres Pulverfass. Nichts konnte man ihm recht machen. Ware zu schlecht, Lieferung zu früh, Lieferung zu spät. Egal ob Küchenmannschaft oder Lieferanten, es machte Ronny offensichtlich Spaß, Menschen zu drangsalieren. Bei Sepko kam das nicht gut an. Auch als Spitzenkoch mit Ausbildung im Sterne-Lokal und internationaler Erfahrung hatte man seine Mitmenschen gefälligst mit Respekt zu behandeln – das war Sepkos Meinung. Er schenkte dem Trottel daher null Aufmerksamkeit und machte sich nach der Lieferung meist ohne Verabschiedung sofort wieder aus dem Staub. Natürlich ging er damit ein Risiko ein. Wenn er es sich mit Ronny verscherzte, suchte der sich womöglich einen anderen Lieferanten.

Doch es kam anders. Obwohl Sepko ihm stets die kalte Schulter gezeigt hatte, kam Ronny eines Tages ausgerechnet zu ihm und fragte: »Sag mal, du kannst mir doch sicher was besorgen da am Großmarkt?« Sepko war klar, was Ronny meinte. Sepko stand der Sache zuerst skeptisch gegenüber. Natürlich arbeitete er lange genug am Großmarkt, um zu wissen, wen man fragen musste. Aber schließlich kannte er Ronny kaum. Doch dann ging er darauf ein. Sein Stiefvater war gerade gestorben, die geerbten Schulden drückten – er konnte die Kohle wirklich gebrauchen. Das Problem war nur: Jetzt hatte er einen neuen besten Freund. Einmal in der Woche gab es für Ronny eine Lieferung.

Dann gab es irgendeinen Stunk im »Les Halles« und Ronny war weg. Nun gut, dachte Sepko. Damit waren auch die Nebeneinkünfte weg, aber auf die Freundschaft dieses Cholerikers konnte er sehr gut verzichten.

Zwei Wochen später hatte Brunner einen Neukunden namens Ricardo, ein Nobelitaliener in Rottach-Egern im Tegernseer Tal.

Sepko hatte sich gewundert, der Ort lag fünfzig Kilometer von München entfernt und lag nicht im Liefergebiet. Das lohnte sich doch gar nicht für Brunner. Egal. Nicht sein Bier. Dort angekommen, wer stand in der Küche? Ronny. »Alter, hier schneit es sogar im Sommer.« Ronny wollte unbedingt mehr Koks, für sich und seine Kumpels, die Schickeria in Lederhosen, und Sepko lieferte. Dann kam Ronny mit der Bezahlung mehr und mehr in Verzug, wollte Sepko im Preis drücken. Sepko war kein Heiliger, doch darauf hatte er keinen Bock. Er weinte Ronny daher keine Träne nach, als er nach einem halben Jahr wieder verschwunden war.

Zwei Jahre später tauchte Ronny im »Tannenhof« auf. Dort blieb er die längste Zeit. Er berichtete stolz, dass er jetzt eine Freundin hatte. Sie sei schwanger, eine Tochter. Na endlich, dachte Sepko damals, bekommt der Typ doch noch die Kurve und wird vernünftig. Er freute sich ehrlich für ihn. Doch dann war Ronny erneut verschwunden – bis Sepko neulich den Anruf erhielt …

»Dann lass mal rüberwachsen.«

Sepko griff in die Jackeninnentasche und holte das Päckchen mit den Fünfzigern raus. Er reichte es Ronny und der zählte sofort nach. Fünfhundert.

»Guter Mann!«

»Hundert kannst mir gleich wiedergeben«, forderte Sepko und reichte ihm im Gegenzug ein Tütchen.

»Sehr, sehr, sehr guter Mann. Wie sieht es nächste Woche aus mit Nachschub?«

»Muss ich sehen. Was machen Frau und Kind?«

»Ex. Blöde Fotze. Gestern schon wieder ein Schreiben vom Amt.«

Sepko nippte an seinem Kaffee, der bitter war und lauwarm.

Was für ein Tag. Erst klagte ihm Cookie sein Leid wegen dem Hausruckinger, dann die Geschichte mit dem Jungen, dessen Mutter sich ruhig etwas dankbarer hätte zeigen können, und jetzt wurde offenbar auch noch Ronny redselig. Aber er tat ihm den Gefallen und sah ihn fragend an.

Prompt fuhr der fort. »Weißt du, was die an Alimenten will? Da kann ich gleich einpacken …«

Das Angebot für den Fürstenhof war daher sehr gelegen gekommen. Ludwig Derfler, der Inhaber, war schon lange auf der Suche nach einem Nachfolger für seinen langjährigen Küchenchef gewesen. Jemanden zu finden, der einen Gastronomiebetrieb in dieser Größe leiten konnte, war nicht einfach. Die wenigsten konnten es, und die es konnten, forderten ein astronomisch hohes Gehalt. Ronnys Lebenslauf war beachtlich und imponierte Derfler. Und Ronny forderte ein erstaunlich moderates Gehalt. Das hatte den Grund, weil bei einem höheren Gehalt automatisch auch die Unterhaltszahlung an seine Frau steigen würde, und der dummen Nuss gönnte er keinen Cent mehr als unbedingt nötig. Kind hin, Kind her. Ronny holte sich den Ausgleich über Brunner, das war bequemer.

Sepko hörte nur mit einem halben Ohr zu. Seine Gedanken schweiften ab. Er begriff nicht, wie die Menschen ihr Leben so wegwerfen konnten. Hätte Ronny auf den Alkohol und die Drogen verzichtet und hätte er nach Feierabend seine Kohle nicht im Puff vervögelt, vielleicht hätte ihn dann seine Frau nie verlassen. Die Beziehung hatte gerade mal anderthalb Jahre gehalten. Sepko wollte wirklich nicht in Ronnys Haut stecken. Seit er ihn kannte, arbeitete der Koch im Teildienst. Das hieß: Frühschicht von acht bis vierzehn Uhr, Pause, und danach von siebzehn Uhr bis halb elf Spätschicht. Plus anschließende Reinigung der Küche. Kein Wochenende, keine Feiertage. Für ein Privatleben, für soziale

Kontakte blieb da wenig Zeit. Also musste Koks her, für den schnellen Kick zwischen den Schichten.

Sepko merkte, wie ihm die Augen zufielen. Was gingen ihn Ronnys Probleme überhaupt an? Er war schließlich nicht sein Therapeut …

»Ich muss dann mal wieder.«

Sepko schreckte auf, als Ronny sich plötzlich erhob.

»Ja«, sagt er. Er unterdrückte ein Gähnen und erhob sich ebenfalls. »Ich auch.«

7 PETRA, EINE STUDENTIN AUS PRAG

Petra war der Inbegriff einer Model-Schönheit – lange Beine, schmale Taille, das ebenmäßige Gesicht mit den hohen Wangenknochen stets unterkühlt-unbewegt, das brünette Haar zu einem straffen Zopf geflochten. Das Mädchen Mitte zwanzig war aus Prag nach München gekommen und studierte dort Modedesign. Im »Elixier« arbeitete sie nebenher seit ein paar Monaten als »Cameriera«, italienisch für Servicekraft. Pfeiffer, Inhaber des Restaurants, bestand auf dem italienischen Einschlag. Armani, Gucci, Ferrari. Italienisches vermittelte immer einen Hauch von Eleganz. Obwohl »kosmopolitisches Aussehen & bayerischer Stil«, wie in der Speisekarte stand, kaum etwas mit Dolce Vita zu tun hatte, wie Petra fand. Aber egal. Keine Sau schrie danach. Hauptsache, sie verdiente gut und hatte ihren Spaß. Beides bot das »Elixier«. Gelegen an der Nobelmeile Maximilianstraße, hatte es sich innerhalb kürzester Zeit zu einem der angesagtesten Lokale Münchens etabliert und lief dem wenige Hundert Meter entfernten Käfer als langjähriger Nummer eins der Gastronomie langsam, aber sicher den Rang ab. Es war Magnet für Menschen mit Geld, ein zweites Wohnzimmer für Politiker, Wirtschaftsbosse, Fußballstars oder Schauspieler, die sich hier gegen ein gerahmtes Bild an der Wand durchfüttern ließen, und für alle Übrigen, die meinten, dazugehören zu müssen. Sieben Tage die Woche zu jeder Tages- und Nachtzeit war das Restaurant ausgebucht. Eine Gelddruckmaschine. Der Spaß für die Mitarbeiter begann nach Feierabend in der Vorratskammer im Keller. Ausgelassene Partys begleitet von Sex, Koks und Alkohol.

In einer dieser Nächte war es zur Annäherung zwischen Petra und Pfeiffer gekommen. Seit vier Wochen hatte Petra ihr Studentenleben gegen ein Luxusleben eingetauscht. Eine geräumige Dachgeschosswohnung anstatt des Zwanzig-Quadratmeter-Zimmers in der WG. Eine mattschwarze G-Klasse anstatt die U-Bahn. Gucci statt Secondhand. Pfeiffer selbst war nicht anspruchsvoll. Er fickte einfach mit ihr. Oder ließ sich von ihr einen blasen. Petra war sich darüber im Klaren, dass sie wahrscheinlich eine von vielen war, sie gab sich daher besondere Mühe.

Es war Freitag und gerammelt voll. Petra hatte Mühe zur Bar zu gelangen, die mit ihren zehn Metern Länge das Highlight des Lokals war. Spirituosenflaschen stapelten sich zu einer Pyramide und wurden von unten in wechselnden Farben beleuchtet, was einen Sternenhimmel an die Decke warf. Darüber leuchtete eine geschwungene Schrift: *Dositzndedodeoiweidositzn*. Petra bestellte eine Flasche »Colonel EH Taylor 18 Year Old Marriage« – ein Whiskey, der locker dreitausend Euro kostete. Im Einkauf. Barkeeper Shorty blieb unbeeindruckt, keine ungewöhnliche Bestellung im »Elixier«. Erst als Petra ihn bat, aus dem edlen Tropfen zusätzlich einen Whiskey Sour zu mixen, weiteten sich seine Augen. Das hatte bis jetzt noch niemand verlangt. Vielleicht hatten Petras straffer Busen und ihr aufreizendes Dekolleté dem Gast den Verstand geraubt.

Petra stellte die Flasche des edlen Getränks und den Sour-Cocktail auf ein Tablett und bahnte sich ihren Weg durch die Menge zum Raum 237, der an diesem Tag zu ihrem Servicebereich gehörte. Man erreichte ihn über eine breite Wendeltreppe im ersten Stock. Es war ein Separee mit dunkelroten Wänden, dunkelrotem Plüschmobiliar und einem quadratischen Netz dimmbarer Leuchtstoffröhren an der Decke. Pfeiffer hatte diesen Raum nach dem Hotelzimmer in Stephen Kings Roman *Shining* benannt – ein Raum, in dem jederzeit Unvorhergesehenes geschehen konnte.

Pfeiffer war in ein Gespräch mit zwei Herren vertieft, das sie jedoch unterbrachen, als Petra den Raum betrat. Sie hatte die beiden Männer schon einmal im Restaurant beim Lunch gesehen. Jetzt saßen sie bequem in den schweren Loungesesseln, die Arme auf den Armlehnen. Eine Pose, die an das Lincoln Memorial erinnerte und Macht ausstrahlen sollte. Pfeiffer hingegen stand und wirkte wie ein Schuljunge vor seinen Lehrern. Seine Körperhaltung vermittelte Anspannung. Trotzdem strahlte er in seinem nachtblauen Maßanzug, weißem Hemd mit Manschettenknöpfen und Hochglanz-Schnürschuhen mehr Souveränität aus als der übergewichtige Mann in seinem zu kurzen Trachtenanzug und den abgenutzten Waldbrand-Tretern. Und auch mehr als das hagere Kerlchen im Jackett mit den überbreiten Schultern, dessen Bauch versuchte, sich durch die Knopfleiste seines Hemdes einen Weg an die frische Luft zu verschaffen.

Als Petra die Herren mit einem freundlichen Lächeln begrüßte, bedachten sie sie nur mit lüsternen Blicken. Sie wollte das Tablett auf dem langen Tisch abstellen und schob dafür ein Blatt Papier beiseite, auf dem eine technische Zeichnung zu sehen war.

»Vorsicht«, raunzte Pfeiffer sie leise an. »Nicht da.«

Er stieß unerwartet abrupt gegen ihren Arm, sodass sie Mühe hatte, nichts zu verschütten. Petra wunderte sich über sein Verhalten, so kannte sie ihn nicht. Doch sie lächelte nur noch freundlicher und fand für das Tablett einen Platz auf einem kleinen Beistelltisch. Dann reichte sie die Cocktails und verließ den Raum.

FORTGESETZTE GESPRÄCHE 8

Ralf Floßmann und Matthias Grath. Dass Pfeiffer mit ihnen heute zusammensaß, war das Ergebnis zahlloser Telefonate, konspirativer Treffen und zäher Verhandlungen. Pfeiffer und Grath kannten sich seit Pfeiffers erster Restauranteröffnung im Münchner Westend vor siebzehn Jahren, lange bevor seine anderen vier Restaurants sich allmählich dem Stadtzentrum annäherten. Sie waren beide Fans des TSV 1860 und wechselten ihre blauen Schals erst gegen die roten vom FC Bayern, als sie merkten, dass es in München ratsam ist, sich auf die Erfolgsseite zu stellen. Fußballfieber am Grünwalder Stadion gegen Totentanz in Fröttmaning – man konnte in den Logen der Allianz Arena einfach bessere Kontakte knüpfen. Grath war damals Gebietsleiter/Verkauf in einer großen Münchner Brauerei gewesen, wurde dann aber nach einer letzten Zwischenstation als Vertriebsdirektor in die Geschäftsleitung zum Vorstand der Brauerei berufen.

Es war kein Geheimnis, dass er, Pfeiffer, Ambitionen hatte, Wiesn-Wirt zu werden. Er brauchte daher Floßmann als wichtigen Befürworter mit Entscheidungsgewalt. Als Wirtschaftsreferent der Landeshauptstadt München verfügte er über ein weitreichendes Netzwerk an Kontakten und hatte entscheidenden Einfluss auf die Lizenzvergabe sowie den Anforderungskatalog, der einem Punktesystem unterlag. Für Floßmann seinerseits war die Wiesn eine ideale Bühne, um auf sich als zukünftigen Oberbürgermeister der Stadt aufmerksam zu machen und Wähler zu gewinnen. Obwohl und gerade *weil* der Gegenwind von der Opposition stark war. Der bisherige Oberbürgermeister war alt, aber beliebt.

Pfeiffer brauchte sie beide. Ein gutes Verhältnis zu Grath war unerlässlich, nicht zuletzt aufgrund seiner Funktion als wichtiger Weichensteller bei Floßmann. Pfeiffer hatte bei einer der zahlreichen Feierlichkeiten Grath Handgeld versprochen. Als Direktor der Brauerei sollte er ihm dabei helfen, eine der begehrten Vergabestellen für die Wiesn zu erhalten. Pfeiffer wusste um Graths gute Beziehung zu Floßmann und Grath würde nach Zahlung des Handgelds sicher ein gutes Wort bei Floßmann einlegen. Nun schien der geeignete Zeitpunkt gekommen zu sein. Im Spiel war ein Großzelt mit mehr als siebentausend Plätzen im Innen- und Außenbereich. Der vorherige Pächter musste nach einem Hygieneskandal den Platz räumen, woraufhin nahezu jeder Münchner Gastronom wie ein Geier um dieses Projekt kreiste. Und das aus gutem Grund. Es ging nicht nur um das Prestige, einer der vierzehn Festwirte mit einem Großzelt zu sein. Es ging vor allem um eine Million Euro Gewinn, die ein Oktoberfest jährlich abwarf – für den Wirt, nach Abzug aller Kosten und Steuern. »Wenn das klappt, gehören hundertfünfzigtausend jedes Jahr dir. Ich schaffe das schon«, hatte Pfeiffer ihm versprochen.

Jetzt sah er erwartungsvoll in die Gesichter seiner Gäste.

Floßmann, nachdem er einen Schluck von seinem Whiskey genommen hatte, stand auf, richtete die Krawatte und betrachtete die Skizze, die auf dem Tisch lag. Sie zeigte den Entwurf für das neue Wiesn-Zelt nach Pfeiffers Ideen: Querschnitt, Draufsicht und in 3-D. Er nickte anerkennend, schwieg aber.

»Nachhaltigkeit liegt mir am Herzen«, beeilte Pfeiffer sich zu sagen, um das Gespräch in Gang zu bringen: »Bio-Linie, Solarenergie, flexible Arbeitszeiten für die Mitarbeiter – wir haben ein umfassendes Konzept. Vor allem soll es ein Zelt sein, in dem sich die Gäste, Jung und Alt, wohl und sicher fühlen.«

Floßmann nickte erneut. Endlich sagte er: »Beeindruckend.« Der dicke Grath grinste. »Kein Wunder«, rief er aus. »Die Zeichnung stammt von unserem besten Brauerei-Architekten!« Dabei fischte er mit seinen dicken Fingern Eiswürfel aus seinem Whiskey Sour.

Floßmann behielt weiterhin den Blick auf dem Plan fixiert. »Da ist wohl jemand ziemlich weit vorgeprescht. Sie scheinen es ernst zu meinen, was?«, fragte er.

»Absolut«, antwortete Pfeiffer selbstbewusst.

Grath schwieg und nahm einen großen Schluck aus seinem Glas. Dass der Architekt für die Skizze eine neue Umzäunung samt Doppelgarage für sein heruntergekommenes Erbstück, ein Einfamilienhaus in Waldtrudering, bekommen hatte, musste niemand erfahren. Schließlich hatte Grath die Summe problemlos auf die fiktive Neugestaltung eines Biergartens umgelegt. Dann stand er auf und verabschiedete sich kurz zur Toilette.

Pfeiffer nutzte die Gelegenheit, an den Wirtschaftsreferenten ein paar Worte unter vier Augen zu richten. »Wir würden Sie aufgrund Ihrer Expertise gerne so früh wie möglich in die Planung miteinbeziehen. Vielleicht könnte man dieses Zelt als Wegweiser für die Zukunft der Wiesn der Öffentlichkeit präsentieren«, erklärte er. »Es wäre sicherlich zu Ihrem Vorteil.« Pfeiffer hatte diesen Moment lange herbeigesehnt und sich optimal vorbereitet. Pfeiffer deutete auf die anstehenden Wahlen im nächsten Herbst hin. Er wusste, dass Floßmann auf Stimmenfang war. Er wusste aber auch, dass Floßmann seit Neuestem einen Bootsführerschein hatte. Und es war kein Zufall, dass Pfeiffer das Foto einer Luxusyacht neben den Bauplänen platziert hatte.

»Ist das Ihr Boot?«, fragte Floßmann dann auch wie erwartet.

»Fast. Ich besitze es zusammen mit einem Freund«, antwortete Pfeiffer. »Am Gardasee. In Sirmione. Ein schönes Fleckchen Erde.«

»Das kann man wohl sagen. Wie viele Leute passen da drauf?«

»Es ist zugelassen für acht.«

»Beeindruckend.«

Pfeiffer nickte. Floßmann hatte offenbar angebissen. Pfeiffer wusste, dass er Vater von vier Kindern war. Und trotz beeindruckender Qualifikationen und einer erfolgreichen Beamtenkarriere würde er nie in den Gehaltsbereich gelangen, der ihm den Besitz eines solchen Bootes ermöglichte.

»Rufen Sie mich an, wenn Sie Bedarf haben«, sagte Pfeiffer beiläufig, »Sie können es sich gern mal ausleihen. Meistens steht es im Bootshaus nur herum, weil uns die Zeit fehlt. Ein, zwei Wochen. Kein Problem. Sie zahlen nur das Benzin.«

Pfeiffer wunderte sich selbst, wie wenig Skrupel er dabei empfand, einen hohen Beamten zu bestechen. Dieser Schuss konnte leicht nach hinten losgehen. Aber Pfeiffer verließ sich hier ganz auf sein Gespür – und auf die Erfahrungen, die er im »Kunstpark Ost« gesammelt hatte.

Pfeiffer hatte damals als Runner in einer Après-Ski-Bar in Sölden gejobbt, als er zum ersten Mal von diesem Paradies für Nachtschwärmer hörte. Das Gelände der ehemaligen Pfanni-Werke am Münchner Ostbahnhof, in denen einst Kartoffeln zu Knödeln und Püree verarbeitet wurden, wurde um die Jahrtausendwende zu einer Partymeile mit Clubs, Bars und Imbissbuden umgestaltet. Hier wurde bis in die frühen Morgenstunden gefeiert, getanzt, getrunken. Pfeiffers Gespür sagte ihm damals schon, dass man dort viel Geld verdienen konnte. Als Neuling in München arbeitete er als Barkeeper und DJ, immer an der Grenze zur Illegalität: zweifelhafte Arbeitserlaubnisse, der Verkauf unverzollter Ware. Doch den zahlreichen Razzien der Polizei war er immer einen Schritt voraus. Bei Verhören konnte er Unschuld vortäuschen wie kein anderer. Wenn er es nicht als Gastronom geschafft hätte, wäre eine Karriere als Schauspieler sicher gewesen.

Pfeiffer hatte weder studiert noch eine gastronomische Ausbildung absolviert. Sein Erfolg beruhte auf Fleiß, Entschlossenheit und einigen glücklichen Fügungen – so erklärte er es zumindest denjenigen, die ihn danach fragten. Der ehemals alkohol- und drogenabhängige Taugenichts hatte es geschafft, wie ein Phönix aus der Asche ein Gastro-Imperium aufzubauen. Nun stand er vor Floßmann – einem Beamten, von dem er abhängig war. Für Pfeiffer machte es keinen Unterschied, ob dieser Beamte bei der Post oder in der Regierung saß – ein Beamter war für ihn immer ein Beamter. Im Fall Grath war er abhängig von einem Angestellten – dem Angestellten eines Konzerns, der jedes dritte Bier weltweit produzierte und für den das Münchner Oktoberfest aus wirtschaftlicher Sicht eine zu vernachlässigende Größe darstellte. In diesem Konzern war Grath lediglich eine Nummer, unbedeutend und ersetzbar.

Wer von uns dreien hat denn den Porsche in der Garage stehen?, musste Pfeiffer unwillkürlich denken. Er nahm sein Glas Whiskey und erhob es und Floßmann tat es ihm gleich.

»Ein Wirt mit italienischen Lokalen auf der Wiesn.« Zum ersten Mal an diesem Abend ließ Floßmann ein Lächeln erkennen, wenn auch ein süffisantes.

»Ich bin ja Österreicher«, sagte Pfeiffer.

»Noch schlimmer.«

Floßmann überlegte. »Nur das Benzin muss ich bezahlen?« Pfeiffer nickte.

Floßmann nickte. »Ich sehe, was ich tun kann. Markus.«

»Danke. Ralf.«

Beide stießen an und nahmen einen Schluck.

Im nächsten Moment ging die Tür auf und Grath trat ein.

»Dein Typ wird verlangt«, sagte er zu Pfeiffer. »Irgendetwas ist los im Erdgeschoss.«

Pfeiffer entschuldigte sich und verließ den Raum. Unten empfing ihn Tom, sein Oberkellner, und führte ihn zu dem Tisch einer Stammkundin. Er sah ihr an, dass sie verärgert war. Wie er erfuhr, war sie von einer Gruppe junger Leute, die am Nebentisch einen Geburtstag feierten, belästigt worden. Klar und deutlich habe sie gehört, wie einer der Feiernden sie als »Milf« bezeichnet hatte.

Pfeiffer hatte keine Sekunde gezögert und die Gruppe des Lokals verwiesen, obwohl das Geburtstagskind versuchte, sich zu rechtfertigen: Er habe nicht gewusst, sagte der junge Mann, dass die Dame Englisch sprechen würde.

Als Pfeiffer schließlich in den Raum 237 zurückkam, hatte Floßmann sich bereits verabschiedet. Ein früher Termin am nächsten Morgen.

»Gut gelaufen, oder?«, fragte Grath und ließ sich schwergewichtig in den Sessel fallen. Pfeiffer zuckte mit den Schultern. Bevor die Sache nicht in trockenen Tüchern war, würde er nicht in Jubelarien ausbrechen. Er setzte sich, und Grath schenkte ihm Whiskey nach.

»Ich muss noch mal mit meinem Lieferanten sprechen. Das mit den Rechnungen ist nicht so einfach, wie wir dachten«, sagte er.

Grath spielte mit einem Kugelschreiber und sah Pfeiffer mit gerunzelter Stirn an. »Jetzt lass mich nicht hängen. Wenn du Wiesn-Wirt werden willst, brauchst du dicke Eier. Ansonsten kannst du es gleich vergessen«, sagte er mit Unmut in der Stimme.

»Es gibt noch einige Hürden zu bewältigen«, sagte Pfeiffer und schwenkte seinen Whiskey. »Stichwort Loibl.« Loibl war der Sprecher der Wiesn-Wirte. »Er kann mich nun mal nicht ausstehen.«

»Wie alle Österreicher übrigens.«

»Vielen Dank, das beruhigt mich.«

»Ich sage nur, wie es ist. Die Vorschläge werden von der Stadtverwaltung gründlich geprüft. Wenn das Kreisverwaltungsreferat nur einen kleinen Fehler findet, stürzt sich Loibl darauf und wird alles tun, damit du nicht auf die Wiesn kommst. Er wird dich fertigmachen.«

Pfeiffer entgegnete nichts drauf. Grath wusste nichts von den Assen, die er noch im Ärmel hatte. Der fuhr unterdessen fort zu dozieren:

»Sei zuverlässig und begeh keine gravierenden Verstöße gegen Gewerbeordnung, Lebensmittelrecht, Steuer- und Ausländerrecht.« Er hob einen dicken Zeigefinger. »Rate mal, warum der Korruptionsverdacht vom Schmiedel fallen gelassen wurde? Wenn du Bier- und Hendlgutscheine an die Wiesn-Wache der Polizei und Feuerwehr verschenkst, auch wenn es nur eine nette Geste sein soll, fliegst du eigentlich. Nur hat der Schmiedel sein Zelt in zweiter Generation und gehört damit zum eingeschworenen Haufen der Wiesn-Wirte. Wie beim Orden der Illuminaten. Und du bist halt weder ein Rothschild noch ein Bilderberger, sondern nur ein Pfeiffer. Ach ja, und Österreicher. Der hat laut Loibl schon zweimal nichts auf der Wiesn zu suchen. Sieh also zu, dass du das mit den Bilanzen hinbekommst. Du hast nur einen Schuss.«

»Und was machen wir mit unserem Freund?«, hakte Pfeiffer nach.

»Bleib freundlich, dann wird das schon.«

Es war einundzwanzig Uhr und das Hauptgeschäft im Restaurant in vollem Gang, als Pfeiffer sich von Grath verabschiedete. Pfeiffer machte seine übliche Runde durch das Lokal, schüttelte ein paar Hände, führte Smalltalk mit Stammgästen und solchen, die es werden wollten. Der Whiskey machte sich bemerkbar. Als Petra in der Nähe vorbeikam, suchte er ihren Blick, doch sie sah nur starr geradeaus. Nachdenklich ging Pfeiffer zurück ins Büro, um die Umsätze zu prüfen. Dabei spürte er, wie eine Schweißperle seinen Nacken hinunterlief.

EINER LANGWEILT SICH UND MACHT EINE ENTDECKUNG 9

Am folgenden Freitag befand sich Pfeiffer in der »089 Bar«. Sein Getränkelieferant feierte Geburtstag, ein Freund von Grath. Der hatte die Organisation der Party übernommen und für die durchweg männlichen Gäste die »Monaco Lounge« reserviert. Dort warteten gekühlte Dreiliter Dom Perignon auf sie – sowie ein paar Prostituierte und Escortgirls auf ihren Einsatz, um zu verhindern, dass sich jemand an einer der minderjährigen Tänzerinnen auf dem Dancefloor verging. Eine grandiose Idee von Grath. Offensichtlich war jedoch die Anweisung, sich unauffällig zu kleiden, nicht bei allen Prostituierten angekommen. Pfeiffer hatte das Gefühl, in den Backstage-Bereich einer Freakshow geraten zu sein: künstliche Brüste, aufgeklebte Wimpern, glamouröse Lederstiefel und schwindelerregend hohe Highheels, wo man nur hinsah. Die Bar hatte an diesem Abend gerade erst geöffnet und war noch gähnend leer, abgesehen von der Geburtstagsrunde. Die Stimmung war noch etwas auf dem Niveau einer Bücherei am Sonntagmorgen. Nachdem Pfeiffer mit einer der Ladys eine Runde Smalltalk über Glyphosat auf deutschen Äckern gehalten hatte, setzten unvermittelt harte Beats ein. So laut, dass man sein eigenes Wort nicht mehr verstand. Pfeiffer schnappte sich sein viertes Glas Champagner in der Hoffnung, es würde endlich seine Laune heben, und ließ sich auf einem der Sofas nieder. Die Tanzfläche begann sich langsam zu füllen. Überwiegend Teenager und Studenten. Von den meisten hätte er der Vater sein können. Und für die Mädels hätte er sogar einen väterlichen Rat parat: Investiert eure Kohle in gesunde Ernährung und einen Personal Trainer anstatt in aufgespritzte Lippen! Was waren das nur für Schönheitsideale, denen die Mädels nacheiferten? Der Hüftspeck, der aus ihren Tanktops quoll, sah doch scheiße aus. Pfeiffer seufzte. Und der Mann am Mischpult war ein Amateur. Als ehemaligen DJ störten Pfeiffer schlecht gewählte Liederreihenfolgen und misslungene Übergänge. Dann bemerkte Pfeiffer an den Gesichtern der Jugendlichen, wie sie ihm seine eigene Verbitterung unverblümt zurückstrahlten. *Was will der Opa hier?* Sofort fühlte er sich wie ein greiser Gorilla im Zoo. Er stand auf, schnappte sich seinen Mantel und verließ die Lounge, um eine Zigarette zu rauchen.

Draußen wartete inzwischen eine lange Menschenschlange. Pfeiffer überquerte die Straße und ließ sich auf einer Parkbank nieder. Er steckte sich eine Zigarette an und hing seine Gedanken nach. Floßmann hatte sich gemeldet und einen Termin für in zwei Wochen mit ihm abgemacht. Er wollte persönliche Einsicht in die Bewerbungsunterlagen nehmen – ein Vorgeschmack auf den Wiesn-Ausschuss. Grath meinte, dass sei ein gutes Zeichen. Pfeiffer hoffte es. Es war eine Riesenchance – seine Einzige, bei der er keinen Fehler machen durfte.

Autos fuhren vorbei. Das Rascheln hinter ihm stammte von einem Obdachlosen, der in einem Mülleimer wühlte, zerzaustes Haar, Vollbart, Plastiktüten in der Hand – harmlos. Jetzt tauchte eine Horde junger Männer hinter ihm auf. Milchbubigesichter in hellblauen Hemden. Vorneweg lief ein Typ, der an den jungen Nick Carter von den Backstreet Boys erinnerte. Pfeiffer erkannte ihn: Julian Loibl, Sprössling vom alten Loibl, dem Wiesn-Wirt-Sprecher. Ein regelmäßiger Gast im »Elixier«, immer auf der Suche nach dem nächsten Rausch. Sie kickten gegen die Tüten des Obdachlosen und grinsten frech. Der Penner schickte ihnen Flüche hinterher.

Die Gruppe zog weiter Richtung Club, als der Motor eines VW Golf aufheulte. Der Wagen kam angeschossen, parkte auf dem Randstein einer Verkehrsinsel und blockierte den jungen Leuten den Weg. Ein mobiles Blaulicht begann auf dem Armaturenbrett im Inneren des Wagens zu blinken.

Zwei Zivilpolizisten sprangen aus dem Wagen. »Polizei, stehen bleiben!«, riefen sie.

Es bildete sich eine Traube von Schaulustigen. Pfeiffer schnippte seine Zigarette in die Büsche und stand auf, um sich das Schauspiel aus der Nähe anzusehen. Er bemerkte, wie Julian versuchte, sich in dem allgemeinen Durcheinander aus dem Staub zu machen. Das war keine gute Idee.

»Stopp!«, dröhnte in diesem Moment eine Stimme vom Park zu ihnen herüber. Der Obdachlose hielt Julian fest. Er entpuppte sich als Bulle, hielt Julian seine Marke ins Gesicht und führte ihn zurück.

»Fuck? Was habe ich denn verbrochen?«, fragte Julian genervt.

Der Bulle im Obdachlosen-Outfit zeigte auf die rote Fußgängerampel und antwortete: »Wann dürfen wir gehen? Wann müssen wir stehen?«

»Ernsthaft jetzt?«, entgegnete Julian.

»Ausweis!«, sagte der Bulle.

»Hab ich nicht dabei«, erwiderte Julian ohne erkennbare Reue.

»Schlecht«, sagte der Polizist. »Wo wollten wir denn hin?«

Julian grinste ihn an. »Wo du hinwillst, weiß ich nicht. Wir gehen ein bisschen spazieren. Wollt ihr mitkommen?«

Der Polizist bewahrte die Ruhe, tauschte einen kurzen Blick mit seinen Kollegen. Die nickten zurück. Immer mehr Schaulustige versammelten sich im blinkenden Licht des Polizeiwagens.

Alle waren sonderbar ruhig, als begänne jeden Moment eine Theatervorstellung. Der Polizist zückte eine Taschenlampe und leuchtete Julian damit in die Augen.

»Haben Sie Drogen genommen?«, fragte er.

»Nein«, antwortete Julian.

»Das sieht mir aber anders aus.«

Pfeiffer konnte aufgrund der vorbeifahrenden Autos nur bruchstückhaft verstehen, was sie sprachen. Eigentlich hätte er zu den anderen in die Lounge zurückgehen sollen, doch er war neugierig, wie die Geschichte ausgehen würde. Es folgte eine Diskussion zwischen den Polizisten und Julian über eine mögliche Durchsuchung. Sie endete damit, dass Julian versuchte, sich zu wehren.

»Widerstand gegen die Staatsgewalt!« Kaum war der Satz ausgesprochen, hatten die Polizisten Julian auch schon an das Auto gedrückt, mit gespreizten Beinen und den Händen auf dem Dach. Schlüssel, Portemonnaie, Handy und einige Münzen sowie ein paar kleine, leere Plastiktütchen landeten kurz darauf auf der Motorhaube des zivilen Einsatzfahrzeuges. Der Polizist fand außerdem ein Bündel Bargeld und sortierte es in aller Ruhe. Jeden zerknüllten Schein entfaltete er ordentlich. Erst als die Scheine alle auf Kante waren, begann er laut und gut vernehmlich mit dem Zählen. Die Umstehenden warteten gespannt auf das Endergebnis. Als er bei »neunzehntausend, neunzehntausendfünfhundert, zwanzigtausend …« angekommen war, unterbrach ihn sein Kollege.

»Was hattest du denn heute damit vor?«, fragte er an Julian gewandt.

»Bisschen feiern«, antwortete der Junge.

»Aha, feiern. Dabei wolltest du doch gerade, dass wir mit euch spazieren gehen?«, konterte der Polizist.

Julian schwieg. Seine Freunde standen um ihn herum, die Blicke zum Boden gerichtet. Dann war die Show vorbei und die Polizisten machten sich aus dem Staub – mit Julian auf der Rückbank.

Pfeiffer ging zurück in die Bar, um zu sehen, was die Geburtstagsfeier machte. Es ging auf elf Uhr zu, der Club war gut gefüllt und die Männer und Frauen in der »Monaco Lounge« sturzbetrunken. Niemand nahm Notiz von ihm. Pfeiffer leerte ein Glas Champagner, bevor er sich erneut auf den Weg nach draußen machte. Als er an der Tanzfläche vorbeikam, sah er Petra. Sie lag in den Armen von Shorty, dem Barkeeper. Sie küssten sich auf eine Weise, die nur leidenschaftlich genannt werden konnte. Sie bemerkten Pfeiffer nicht, als er an ihnen vorbeiging. Als er draußen stand, holte er sein Telefon heraus. Er wählte eine Nummer. Als sich die Gegenseite meldete, sagte er: »Dann mal los.«

10 ZUR SELBEN ZEIT

Loibl hob seine Hand für eine weitere Runde Getränke. Es war bereits die zwölfte an diesem Abend. Drago stand am Tresen und wusste genau, was zu tun war. Vier Bier, davon eines alkoholfrei, und vier Schnäpse – oder richtiger: vier Schnapsgläser – drei mit Schnaps gefüllt, eins mit Leitungswasser. Drago war Loibls verlässlichster Kellner. Als Soldat im Balkankrieg war der Bosnier in den Neunzigerjahren mit seiner Familie in Richtung Deutschland geflohen, nur einen Tag vor dem Massaker von Srebrenica, bei dem sie wahrscheinlich Opfer der Massenexekution geworden wären. Sie landeten in München, wo Drago bei Loibl sofort Arbeit fand. Seit dreißig Jahren war der kleine, schmächtige Mann mit den zwei fehlenden Schneidezähnen nun Loibls treuer Untergebener, der nie ablehnte, wenn es um Überstunden oder Extraschichten ging. Er war Loibl viel schuldig und behielt jedes Geheimnis für sich. Drago wusste deshalb auch, dass Loibl bereits nach der zweiten Runde nur noch alkoholfreie Getränke zu sich nahm, unbemerkt von seinen Tischpartnern.

Das Nebenzimmer der »Schäffler-Stuben«, einer bayerischen Traditionsgaststätte in der Innenstadt, war seit einem Vierteljahrhundert ein sicherer Ort für einflussreiche Personen aus Politik und Wirtschaft. Hier konnten sie ohne Sorge das aussprechen, wofür sie in der Öffentlichkeit in der Luft zerrissen worden wären. Hier wurden Informationen gesammelt, Verbindungen geknüpft und Vereinbarungen getroffen.

Das Ambiente war gediegen: an der Decke Kronleuchter in Tulpenform, auf den Tischen weiß-blau karierte Decken –gemütliche Wirtshauseinrichtung im zünftig bayerischen Stil. Am Ende des Raumes stand eine Büste aus Bronze in Hüfthöhe auf einem Sockel. Darunter war auf einem Messingplättchen zu lesen: *Eberhard Loibl – Gastronom.* Er hatte sie sich von einem, wie er selbst sagte, »berühmten Bildhauer« – den aber sonst niemand kannte – anfertigen und an dem Platz im Lokal aufstellen lassen, wo sie möglichst viele Leute sahen.

Drago brachte die Getränke an den Tisch der vier Männer. Sie waren die Einzigen im Raum, spielten Schafkopf und hatten es sich gemütlich gemacht. Die Jacketts hingen über den Stühlen und trotz Verbot rauchten sie dicke Zigarren. Bier eins samt Schnaps ging an den Landtagsabgeordneten Süßmann, Bier zwei plus Willi war für Albert Drösel, Münchens Oberbürgermeister. Das dritte Bier und den dritten Schnaps bekam der Chauffeur des Stadtoberhaupts, da Hagmeier kurzfristig hatte absagen müssen. Aufgrund eines wichtigen Termins, wie es so schön hieß. Tatsächlich ging es aber, wie Loibl wusste, um eine Affäre, die der bayerische Ministerpräsident mit einer Kollegin unterhielt, die er nicht nur aus politischem Interesse ins Kabinett berufen hatte.

Solche Geschichten waren nichts Neues für Loibl. Der Traditionswirt hatte schon oft eine seiner Wohnungen früheren Staatsmännern als Rückzugsort für Treffen der besonderen Art zur Verfügung gestellt. Er bewahrte das Geheimnis selbstverständlich für sich, ebenso wie die vielen Gespräche, politischen Intrigen, wirtschaftlichen Deals und persönlichen Begünstigungen, die hier über die Bühne gingen. Loibl genoss dadurch Einfluss bis in die höchsten politischen Kreise Bayerns. Das vierteljährliche Kartenspiel, bei dem es oft laut herging, war daher nicht nur der Gemütlichkeit geschuldet.

Drago reichte Loibl Bier und Schnaps Nummer vier. Alkoholfrei zwar, aber heute gab es Grund zum Feiern. Denn Bayerns Kabinett hatte auf Hagmeiers Initiative hin das Gesetz zur Altersobergrenze für Kommunalpolitiker von neunundsechzig Jahren gekippt. Hintergrund war Drösels Alter, denn mit siebenundsechzig hätte er nicht mehr zum Oberbürgermeister gewählt werden können. Die Zweite Bürgermeisterin war beliebt und hätte zur echten Gefahr werden können, besonders da sie eine Frau war und noch dazu in der falschen Partei. Der Ministerpräsident verkaufte das Urteil der Öffentlichkeit geschickt mit den Worten: »Bayerns Freistaat ist schließlich das einzige Bundesland, in dem das veraltete Gesetz noch gegolten hat. Die Entscheidung ist fortschrittlich und wegweisend in Bezug auf eine flexible Verlängerung der Lebensarbeitszeit.« Drösel konnte also eine Amtszeit dranhängen. Die Strategie stammte aus dem vorigen Quartal, als sie am selben Tisch beim Schafkopf beschlossen wurde. Der einzige Unterschied war, dass es damals Schweinswürstl gegeben hatte anstelle von Knöcherlsülze mit Zwiebeln und Gewürzgurken. Letzteres verursachte deutlich mehr Blähungen, doch die Herren störten sich nicht daran. Eher im Gegenteil.

Heute hatte Drösel jedoch ein anderes Problem: Sein rechter Arm war verbunden, er konnte die Spielkarten kaum halten. Eine Verletzung vom Anzapfen, das der Oberbürgermeister traditionell einmal zur Wiesn und noch mal zum Frühlingsfest auf der Theresienwiese durchführen musste. München war wahrscheinlich die einzige Stadt, in der die Fähigkeiten des Bürgermeisters von der Anzahl der Schläge beim Anstich eines Bierfasses abhingen. Drösel benötigte meistens zwei Schläge, manchmal auch nur einen, selten drei oder vier. Loibl hob die Gläser zum Anstoßen.

»Ich dürfte wegen der Schmerztabletten eigentlich gar kein Bier trinken«, sagte Drösel, als die neue Runde serviert wurde.

»Halt den Mund. Die ersten paar haben dir auch nichts ausgemacht«, entgegnete Loibl.

»So. Behauptest du. Diese verdammte Scheiße.« Letzteres bezog sich auf seinen verletzten Arm. »Riss der Supraspinatus-Sehne an der Schulter«, klagte er. »Die Ärzte meinten, normalerweise würde eine Ruhigstellung ausreichen, aber mein Fall ist ungewöhnlich kompliziert. Das muss operiert werden.«

Loibl nickte mit ernster Miene. Dabei musste er sich das Lachen verkneifen, so etwas hatte er noch nicht gehört – Sehnenriss nach Anstich.

»Dann lass es doch deine Stellvertreterin machen«, warf Süßmann ein.

Drösel schnaubte verächtlich. »Wir ändern das Gesetz, damit ich erneut Bürgermeister werde und nicht sie, und dann soll ich es an sie abgeben? Was, wenn sie weniger Schläge benötigt als ich?«

»Sie ist eine Frau.«

»Das bedeutet nichts.«

»Was ist mit dem Schorsch?«

»Der eitle Hund mag es nicht.«

Der Ministerpräsident hatte noch am Tag der Verletzung verkündet, er stehe auf keinen Fall zur Verfügung. Das Ereignis würde medial bis zum Sankt-Nimmerleins-Tag ausgeschlachtet werden. Der Bevölkerung war es meistens völlig egal, doch im Kreis der Regierung musste er sich das immer wieder anhören. Hagmeier war vorsichtig geworden, was all diese »Nebenbei-Veranstaltungen« anging, das wusste Loibl. Er konnte sich noch gut daran erinnern, als Hagmeier zum Beginn seiner Amtszeit beim Winterurlaub in den Salzburger Alpen ganz arglos an einem Gäste-Skirennen teilgenommen und nur den zweiten Platz belegt hatte. In der Presse hatte es prompt geheißen: »Nur die Nummer zwei – im Urlaub«. Bei der Erinnerung musste Loibl unwillkürlich lächeln.

In diesem Moment vibrierte sein Telefon. Das hatte es in den letzten dreißig Minuten schon häufiger getan. Jetzt nahm er es aus der Hosentasche. Acht verpasste Anrufe. Pfeiffer. Was will der um diese Zeit?, dachte Loibl. Er drückte den Anruf weg und legte das Telefon beiseite.

Eine Minute später trat Drago an ihren Tisch. »Verzeihung, die Herren«, sagte er leise, in der Hand das tragbare Festnetztelefon. »Für Sie, Herr Loibl. Er sagt, es ist wichtig.«

Loibl legte die Karten beiseite. »Bin gleich wieder da«, sagte er. Er erhob sich und ging ein paar Schritte Richtung Tresen. »Ja?«

»Servus, Markus Pfeiffer hier. Hör mal, es geht um deinen Sohn.«

»Was ist mit ihm?«, fragte Loibl, als Pfeiffer nicht weitersprach.

»Die Polizei hat ihn mitgenommen«, sagte er.

»Weshalb?«

»Keine Ahnung.«

»Alles klar. Gute Nacht.«

»Warte!«

»Ja?«

»Ich denke, das könnte Probleme geben.«

»Danke. Noch etwas?«

Am anderen Ende Zögern.

»Ich denke, es war Kokain im Spiel.«

Einen Moment schwiegen beide. Schließlich sagt Loibl: »Was ist los, Pfeiffer? Geht es um das Zelt?«

»Was?«

»Nun, red schon Klartext. Kommst nicht weiter mit deinen

zwei Kasperl? Und willst mich jetzt mit meinem Sohn erpressen? Du scheinst ja arm dran zu sein. Die Nummer funktioniert vielleicht beim Grath und beim Floßmann. Wenn du einen Freund brauchst, dann hast du gerade die falsche Nummer gewählt.«

»Leg mir keine Steine in den Weg!«

Loibl stutzte. »Wie war das?«

Pfeiffer klang gehetzt. »Pass auf. Die Bullen haben gerade deinen Sohn mitgenommen. Und wenn du nicht willst, dass das überall in der Presse steht, dann legst du mir keine Steine in den Weg. Verstanden?«

»Siehst. Ich hatte doch recht. Es geht ums Zelt. So, jetzt pass mal auf, du kleiner Schluchtenscheißer. Die Presse hat schon auf mich gehört, da haben dir die Kühe vom Papa noch vor die Haustür geschissen. Schau, dass du Land gewinnst, und verzieh dich auf deinen Bergbauernhof zu deiner Inzest-Verwandtschaft. Du Salzburger Nockerl willst mir drohen? An deiner Stelle würd ich mit so was aufpassen.«

Damit legte Loibl auf und ging zurück zu seiner Kartenrunde.

Am nächsten Morgen, ein paar Kilometer Luftlinie entfernt, machte sich ein älterer Polizeibeamter mit der Akte von Julian Loibl unterm Arm und einem Becher mit Früchtetee in der Hand auf den Weg ins Vernehmungszimmer. Der junge Mann hatte die Nacht in der Zelle verbracht und sah ziemlich mitgenommen aus. Mit im Raum war der junge Kollege, der bei Julians Verhaftung dabei gewesen war. Der Ältere stellte den Becher vor Julian ab, sagte: »Früchtetee«, und las dann vor: »Anzeige wegen Drogenkonsum, Vandalismus, Körperverletzung, Trunkenheit am Steuer … Die Liste ist lang für jemanden, der so jung ist wie du.«

Julian rührte in dem Tee.

»Pass auf. Du kennst das ja schon, mit Anwalt und so weiter. Wir können das auch verkürzen. Woher hast du das Zeug? Gib mir einen Namen, eine Adresse. Spuck es einfach aus, dann machst du es uns und dir wesentlich einfacher. Und nicht zu vergessen – auch dem Papa.«

Julian pustete in den Tee und schwieg. Der junge Kollege lehnte an der Wand, mit verschränkten Armen. In diesem Moment klopfte es an der Tür und ein weiterer Beamter streckte den Kopf herein. »Guten Morgen. Kommst mal kurz.«

Der Ältere ging nach draußen. Kein zwei Minuten später kam er zurück. Er stellte sich an den Vernehmungstisch.

»Also gut«, sagte er und klappte die Akte zu. »Du kannst gehen.«

Der junge Beamte stieß sich von der Wand ab, stemmte die Hände in die Hüften. Er glaubte, sich verhört zu haben.

Auch Julian sah ungläubig auf.

»Los, schleich dich«, setzte der Alte nach.

Julian trank einen Schluck Tee. Dann stand er auf und der Alte begleitete ihn hinaus.

Auf dem Rückweg begegnete er seinem jungen Kollegen.

»Was war denn das?«, fragte der entsetzt.

»Nichts. Gar nichts. Lass mich jetzt allein, okay?«

Er verpasste einem kleinen Tisch mit Broschüren einen kräftigen Tritt und verschwand in seinem Büro.

Am späten Nachmittag wartete der junge Beamte auf dem Parkplatz in seinem Auto auf seinen älteren Kollegen. »Erklärst du mir bitte mal, was da heute Morgen los war?«

»Beruhig dich.«

»Beruhigen? Wir reißen uns den Arsch auf, und diese Arschlöcher können tun und lassen, was sie wollen.«

»Der Befehl kam von oben. Ganz oben. Okay? Also vergiss es.«

»Das ist deine Antwort? Vergiss es? Und die Mutter, die letztens den Stoff in der Brotdose von ihrem Sohn gefunden hat. Was sage ich der? Vergiss es? Weißt du, wie alt der war? Willst du es wissen?«

Der Ältere sah seinen jungen Kollegen traurig und verständnisvoll an.

»Neun. Neun Jahre. Ich weiß. Ich geb dir einen guten Rat. Schau nicht überall so genau hin. Macht dich nur fertig. Jeder will das Problem lösen, ich auch. Doch irgendwann kommt der Punkt, an dem du erkennst, dass man es nicht lösen kann. Geh ein Bier trinken und sei froh, dass du einen Job in so einer gemütlichen Stadt hast. Leben und leben lassen, verstehst?«

Damit stieg er in seine Familienkutsche und fuhr davon.

Noch ein paar Kilometer Luftlinie weiter entfernt ratterte zur selben Zeit ohrenbetäubend laut ein Mixer in einer Küche. Julian Loibl bereitete sich gerade nichtsahnend ein Milchshake zu, als jemand seinen Kopf packte und hart gegen die Kante des Hängeschranks schlug. Julian schrie auf. Sofort lief Blut über sein Gesicht. Er fuhr herum, wollte weglaufen, doch zwei mit voller Wucht ausgeführte Ohrfeigen ließen ihn zu Boden gehen. Julian verbarg seinen Kopf hinter den Armen, krümmte sich.

Er hörte seine Mutter schreien. »Eberhardt! Eberhardt, nicht!«

Dann war sie bei ihm. Sie hockte sich neben ihn, nahm seinen Kopf in ihren Schoß. Sie weinte. Julian sah, wie sein Vater sich über ihn beugte. Er roch sein herbes Aftershave. »Nie wieder. Verstanden? Nie wieder.« Dann schritt sein Vater ins Nebenzimmer und schloss die Tür.

11 EIN DONNERSTAG IM NOVEMBER

Lene hatte gute Laune. Die Wetterprognose für die kommenden Tage versprach sonniges Wetter mit geradezu frühlingshaften Temperaturen. Die Biergartensaison in München verlängerte sich dieses Jahr nach hinten, was die Gastronomen für den regnerischen Frühling entschädigte. Lenes Kunden hatten ordentlich bestellt. Nach etwas mehr als zwei Stunden hatte sie an diesem Morgen ihre Einkäufe erledigt und in den Sprinter verladen, als sie ein Fahrer ansprach, der seinen Sattelschlepper neben ihr geparkt hatte. Er kam aus Italien, konnte kaum Englisch und deutete auf die Adresse des Lieferscheins, den er in der Hand hielt, wo er vermutlich seine Fracht abladen sollte. Lene versuchte, ihm den Weg mit Händen und Füßen zu erklären, dabei wusste sie selbst nur ungefähr, wo er hinmusste. Schließlich machte sie ihm verständlich, dass er ihr folgen solle. Sie musste ohnehin noch zu Melis, die in einem kleinen Kaffee- und Frühstücksstand am Großmarkt arbeitete. Die Türkin sprach fünf Sprachen und konnte ihm sicher weiterhelfen. Lene hob Luca vom Beifahrersitz herunter, schnappte sich die Tüte mit Pfandflaschen, die im Fußraum gelegen hatte, und dann zogen sie los – Luca saß dabei auf der Sackkarre.

»Ennio«, stellte sich der Fahrer vor.

»Hallo«, sagte Lene.

Melis' Kaffeestand war mit lauter Secondhandmöbeln eingerichtet, geschmückt mit zahllosen Postkarten und Souvenirs. Aus einer alten Stereoanlage erklangen entweder türkische Pop-Schlager oder Oldies. Wie immer war auch heute die Gästezahl überschaubar. Nachdem sie Ennio mit knappen Worten den Weg erklärt hatte, seine Anlaufstelle zu finden, machte er sich auf den Weg. Jedoch nicht, ohne Lene seinen Dank auszusprechen. Lene beachtete ihn kaum.

»Nett«, sagte Melis.

»Wie?«, antwortete Lene und gab Melis die Tüte mit den Pfandflaschen.

»Na, der Typ.«

»Keine Ahnung.«

»Macht 3,25 Euro«, sagte Melis, nachdem sie die Pfandflaschen gezählt hatte.

Melis hatte sie nie auf die Pfandflaschen angesprochen, obwohl ihr klar sein musste, dass sie nicht aus Lenes Haushalt stammen konnten. Tatsächlich war Lene sich schon lange nicht mehr zu schade dafür, Pfandflaschen auf der Straße aufzusammeln und aus Mülleimern zu fischen. Sie bezahlte so ihr tägliches Frühstück.

»Kaffee?«

Lene nickte.

»Und für den kleinen Mann?«

»Apfelschorle und eine Wurstsemmel«, antwortete Luca.

Draußen war inzwischen die Sonne aufgegangen. Durch die spitzbogenförmigen Oberlichter drang zaghaft das Morgenrot herein.

Lene sah auf die Uhr. Noch nicht sieben. »Fünf Minuten gönnen wir uns noch.«

Sie setzte sich mit Luca auf umgedrehte Plastik-Klappkisten, die als Stühle dienten.

»Kannst du die Tür offen lassen, damit wir die Musik hören können?«

»Klar«, sagte Melis.

»Welches Lied ist das?«

Melis nahm die CD-Hülle zur Hand.

»Das sind die Byrds. ›Ballad of Easy Rider‹. Gut?«

»Sehr«, sagte Lene und setzte sich zu Luca.

»Hast du keinen Hunger, Mama?«, fragte er.

Lene schüttelte den Kopf, nippte an ihrem Kaffee und betrachtete den roten Himmel.

Luca sah seine Mutter an. Er glaubte ihr nicht. Er untersuchte kritisch seine Semmel, nahm die Essiggurke von der Wurst und legte sie an den Tellerrand. »Die schenke ich dir, Mama.«

Er biss einen großen Happen von der Semmel ab und lächelte sie mit prall gefüllten Hamsterbacken unschuldig an.

»Weißt du, dich liebe ich wirklich«, sagte Lene und musste sich bemühen, ein Schluchzen zu unterdrücken. Sie gab ihm einen Kuss auf die Stirn und Luca gönnte sich einen weiteren Happen.

Nach dem Frühstück stiegen sie in den Lieferwagen. Lene drehte den Zündschlüssel, nicht ohne ein Stoßgebet gen Himmel zu schicken: »Bitte!« Sie wurde erhört. Der Lieferwagen sprang an, und sie fuhr vom Großmarkt, um die Ware auszuliefern.

Sepko fehlten nur noch die Gurken. Ohne sie brauchte er erst gar nicht loszufahren, da fast jeder Kunde sie bestellt hatte. Mit zwei Stunden Verspätung kam er vom Hof. Der Verkehr war die Hölle. Der Mittlere Ring war komplett dicht. Es war schon halb neun und er hatte erst drei seiner insgesamt einundzwanzig Kunden beliefert. Sepko konnte es überhaupt nicht gebrauchen, dass nun auch noch sein Handy klingelte. Unbekannte Nummer.

»Hallo?«, raunzte er ins Telefon.

»Scheiße. Richtig richtig scheiße«, hörte er eine Frauenstimme.

Sepko warf einen Blick auf die Uhr am Armaturenbrett und überflog seine Lieferscheine.

»Alles klar. Ich komme«, sagte er.

Der Stadtteil Laim lag nicht allzu weit entfernt von Sepkos Lieferroute. Lene und Luca standen dort mit ihrem Lieferwagen am Straßenrand vor einem kleinen Restaurant, das sie gerade beliefert hatte. Nun hatte ihr Wagen doch den Geist aufgegeben. Sepko hatte die Motorhaube geöffnet und versuchte, mit dem Starterkabel die Batterie zu überbrücken. Aber vergeblich.

»Keine Chance. Die ist hinüber.«

Lene seufzte. »Das ist doch echt zum Mäusemelken.«

»Bist du beim ADAC?«

Lene schüttelte den Kopf.

»Würde wahrscheinlich sowieso zu lange dauern.«

»Fuck! Fuck, fuck, fuck!«

»Mama, das sagt man nicht.«

Sepko zuckte mit den Schultern. »Wo er recht hat …« Dann warf er einen Blick in den Laderaum. »Viele Kunden?«

»Zwölf.«

»Wir könnten versuchen, ob ich dein Zeug bei mir reinbekomme.«

»Und dann?«

»Liefern wir aus.«

Lene sah ihn skeptisch an. »Du meinst … das geht?«

»Wüsste auf Anhieb keine andere Lösung. Also? Entscheidung? Ich muss weiter.«

Eine Sekunde lang zögerte Lene noch, dann nickte sie.

»Gut«, sagte Sepko und marschierte los.

Gemeinsam schichteten sie die Ware ineinander – wie bei Tetris, nur in plastisch. Es war knapp, aber es passte alles hinein.

Dann schloss Lene ab und sie nahmen alle in der Fahrerkabine des LKWs Platz.

Während Sepko fuhr, ging Lene seine Lieferscheine durch.

»Das ›Papillon‹, Greifstraße?«

»Kann ich auch später beliefern. Weiter.«

»Georgenhof?«

»Schwabing. Kommt an zweiter Stelle.«

»Gleich um die Ecke ist das ›Folegandros‹ – mein kleiner Grieche. Dann folgt der danach.«

Sepko und Lene gingen alle Kunden durch.

»Wie heißt du eigentlich?«

»Sepko.«

»Nie gehört. Woher kommt das?«

»Von hier.«

»Verarsche?«

Sepko schüttelte den Kopf. »Josef ›Sepp‹ Kollinger. Sep-Ko. Ist aus meiner Kindheit hängen geblieben.«

»Lene heißt Mama«, drängte sich Luca dazwischen.

»Alles klar. Guten Tag, Mama Lene.«

»Hi, Josef Kollinger«, antwortete Lene.

Eine Weile herrschte Schweigen. Lene sah wieder die Lieferscheine durch. Sie war erstaunt, welche Mengen Sepko transportierte.

»Wie viele LKWs habt ihr in der Firma?«, fragte sie.

»Der Brunner? Puh. Ich glaube, wir sind mittlerweile bei zwölf.«

»Krass.«

Sepkos nächster Kunde war das »Gasthaus Steiner«. Er parkte den LKW mit Warnblinkern und warf einen Blick auf die Uhr. Zwanzig vor zehn.

»Das könnte spannend werden.«

»Warum?«

»Siehst du gleich.«

»Darf ich die Knüppel halten?« Luca meinte die Steuerung der Hebebühne.

»Komm mit, dann zeige ich dir, wie es geht.«

Nach einer kurzen Einweisung senkte Luca die hydraulische Ladeklappe ab und Sepko schob den Rollcontainer darauf.

»Und runter damit«, sagte Sepko.

»Aha, zwei neue Mitarbeiter«, sagte Küchenchef Unterholzer, der plötzlich hinter Lene stand.

»Guten Morgen«, sagte Sepko und schob in aller Eile den Rollcontainer zur Anlieferungsstelle und sammelte das Leergut zusammen. Als er nach wenigen Minuten zurückkam, unterhielt sich Lene mit dem Küchenchef. Unterholzer erwähnte, dass er aufgrund des chaotischen Münchner Verkehrs nur noch mit dem Fahrrad zur Arbeit fahre.

»Dann sollte ich dich in Zukunft am besten auch mit dem Fahrrad beliefern«, scherzte Sepko.

Unterholzer lachte herzlich und schenkte Luca zum Abschied eine Tüte Fruchtgummis. Sepko verfolgte die Szene mit ungläubigem Staunen. Er war noch ganz außer Atem, weil er sich so beeilt hatte. Er schob den Rollcontainer mit Leergut zurück in den Laderaum, während Lene Unterholzer den Lieferschein unterschreiben ließ.

»Chef, Hebebühne schließen!«, sagte Unterholzer.

»Aye, aye, Käpt'n!« Luca schloss mit Fruchtgummi in der Backe die Hebebühne.

»Wenn das heute so weitergeht, bekommt der Kleine noch einen Zuckerschock.«

»Dann gibt es nächstes Mal Rohkost«, sagte Unterholzer.

»Wir müssen los«, sagte Sepko.

»Wiedersehen«, verabschiedete sich Lene.

Unterholzer winkte ihnen nach, als sie davonfuhren.

»Und? Wann wird es jetzt spannend?«, fragte Lene.

Sepko sah sie eine Weile an. »Weißt du, wie lange ich den Unterholzer schon beliefere?«

»Keine Ahnung. Lang?«

»Allerdings. Normalerweise reißt er mir den Kopf ab, wenn ich auch nur eine Minute zu spät bin.«

»Tja«, sagte Lene.

»Tja«, sagte Luca.

»Tja«, antwortete Sepko und fädelte sich in den Verkehr ein.

Nachdem sie das »Folegandros« beliefert hatten, suchte Lene nach dem Lieferschein für den nächsten Kunden, während im Radio »September« von Earth Wind & Fire spielte und alle fröhlich mitsangen.

»Verdammt.« Sepko deutete auf eine Polizeikontrolle, die ihn mit einer Kelle in eine Parkbucht lotste. Lene schnallte sich schnell an. Allerdings gab es keinen Gurt für Luca.

»Routinekontrolle«, sagte der Beamte, als Sepko das Fenster heruntergelassen hatte. »Führerschein, Fahrzeugschein, Ladepapiere.«

Der Beamte ging mit Sepkos Ausweis zu seinem Wagen. Sepko wollte lieber gar nicht wissen, welche Informationen der Polizeicomputer ausspucken würde, wenn der Beamte seinen Namen eingab. Der Beamte wechselte ein paar Worte mit seinem Kollegen, bevor er zurückkam. Lene und Sepko tauschten einen nervösen Blick aus.

»Öffnen Sie bitte die Ladeklappe.«

Sepko hatte ein ungutes Gefühl. Wahrscheinlich würden ihm die gespeicherten Daten zum Verhängnis werden.

»Die Zuladung mit dem Höchstgewicht von 7,5 Tonnen ist bekannt?«, fragte der Beamte.

»Natürlich.«

»Auch, dass der LKW nur für zwei Personen zugelassen ist?«

Sepko schwieg.

»Wem gehört das Kind?«

»Uns«, platzte es aus Lene heraus. »Wir gehören zusammen, wir drei.«

Sepko schaute unsicher zu Lene, und sie verdrehte die Augen in der Hoffnung, dass diese Lüge ihnen helfen könnte, um weiterfahren zu können.

»Warum ist er nicht in der Schule?«

»Er wird erst nächstes Jahr eingeschult.«

»Alles klar.« Er sah Sepko an. »Folgen Sie uns bitte.« Dann wandte er sich an Lene: »Und Sie fahren mit dem Jungen bei uns mit.«

Sepko und Lene tauschten Blicke. Es war klar, dass die Kontrolle die gesamte Auslieferung in Gefahr brachte.

»Vielleicht hätte ich die Bluse aufknöpfen sollen«, sagte Lene zu Sepko mit grimmiger Miene. Dann stieg sie mit Luca zu den Polizisten in den Streifenwagen.

Zwanzig Minuten später erreichten sie die Polizeidienststelle für Verkehrsüberwachung in der Bad Schachener Straße, einen rotbraunen Klinkerbau.

Sepko fuhr den LKW auf eine Waage. Seine Befürchtung bewahrheitete sich.

»Die gültige Zuladung wurde um zwei Tonnen überschritten«, wurden ihnen mitgeteilt. Weiterfahrt ausgeschlossen.

Lene geriet in Panik. Sie musste ausliefern, um jeden Preis, andernfalls würde sie ihre sämtlichen Kunden verlieren. Sie griff zum Telefon und begann jeden einzeln anzurufen und zu beruhigen, während Luca die Polizisten fragte, wo sich das Gefängnis befand, in das sie jetzt wohl müssten.

In der Zwischenzeit kontaktierte Sepko Diredare und schilderte ihm, was vorgefallen war.

»Ich lass mir was einfallen«, versprach Diredare.

Lene hatte die meisten Kunden erreicht und ihre Verspätung angekündigt. Zusammen mit Sepko wartete sie auf Plastikstühlen sitzend in der warmen Herbstsonne.

»Jetzt noch ein See und eine Luftmatratze«, sagte Sepko.

Lene lächelte nur müde.

»Bist du schon lange am Großmarkt?«, fragte Sepko. »Ich habe dich noch nie gesehen.«

»Seit fünf Jahren.«

Sepko sah zu Luca, der aus kleinen Stöckchen eine Straße für die Ameisen auf dem Asphalt baute.

Lene ahnte, dass Sepko zu rechnen begann. »Er ist sechs. Ich weiß, es ist eine lange Geschichte«, sagte sie.

»Alles gut.«

Stille trat ein. Sepko beobachtete Luca, der offenbar ein größeres Straßennetz plante und jede Menge Baumaterial herbeischaffte. Als Sepko das nächste Mal zu Lene sah, hatte sie die Augen geschlossen und schien zu schlafen.

Eine gute Viertelstunde später war in der Ferne ein markanter Auspuff zu hören. Das Geräusch wurde immer lauter, und schließlich bog Diredare mit einem alten feuerroten Fiat-Campingbus um die Ecke.

Lene schlug die Augen auf. »Was ist das?«, fragte sie schlaftrunken.

»Die Auswahl an Lieferfahrzeugen ist leider begrenzt«, erklärte Diredare. »Eventuell hätte ich noch einen Mini Cooper.«

»Scheißegal. Ist bestens so.« Sie sprang auf. »Könnt ihr vielleicht auch mal anpacken?«, rief sie in Richtung der Polizisten, doch die fühlten sich nicht angesprochen.

Schnell luden Lene, Sepko und Diredare die Kisten in den Campingbus, verteilten sie auf dem Bett über der Fahrerzeile, unter der Couch und in der Duschkabine.

»Ruf mich an, wenn du fertig bist. Dann holen wir deinen Wagen«, sagte Sepko.

»Mach ich. Danke für alles«, antwortete Lene, als sie ihre Lieferscheine aus dem Stapel sortierte und sich mit Luca auf den Weg machte.

Sepko sah auf die Uhr seines Handys. Er stöhnte. Schon zwölf. Dann stieg er in den LKW. »Komm, ich muss los.«

Diredare grinste vielsagend. »Sweet. Echt sweet«, sagte er.

»Idiot. Steig ein.«

»Lass gut sein. Ich nehme die U-Bahn.«

»Na schön. Also bis später…«

Dann fuhr er los.

12 EIN DONNERSTAG IM NOVEMBER (02)

Nach der letzten Auslieferung machte Sepko sich auf den Weg zurück zum Großmarkt. Er entsorgte die leeren Holz- und Pappkisten an der vorgegebenen Stelle und stellte den LKW anschließend auf den Parkplätzen vor der Firma ab. Es war halb drei. Das Großmarktgelände war wie immer um diese Zeit praktisch menschenleer. Nur ein einzelner Fahrer zog aneinandergekettete Müllcontainer auf Rollen mit einem Minitraktor durch die Gegend. In der Ferne war das Rauschen des Stadtlärms zu hören. Sepko brachte die heutigen Lieferscheine in Brunners Büro, nahm sich aus dem Lager eine Tüte Äpfel und ein Abschleppseil und machte sich dann auf den Weg zu dem kleinen Kiosk auf dem Gelände. Dort warteten Lene und Luca bereits in Diredares Feuerwehr-Campingbus. Sepko nahm auf dem Beifahrersitz Platz, während Luca in die Mitte rutschte. Dann fuhren sie los, um den defekten Sprinter in Diredares Werkstatt zu bringen.

Auf den Straßen herrschte wenig Verkehr. Sepko nahm einen Apfel aus der Tüte und schnitt mit einem Taschenmesser Stücke ab. Bevor er sich selbst eins in den Mund steckte, warf er Luca einen fragenden Blick zu. Luca nahm ein Stück und biss ein wenig davon ab.

»Moment mal. Isst mein Kind etwa einen Apfel?«, fragte Lene überrascht.

»Entschuldige, hat er eine Allergie?«, fragte Sepko.

»Nein, aber wenn ich ihm einen Apfel anbiete … Egal«, antwortete Lene.

»Willst du auch?« Sepko hielt Lene ein Stück hin.

»Nein danke.«

»Noch eins«, sagte Luca.

Sepko gab Luca noch eins. Beide kauten vor sich hin.

»Was kostet wohl eine neue Batterie?«, fragte Lene nach einer Weile.

»Keine Ahnung. Vielleicht einhundert bis zweihundert Euro«, antwortete Sepko.

»Okay …«, antwortete Lene zögerlich.

»Wenn es tatsächlich nur die Batterie ist. Aber das werden wir ja bald sehen«, fügte Sepko hinzu.

Daraufhin verschränkte er die Arme, verbarg sein Kinn in seiner Jacke, lehnte sich an die Seitentür und schloss die Augen.

Die Fahrt führte sie über den Mittleren Ring, vorbei am Luise-Kiesselbach-Platz auf die Autobahnauffahrt Garmisch-Partenkirchen, wo der Verkehr dichter wurde. Lene entschied sich für eine Umfahrung durch Fürstenried. Sepko war inzwischen eingenickt. Luca führte Selbstgespräche, seine kleinen Hände betätigten imaginäre Hebel – er spielte Hebebühne-Fahren. An einer roten Ampel musste Lene halten. Sie blickte in die Seitenstraße, überlegte. Ein Auto hinter ihr hupte, da sie das Umschalten der Ampel verpasst hatte. Lene fuhr los. Sie befand sich an vierter Stelle in der Fahrzeugkolonne. Plötzlich riss sie das Lenkrad herum, setzte den Blinker und bog in die Seitenstraße ab. Nach ungefähr einem Kilometer parkte sie das Fahrzeug.

»Ich bin gleich zurück, okay?«, sagte sie.

Sepko öffnete die Augen. »All right.« Und schloss die Augen wieder.

Luca spielte mit seinem Zeigefinger an Sepkos Nase herum.

»Hmmm … Lass das«, sagte Sepko.

»Aber du schnarchst.«

»Mmh …«

Sepko erwachte, als Lene laut schimpfend aus dem Gebäude gelaufen kam.

»Blödes Arschloch!«

Sepko musste sich erst orientieren. Die Umgebung kam ihm bekannt vor. Dann sah er den Kerl, der hinter Lene herlief.

»Verzieh dich, du Schlampe!«

Es war Ronny. Lene hatte den Bus in der Hintereinfahrt vom Fürstenhof abgestellt. Sie drehte sich um und schleuderte ihm eine leere Konservendose aus einer Mülltonne entgegen, doch sie verfehlte ihr Ziel. Unbeirrt griff sie nach einer zweiten Dose. Diesmal traf sie ihn an der Schulter. Ein Tomatenmarkspritzer hinterließ einen roten Fleck auf Ronnys weißer Kochjacke. Er ballte die Fäuste und näherte sich Lene rasch.

Sie schrie: »Lass mich in Ruhe!«

Ronny bemerkte plötzlich das Kind auf dem Beifahrersitz und blieb stehen. »Komm nie wieder hierher, hast du verstanden?« Dann verschwand er durch die Tür, durch die er gekommen war.

Lene blickte sich um. »Wo ist Sepko hin?«

Luca deutete nach hinten, wo Sepko in Deckung gegangen war.

»Was tust du da?«

»Verstecken spielen.«

Sepko prüfte vorsichtig, ob die Luft rein war, dann kam er wieder zurück in die Fahrerkabine.

Lene setzte sich ans Steuer. Dann fuhren sie weiter.

EIN DONNERSTAG IM NOVEMBER (03) 13

Lene lenkte den Campingbus zügig durch den Verkehr. Ihre Hände umklammerten das Lenkrad. Sepko spürte, dass sie sich bemühte, ihn nicht anzusehen. Kurz wischte sie sich mit dem Handrücken über die Augen. Waren das Tränen? Ganz offensichtlich wollte sie nicht mit ihm darüber reden, denn sie drehte das Radio auf laut. Es brannte Sepko auf den Lippen, sie zu fragen, was für eine Verbindung sie zu Ronny hatte oder zu Derfler. Hatte *sie* etwa bislang den Fürstenhof beliefert? Wollte sie mit Derfler darüber reden, warum sie ihn als Kunden verloren hatte? Aber was war das für eine Beziehung zwischen ihr und Ronny? Woher kannten sie sich?

»Mama, warum singen die immer Englisch?«, fragte Luca und riss Sepko aus seinen Gedanken.

Keine Antwort.

»Mama!«, rief Luca.

Lene fuhr zu ihm herum. »Es ist einfach so! Okay?«

Luca machte ein weinerliches Gesicht, seine Lippen zitterten.

Sepko versuchte, die Situation zu retten. »Schnick, Schnack, Schnuck?«

Anders als bei Lene war bei dem Kind die Welt sofort wieder in Ordnung. Immer gewann er gegen Sepko, freute sich und lachte. Dass Sepko stets einen Sekundenbruchteil zögerte, bevor er seine Hand zu Schere, Stein oder Papier formte, fiel dem Kleinen zum Glück nicht auf. Während des Spiels beobachtete Sepko Lene, ob sie seine gute Tat gegenüber ihrem Sohn auch würdigte. Er glaubte, ja. Zumindest wirkten ihre Hände am Lenkrad nicht mehr so verkrampft. Sie ist eine tolle Frau, dachte Sepko, und obwohl er sie im Grunde erst seit wenigen Stunden näher kannte, hatte er bereits das Gefühl, dass sie ein wichtiger Teil seines Lebens war. Er wunderte sich selbst, denn er hatte bislang noch nie von einer Frau so gedacht.

Wenig später waren sie in Laim, wo auf dem Parkplatz des kleinen Restaurants Lenes Sprinter stand. Sie stiegen aus, Sepko befestigte das Abschleppseil, und dann steuerten beide ihr Fahrzeug im Schneckentempo zu Diredares Werkstatt. Sie lag im Norden Münchens, neben einer Box- und Taekwondo-Schule, in einem Hinterhof voller aufgemotzter Karossen deutscher Herstellung.

Als sie ankamen, war es fast sechs Uhr. Diredare empfing sie im ölverschmierten Blaumann. Gemeinsam mit Sepko beförderte er den Sprinter in die Werkstatt. Diredare verschwand unter der Hebebühne, und Sepko wandte sich der Motorhaube zu. Lene wartete auf einem Stapel Reifen, während sie Luca, der müde war, in ihrem Schoß hielt. In der Zwischenzeit nahm sie am Handy die ersten Bestellungen für den kommenden Montag entgegen. Sie schrieb sie auf Schmirgelpapier. Nach einer halben Stunde kamen die beiden angeschlurft.

»Es wird ein bisschen dauern«, sagte Diredare und kratzte sich unter seinem Baseballcap.

»Heißt?«, fragte Lene.

»Zündkerzen, Batterie, Keilriemen. Und die Bremsen sollten auch gemacht werden. Eine Woche?«

»Was?«

Lenes Handy klingelte erneut. Ein weiterer Kunde.

»Hallo?« Ihre Stimme sofort auf freundlich. »Ja? … Gerne …«

Sie gab Sepko den Jungen in den Arm, der halb eingeschlafen war, und entfernte sich einige Meter.

Sepko sah Diredare eindringlich an.

»Was ist?«, flüsterte der. »Sieh dir den Hof an. Vorher habe ich keinen Termin frei.«

Lene war noch mit den Bestellungen beschäftigt. Sepko ließ mit seinem Blick nicht locker. Erst jetzt bemerkten beide, das Luca eingeschlafen war.

»Ach fuck, ey. Also gut. Ich nehme sie rein, deine Süße. Aber nur, wenn du mir hilfst.«

»Danke, Alter«, sagte Sepko.

Lene hatte das Telefonat beendet. Sie kam zu ihnen und schnaufte tief durch. »Hilft ja nichts. Eine Woche also?«

»Übermorgen«, sagte Diredare.

»Echt?«, rief sie ungläubig.

»Echt«, sagte Sepko, und Diredare stimmte zu, es klang aber eher wie Zähneknirschen.

»Danke, Jungs.«

»Kein Problem«, sagte Sepko und Diredare zuckte mit den Schultern.

»Dann fahre ich mal nach Hause für heute«, sagte Lene und nahm Sepko den Jungen ab, der immer noch schlief, und legte ihn sanft im Campingbus ab. Sie wollte schon die Zündung betätigen, als sie noch einmal innehielt. Sie sah die Jungs fragend an.

»Ganz kurz … nur um sicherzugehen. Ich habe euch doch nicht versprochen, meine Brüste zu zeigen, oder?«

Sepko schnappte nach Luft. Ihm wäre fast der ölverschmierte Lumpen aus den Händen gefallen.

»Scherz«, fuhr sie fort und strahlte Sepko mit einem wunderschönen, warmen und spitzbübischen Lächeln an. Dann startete sie den Motor und fuhr davon.

»Halt!«

Der Mann, auf dessen Grundstück Lene für gewöhnlich ihren Transporter abstellte, sortierte gerade Flaschen, als er sah, dass sie mit dem Campingbus, der höher war als ihr Sprinter, unmöglich unter die Brücke passen würde.

Lene trat mit voller Wucht auf die Bremse, sodass Luca erschrocken aus dem Schlaf erwachte. Sie kurbelte die Fensterscheibe hinunter und winkte dem Mann zu: »Danke!« Dann fuhr sie ein paar Runden um die Häuser, bis sie schließlich einen Parkplatz fand. Sie nahm den Strafzettel von der Windschutzscheibe eines PKWs im Halteverbot und steckte ihn an den eigenen Scheibenwischer.

Es war längst dunkel. Bis zu ihrer Wohnung waren es fünfzehn Minuten Fußweg. Lene merkte, wie sie vor Müdigkeit am Gehsteig entlang torkelte. Luca war wieder wach. Er war quengelig.

»Mama, ich kann nicht mehr.«

»Es ist nicht mehr weit, okay?«

»Ich will nicht mehr.«

Luca blieb stehen, doch Lene ging einfach weiter. Er würde schon kommen. Aber nach ein paar Metern drehte sie sich doch um. Luca hatte sich nicht vom Fleck gerührt.

»Komm schon, bitte.«

Doch Luca blieb stehen. »Ich will, dass du mich trägst.«

Lene ging ein Stück weiter. Er wird schon kommen, dachte sie. An einer großen Straße wartete sie, obwohl kein Verkehr herrschte. Sie traute Luca sehr gut zu, allein über die Straße zu gehen, aber ihr Mutterinstinkt sagte ihr, dass sie das nicht zulassen konnte. Sie drehte sich um. Luca war ein paar Schritte weiter gegangen, blieb jetzt aber wieder stehen. Lene spürte, wie Wut in ihr aufstieg. Schluss jetzt! Sie war so genervt. Mit schnellen, energischen Schritten marschierte sie auf ihn zu. Sie wollte nach

Hause, sie hatte noch zu tun, sie musste die Lieferscheine für den Rechnungslauf bearbeiten, und wenn der Herr Sohn nicht sofort kam, würde sie ihn nach Hause *schleifen*.

Luca wandte sich um und lief hinter einen Baum. Das auch noch. Lene biss die Zähne zusammen. Tränen stiegen ihr in die Augen. Was für ein beschissenes Leben! Am liebsten hätte sie alles hingeschmissen. Aber genau das ging nicht. Sie hatte ja das Kind am Hals.

»Luca!«, schrie sie. »Verdammt!«

»Buh!« Luca stürzte hinter dem Baum hervor. »Ich habe mich versteckt!«

Er stand da und strahlte sie an. Dann kam er auf sie zu, drückte sich an ihre Hüfte.

Lene holte tief Luft. Sofort meldete sich das schlechte Gewissen. Verdammt. Was macht das Leben nur mit mir! Sie streichelte Lucas Rücken. »Wollen wir jetzt nach Hause gehen?«

Luca sah zu ihr auf, nickte.

In der Wohnung stellte sie Luca unter die Dusche. Im Kühlschrank gab es für ihn nur noch einen Joghurt. Morgen musste sie einkaufen.

»Mama, liest du mir noch vor?« Luca stürmte mit einem Buch auf sie zu. *Pippo im Baumhaus*. Wieder einmal. Sie hatte es schon so oft vorgelesen. Lene war todmüde, aber sie sagte zu.

Im Bett drückte Luca sich an sie, damit er unter der Decke schneller warm wurde. Irgendwann wird er das nicht mehr tun, dachte Lene. Sie genoss den Moment.

»… dann schnappte sich Pippos Vater eine Säge, einen Hammer, ein paar Nägel…«

»Mama«, sagte Luca. »Können nur Papas Baumhäuser bauen?«

»Nein, das können auch Mamas.«

»Dann will ich so ein Baumhaus haben. Bauen wir uns eins?«
Lene seufzte. »Ja, vielleicht. Mal sehen.«
Dann löschte sie das Licht.

LIEBLINGS-TAG 14

Brunner liebte die Freitage, denn sie waren die anstrengendsten und umsatzstärksten Arbeitstage. Akribisch hatte er geprüft, dass alle LKWs voll beladen waren und nichts vergessen wurde. Ein Fehler bei der Auslieferung konnte alles durcheinanderbringen. Es konnte immer Unvorhergesehenes dazwischenkommen, ein Stau oder ein Defekt am Wagen. Die Kunden zeigten dafür wenig Verständnis. Mitgefühl war nicht gerade die Stärke von Köchen. Aber was sollte er sagen? Sich beschweren hätte keinen Sinn gehabt. Zum Schluss würden es ihm die Köche übel nehmen und nichts mehr kaufen. Kritik gab es schnell, Lob nie.

»Nichts gesagt ist gelobt genug.« Das hatte ihm damals schon Röhrmoser beigebracht, bei dem er seine zweite Ausbildung gemacht hatte. Lange her. Aber Brunner wusste noch wie heute, wie er zum ersten Mal auf den Münchner Großmarkt gekommen war. Im Jahr 1990 war's. Andy Brehme hatte Deutschland in Italien gerade zum Weltmeister geschossen. Brunner machte eine Kochlehre in einem Hotel im Speckgürtel, und die Lehrlinge sollten verstehen, wo die Ware, die sie verarbeiteten, herkam. Geleitet wurde die »Sightseeingtour« vom Röhrmoser persönlich. Er war ein Urgestein am Großmarkt, wo er einen Stand als Zwischenhändler hatte. Große Lust hatte der junge Brunner damals keine, vor allem weil sie dafür schon um drei Uhr morgens aufstehen mussten – eine Zumutung. Während Röhrmoser wie ein

Märchenonkel den jungen Burschen voller Stolz die Geschichte vom Großmarkt erzählte, wollte Brunner lieber wieder ins Bett. Seine Einstellung zum Großmarkt änderte sich schnell, als er die Fahrzeuge auf dem Parkplatz sah: Sprinter – Sprinter – LKW – Lamborghini – LKW. »Der Lambo gehört dem Gmell. Salatbauer«, erklärte Röhrmoser beiläufig, als er die offenen Münder der Lehrlinge sah. »Der BMW dem Huber aus der Kartoffelstraße und der Jaguar da hinten dem Gurken-Peter. Der kommt im Sommer aber öfter mit dem Radl und fährt mittags noch an den Deininger Weiher.« Nachmittags baden. Davon konnte Brunner in seinem Job als Koch nur träumen. Er wusste nicht, ob er Röhrmoser und seinen Gemüseverein ernst nehmen konnte. »Und der Maserati?«, fragte er. »Der? Ach. Ja mei.« Röhrmoser stand da in seinen ausgetretenen Birkenstock-Schlappen, dem Blaumann mit der zerschlissenen Trachten-Strickjacke und dem Seppelhut. Als würde er die Last der Welt auf den Schultern tragen, antwortete er: »Das ist meiner.«

Zum Abschluss lud Röhrmoser die Gruppe zum Weißwurst-Frühstück in die »Gaststätte Großmarkthalle« ein. Röhrmoser hatte sich gerade ein zweites Weißbier bestellt, als er einen interessanten Satz fallen ließ: »Wenn ihr Geld verdienen wollt, müsst ihr am Großmarkt arbeiten. Oder ihr eröffnet ein Puff. Gefressen und gevögelt wird immer. Merkt euch das.«

Und das tat Brunner. Sein Entschluss stand fest. Sobald er die Lehre abgeschlossen hatte, würde er beim Röhrmoser am Großmarkt arbeiten. Mit dem Gedanken an einen eigenen Lambo war die Sieben-Tage-Woche als Koch viel leichter zu ertragen. Brunner bekam vom Röhrmoser Einblicke in den Einkauf – beim Bauern aus der Umgebung bis hin zu Handelsagenturen und Fruchtbörsen aus den großen Zulieferländern Spanien, Italien, Niederlande und Belgien. Brunner zeigte Verhandlungsgeschick beim Verkauf der Ware mit saisonabhängigen Preisen. Blöd brauchte man ihm dabei nicht zu kommen. Wenn ein Kunde unsympathisch oder großkotzig war, wurde die Kiste Zucchini eben teurer.

Nach dem Hauptgeschäft gegen sieben Uhr morgens traf sich die Großmarkt-Familie bei Ellie. An ihrem »Kaffeestand und Brotzeitstüberl« fand damals der wichtigste Austausch statt: Fußball, Autos, Frauen. Und Tipps, was man bei der Zollkontrolle sagen oder nicht sagen sollte, gab es obendrein. Man war voneinander abhängig und musste zusammenhalten. Das war der Ort, an dem Brunner lernte, Loyalität zu schätzen.

Brunner gefiel sich in der Rolle des Hemdsärmeligen, der jeden Morgen dafür sorgte, dass die Großkopferten die Korken knallen lassen und die Damen der High Society auf den Tischen tanzen konnten. Glanz und Glamour ließen München leuchten. Aber Brunner wusste, dass hinter der schönen Fassade ein Heer von Gesichtslosen schuftete. Und Brunner war einer von ihnen und fürs Erste genügte ihm das. Fürs Erste. Dann wollte er mehr.

Nach drei Jahren stand Brunner immer noch beim Röhrmoser am Schreibpult und verkaufte seine Früchte. Mittlerweile kannte er seine Pappenheimer und wusste, wer bei wem kaufte und wieso, wer bezahlen konnte oder wer nicht, wen er anschreiben lassen konnte und wen er besser sofort abkassierte.

Eines Tages kam Ralf an Röhrmosers Stand. Er war Koch und hatte mit Brunner in der Lehrzeit gearbeitet. Brunner erkannte ihn sofort.

»Immer noch am Bananenbiegen?«, fragte Ralf.

»Dafür stinkt's hier nicht nach Bratenfett.«

Brunner lachte und klopfte ihm freundschaftlich auf die Schulter. Ralf war mittlerweile zum Küchenchef aufgestiegen. Ralf berichtete, dass er schon seit Längerem jemanden suche, der den

Einkauf am Großmarkt für ihn übernahm. Doch bislang habe er nur Pleiten erlebt. Entweder war die Ware verdorben, weil sein Mann keine Ahnung hatte. Oder er zahlte Wucherpreise, weil sein Mann keine Ahnung hatte. Neulinge wurden am Großmarkt gern über den Tisch gezogen. Auch Brunner hatte schon unerfahrene Einkäufer ausgenommen wie die Weihnachtsgänse. Typen wie der vom großen Feinkostladen hinterm Rathaus, ein eitler Geck, der jedem das Logo seiner Firma auf seiner schicken Daunenjacke präsentieren musste – solche Typen schrien förmlich danach, beschissen zu werden. Und beschissen zu werden, das wollte Ralf umgehen. Weswegen er gezwungen war, den Einkauf für das Gasthaus Gillinger selbst zu erledigen. Ihm fehlte jemand, auf den er sich verlassen konnte. »Was hältst du davon, wenn du mich belieferst?« Die Idee war ihm spontan gekommen, und Brunner überlegte nicht lang. Ein kleiner Nebenverdienst konnte nicht schaden. Also stopfte er nach Feierabend meistens gegen zehn oder elf Uhr vormittags seinen PKW randvoll mit Obst und Gemüsekisten und chauffierte zu Ralf aufs Land. Der war mit Brunners Arbeit höchst zufrieden. Er sparte Zeit und, weil Brunner sich mit den Preisen auskannte, auch Geld.

Im Freundeskreis aus Küchenchefs und Gastronomen, die wie Ralf keinen Bock hatten, frühmorgens in den Großmarkt zu fahren, sprachen sich Brunners Dienste schnell herum. Schon bald hatte er so viele Kunden, dass der Platz im PKW nicht mehr reichte. Brunner entschied sich, in einen LKW zu investieren und sich damit selbstständig zu machen. Im Handumdrehen belieferte Brunner acht Restaurants, zwei Kantinen, eine Schule und ein Altenheim. Brunner war damit Pionier am Großmarkt gewesen, der Beruf des Gemüselieferanten steckte Ende der Neunziger noch in den Kinderschuhen.

Viel hatte sich seither geändert. Nicht zuletzt mit den Computern. Brunner konnte sich kaum noch vorstellen, wie er mal ohne ausgekommen war. Allmorgendlich überprüfte er online den Umsatz. Heute waren es knapp vierhunderttausend Euro. Nicht schlecht für einen normalen Freitag ohne Brückentag oder Messe. Brunner konnte stolz sein auf seine Firma, und er war es auch.

Er lehnte sich in seinem Bürosessel zurück, verschränkte die Arme hinterm Kopf, ließ die Gedanken schweifen. Er hatte es geschafft. Er hatte es zu etwas gebracht im Leben. Und er hatte das Gefühl, dass dies nur hier, hier in Bayern, möglich gewesen war. Unter Franz Josef Strauß hatte der Freistaat einen ökonomischen Aufschwung von historischem Ausmaß hingelegt. Industrie strömte nach Bayern und machte das Land zu einem der Drehkreuze der Weltwirtschaft. Firmen wie BMW waren hier zu Hause, Siemens, Allianz, Linde, Krauss-Maffei, MAN, die Münchener Rück. Aber gleichzeitig waren die Menschen bodenständig geblieben. Man trug Lederhosen oder Dirndl, man lebte umgeben von blauen Bergen und grünen Wiesen. Die Menschen liebten dieses Land und seine Hauptstadt. Hier herrschte keine Not und keine Korruption. Die Menschen waren durchdrungen vom »Mia san mia«-Gefühl. Slogans wie »Leben und leben lassen« waren gelebte Realität. Man fühlte sich als etwas Besonderes und Brunner hatte immer dazugehören wollen. Doch manchmal waren die grünen Wiesen, auf denen die glücklichen Kühe weideten, mit Exkrementen befleckt. Manchmal liefen die Geschäfte nicht so, wie dies wünschenswert gewesen wäre. Es kam vor, dass man sich gezwungen sah, über einige weniger schöne Dinge hinwegzusehen. Aber dem ungeachtet – er, Brunner, würde niemals gestatten, dass jemand sein Bild von Bayern beschmutzte und in den Dreck zog, so wie es die Medien, die vermaledeiten, allweil taten.

Brunner seufzte. Genug geträumt. Er hätte längst Feierabend machen können. Aber es gab noch etwas zu tun. Er schnappte sich den Lieferschein für seinen letzten Kunden. Ein ganz besonderer Kunde, dem er die Ware höchstpersönlich vorbeibrachte.

SOMMER-MÄRCHEN 15

Es war ein heißer Tag Anfang September 2006. Deutschland hatte in der Fußball-Weltmeisterschaft im eigenen Land einen ehrenvollen dritten Platz errungen, doch von der ausgelassenen Stimmung, die vier Wochen bei bestem Sommerwetter geherrscht hatte, war nicht mehr viel zu spüren. Jedenfalls nicht bei Steff. Er hatte sich gerade einen Döner von der Ecke geholt und nahm wieder auf dem Beifahrersitz Platz. Vier Tage saßen er und Rudi nun schon in ihrer Zivilstreife und observierten das Traditions-Kaffeehaus am Promenadeplatz.

»Wahnsinn, einfach Wahnsinn«, sagte Rudi.

»Was?«

»Früher haben wir die angesagten Clubs und Diskotheken kontrolliert. Knackige Mädels in hautengen Jeans. Heute sehen wir den Senioren beim Kuchenessen und Kaffeetrinken zu.«

»Mmh.« Steff nahm einen großen Bissen von seinem Döner.

»Der Typ. Im Karo-Sakko. Schon wieder«, fuhr Rudi fort.

»Was ist mit dem?«

»Der frisst schon wieder eine Sachertorte.«

»Mmh.«

»Da wird dir doch schlecht. Jeden Tag Sachertorte.«

»Schon.«

»Jetzt auch noch einen Ramazzotti, ja, pfui Teufel«, sagte Rudi.

»Ekelhaft.«

Steff schmeckte der Döner dafür umso besser, seinem Schmatzen nach zu urteilen.

»Vergiss nicht, dass du deiner Frau heut ein Stück Apfelkuchen mitbringst«, erinnerte ihn Rudi.

»Damit sie weiß, wie der sonst so schmecken kann?«, grinste Steff.

»Ich wär froh, wenn ich jemand hätte, der für mich backt.«

»Glaub mir, bei mir wärst du nicht froh.«

»Meinst?«

»Meine ich.«

Rudi strich sich über den Bauch. »So bleibst wenigstens schlank.«

Steff lachte.

Steff hatte zwei kleine Töchter und war mit Isabell verheiratet, die er beim Observieren einer Disco kennengelernt hatte. Rudi hingegen hatte keine Zeit für eine Beziehung, zumindest nicht für eine feste. Er hatte bereits den Rang eines Kommissars erreicht. Steff war noch Hauptmeister. Seit zwölf Jahren waren beide nicht nur als Zivilfahnder ein eingespieltes Team, sondern auch privat gut befreundet. Es war kein Wunder, dass der Freundeskreis im Schichtdienst kleiner wurde und einem oft nichts anderes übrig blieb, als mit den Kollegen abzuhängen. Gemeinsam gingen sie Fußball spielen, schwimmen oder trafen sich zum Grillen. Steff hatte schon als Kind von der Polizeiarbeit geträumt, von wilden Verfolgungsjagden und spektakulären Verhaftungen. Deshalb lief er mindestens einmal im Jahr einen Marathon.

Bei der Polizei war dagegen Junkie-Jogging beliebt. Die Beamten hielten die Dealer in Bewegung, damit sich in der Stadt kein Problembezirk bilden konnte. Sie kannten ihre Pappenheimer und umgekehrt. Ein Katz-und-Maus-Spiel. An diesem Nachmittag waren weit und breit wie schon in den vergangenen Tagen keine Verdächtigen zu sehen. Sie waren kurz davor, die Aktion abzubrechen. Zu diesem Zeitpunkt ahnten beide noch nicht, was in der nächsten halben Stunde passieren würde.

Innerhalb weniger Minuten betraten zuerst der schlanke, kleinere Mann und dann der etwas größere, dickere Mann das Kaffeehaus durch eine Seitentür. Sie gingen die Treppe hinunter ins Untergeschoss, ohne Interesse an den berühmten Tortenkreationen des Traditionshauses zu zeigen. Steff nickte Rudi zu und sie folgten ihnen. Die jugendlichen Kuriere waren so naiv zu glauben, dass sie in einem Café voller Senioren nicht auffallen würden, musste Steff denken. *Ich an eurer Stelle wäre lieber am Hauptbahnhof geblieben.*

Im Untergeschoss überprüften die Fahnder den Ausgang für das Personal und die Damentoilette. Dann stürmte Steff die Herrentoilette, während Rudi die Tür sicherte.

Sie erwischten die beiden dabei, wie der Kleine gerade eine Tüte in der Hand hielt und der Große vergeblich versuchte, sich in der engen Toilettenkabine zu verstecken, was aufgrund seiner Wampe nicht möglich war.

»Was haben wir denn da. Scheiße gelaufen, oder?«, sagte Steff mit einem genüsslichen Grinsen.

»Blöde Bullensau.«

»Oha!« Steff sah ihn groß an. »Beamtenbeleidigung? In deiner Situation eher unklug, mein Freund. Oder was denkst du, Dickwanst?«

Der Große stand wie ein Riesenbaby an die Wand der Toilettenkabine gepresst. Steff war nicht sicher, ob er ihn überhaupt verstand.

»Umdrehen«, befahl er den beiden und begann mit der Leibesvisitation.

Im Treppenhaus tappte ein Gast mit Gehstock zu ihnen hinunter. Die Räumlichkeiten waren eng.

»Los, wir machen oben weiter«, sagte Steff.

Oben bei der Garderobe blieben die Kaffeehaus-Besucher neugierig stehen, während Steff die Durchsuchung des Kleinen fortsetzte. Die ganze Zeit hatte er dieses Grinsen im Gesicht, und Rudi wusste, der Kleine tat besser, was er sagte, sonst hätte er vielleicht gleich keine Zähne mehr.

»Ausweise«, sagte Rudi.

Der Dicke suchte verzweifelt in seinen Taschen, der Schweiß lief ihm übers Gesicht.

»Das sind die zwei«, sagte der Kaffeehausbesitzer, der jetzt zu ihnen kam. »Und?«

»Volltreffer«, sagte Steff und hielt das Tütchen hoch.

Da spuckte der Kleine nach dem Besitzer und beschimpfte ihn in einer sehr fremdländischen Sprache.

Als Rudi ihn zurechtwies, rastete er vollends aus und stürzte sich auf ihn. Steff steckte schnell das Tütchen in die Tasche und mit vereinten Kräften drückten die Polizisten den Kleinen an die Wand. Rudi kickte ihm in die Kniekehle, der Kleine ging zu Boden, dann fixierte Rudi ihn, indem er ihm das Handgelenk auf den Rücken drehte.

Der Dicke hatte den Moment der Unaufmerksamkeit zur Flucht genutzt, soeben zwängte er seinen großen Teddybär-Körper durch die Tür, durch die sie gekommen waren.

»Schau mal. Dein Kandidat will sich verpissen.«

»Shit.« Steff verdrehte die Augen. »Mir liegt der Döner im Bauch. Mach du.«

»Spinnst du, wer ist hier der Marathon-Man.«

»Na bravo.« Steff seufzte und lief los.

Rudi führte den Kleinen auf die andere Straßenseite zum Einsatzfahrzeug und platzierte ihn dort auf die Rückbank. Er seufzte. Der Kerl war höchstens achtzehn. Was war nur los mit den jungen Leuten von heute? Dann griff er zum Handy und wählte Steffs Nummer, doch er ging nicht ran. Rudi versuchte es erneut, doch wieder vergeblich. Schließlich stieg er ein und fuhr los. Nach einigen Einbahnstraßen und roten Ampeln sah er ihn in einer Nebenstraße. Vom Dicken keine Spur, Steff saß auf der Bordsteinkante.

»Was ist los? Seitenstechen? Wo ist der Schwabbel?« Rudi blickte sich um. Außer ein paar Passanten beim Shoppen war nichts von dem Verdächtigen zu sehen.

»Mach dir keinen Kopf. Den kriegen wir ein andermal.«

Aber Steff schwieg.

Rudi bückte sich zu seinem Freund. Steff sah ihn starr an, sein Gesicht war zu einer schmerzhaften Grimasse verzerrt.

»Hey, was ist los?«, fragte Rudi. Er blickte an Steff herab. Erst jetzt sah er, dass sich sein Kollege die Hände vor den Bauch hielt.

»Nicht«, presste Steff hervor, als Rudi nach seinen Händen greifen wollte. Dann wurde Steff ohnmächtig. Er kippte nach hinten, seine Hände lösten sich, und in Sekundenschnelle war sein ganzer Torso voller Blut.

Rudi hatte zunächst das Schlimmste befürchtet, doch Steff überlebte. Als er nach vielen Wochen das Krankenhaus verlassen konnte, saß er noch lange Zeit im Rollstuhl. Der Dicke hatte ihm damals ein circa vierzehn Zentimeter langes Messer in den Bauch gerammt. Steff hatte den Stich erst gar nicht bemerkt, nur ein Ziehen gespürt. Dann wollten seine Beine nicht mehr, er musste sich setzen, ihm wurde unerträglich heiß. Aufgrund des hohen Blutverlustes fiel Steff auf dem Weg ins Krankenhaus ins Koma. Das Messer hatte mehrere Organe verletzt. Seitdem konnte Steff keinen Sport mehr machen. Mit dem Marathonlaufen war es vorbei. Dafür hatte er einen künstlichen Darmausgang als Souvenir. Steff quittierte den Dienst.

Isabell übernahm seine Pflege in der Zeit, als Steff noch im Rollstuhl saß und auch darüber hinaus. Sie konnte deshalb nur wenig arbeiten, was zu finanziellen Problemen führte. Gegen Isabells Widerstand setzte Steff durch, dass sie zurück in seinen Heimatort zogen, einem kleinen Dorf in der Nähe von Weiden in der Oberpfalz, wo Isabell und die Mädchen Schwierigkeiten hatten, Anschluss zu finden.

Steff verbitterte zunehmend. Die ehemaligen Kollegen kümmerten sich kaum um ihn. Besonders schmerzlich war, dass Rudi immer seltener zu Besuch kam. Der hatte schon immer vor allem an sich gedacht, ihm war seine Beamtenkarriere wichtiger, Ziel: Erster Polizeihauptkommissar. Trotzdem hatte er die Leibesvisitation fahrlässig durchgeführt. Da Rudi für Steff mehr war als nur ein Kollege, hatte Steff sich dagegen entschieden, eine entsprechende Aussage zu machen, obwohl Rudi bereits in der Vergangenheit fahrlässiges Fehlverhalten vorgeworfen worden war, für das er nie zur Verantwortung gezogen wurde. Auch dieses Mal blieben Rudi Konsequenzen erspart, und das war der Dank. Der dicke Junge war spurlos verschwunden, und der andere konnte sich in Handschellen aus dem Auto befreien und flüchten, während Rudi sich um seinen verletzten Kollegen kümmerte.

Es war der Anfang vom Ende, als die Ehe mit Isabell zu bröckeln begann. Ihre Beziehung war nie einfach gewesen, nicht nur wegen Steffs Schichtdienst. Er hatte sich nie besonders um die Familie gekümmert, nun kamen Depressionen hinzu, dann der Alkohol. Isabell versuchte ihr Bestes, ihrem Mann gerecht zu werden, aber irgendwann war auch ihr Mitleid erschöpft. Der Tag, an dem Steff seiner Tochter eine Ohrfeige verpasste, war dann das Signal: Isabell und sie verließen ihren Mann.

Ein alter Klassenkamerad, Georg Brunner, kam bei Steff vorbei, nachdem er bei einem Klassentreffen von seinem Schicksal gehört hatte. Der war schockiert über den verwahrlosten Zustand des Freundes. Er animierte Steff, nach München zurückzukehren, half ihm bei der Rehabilitation und überredete ihn, wieder in den Polizeidienst einzutreten. Steff fand eine Stelle als Diensteinteiler bei der Verkehrsüberwachung Kufstein in Rosenheim. Zudem beschloss er, seine Ausbildung an der Polizeifachschule zum Kommissar nachzuholen. Obwohl Steffs Abschlusszeugnis mäßig war, wurde seiner Beförderung aufgrund seiner körperlichen Versehrtheit zugestimmt.

Als Diensteinteiler bei der VÜ übernahm Steff die Zuteilung, welche Kontrollen zwischen der österreichischen Grenze und München stattfinden sollte. Brunner meldete sich alle zwei, drei Wochen, um seinen Freund aufzumuntern und ein bisschen Spaß zu haben.

16 LIEBLINGS-TAG (02)

Brunner wählte für seinen letzten Kunden die Route durch das Stadtzentrum und fuhr die Ludwigstraße hinauf durch Schwabing. Er öffnete das Fenster und inhalierte tief. Die Pappeln entlang der Leopoldstraße leuchteten im satten Gelb und ein mediterranes Lüftchen wie sonst im Sommer wehte in der nördlichsten Stadt Italiens. Es war halb fünf, es dämmerte bereits, aber auf den Straßen wimmelte es von Fahrradfahrern, Joggern, Inline-Skatern und Spaziergängern. In den Restaurants und Kneipen saßen die Menschen noch draußen und auch die Biergärten waren voll. Es wäre schön gewesen, den Abend dort zu verbringen, dachte Brunner. Doch er hatte bereits eine Verabredung mit einem Freund, den er schon mehrmals versetzt hatte. Er wollte es sich nicht mit ihm verderben.

Brunner parkte seine Mühle im Hinterhof eines knallrot gestrichenen Gebäudes, zwischen einem tiefergelegten Mercedes Coupé mit breiten Alufelgen auf der rechten Seite und einem Opel Corsa auf der linken Seite. Der »Leierkasten« war das bekannte Traditionsbordell an der Ingolstädter Straße in München. Hier gab es keinen Zeitdruck für die Lieferung, da das Hauptgeschäft erst am Abend begann. Brunner hatte mit dem »Leierkasten« einen loyalen und unkomplizierten Kunden, bei dem es nie Probleme gab. Außer, man schickte einen Fahrer, dessen religiöse Überzeugung es ihm verbot, nackte Hintern in

String-Tangas zu sehen. Der Fahrer hatte damals die Ware kurzerhand in der prallen Sonne stehen lassen, wo sie verdorrte. Seitdem hatte Brunner einen Schlüssel zum Kühlraum, um so etwas zu vermeiden.

Ungefähr einmal im Monat belieferte Brunner den »Leierkasten« selbst, so wie heute. Brunner lud die Zutaten für die Mixgetränke aus dem Kofferraum seines Lada SUV: eine Kiste Zitronen, Limetten, Orangen, ein paar Bund Minze. Außerdem zwei Lagen Erdbeeren für den Champagner. Nachdem er die Kisten im Kühlraum verstaut hatte, ging er in die Gentlemen's Bar, wo zahlreiche Kunden in geselliger Runde beisammensaßen. Seit Jahren gab es hier einen Stammtisch. Das ganz in Rot gehaltene moderne Ambiente war einfach angenehm. Ein wenig trinken, ein wenig plaudern, ein wenig vögeln. Nach einer erfrischenden Dusche oder Sauna konnte man dann nach einem langen Tag entspannt ins Wochenende starten.

Hinterm Tresen stand heute Angie. Sie kam aus Osteuropa, wie ihr Akzent deutlich verriet, aber aus welchem Land, hätte Brunner nicht zu sagen gewusst, er hatte sie nie danach gefragt. Das Einzige, was er wusste, war, dass Angie – wie sie selbst sagte – »mit allen Lippen« gut umgehen konnte und für ihre geschätzten dreißig Jahre bereits zu den älteren Semestern gehörte. Vor zwei Jahren war sie einmal kurz verschwunden. Es hieß, sie habe zurück in ihre Heimat gemusst. Dann tauchte sie wieder auf, mit einem blauen Auge. Niemand wusste Genaueres. Angie bediente gerade zwei Männer an der Bar. Dann kam sie zu ihm.

»Hallo, Gemüsemann.«

»Grüße dich, Spatzl«, antwortete Brunner im Monaco-Franze-Slang, den er sich angewöhnt hatte. Brunner liebte ihren Akzent. Er gab ihr ein Bussi links und rechts. Er schnupperte. Er sah sich um. »Nach was riecht es hier?«, fragte er. Wie immer waren

Rosen-, Jasmin- und Hygienemittel-Noten zu erkennen. Doch da war noch etwas anderes.

Angie zuckte mit den Schultern. »Weiß nicht.«

Sie öffnete die Tür einer glitzernden Tresor-Attrappe, in der an die zwanzig verschiedene Spirituosen standen.

»Wie immer?«

»Wie immer.«

Sie griff eine Whiskeyflasche. Sie war beklebt mit einem Aufkleber, der eine Kirsche und eine Banane zeigte. Angie deutete darauf und kicherte.

»Das habe ich gemacht, damit ich deine Flasche erkenne.«

Brunner nickte anerkennend.

Angie schenkte ein und stellte das Glas vor ihm ab.

Brunner hatte gerade einen Schluck genommen, als er hinter sich eine Stimme hörte.

»Schrott! Totaler Schrott! Du verstehst das doch sicher, oder?«

Brunner wusste, wem die Stimme gehörte – Werner Obermaier, von Insidern nur »Kopfschuss« genannt, aufgrund einer tiefen Furche an seiner Schläfe und seiner asymmetrischen Gesichtszüge. Kopfschuss war der Pächter des Ladens, hünenhafte Statur, blond gefärbtes Haar, mit Metallarmbändern und Ketten behängt. Kopfschuss drückte mit den Händen auf dem Polster eines Barhockers herum, während er mit einem Kerl sprach, der in einem Anzug steckte, der ihm zwei Nummern zu groß zu sein schien. Der Kerl hielt etwas in Händen, das Stoffproben zu sein schienen, und sah Kopfschuss an wie ein treu ergebenes Hündchen. Kopfschuss sprach so sachlich und ruhig, als plaudere er mit dem Bestattungsunternehmer einer jüngst verstorbenen Tante. Aber nein, es ging nicht um Sargausstattungen und Kranzgebinde, sondern um die neuesten Barhockerpolster.

»Schau. Das fühlt sich einfach beschissen an. Klebt. Es riecht.

Und den Bezug haben wir überall. Und in den Zimmern haben wir die auch. Da will doch keiner mehr ficken.«

Der Kerl im Anzug nickte beflissen.

Brunner hielt seine dicke Knollnase an eines der Polster.

»Pisse. Wie Pisse. Als hättest du Spargel gegessen. Apropos Spargel. Du! Dich brauch ich.«

Kopfschuss hatte Brunner am Tresen entdeckt, aber der war nicht sicher, ob er wirklich gemeint war. Im Laufe der Jahre hatten sie sich immer mal wieder gesehen und auch ein paar Mal miteinander geredet, aber das war auch schon alles. Brunner kannte Kopfschuss und seine Entourage hauptsächlich aus Zeitungsartikeln. Wie zum Beispiel dem letzten, in dem berichtet wurde, wie sein Stiefsohn eine arme Frau aus Afrika im Drogenrausch halb totgeprügelt hatte, nur weil sie es gewagt hatte, vor dem »Leierkasten« um etwas Geld für ihre Familie zu betteln.

»Servus. Hast Ärger?«, begrüßte ihn Brunner.

»Ach, nur der Polsterer. Riechst du das? Carlo hat mir einen Scheiß angedreht. Und er kümmert sich jetzt hier darum, nicht wahr?« Dabei klopfte er dem Kerl im Anzug fest auf die Schulter. »Geht halt nicht. Stinkt«, fuhr Kopfschuss fort.

»Stimmt. Stinkt«, sagte Brunner.

»Was machen wir jetzt mit ihm? Nimmst du ihn in den Schwitzkasten oder mach das ich?« Kopfschuss lachte und deutete mit dem Kopf auf den Mann im Anzug. Man sah, wie der Kerl versuchte, sein Zittern mit einem Lächeln zu überspielen und durch eine etwas breitere Beinstellung selbstbewusst zu wirken.

Kopfschuss sah Brunner fragend an. »Was wollte ich jetzt von dir noch mal?« Er kratzte sich am Kopf. An seinen Fingern steckten dicke Ringe aus Silber in Form von Totenköpfen oder anderem Schnickschnack, der bedrohlich aussehen sollte. »Ah ja«, fiel es ihm wieder ein. »Bringst mir bitte in den nächsten Wochen eine Kiste Spargel mit. Einen schönen, aus Schrobenhausen.«

»Dein Ernst?«

»Wünscht sich die Mama. Sie hat Geburtstag und isst den so gern. Vielleicht auch noch ein paar Kartoffeln.«

»Wir haben Herbst. Da bist du ein halbes Jahr zu spät dran.«

»Aber deine Erdbeeren gibt's doch auch das ganze Jahr.«

»Krieg ich schon hin. Er kommt halt dann nicht aus Schrobenhausen, sondern Peru.«

»Einmal um den Globus, aber Hauptsache biologisch!« Kopfschuss lachte laut und wandte sich wieder zu dem Mann im Anzug. »Siehst. So gefällt es mir, ein Problem zu lösen.« Dabei klopfte Kopfschuss ihm erneut auf die Schulter. Diesmal so fest, dass ihm ein paar Haare vom gekämmten Scheitel zu Berge standen und die Brille schief auf der Nase hing. Der Mann richtete Frisur und Brille, sah abwechselnd zu Brunner und Kopfschuss. »Jetzt schleich dich und sag deinem Chef, er soll einfach bis nächste Woche einen neuen Bezug bringen.«

»Aber … aber bist nächste Woche … das werden wir nicht schaffen.«

»Sagst ihm einen Gruß von mir, dann schafft er das.«

Damit zog der Mann ab und der Zuhälter wandte sich zu Brunner. »Geht also klar?«

»Ist notiert.« Spargel im Puff. Brunner waren bereits wilde Bilder durch den Kopf gegangen.

»Guten Abend, die Herrschaften. Entschuldigt, war bisschen was los.«

Es war Steff, der neben Kopfschuss am Tresen Platz genommen hatte.

»Privat oder dienstlich hier?«, fragte Kopfschuss.

»Privat.«

»Gut«, sagte Kopfschuss. »Dann kann ich jetzt ins Büro gehen und eine Line ziehen.« Er lachte und verließ die Bar.

Brunner lud Steff auf ein Glas Whiskey ein und sie ratschten über das morgige Spiel in der Allianz Arena.

»Diese Penner stehen den ganzen Tag auf dem Fußballplatz und müssen nichts anderes tun, als den Ball ins Tor zu schieben. Dafür verdienen sie Millionen. Und dann liefern sie so etwas ab«, sagte Steff, in Anspielung auf das Champions-League-Spiel, das ihr Verein vor zwei Tagen verloren hatte.

»Und was willst du jetzt machen? Deine Dauerkarte verkaufen?«, fragte Brunner.

»Am liebsten würde ich das«, antwortete Steff.

»Ja mei, du wirst auch bezahlt und musst den ganzen Tag nichts tun«, lachte Brunner und schenkte noch einmal Whiskey nach.

Durch die Eingangstür betrat in diesem Moment ein seriös wirkendes, nicht mehr ganz junges Pärchen das Etablissement. Sie gingen umherblickend durch den Eingangsbereich und betraten dann zögernd die Bar.

»Entschuldigung«, sagte der Mann mit englischem Akzent an Brunner und Steff gerichtet, »wir suchen *the restaurant*, bitte.«

Sie kamen ins Gespräch. Brunner und Steff erfuhren, dass die beiden aus Irland kamen und Daryl und Eve hießen. Anlässlich ihres dreißigsten Hochzeitstages verbrachten sie ein verlängertes Wochenende in München. Sie waren erst am Morgen gelandet – es war ihr erster Flug überhaupt. Der Tourguide hatte sie tagsüber durch den Englischen Garten und das Deutsche Museum geführt. In den »Leierkasten« waren sie, wie sich jetzt herausstellte, aufgrund eines Missverständnisses geraten. Daryl hatte von einem Freund von einem guten Restaurant mit einer auffallend roten Fassade gehört – er meinte zweifellos das Sternelokal »Tantris«. Doch als er in die Internet-Suchmaschine die Begriffe »*restaurant*«, »*Munich*« und »*red facade*« eingab, spuckte die den »Leierkasten« aus. Offensichtlich hatte der Tourguide Daryls Frage nach der Qualität des Essens als Scherz aufgefasst, denn er hatte entgegnet: »Nun, das Fleisch soll ganz ausgezeichnet sein.«

Brunner und Steff konnten sich das Lachen nicht verkneifen, und auch das Pärchen nahm es mit Humor. Die beiden beschlossen, einen Aperitif zu trinken, bevor sie in ein richtiges Restaurant weiterzogen. Im Gespräch mit Brunner und Steff stellte sich heraus, dass die beiden in ihrer Heimat Milchbauern waren. Vor einem Monat hatten sie sich dazu entschieden, ihren Hof an ein amerikanisches Pharmaunternehmen zu verkaufen. Über Nacht waren sie steinreich geworden. Sie hatten keine Kinder, waren finanziell unabhängig und wollten ab sofort das Leben genießen. Während Brunner sich mit Daryl über Whiskey unterhielt, lauschte Eve gebannt Steffs Polizeigeschichten. Bald hatten die beiden vergessen, dass sie noch essen gehen wollten. Irgendwann tanzte Eve mit den anderen Prostituierten zu Achtziger-Disco-Musik, während Daryl einen Fahrer zum nächsten Bankautomaten schickte. Er ließ sich mehrere Tausend Euro in Zwanziger-Scheinen bringen und verteilte sie großzügig an die Gäste, damit diese sie den Mädels in die Unterwäsche stecken konnten. Normalerweise erlaubte Kopfschuss keine Damen in der Bar, aber heute machte er eine Ausnahme. Menschen, die bereit waren, Geld auszugeben, hatte er schon immer gemocht.

Brunner fiel auf, dass Daryl zu keiner Gelegenheit die Prostituierten anstarrte, dafür umso liebevoller seine Frau betrachtete, die sich bestens amüsierte. Es gab sicherlich nicht viele Ehemänner, die ihre Ehefrau in einem Puff tanzen lassen würden. Irgendwann sprang er auf und küsste seine Frau leidenschaftlich. Die Menge jubelte. Brunner musste sich eingestehen, dass er den Mann um sein Glück beneidete.

Steff hatte inzwischen schon ordentlich Alkohol intus. Als er jetzt aufstand, schwankte er leicht.

»Entschuldige mich kurz. Ich hab noch ein Meeting«, sagte er und wies zur Decke. Er meinte die Mädels, die im Obergeschoss in ihren Zimmern die Freier empfinden.

Brunner nickte und Steff begab sich eine Etage höher. Es war ein verwinkelter Flur, aber Steff kannte den Weg im Schlaf. Lexi hatte das Zimmer 35. Die Tür war verschlossen, was bedeutete, dass sie gerade arbeitete. Steff wartete. Er lehnte sich an die Wand und schloss die Augen. Als er einzunicken drohte, lief er auf dem Flur langsam auf und ab. Nach etwa einer halben Stunde kam ein Mann aus dem Zimmer heraus. Er war Mitte dreißig, athletisch gebaut, gut aussehend – ein Model-Typ. Steff fragte sich, warum so einer in ein Bordell gehen würde. Er sollte doch keine Probleme haben, eine Frau ins Bett zu bekommen. Oder hatte er so spezielle Wünsche, dass er sie nur bei einer Prostituierten erfüllt bekam? Steff sah ihm nach. So unsinnig es war, aber die Vorstellung, dass der Typ gerade mit Lexi geschlafen hatte, gefiel ihm ganz und gar nicht. Dann trat er ins Zimmer.

Lexi saß an ihrem Schminktisch, frischte den Lippenstift auf.

»Hey.«

Lexi gab keine Antwort.

»Bist du frei?«

Lexi schüttelte den Kopf.

»Jetzt nicht.«

»Okay. Wann?«

»Ich habe gleich einen Kunden.«

Sie log. »Wann?«

Lexi blickte ihn an. Ungläubig. »Mann. Du bist betrunken. Keinen Bock auf so was. Ehrlich.«

Steff holte tief Luft. *Kein Bock auf so was.* Mit Ablehnung war er noch nie gut klargekommen.

»Ich zahle dir eine ganze Stunde.«

»Geh nach Haus, Steff. Schlaf deinen Rausch aus.«

Steff spürte, wie er ungehalten wurde. »Ich habe eine halbe Stunde gewartet, da kann dein anderer Kunde auch eine halbe Stunde warten.«

»Zieh Leine, Steff.«

Steffs Kiefer klappte herunter. Was bildete sich die kleine Schlampe eigentlich ein? Er sah die vielen Einwegtücher im Papierkorb. Daran roter Lippenstift. Er hatte gesehen, dass sie sich damit den Mund abgewischt hatte. Es roch immer noch nach dem Typen im Raum.

»Meins hast du nie geschluckt.«

»Bist du verrückt?«

»Verkauf mich nicht für dumm, hörst du?«

»Schon gut. Geh jetzt.«

»Bin ich dir zu hässlich, oder wie? Ekelst du dich vor mir?«

»Du haust jetzt besser ab ...«

Lexi bewegte ihre Hand in Richtung Notknopf, der in jedem Zimmer an der Wand angebracht war.

Blitzschnell griff Steff nach ihrer Hand und drehte sie ihr auf den Rücken. Lexi schrie auf, doch Steff drückte ihr sofort die andere Hand auf den Mund.

»Wenn du schreist, bekommst du ein Problem. Verstehen wir uns?«

Sie nickte und er ließ von ihr ab. Dann öffnete er seine Hose, holte seinen Schwanz heraus.

»Los, nimm ihn in den Mund.«

Er wollte näher an sie heranrücken, doch er geriet ins Taumeln. Lexi drückte den Notknopf.

Keine zehn Sekunden später klopfte es an der Tür.

»Lexi? Was ist los?« Es war Kopfschuss.

Steff löste sich von Lexi, zog schnell die Hose hoch. Im nächsten Moment ging die Tür auf. Kopfschuss sah sie beide an. »Was gibt's?«

»Nichts, oder?«, sagte Steff.

Lexis hasserfüllter Gesichtsausdruck besagte alles.

»Los. Raus.«

»Alles klar. Alles klar. Ich geh schon.«

Im Hinausgehen warf er Kopfschuss einen finsteren Blick zu.

Der Mann sollte besser aufpassen, dass er sich ihn nicht zum Feind machte.

Brunner hatte in der Bar eine halbe Stunde auf Steff gewartet und, als der nicht zurückkam, schließlich den Heimweg angetreten. Er selbst hatte heute keinen Sex mit einer Prostituierten haben wollen. Ihm war nicht danach.

Gut angeheitert parkte er seinen Lada in der Garage. Er betrat das Haus, ging ins Bad, putzte sich die Zähne und pinkelte. Dann öffnete er die Schlafzimmertür. Corinna hatte sich auf die Seite gedreht. Sie schlief tief und fest. Brunner setzte sich mit seinem massigen Körper auf den Boden vor ihrem Bett und betrachtete sie. Er lächelte. Er musste an Daryl und Eve denken. Er würde es machen wie sie – den Laden rechtzeitig verkaufen, wenn man das Leben noch genießen konnte. Sein Traum war ein Weinberg in Südtirol als Alterssitz.

17 PLÄNE

Als Brunner am nächsten Morgen aufwachte, war er froh, dass er gestern Abend nicht versackt war. Nach zwei Tassen Kaffee fühlte er sich wie neugeboren. Während Corinna ein Bad nahm, fuhr er zum Bäcker und holte Brötchen. Als er zurückkam, war Corinna noch immer im Badezimmer beschäftigt. Brunner machte Frühstück.

»Hast du keine Dinkelsemmeln mitgebracht?«, fragte Corinna, als sie zu ihm nach unten kam.

Brunner ignorierte die fehlende Wertschätzung. Er war vertieft in seinen Laptop. Im Internet war er auf ein uriges Bauernhaus in Völs gestoßen, einem kleinen Dorf oberhalb von Bozen, am Fuß des Schlern, einem bizarren Gebirgszug in den Dolomiten.

»Ich habe darüber nachgedacht, wie es mit der Firma weitergehen soll«, sagte er schließlich und klappte den Laptop zu.

Corinna sah nicht von ihrer Zeitung auf. »Schön«, war ihre einzige Reaktion.

»Ich habe überlegt, noch drei Jahre zu arbeiten und dann entweder zu verkaufen oder die Firmenleitung abzugeben. Dann hätten wir endlich mehr Zeit für uns.«

Jetzt senkte sie die Zeitung. »Verkaufen? An wen?«, fragte sie skeptisch.

»Vielleicht an Sepko. Oder an eine andere Firma. Es ist nur eine Idee.«

»Es ist deine Firma. Du wirst wissen, was du tust«, antwortete Corinna.

»Deine Meinung wäre mir trotzdem wichtig.«

Corinna überlegte einen Moment. »Frag ihn. Aber ich an deiner Stelle würde mir das gut überlegen. Ich bezweifle, dass er das Zeug zur Unternehmensführung hat. Verkauf lieber an einen solventen Käufer, damit ersparst du dir viel Ärger.«

Brunner überlegte. Corinna mochte Sepko. Er war oft die willkommene dritte Person im Haus, die den Eheleuten half, das Schweigen zu durchbrechen, das die meiste Zeit zwischen ihnen herrschte – seit Corinna erfahren hatte, dass sie keine Kinder bekommen würden. Sepko war daher nicht nur für ihn, Brunner, wie ein Ziehsohn, sondern auch für Corinna. Wenn sie jetzt ihre Bedenken äußerste, was Sepko als Nachfolger seiner Firma anging, dann sollte er das besser ernst nehmen.

Nach dem Frühstück fasste Brunner den Entschluss, zum Immobilienmakler zu fahren. Der präsentierte ihm das ausgewählte Grundstück als Schnäppchen und optimale Wertanlage in einer der schönsten Gegenden Europas. Brunner wollte sich nur erkundigen und hätte niemals geglaubt, dass er zuschlagen würde. Innerhalb der nächsten Tage wollte er alle nötigen Unterlagen beschaffen, um die Kaufverträge abzuschließen. Corinna erzählte er nichts davon. Es sollte eine Überraschung sein.

18 HAMBURGER MIT HONIG

»Hallo?« Lucas Stimme.

»Morgen, Meister. Ist die Mama da? Hier ist Sepko.«

Keine Antwort.

»Hallo?«

»Hallo.«

»Ah. Ist die Mama da?«

»Mama schläft.«

»Gut. Sag ihr, heute Nachmittag ist das Auto fertig.«

»Können wir dann wieder Hebebühne fahren?«

»Ach so. Na ja. Heute nicht. Aber ein andermal.«

»Versprochen?«

»Versprochen.«

»Sag der Mama, ich rufe später noch mal an.«

»Check.«

Sepko musste schmunzeln.

»Ja, check.«

Eine halbe Stunde später schrieb Lene, dass sie mit Luca am Nachmittag zum Spielplatz gehen wolle, dort könnten sie sich treffen.

Sepko saß bereits im Auto, als er eine neue Nachricht von Lene erhielt. *Komme eine halbe Stunde später. Sorry.*

Er war schon unterwegs. Also beschloss er, auf Lene zu warten. Die Gegend, in der der Spielplatz lag, war Sepko bestens bekannt. Dort hatte er vor ein paar Wochen Chinesen-Toni fast ins Jenseits befördert.

Am Spielplatz sah Sepko eine Mutter mit ihrem Sohn. Sie war etwa so alt wie Lene und das Kind so alt wie Luca. Das Kind spielte mit anderen Kindern im Sandkasten und die Mutter beobachtete es dabei. Oder auch nicht. Ihr Blick war sonderbar starr. Immer wieder musste Sepko zu ihr hinsehen. Sie rührte sich nicht, keinen Millimeter, und Sepko fragte sich, ob sie womöglich so im Sitzen eingeschlafen war.

Wenig später kamen Lene und Luca. Luca stürmte sofort zur Schaukel. Lene ging zu Sepko. Sie grüßte verhalten, lächelte gequält. Sepko ahnte, warum. Sie setzten sich auf die Sandkasteneinfassung, und dann erklärte er ihr im Detail, was sie an ihrem Auto alles repariert hatten. Lene hatte wenig Sinn für seine Fachsimpelei. Sie sah bloß von Posten zu Posten eine riesige Rechnung auf sich zukommen.

»Bremsscheiben und Bremsklötze habe ich auch bestellt, sonst wird es dünn mit dem TÜV. Haben aber etwas Lieferzeit, dann bau ich sie dir ein.«

Sepko versuchte zu verbergen, wie stolz er auf seine Leistung war. Aber sie beachtete es ohnehin kaum.

Schließlich fiel sie ihm ins Wort. »Wie viel?«, fragte sie.

»Na ja. Ich weiß nicht, wie ich es dir sagen soll …«

»Fuck«, flüsterte sie, wie zu sich selbst. Dann lauter: »Sag's einfach.«

»Also, es ist so, der Diredare und ich habe uns gedacht …«

Sepko hatte ihr die Botschaft freudestrahlend überbringen wollen, und jetzt druckste er hier herum. Er spürte, wie ihm das Blut in den Kopf stieg. Schließlich sagte er, ohne sie anzusehen: »Vergiss es einfach.«

»Bitte?«

»Lass gut sein. Passt schon.« Er deutete auf den Eiswagen, der gerade zum Spielplatz gefahren war. Es war Mitte November, aber es herrschten fünfzehn Grad. Das Geschäft ließ sich der lokale Eisdealer natürlich nicht entgehen. »Du kannst mir einfach ein Eis spendieren oder so.«

Lene sah ihn eine Weile schweigend an. Dann endlich wichen Unglauben und Skepsis aus ihrer Miene, und sie schenkte ihm ihr warmes Lächeln, das er jetzt schon kannte. »Abgemacht«, sagte sie und erhob sich. »Komm.«

Sie kamen an Luca vorbei, der mit dem Sohn der erstarrten Mutter eine Sandburg baute.

»Was für ein Eis magst du, Sweetie?«

»Schoko«, sagte Luca, ohne im Bauen innezuhalten.

Sepko wartete mit Lene in der Schlange. Sie sprachen nicht, doch Sepko merkte, dass er sie immer wieder ansehen musste. Er glaubte auch, bemerkt zu haben, dass Lene ihn musterte, wenn er einen Blick zu Luca warf, der mit dem Jungen gerade einen Burggraben aushob.

»Welche Sorte magst du?«

»Ich esse eigentlich nicht süß.«

»Sondern?«

»Stehe einfach gern in einer Reihe und warte.«

»Aha. Verstehe. Ich auch. Einmal Schoko bitte.«

Während Luca sein Eis schleckte, half Sepko den beiden Jungs, den Burggraben zu vergrößern. Was mit seinen großen Händen eindeutig besser klappte. In der Zwischenzeit kam Lene mit der Mutter des anderen Jungen ins Gespräch. Sepko freute sich, dass wieder ein wenig Leben in die Frau zurückgekehrt war. Aber sie wirkte noch immer müde.

Nachdem der Burggraben zur Zufriedenheit der Jungs fertiggestellt wurde, half Sepko ihnen noch einen Baum zu erklimmen. Lene beobachtete es mit Argwohn, andererseits gab Sepkos Begeisterung ihr ein Gefühl von Sicherheit. Luca jedenfalls war begeistert.

»Mama, Mama«, schrie er.

»Was ist?«

»Wir machen heute Burger. Richtig coole Burger! Amerikanisch!«

»Sind Burger nicht immer irgendwie amerikanisch?«

»Nein, die machen die dort mit … Mit was machen die das?«

»Honig«, soufflierte ihm Sepko. »Mit etwas Honig.«

Sepko stand hinter ihm und rieb sich die Hände aneinander, um den Schmutz loszuwerden, den die Baumrinde hinterlassen hatte.

»Honig, genau!«

»Honig auf Burgern?« Lene sah Sepko fragend an.

»Ein Rezept von einem Bekannten. Schmeckt super.«

»Bitte, Mama. Bitte! Du musst auch nichts machen, wir machen das ganz alleine.«

Lene sah Sepko mit einem verschmitzten Lächeln an.

Der zuckte nur mit den Schultern. *Ich kann nichts dafür.*

Lene ging auf Sepko zu. »Nicht schlecht. Die Masche.«

Beide blickten sich einige Sekunden in die Augen.

»Alter Trick. Immer wenn ich um drei Uhr morgens ein Kind am Großmarkt treffe, komme ich mit der Honig-Burger-Nummer.«

»Verstehe. Und? Funktioniert?«

»Mal sehen. Ich warte noch ein paar Sekunden.«

Lene lächelte.

»Also gut«, sagte sie nach ein paar Sekunden. »Machen wir heute Burger. Mit Honig.«

19 HAMBURGER MIT HONIG (02)

Nachdem sie vom Supermarkt zurückkamen, packten Sepko und Luca die Einkaufstüten in Lenes Wohnung aus. Lene beseitigte unterdessen rasch das Chaos auf dem Boden im Wohnzimmer, bevor sie sich den beiden Köchen in der Küche anschloss.

Sepko gab Luca klare Anweisungen und delegierte Aufgaben an Lene. »Pack das Fleisch aus, toaste die Burger, schneide die Zwiebeln und bestreich die Unterseite des Patty mit Honig.« Luca spielte dabei den Restaurantchef und bestimmte auch die Tischdekoration. Nach knapp einer Stunde war das Essen fertig zubereitet.

»Nicht schlecht«, sagte Lene. »Hätte ich nicht gedacht.«

»Danke schön«, sagte Sepko mit vollem Mund.

Auch Luca hatte seinen Burger bald aufgegessen.

»Können wir spielen?«, fragte er.

Luca holte im Wohnzimmer einen Stoß Papier und ein paar Stifte aus einer Schublade. Sepko machte Anstalten, das Geschirr abzuräumen.

»Lass mal. Ich mach schon«, sagte Lene.

Sepko und Luca spielten »Bilder erraten«.

Feuerwehr, Bagger, Sonne, Baum … Lene hatte Freude daran, die beiden dabei zu beobachten.

Als Lene in der Küche fertig war, kam sie zu ihnen ins Wohnzimmer.

»Was ist das?«, fragte sie und zeigte auf ein Strichmännchen, das Luca gezeichnet hatte.

»Das bist du, Mama.« Er griff zum Stift. »Moment.« Er malte noch zwei Halbkreise auf das Strichmännchen, die ihre Brüste darstellten.

»Na bravo.« Lene verdrehte die Augen. Sie deutete auf die wilden Striche über ihrem Kopf. »Habe ich so eine Frisur?«

»Das ist dein Gehirn.«

»Gut getroffen«, sagte Sepko anerkennend.

»Na, da haben sich die Richtigen gefunden.«

Sepko und Luca malten noch eine Weile, dann durfte Luca fernsehen. Sepko saß am Wohnzimmertisch und Lene räumte die Bilder weg. Anschließend griff sie nach einem Zahlen- und Buchstabenspiel, das auf dem Boden lag und sortiert werden musste, und stellte es auf den Tisch.

»Luca, schau noch deine Sendung zu Ende, dann geht es ins Bett.« Und an Sepko gewandt: »Kann ich dir noch etwas anbieten? Ich habe leider kein Bier. Vielleicht ist noch eine Flasche Weißwein im Schrank. Sie ist nicht gekühlt, aber ich könnte sie ins Eisfach legen.«

»Danke, ich bleibe beim Wasser.«

»Bist du sicher?«

»Ja, ja.«

Lene zog den Stuhl zurück. Kaum hatte sie sich hingesetzt, sprang sie wieder auf. »Ein Glas Wein nehme ich doch.«

Sie legte die Flasche Wein ins Eisfach und öffnete den Schrank mit den Gläsern.

»Bist du immer noch sicher?«, fragte sie.

Sepko seufzte. »Allein schmeckt es ja wohl nicht.«

»Allein schmeckt es wirklich nicht«, antwortete Lene.

Lene stellte zwei Gläser auf den Tisch. Für einige Minuten

saßen beide schweigend da und beobachteten Luca, der fasziniert Youtube auf dem Fernseher schaute. Dann begann Lene damit, die Spielkarten auf dem Tisch zu sortieren, und Sepko half ihr dabei.

Als Lucas Sendung zu Ende war, sagte Lene: »Okay, ab ins Bett.« Sie wusch ihn und putzte ihm die Zähne.

»Schau, das ist mein Lieblingsbuch von Pippo und dem Baumhaus.« Luca zeigte Sepko sein Kinderbuch.

»Kannst du mir daraus vorlesen?«

Lene schüttelte den Kopf. »Ich mache das. Komm, lass uns ins Bett gehen.«

Lucas Blick fiel auf die Schnittwunde an Sepkos Unterarm. »Was hast du da gemacht?«, fragte er.

»Luca, jetzt ist Schlafenszeit«, sagte Lene streng.

»Okay, verstanden.« Luca streckte Sepko die Faust hin und Sepko boxte dagegen.

»Check.«

Luca trottete zu seiner Mutter ins Schlafzimmer. Nach zehn Minuten kam Lene zurück. Sie ließ die Tür einen Spaltbreit offen. Luca hörte ein Hörspiel.

Sepko ging in die Küche, holte den Weißwein aus dem Eisfach und schenkte ein.

»Kalt genug?«, fragte Lene. Sepko hatte bereits das Bild im Regal bemerkt, das einen Mann zeigte, der ein Kind in den Armen hielt.

»Wer ist das?«, fragte er.

»Papa und ich«, antwortete Lene.

Sepko nickte.

Lene nahm einen prüfenden Schluck vom Wein, schien zufrieden. »Na dann, prost.«

Die beiden tranken. Eine Weile herrschte Schweigen. Aus

dem Zimmer war der Singsang einer Hörspiel-Kinderstimme zu hören.

»Wie kommst du dazu, am Großmarkt zu arbeiten?«, fragte Sepko.

»Ich habe Papas Firma übernommen. Ist eine lange Geschichte«, sagte Lene. Sie trank einen Schluck, bevor sie fortfuhr. »Er hat fast sein ganzes Leben lang bei einem Zulieferer für BMW gearbeitet. Dann ging die Firma pleite oder wurde ins Ausland verlegt, ich weiß nicht mehr. Jedenfalls mit der Abfindung wollte er ursprünglich einen Kiosk im Tierpark übernehmen. Aber das hat irgendwie nicht geklappt. Dann hat er eigentlich nur vorübergehend dort arbeiten wollen, hat sich aber nach ein paar Wochen gleich den Sprinter gekauft und begann mit den Lieferungen. Zu der Zeit war ich gerade schwanger. Zwei Jahre später haben er und meine Mutter sich getrennt, und ich hatte nur Stress mit Lucas Vater, der abgehauen ist. Mit dem Geld. Es war keine gute Zeit.« Sie trank einen Schluck Wein, lächelte entschuldigend. »Tut mir leid, wenn ich dich damit nerve.«

Sepko griff zur Flasche und bot an nachzuschenken. Lene stellte ihm ihr Glas hin.

»Jedenfalls hat Papa dann angeboten, dass ich zu ihm ziehen und bei ihm arbeiten könnte. Er ist für den Job zu alt und wollte auf Luca aufpassen. Tja, das habe ich dann gemacht. Luca und ich haben hier im Wohnzimmer auf einer Matratze geschlafen. Dann kam der Krebs. Prostata. Es ging schnell. Drei Monate. Na ja. Jetzt stecke ich da drin.«

»Und Luca? Nimmst du ihn immer mit?«

»Versuch mal, einen Babysitter für diese Uhrzeit zu finden. Der Kindergarten beginnt erst um acht. Und es gibt praktisch keine Plätze. Ich habe alles versucht. Jugendamt und so. Es ist zum Kotzen. Hast du Kinder?«

»Nein. Nein.«

»Wie bist du zu diesem Job gekommen?«

Sepko zuckte mit den Schultern. Er vertraute Lene, wusste aber nicht, ob er ihr seine Geschichte erzählen sollte. Mit seiner Vergangenheit im Jugendknast würde er sicher keine Pluspunkte sammeln. Selbst wenn er es runterspielen würde – eine Wirtshausprügelei, er und seine Kumpels waren von einer anderen Gruppe dumm angemacht worden, sie waren alle sturzbetrunken gewesen. Aber er war nun einmal ausgerastet, hatte offenbar mit einem Bierkrug zugeschlagen, er konnte sich kaum daran erinnern.

Und auch mit der Sache mit den Drogen bestand die Gefahr, dass er sich bei einer Frau mit Kind ins Abseits katapultierte. Sie würde nie glauben, dass er selbst keinen Stoff konsumierte. Auch wenn Lene nicht gerade den Eindruck machte, als hätte sie den Heiligenschein auf Lebenszeit gepachtet.

»Hab gesucht und bin hier hängen geblieben.«

»Wie lange?«

»Zehn Jahre.«

»Ein Traumjob, oder?«

»Wie man's nimmt. Was war eigentlich mit dem Typen letztens im Fürstenhof? Ein Kunde?«

»Oh, der Derfler? Ja, ihm gehört der Laden. Mein Papa kannte ihn gut und hat ihn von Anfang an beliefert. Jetzt arbeitet da leider ein neuer Küchenchef, und der meinte auf einmal, dass meine Ware schlecht sei, und kauft mittlerweile woanders ein. Und Derfler hat nicht genug Rückgrat, um sich gegen seinen Küchenchef durchzusetzen. Wer weiß, was da wirklich läuft.«

Sepko wusste es und versuchte, unschuldig zu wirken. »Eigentlich ist es mir zu blöd, mich mit solchen Idioten auseinanderzusetzen. Ich brauche einfach den Umsatz. Es ist ein großes Geschäft. Und die Rechnungen des letzten Monats sind immer noch offen. Deshalb habe ich die Nerven verloren.«

In Sepkos Kopf ratterte es. Lene war zu unerfahren. Er wusste, welche Macht die Küchenchefs über die Geschäftsinhaber hatten.

Lene gähnte.

»Okay, dann gehe ich wohl.«

»Ja, Scheiße. Entschuldigung.«

»Kein Problem.«

Lene begleitete Sepko zur Tür.

Beide standen etwas verlegen im Treppenhaus.

»Nun denn.«

»Nun denn.«

Sepko ging ein paar Stufen hinab. Lene rief ihm leise hinterher.

»Danke noch mal.«

»Kein Ding.«

»Es war schön heute.«

Sepko lächelte und verschwand.

20 MUSTANG-MONOLOG

Sepko wachte gegen drei Uhr auf. Er war auf der Couch eingeschlafen und kroch ins Bett. Um zehn knallte ihm die Sonne ins Gesicht. Er nahm sein Handy. Vielleicht hatte Lene geschrieben. Er könnte ihr auch schreiben. Was sie heute mache, vielleicht wäre es auch zu aufdringlich.

Eine Whatsapp von Brunner kam um 9.39 Uhr. *Alles klar? Heute Nachmittag zum Kaffee? Müssen mal reden.* Das klang, als wäre es was Wichtiges.

Er würde zuerst Lene schreiben.

Guten Morgen. Was machst du heute? Vielleicht würde sie sich vorher noch melden und er könnte das Treffen mit Brunner mit ihr abstimmen. Auch nach einer Stunde gab es noch keine Lesebestätigung.

Brunner hatte schon zweimal geschrieben. Sepko verabredete sich mit ihm um drei.

Brunner wohnte in einem Reihenhaus in Trudering. Eine Altbausiedlung mit wenig Familien und eher kostspieligen Autos am Straßenrand. Sepko kannte das Haus, als wäre es sein eigenes, er hatte Brunner vor vier Jahren beim Umzug geholfen. Hauptgrund für den Ortswechsel war die Doppelgarage, in der Brunner Platz für seinen Mercedes Combi und den Mustang Fastback hatte. Brunner liebte den Oldtimer, den Sepko ihm auf Vordermann gebracht hatte, so sehr, dass er eigens dafür eine Couch in die Garage gestellt hatte, gleich daneben eine Kaffeemaschine. Oft saß Brunner am Abend dort, nachdem er den Wagen poliert hatte, und genoss den Anblick mit einer Tasse Espresso in der Hand. Manchmal Whiskey.

Corinna öffnete Sepko die Tür. Brunner saß am leeren Esstisch und las in der Zeitung. Das sah ganz und gar nicht nach einer Einladung zum Kaffee aus. Corinna verschwand im ersten Stock. Auch das war ungewöhnlich.

»Servus«, grüßte Sepko.

Brunner schlug die Zeitung zu und blickte Corinna nach. Nachdem ihre Schritte verklungen waren, stand er auf. »Komm mit.«

Er ging mit Sepko in die Garage, durch ein Dickicht von Pflanzen, die Corinna dort zum Überwintern eingelagert hatte. Der Mustang glänzte unter den Halogenstrahlern, die an der Decke angebracht waren. Über der Couch hing eine große USA-Flagge.

»Willst du dieses Jahr noch fahren?«, fragte Sepko.

»Nein. Habe ihn letzte Woche abgemeldet.«

»War mit dem Motor alles okay?«

»Soweit ja.«

Sepko dachte, Brunner wollte ihn vielleicht zum Auto etwas fragen. Doch er bemerkte, dass Brunner heute nicht so euphorisch über sein Lieblingsstück plauderte, wie er es sonst immer tat. Normalerweise dauerte der Mustang-Monolog mindestens eine halbe Stunde.

»Ich kann mir den Motor ja noch mal ansehen, wenn du willst.«

»Ja.«

Brunner stand im Gegenlicht da. Sepko spürte, dass ihm etwas auf den Nägeln brannte. Er wollte etwas loswerden, aber er zögerte. Als Brunner gerade den Mund öffnen wollte, klingelte sein Telefon. Er sah aufs Display.

»Da muss ich rangehen«, sagte er und ging ans andere Ende der Garage.

»Pfeiffer«, hörte Sepko ihn mit gepresster Stimme sagen. »Was willst du? Passt gerade nicht …« Eine Weile lauschte er. Dann: »Gut. Lass uns ein andermal sprechen.«

Als er zu Sepko zurückkam, war er wie verändert. Das Grüblerische war verschwunden, die Sorgenfalte auf der Stirn.

Aufgeräumt sagt er zu Sepko: »Also hör zu. Wenn du dir den Motor vielleicht einmal kurz anschauen könntest. Damit ich bei der Zulassungsstelle keine böse Überraschung erlebe. Du tätst mir einen Gefallen.«

Sepko sah ihn überrascht an. Dann zuckte er mit den Schultern. »Klar, kein Problem.«

Als Sepko eine Stunde wieder nach Hause fuhr, bekam er eine Nachricht von Lene. *Sorry, war mit Luca heute unterwegs und hatte mein Handy nicht eingeschaltet. Er hat dich sehr vermisst.* Smiley. Das war das Leben, nach dem Sepko sich jetzt sehnte.

PFEFFER UND SANDELHOLZ 21

Der Montagmorgen ließ sich gut an. Die Fahrer schienen pünktlich vom Hof zu kommen und es herrschte kein Zeitdruck wie sonst so oft. Brunner nahm sich deshalb die Zeit, seinen Mitarbeitern ein offenes Ohr für Smalltalk zu schenken. Nachdem er eine Stunde so getan hatte, als würde ihn brennend interessieren, welches Baumaterial bei einer Brücke verwendet werden sollte oder welches Wundermittel gegen Hühneraugen die Welt revolutionieren würde, war Brunner einfach nur froh, in sein Büro zurückzukehren und wieder seiner wirklich wichtigen Aufgabe nachzukommen: den Umsatz zu überprüfen.

Außerdem hatte er noch einen Termin bei seinem größten Kunden, Pfeiffer. Zum Jahresgespräch wie immer Anfang Januar. Brunner druckte die letzten Monatsumsätze pro forma aus, wissend, dass sie sowieso ziemlich schnell von Espresso auf Wein wechseln würden.

Brunner schnappte sich seine Unterlagen und die Autoschlüssel. Auf dem Weg zum Parkplatz kam ihm Sepko entgegen, mit zwei Papptellern in der Hand. Darauf befanden sich zwei Croissants, ein To-go-Becher, der nach Kaffee duftete, ein Apfel und ein Kinderriegel.

»Interessante Konstellation. Für dich?«

»Ja«, sagte Sepko, ohne stehen zu bleiben.

Eine offensichtliche Lüge, aber Brunner hakte nicht nach. Verwundert sah er, wie Sepko in Richtung der Parkplätze ging, auf denen andere Firmen ihre Autos beluden und wo es nicht üblich war, sein Frühstück zu verspeisen.

»Hast du den Apfel bezahlt?«, rief er ihm nach.

Sepko blieb stehen und sah sich um. »Äh … wie? Apfel?«

»War nur Spaß«, entgegnete Brunner, wandte sich um und ging zu seinem Lada.

Wenig später fand Brunner in einer Seitenstraße zwischen dem Altstadtring und der Maximilianstraße, Münchens Nobelmeile, einen Parkplatz. Direkt neben dem »Elixier«. Er blickte einige Sekunden auf den Jugendstil-Altbau. Alles frisch verputzt, frisch gestrichen. Brunner hatte keine Ahnung vom Bauwesen, aber auch ein Laie konnte erkennen, dass die Restauration hier ein Heidengeld gekostet haben musste. Aber in einer solchen Gegend konnte man sich nicht lumpen lassen.

Brunner ging zur Hauptstraße. Die gläserne Eingangstür war noch verschlossen. Drinnen wischte ein älterer Mann von einer Reinigungsfirma den Boden. Brunner klopfte. Der Mann sah ihn an und deutete auf seine Armbanduhr: *Geschlossen,* formten seine Lippen. »Weiß ich«, rief Brunner. »Ich habe einen Termin. Mach auf.«

Der Mann näherte sich der Türe und brabbelte Unverständliches und deutete erneut auf seine Uhr und auf die Öffnungszeiten, die auf der Glasscheibe der Tür klebten.

Brunner wurde ungeduldig. »Zefix, Depp. Ich habe einen Termin beim Chef. *Cheffe*, verstehst du? Mach endlich auf!«

Eine ältere Dame in Pelzmantel und Stöckelschuhen in Begleitung ihres Mannes, der edle Lederschuhe und einen Mantel trug, gingen an ihm vorbei. Sie blickten ihn pikiert an, in seinen Arbeiterhosen, seiner ausgeblichenen Fleecejacke und den Stahlkappen-Sicherheitsschuhen wirkte er wohl etwas fehl am Platze.

Brunner war es egal. Er holte sein Handy hervor, wählte Pfeiffers Nummer, doch der ging nicht ran. Brunner ging auf dem Gehsteig ein wenig auf und ab, versuchte es nach zehn Minuten erneut mit dem Handy. Wieder vergeblich.

Für gewöhnlich hatte Brunner kein Problem mit dem Warten. Doch im letzten Jahr hatte Pfeiffer ihn genau deshalb mehrmals angeraunzt, weil Lieferungen verspätet ankamen. So *könne er nicht arbeiten*, war Pfeiffers Aussage gewesen. Am liebsten hätte er gekontert: Ohne mich würdest du gar nicht existieren! Doch er hatte den Mund gehalten.

Beide kannten sich seit Jahren aus der Gastrobranche. Brunner war damals noch neu als Gemüselieferant, während Pfeiffer als DJ und Barkeeper arbeitete. Pfeiffer offenbarte Brunner seinen Wunsch, ein Restaurant zu eröffnen, und Brunner vermittelte ihn an einen Verpächter. Als Dankeschön durfte Brunner das Obst und Gemüse liefern. Nach einem halben Jahr fragte Pfeiffer, ob er einen Teil von Brunners Ware schwarz bezahlen könne. In den Nachtclubs oder Après-Ski-Bars, in denen er früher gearbeitet hatte, war dies üblich. Pfeiffer prahlte damit, die Kassensysteme zu manipulieren, um Einnahmen zu fälschen und den Umsatz künstlich zu senken. Das dadurch erworbene Schwarzgeld musste irgendwohin. Privates Vergnügen, Personalabrechnung oder eben Brunner. Brunner störte es nicht. Einerseits band es ihn und Pfeiffer als Geschäftspartner zusammen, andererseits konnte Brunner das Geld verwenden, um Küchenchefs wie Ronny zu bestechen, um sie dazu zu bringen, beim Verdrängungswettbewerb des Großmarkts ihre Ware von ihm zu kaufen. Es war eine Win-win-Situation. Brunner erweiterte seinen Fuhrpark und wurde einer der größten Obst- und Gemüsehändler der Stadt, während Pfeiffer bereits sein fünftes Restaurant eröffnet hatte.

Brunner holte das Handy heraus. Er wollte gerade erneut

Pfeiffers Nummer wählen, als die Tür zum Restaurant aufging. Pfeiffer erschien und winkte ihn herbei, seine Augen glänzten, er wirkte überdreht.

Brunner trat näher. Pfeiffer begrüßte ihn mit einem Schulterklopfen. Kein Wort der Entschuldigung für die Verspätung. Brunner brummte nur: »Servus«. Dann führte Pfeiffer ihn gut gelaunt in die Haupthalle des Restaurants. Von der hohen Decke hingen an Stahlseilen Lampen herab, die wie Tiefseeungeheuer aussahen. Brunner fand dieses Ambiente einschüchternd. Er fühlte sich im »Leierkasten« wohler. Pfeiffer hingegen passte mit seinem Outfit perfekt in diese Umgebung. Er trug einen schwarzen Marine-Rollkragen, lässig graue Bundfaltenhosen und dazu Filz-Lederstiefel. Über dem Arm trug er einen olivgrünen Parka, der Brunner an seine Zeit als Panzer-Grenadier bei der Bundeswehr erinnerte. Ihre Parkas damals waren allerdings nicht von Armani gewesen. Brunner kannte sich mit Mode-Fachbegriffen nicht aus, aber selbst er musste zugeben, dass Pfeiffer mit seinen grau melierten Haaren, die er jungenhaft ungekämmt trug, einfach gut aussah. Aber das hätte Brunner niemals zugegeben.

»Espresso?«, fragte er Pfeiffer. Brunner nickte, und Pfeiffer schaltete die große Siebträgermaschine an, die zu heizen begann. Dann klatschte er in die Hände.

»Und?«

Brunner wusste nicht, was Pfeiffer meinte.

»Wann warst du das letzte Mal hier?«

»Hier noch nie«, gestand Brunner und sah sich um. »Ich komme schließlich nicht zum Essen zu dir.«

Pfeiffer nickte. »Integrierter Schallschutz. Der Raum wäre sonst die reinste Bahnhofshalle.«

»Aha.«

»Warte.«

Pfeiffer nahm eine Fernbedienung zur Hand und im nächsten Moment erklang Musik.

»Italo-Buddha-Beat-Healing-Sound. Selbst gemixt. Eine Reminiszenz meiner Tage als DJ.«

Brunner holte tief Luft. Pfeiffer war heute offenbar im Schwanzvergleich-Modus. Das kam immer wieder vor. Doch so leicht ließ er sich von Pfeiffer nicht niederringen.

»Reminiszenz. Ist das das neue Wort für die Mucke im Pressluft-Schuppen?« Brunner grinste verächtlich.

»Pressluft-Schuppen« war das Spottwort für den Elektro-Club, in dem Brunner früher im Kunstpark-Ost aufgelegt hatte.

»Ach du Heilige! Das war eine geile Zeit.« Pfeiffer grinste ebenfalls. »Moment, ich habe noch was.«

Pfeiffer drückte auf eine weitere Fernbedienung, und die Tiefseeungeheuer-Lampen warfen Schattenmuster in den Gastraum und die Nischen. Accessoires, Rahmen und Intarsien in Gold begannen zwischen den mattschwarzen Wandvertäfelungen und den großen Spiegeln zu glänzen.

»Und Achtung!« Er drückte nochmals. »Riechst du?«

Brunner hielt die Nase in die Luft.

»Pfeffer und Sandelholz. Hebt den Geschmack der Speisen und Getränke hervor. Ab einundzwanzig Uhr wird automatisch Orchidee beigemischt. Das Süßliche fügt dem Ambiente einen Hauch von Erotik hinzu.«

Brunner sah ihn skeptisch an.

»Stammt nicht von mir. Hat die Presse geschrieben. Vielleicht alles Einbildung. Die Journalistin wollte wahrscheinlich nur vögeln.«

Obwohl er eigentlich noch schmollen wollte, musste Brunner herzlich lachen.

Die Kaffeemaschine war mittlerweile aufgeheizt.

»Doppio?«

»Gern.«

Pfeiffer bereitete die Espressi.

»Gehen wir hinauf.«

Brunner schnappte sich seine Mappe mit den Unterlagen. Eine Feuertür trennte das stylische Ambiente von einem kargen Treppenhaus, über das man Pfeiffers Büro erreichte. Pfeiffer nahm jeweils zwei Stufen auf einmal, Brunner trottete gemächlich hinterher.

Das Büro hatte nichts Stylisches an sich, und es roch auch nicht nach Süßholz, sondern stank nach Zigarettenrauch. Auf dem Schreibtisch sah Brunner den überfüllten Aschenbecher neben dem PC. Überall lagen haufenweise Papiere und Ordner herum. Brunner hatte keine Ahnung, wie man sich in diesem Chaos zurechtfinden konnte.

Er setzte sich in einen der Besucherstühle, während Pfeiffer hinter dem Schreibtisch Platz nahm. Brunners Blick fiel auf eine Pinnwand, die mit Dienstplänen und Notizen zugepflastert war. Dazu einige Fotos. Brunner sah Pfeiffer und seine Freunde bei der Formel 1, Pfeiffer und seine Freunde beim Hochseefischen, Pfeiffer und seine Freunde beim Feiern in einem Club, vermutlich auf Ibiza. Sich selbst konnte Brunner auf keinem Foto entdecken. Früher hatte Pfeiffer ihn noch zu seinen Festen eingeladen. Für Pfeiffer waren inzwischen andere Dinge wichtiger. Für ihn war es immer vorrangig gewesen, zur High Society dazuzugehören. Brunner war nun mal nur ein Gemüsehändler.

Brunner legte die Mappe auf den Schreibtisch und schob sie Pfeiffer hin. »Für die Abrechnung«, sagte er.

Doch Pfeiffer nahm sie sich nicht zur Hand, sondern er beugte sich vor und schob die Mappe wieder zu Brunner. »Genau deswegen wollte ich mit dir reden.«

Brunner gefiel der Ton nicht. »Okay«, sagte er und war gespannt, was als Nächstes kam.

»Hör zu«, sagte Pfeiffer, »das muss aufhören.«

Brunner traute seinen Ohren nicht. »Machst du Scherze?«, sagte er.

Pfeiffer wedelte mit der Hand. Nein, zum Scherzen war ihm wirklich nicht zumute. »Hör zu«, setzte er erneut an, »ich muss sauber werden. Wir Gastronomen sind mittlerweile so gläsern, dass man sich nix mehr erlauben darf.«

Brunner sah Pfeiffer entsetzt an. »Moment mal. Du weißt schon, wem du das alles zu verdanken hast.«

Pfeiffer verdrehte die Augen. »Jetzt komm mir nicht mit der Nummer. Die Zeiten ändern sich, das weißt du doch selbst. Uns ging es viele Jahre lang nicht schlecht. Aber jetzt müssen wir uns eben anpassen.«

»Du vielleicht.« Brunner stemmte die Hände auf die Stuhllehnen. »Ich sag dir jetzt mal was. Wir werden das alles schön so beibehalten, wie es war, hörst du?«

Pfeiffer entwich ein kleines Lächeln. Brunner hätte ihn erwürgen können.

»Also gut«, sagte Pfeiffer. »Wir können das auch anders regeln. Wenn du nicht mitspielst, muss ich mir eben einen anderen Lieferanten suchen.«

Brunner sprang auf. War der Mann jetzt völlig übergeschnappt? »So einfach ist das nicht, mein Lieber«, bellte er. »Wenn ich untergehe, dann nehme ich dich mit. Das sage ich dir.«

Pfeiffer erhob sich ebenfalls. »Danke. Dann wünsche ich dir noch einen schönen Tag und eine erfolgreiche Woche.«

Brunner starrte sein Gegenüber einen Moment an, dann verließ er wutschnaubend den Raum.

22 PFEFFER UND SANDELHOLZ (02)

Brunner konnte keinen klaren Gedanken fassen. Er lenkte seinen Lada im Höchsttempo durch den dichten Verkehr und hätte fast die rote Ampel an der Abzweigung zur A8 Richtung Salzburg übersehen. Als sie wieder grün wurde, fuhr er, einer spontanen Eingebung folgend, ab auf die Autobahn. Das Wetter war gut. Nach wenigen Kilometern konnte er bereits das verschneite Alpenpanorama sehen – von der Zugspitze im Westen bis zur Kampenwand im Osten. An der Ausfahrt Sauerlach verließ er die Autobahn, parkte sein Auto am Pendlerparkplatz und spazierte entlang des Hofoldinger Forsts. Brunner atmete tief durch. Das war es, was er jetzt gebraucht hatte.

Seine Wut verflog erstaunlich schnell. Pfeiffers Entscheidung kam im Grunde nicht überraschend. Sie war die logische Konsequenz einer Entwicklung, die schon einige Jahre andauerte. Pfeiffer bewegte sich inzwischen in Kreisen, zu denen jemand wie er keinen Zutritt hatte. Brunner dachte an die Geschichte von vor drei oder vier Jahren zurück, als er die Dummheit begangen hatte, uneingeladen zu Pfeiffers Geburtstagsfeier in seinem Stamm-Italiener zu erscheinen. Was die Jahre davor noch ganz normal gewesen wäre, war jetzt ein Fauxpas. Offensichtlich plagte Pfeiffer ein schlechtes Gewissen und so lud er Brunner gewissermaßen nachträglich ein.

Es war damals wirklich eng gewesen im Keller des traditionsreichen Restaurants in der Schellingstraße, in dem schon Adolf Hitler mit seinen Gefolgsleuten Stammgast gewesen war. So muss es damals gewesen sein, dachte Brunner, als er zwischen all den Speichelleckern um Pfeiffer saß, die sich aufführten, als besäßen sie die Lizenz zur Weltherrschaft. Der Immobilienmakler zu seiner Linken etwa. Das korpulente Schweinsbratengesicht hatte für eine vermeintliche Großinvestition einen sechsstelligen Betrag von einem geschädigten Unternehmer mit Hasenscharte geliehen. Der Betrag diente jedoch nur für die Luxus-Urlaube mit seiner Familie und seinen Kumpels. Das Schweinsbratengesicht hatte die Summe bis heute nicht zurückgezahlt, das wusste Brunner aus sicherer Quelle. Dabeisein ist eben alles. Den Mann, der rechts von ihm saß, kannte Brunner von einem Ferrari-meets-Porsche-Weißwurst-Frühstück, zu dem Pfeiffer ihn vor Jahren eingeladen hatte. Er war noch korpulenter als das Schweinsbratengesicht und brachte damals als Inhaber einer Großbäckerei die Brezen mit. Den Betrag von 13,60 Euro ließ er sich später erstatten. Ein weiterer »Freund« von Pfeiffer war der Herrscher der Kiesgruben. Als passionierter Weinliebhaber und Inhaber einer der größten Weinbanken im Chiemgau betonte er oft, dass die Flaschen, die an diesem Abend getrunken wurden, alle im Bereich von ein- bis zweitausend Euro lagen. Wein wäre das Nonplusultra für Investitionen. Brunner hatte einen guten Gaumen, konnte jedoch keinen Unterschied zu den Weinen schmecken, von denen man hundert Flaschen zum gleichen Preis bekommen hätte. Und dann war da noch der selbst ernannte Promi-Klempner, der sich in Pfeiffers Restaurants um Gas-Wasser-Scheiße kümmerte und jeden mit Vornamen, Nachnamen und vor allem Berufsbezeichnung vorstellte, sofern es sich für ihn lohnte. Und zu guter Letzt ein gewisser Teo, den Brunner bis dahin nicht kannte. Offenbar war Teo Koch in einem von Pfeiffers Läden …

Brunner kehrte aus seinen Erinnerungen in die Gegenwart zurück. Im Gegenlicht der tief stehenden Sonne kamen ihm zwei Damen um die siebzig entgegen: Nordic-Walking-Stöcke in den Händen, pinke Puma-Jogginganzüge – passend zum Lippenstift –, halb getönte Sonnenbrillen und schwere Goldohrringe und eine Pelzmütze zur kalten Jahreszeit. Sie fragten ihn munter, wo es bitte zum Parkplatz gehe, da sie die Orientierung verloren hatten. Brunner wollte sowieso umkehren, also bot er sich an, die beiden zu begleiten. Brunner erfuhr im Gespräch alles über das Thema Sport im Alter sowie über die Vorzüge ihrer verstorbenen Ehemänner, mit denen sie über fünfzig Jahre lang zusammengelebt hatten. Als sie hörten, dass Brunner am Großmarkt tätig war, waren sie begeistert, denn sie waren leidenschaftliche Hobbygärtnerinnen. Brunner musste schmunzeln bei dem Gedanken, wie wenig die Handarbeit der Damen mit seiner Industrietätigkeit gemein hatte. Sie sprachen von Gemüsezucht im Beet und im Gewächshaus, von der Heilkraft von Kräutern und von Schädlingsbekämpfung, und Brunner hörte höflich zu. Die eine meinte, dass Schneckenkorn gegen Schnecken wirksam sei, doch die andere empfahl, die Schnecken mit einer Gartenschere entzweizuschneiden. Brunner hätte nicht gedacht, dass eine Dame im pinken Jogginganzug einen derart sadistischen Zug haben könne. Zu Hause angekommen parkte Brunner seinen Wagen in der Garage. Corinna war dabei, im Wohnzimmer ihre mediterranen Pflanzen umzutopfen, die in der Garage neben Brunners Autos überwinterten. Brunner legte seine Jacke ab und ging in die Küche. Es roch nach Gekochtem. Auf dem Herd stand ein Topf mit Kartoffeln, daneben ein Teller mit gegrilltem Hähnchen, kalt. Brunner schenkte sich ein Glas Rum ein, nahm den Teller mit dem Hähnchen und ging ins Wohnzimmer. Der Esstisch war vollgestellt mit Olivenbaum-Töpfen. Brunner versuchte den Teller auf einem kleinen Beistelltisch loszuwerden, rutschte ab, und das Hähnchen landete auf dem Teppichboden. Brunner seufzte. Er stellte das Glas ab, räumte die Töpfe beiseite, um Platz zu schaffen, und stellte den Teller ab. Dann holte er ein feuchtes Geschirrtuch aus der Küche und säuberte die Stelle, wo das Hähnchen einen Fettfleck hinterlassen hatte. Er verharrte. Unter dem Beistelltisch stand ein Korb mit Zeitschriften und Zeitungen. Brunner entdeckte darin die Ausdrucke der verschiedenen Objekte in Südtirol, darunter das Bauernhaus, auf das er ein Auge geworfen hatte. Er nahm sie heraus. Sie waren zerknittert und er glättete sie auf dem Boden. Kreisrunde Wasserränder zeugten davon, dass Corinna darauf ihre Olivenbaum-Töpfe abgestellt hatte. Er legte die Blätter auf den Tisch und setzte sich. Endlich konnte er sich dem Hähnchen widmen. Danach nahm er einen Schluck von dem Rum.

»Wo bist du gewesen?« Corinna stand in der Terrassentür, mit schmutzigen Handschuhen sah sie ihn an, und Brunner sah zurück. Er überlegte kurz, sie auf die Ausdrucke anzusprechen. Doch er entschied sich anders. »Arbeit«, sagt er schließlich.

»Ich habe mit dem Essen auf dich gewartet. Vor zwei Stunden. Du hättest anrufen können.«

Er trank einen Schluck Rum. »Tut mir leid. Okay?«

Corinna sah ihn mit gerunzelter Stirn an. »Nein. Nein, es ist nicht okay. Ich habe dich gebeten, mir zu helfen. Das Umtopfen der Pflanzen ist viel Arbeit.«

Brunner senkte den Kopf, starrte auf den Esstisch. Beide schwiegen. Brunner spürte ihre Enttäuschung.

»Tut. Mir. Leid. In Ordnung?«, sagte er.

»Was war denn?«, fragte Corinna.

»Nichts.«

»Lass mich wenigstens wissen, warum du schlechte Laune hat.«

»Ich hatte einen Scheißtag. Herrgott. Wird schon wieder.«

Sie zuckte mit den Schultern. »Jedes Mal, wenn ich versuche, etwas für unsere Beziehung zu tun, machst du dich aus dem Staub.«

Brunner holte tief Luft. »Noch mal. Es tut mir leid, dass ich dir nicht geholfen habe, unser Wohnzimmer in den Amazonas zu verwandeln.«

Corinna trat zu ihm, nahm einen der Töpfe und ging wortlos wieder in die Garage.

Brunner sah ihr hinterher. *Ich will alles hinter mir lassen. Und sie pflanzt Bäume für die Beziehung. Na bravo.*

LOVE SONGS 23

Pling. Sepko schaute auf sein Handy. Eine Nachricht von Lene: Emojis von zwei Croissants, einer Kaffeetasse und einem Apfel. Dazu ein »Danke«. Immer wenn er in den letzten Wochen den LKW bei Brunner pünktlich beladen hatte und noch Zeit fand, fuhr er an der Ladezone vorbei, wo Lene ihren Lieferwagen abstellte, und legte ihr und Luca ein kleines Frühstück auf den Beifahrersitz, in der Hoffnung, ihr zu begegnen. Er hatte zweimal Glück gehabt. Doch es reichte nie für ein Gespräch. Einmal war sie auf dem Sprung, um mit der Sackkarre ein paar Kisten aus der Markthalle zu holen. Luca saß oben und manövrierte Lene wie ein Schiffskapitän über den Parkplatz. Dann kam die Vorweihnachtszeit, in der am Großmarkt immer die Hölle los war und auch Sepko bei der vielen Arbeit bei Brunner keine Zeit fand. Das andere Mal war es zwischen den Feiertagen und Neujahr gewesen. Lene belud gerade ihren Lieferwagen. Sepko hätte ihr gerne beim Einladen geholfen, aber er war unter Zeitdruck, zudem stockte der Verkehr. Er konnte lediglich im Schritttempo die Brotzeit plus ein paar selbst gemachte Plätzchen übergeben – er, der noch nie gebacken hatte. Wenn Diredare das wüsste – er würde es hoffentlich nie erfahren. Sie schrieb mit dem Finger ein »THX« auf die verschmutzte Hecktür ihres Wagens, das bis heute dort zu sehen war. Sepko wünschte Lene noch frohe Weihnachten, aber keinen guten Rutsch, in der Hoffnung, sie würden sich noch einmal vor dem neuen Jahr sehen. Doch es kam nicht dazu. Sepko hatte schon Angst, die Beziehung zu Lene würde abflauen. Auch heute hatte er sie nicht angetroffen und das Frühstück nur abgestellt.

Sepko wartete in seinem LKW bei einer abgelegenen Speditionsfirma. Es war nur gut zehn Meter entfernt vom hektischen Treiben am Großmarkt, doch hier war keine Menschenseele zu sehen. Neben ihm parkte ein dunkelblauer BMW M5. Das Sportcoupé war tiefergelegt und glänzte. Sepko war mit seinem Besitzer verabredet. Der ließ auf sich warten. Dann kam ein altes Zündapp-Mofa angefahren. Darauf saß zusammengekauert ein korpulenter Kerl in einer zerrissenen, dreckigen Jeans und einer karierten Jacke. Er trug eine Brille auf der Nase und eine Zigarette im Mundwinkel. Mit Fäustlingen bekleidet, kämpfte er damit, eine Leberkässemmel zu essen, das Mofa einarmig zu steuern und gleichzeitig zu rauchen. Sein Name war Ruben, seines Zeichens Holländer, im Volksmund bekannt als Tulpe.

»Hoi«, sagte Tulpe, nahm umständlich die Zigarette aus dem Mund und schaffte es nach zwei missglückten Versuchen, ein großes Stück von seiner Semmel abzubeißen. Dann griff er in seine Hosentasche und öffnete per Fernbedienung den Kofferraum des BMW. Dann nahm er eine Kiste Tomaten aus dem Kofferraum und reichte sie Sepko.

»Wie viel?«, fragte Sepko.

»Wie immer.«

Sepko zückte hundertfünfzig Euro.

»Lust auf ein bisschen Musik?« Tulpe startete den Motor und ließ den Fünfer ordentlich aufheulen.

»Alter, läuft gut, oder?«

Tulpe blieb ernst. »Kann man so sagen.« Er stellte die Zündapp zur Seite, stieg in den BMW und schoss im nächsten Moment mit quietschenden Reifen über die freie Fläche des Großmarkts. Dann parkte er den Wagen und stieg zurück auf die Zündapp.

»Pass auf dich auf.«

»Wie? Du fährst wieder mit dem Mofa?«

»Weißt du, was die Karre schluckt?«, schimpfte er. »Außerdem habe ich keine Winterreifen.« Dann brauste Tulpe davon.

Sepko setzte sich wieder in seinen LKW, die Kiste Tomaten auf dem Schoß. Er sah sich vorsichtig nach allen Seiten um. Ein LKW kam vorbeigefahren. Ansonsten war niemand zu sehen. Er hob die Verpackung an, in der die Tomaten lagen, und tastete mit zwei Fingern. Drei Tütchen Kokain …

Pling. Sepko erschrak. Eine weitere Nachricht von Lene. Er öffnete sie und war überrascht. Ein Herz-Emoji. Das hatte sie zuvor noch nie geschickt. Sepko starrte eine Weile das Herz an. Er überlegte umzukehren. Er hätte Lene heute Morgen gern gesehen. Er spürte ein Kribbeln im Bauch. Vielleicht bildete er sich das aber auch alles nur ein.

Er schob die Tütchen wieder unter die Tomaten und machte sich an die Arbeit, um Brunners Ware an die Kunden zu liefern.

Nach Feierabend stieg Sepko in sein Auto und verteilte die drei Tütchen. Das erste ging an den Besitzer einer Imbissbude, das zweite an einen vorbestraften Türsteher, der einen Job als Spüler in einem indischen Restaurant gefunden hatte und untergetaucht war. Und dann war da noch Ronny. Von den ersten beiden verlangte er jeweils achtzig Euro, aber bei Ronny nahm er jetzt hundertzwanzig Euro, um sein Gewissen gegenüber Lene zu beruhigen. Er fand den Preis immer noch angemessen. Draußen schlugen die Dealer viel mehr auf, und Tulpes Einkaufspreis von fünfzig Euro war unschlagbar, jedenfalls nach dem, was Sepko auf der Straße gehört hatte.

Sepko ging beim Verteilen der Ware sehr vorsichtig zu Werke.

Seine wenigen Kunden wussten nie, wann er lieferte. Es konnte einen Tag nach der Bestellung sein oder eine Woche. Das machte er, damit sie nicht auf dummen Ideen kamen und bei den falschen Leuten anfingen zu plaudern. Tulpes Ware war von hoher Qualität und günstig. Wer sie haben wollte, musste sich eben seinem Rhythmus anpassen.

Anschließend fuhr Sepko zu Diredares Werkstatt und half ihm, die Innenräume von zwei Autos zu saugen und bei einem weiteren Auto die Bremsscheiben zu wechseln. Damit beglich er praktisch die Schulden, die Lene bei ihm hatte. Als er fertig war, wischte er sich die Hände an einem Lumpen ab und holte sein Handy hervor. Er musste sie einfach anrufen. Aber sie antwortete nicht. *Vielleicht besser so, alter Romantiker*, dachte er.

»Bier?«

Diredare war zu ihm getreten. Auch er wollte für heute Feierabend machen.

»Jou.«

Diredare ging ins Hinterzimmer und kam mit zwei Flaschen Bier zurück.

»Und? Sind wir quitt?«, fragte Sepko.

»Sind wir. Prost.«

Die Flaschen klirrten.

Sepko sah seinen Freund verwundert an. »Was grinst du so?«

»Grinse ich?«, fragte Diredare.

»Du grinst.«

»Na schön, dann grinse ich eben.«

»Und warum grinst du?«

Wieder grinste Diredare. »Ja, mein Gott, du müsstest dich mal sehen. Schaust ständig aufs Handy, wählst ständig eine geheimnisvolle Nummer, aber niemand geht ran, und dann schaut der kleine Sepko wieder ganz traurig vor sich hin.«

Sepko spürte, wie er rot wurde.

»Nun sag schon«, fuhr Diredare fort. »Wie weit bist du bei ihr?«

»Keine Ahnung. Ich war erst einmal bei ihr zu Hause. Sie hat mir ein bisschen von ihrer Geschichte erzählt. Sie hat niemanden für das Kind, deswegen nimmt sie den Kleinen mit zum Großmarkt. Und immer knapp bei Kasse. Wenn der Wagen kaputt geht und in die Werkstatt muss, ist das für sie die Katastrophe.«

»Na, aber da kommt ein Ritter wie du doch gerade recht.«

»Ich bin noch nicht sicher, ob sie wirklich nach einem Ritter sucht.«

»Frag sie.«

»Genau. Gute Idee.«

»Wieso nicht? Dann weißt du zumindest, auf was du dich da einlässt.«

»Oder auf was sie sich da einlässt.«

»Hast du ihr gesagt, dass du im Knast warst?«

Sepko schüttelte den Kopf.

»Würde ich auch nicht. Mutter mit Kind – da kommt Körperverletzung nicht so gut an.«

Sepkos Handy vibrierte.

Gerade auf Arbeit. Melde mich später.

Jetzt noch?, dachte Sepko.

Diredare nippte an seinem Bier. »Jetzt wirste schon wieder rot. Ich fürchte, es ist was Ernstes, mein Lieber.«

Zu Hause setzte sich Sepko vor die Glotze, doch das Programm war um diese Uhrzeit ausschließlich für Senioren, was man an der vielen Werbung für Rheuma- und Thrombose-Mittel erkennen konnte. Also schaltete er wieder ab und gab im Internet bei Youtube unter im Suchfeld *Love Songs* ein. Während er tippte, begann sein Herz schneller zu schlagen. Es war ihm fast peinlich. Er wählte eine Playlist von *Kuschelrock Vol. 4*. Sofort begann Foreigner zu dudeln. Diese Art von Musik ging ihm sonst auf den Sack, heute gefiel sie ihm zum ersten Mal. Er ging zum Kühlschrank und holte sich ein Bier. In diesem Moment klingelte das Handy. Lene.

Er nahm ab. Gerade rechtzeitig schaltete er die Schnulzenmusik auf stumm. »Hi.«

»Hi.«

»Alles gut?«

»Alles gut.«

»Wie war dein Tag?«, fragten sie gleichzeitig und mussten lachen.

»Warte mal«, sagte Lene.

Sepko hörte, wie sie das Telefon zur Seite legte und mit Luca redete. Er stellte sich in ihrer Wohnung Lene vor. Es war ein neues Gefühl für Sepko. Allein, dass Lene sich gemeldet hatte …

»So, bin wieder da.«

»Ja.«

»Sorry, du musst noch mal warten.«

»Okay.«

Wieder hörte Sepko, wie sie mit Luca redete.

»Ja. Ja, ja. Ich frage ja … Ich soll dich fragen, wann du wieder kommst.«

»Jederzeit, Meister.«

Jetzt hörte er Luca etwas flüstern. Dann wieder Lene. »Ja. Ja, ja.« Dann war sie wieder lauter zu hören. »Sepko, lass uns morgen … Okay für dich?«

»Ja. Ja, ja.«

»Machst du mich nach?«

»Was?«

»Vergiss es. Bis morgen.«

Er hörte Lene noch nach Luca rufen, dann hatte sie aufgelegt.

Sepko blickte auf den stumm geschalteten Laptop, wo immer noch die Kuschelrock-Playlist lief.

Zu dem nächsten Lied hatte ein eifriger Youtuber einen Begleittext geschrieben, der parallel zum Song eingeblendet wurde. Sepko las:

Der Protagonist singt davon, dass er sich nicht in jemanden verlieben möchte, weil ihn das traurig macht. Er ist in einer Bar und sieht eine Frau, die an ihm interessiert zu sein scheint. Aber er hofft, dass er sich nicht in sie verliebt.

Sepko wollte gerade laut stellen, als das Handy erneut vibrierte. Lene.

»Was ist denn *jetzt* schon wieder?«, sagte er übertrieben genervt.

Lene lachte. »Ist wegen Luca. Pass auf, Picasso, er will noch mal mit dir malen.«

Im Hintergrund hörte Sepko, wie Luca etwas flüsterte.

»Ja, ich frage gleich. Jetzt lass mich kurz.«

»Was sollst du fragen?«, fragte Sepko.

»Er will ein Baumhaus. So eins wie in seinem Buch.«

»Wenn es weiter nichts ist. Kriegen wir schon hin.«

»Gut.«

»Das war alles?«

»Nein.«

Schweigen. Die Pause war so lang, dass Sepko den Rest der Texteinblendung lesen konnte.

Er spricht über die seltsamen Gefühle, die es mit sich bringt, wenn man sich zu jemandem hingezogen fühlt und nicht weiß, ob es ihm genauso geht. Am Ende der Nacht wird ihm klar, dass er sich vielleicht doch in sie verliebt hat.

»Bist du noch dran?«, fragte Lene.

»Klar.«

»Okay. Entschuldige.«

»Weswegen?«

»Ich, ich habe das Gefühl … ach, ich weiß auch nicht.«

Sepko wartete.

»Ich habe das Gefühl, dass ich manchmal etwas schroff wirke, abweisend. Weil ich stur meinen Weg gehe. Nur funktioniere. Und vielleicht stimmt das. Ich hoffe, du bist nicht sauer deswegen. Verstehst du, was ich dir damit sagen will?«

»So halb. Bei dir muss ich es noch rausfinden. Bei Luca weiß ich, dass er ein Baumhaus will.«

»Na, immerhin. Dann sehen wir uns die Tage. Unser Essen ist fertig und brennt sonst an.«

»Warte, letzte Frage. Warum hast du heute so lange gearbeitet? War so viel los?«

»Ach so. Nein. Bin in einem Fitnessstudio in Grünwald. Nebenjob. Sorry, ich muss, das Essen …«

Sepko saß noch eine Weile da. Dann sah er auf den Laptop und ging noch einmal zurück zu dem Lied von dem traurigen Protagonisten in der Bar, der sich nicht verlieben will. Er schaltete den Laptop wieder auf laut. Sepko lehnte sich auf der Couch zurück, öffnete sein Bier und lauschte der Musik von Tom Waits.

Well, I hope that I don't fall in love with you
'cause falling in love just makes me blue …

GRÜNWALD 24

Ein paar Tage später fuhr Sepko nach Grünwald ins Fitnessstudio, wo Lene arbeitete. Die Frau hinter dem Empfangstresen empfing ihn mit einem warmen Lächeln. »Sind Sie Mitglied?«

Sepko war sich nicht sicher, ob Ironie im Spiel war. Aber in seinem Outfit aus Arbeiterhose, ausgewaschenem Pulli und alten, dreckigen Turnschuhen sah er gewiss nicht wie der typische Stammkunde aus.

»Nein. Ich möchte mit Lene sprechen. Sie arbeitet bei Ihnen als Kinderbetreuerin.«

Die Frau führte ihn durch die sterilen Räumlichkeiten. Sportler jeden Alters joggten in teurer Funktionskleidung auf hochwertigen Laufbändern vor 4K-Bildschirmen oder bewegten Gewichte in gefährlich aussehenden Power-Racks. Es ging alles sehr still zu, die einpeitschenden Beats empfingen die Leute offenbar ausschließlich über Kopfhörer. Das änderte sich, als die Frau eine Tür öffnete und ihnen wildes Kindergeschrei entgegentönte.

Sepko bedankte sich bei der Frau und betrat den Raum. Lene saß mit Luca und drei anderen Kindern an einem niedrigen Tisch. Sie spielten Memory, doch Sepko sah, dass Lene gleichzeitig Rechnungen schrieb. Ein Dutzend weitere Kinder tobten durch einen Rutschenpark und Klettergarten. Der Lärm war ohrenbetäubend. Sepko gab Luca ein High-Five, hielt sich aber sofort wieder die Ohren zu.

»Bist du verrückt?«, sagte er an Lene gewandt, er musste fast schreien. »Wie kannst du das aushalten?«

»Ich bin Mutter, you know? Was gibt es denn so Dringendes?«

»Vielleicht habe ich gute Neuigkeiten.«

»Vielleicht?«

Sepko sah sich gequält um. »Können wir kurz in Ruhe reden?«

»Ich bin allein und habe die Aufsicht. Aber in zwei Stunden? Dann ist Feierabend.«

»Könnte zu spät sein.«

»Was?«

»Dann könnte es zu spät sein.« Jetzt brüllte er wirklich.

»Warum?«

Sepko verdrehte die Augen. Er ging in die Mitte des Raumes, formte die Hände am Mund zum Trichter und brüllte mit voller Lautstärke: »Ruhe jetzt! Verdammt noch mal.«

Die Kinder erschraken und verstummten augenblicklich.

»Ich muss kurz etwas klären. Ihr dürft gleich weiterspielen, okay? Nur einmal kurz die Klappe halten.«

Die Kinder parierten. Bis auf Luca.

»Was kriegen wir dafür?«

»Ja, genau«, rief ein anderes Kind.

»Keine Ahnung. Eine Tracht Prügel?«, versuchte Sepko es mit einem Scherz.

Die Kinder murrten. Sie wollten ein echtes Angebot.

»Biete was an«, rief Lene.

»Gut. Wir spielen Fangen.«

»Ui ja!« Sofort schrien wieder alle durcheinander.

»Aber jetzt erst mal Ruhe!«, befahl Sepko streng. »Sonst spiele ich nicht mit euch.« Schon waren alle wieder ruhig.

»Schieß los«, sagte Lene.

»Okay. Also …« Sepko bemerkte, wie Lene einen Blick über

seine Schulter warf. Er drehte sich um. Die Kinder standen im Halbkreis um ihn und Lene herum und warteten darauf, was er Lene sagen wollte.

Er wandte sich wieder Lene zu. »Also – du rufst diese Nummer an, und zwar jetzt sofort, und bittest um einen Termin.« Sepko hielt ihr einen Zettel hin.

»Ich verstehe nicht.«

»Also, ich war heute bei einem Kunden. Ich gehe ins Büro. Niemand vom Küchenpersonal ist da. Also lege ich wie immer meinen Lieferschein auf den Schreibtisch. Und was sehe ich? Auf dem Bildschirm am PC ist die Internetseite von einem anderen Gemüsehändler geöffnet.«

»Ja gut. Vielleicht …«

»Nein, warte. Davor liegt ein Notizblock mit Telefonnummern von anderen Gemüsehändlern.«

Lene stutzte.

»Was ich damit sagen will – ich glaube, Pfeiffer sucht einen neuen Lieferanten. Sie hören sich zumindest um. Du solltest also schnell sein. Pfeiffer ist eine Mega-Nummer. Wenn du den gewinnst …«

»Alles klar. Aber … Moment. Solltest du das nicht lieber deinem Boss erzählen? Pfeiffer ist euer Kunde.«

»Das werde ich schon noch. Vermutlich weiß er es ohnehin bereits.« Wieder hielt er ihr den Zettel hin.

»Heiratet ihr?«, fragte eins der Kinder.

Sepko legte den Zettel vor Lene auf den Tisch. »Ruf da an. Die finden dich nicht, hast ja nicht mal eine Website, oder?«

Lene sah auf den Zettel. »Aber was soll ich sagen?«

»Erst mal geht es nur darum, einen Termin zu bekommen. Danach sehen wir weiter.«

Lene nahm den Zettel, nickte.

»Ich halt die Kids hier auf Trab, du gehst kurz raus.«

Lene verließ den Raum über die Notausgangstür.

»Okay, Saubande. Wer schafft es, mich zu fangen?«

Im nächsten Moment rutschte Sepko über Rutschen, kletterte durch den Seilgarten, flitzte durch den Raum und schlug Haken und die Kinderschar hinter ihm her und Luca vorneweg. Nach einer Weile öffnete sich die Eingangstür, und zwei Mütter traten ein, um ihre Kinder abzuholen. Sie sahen, wie Sepko gerade versuchte, Schaumstoffbällen auszuweichen, die die Kinder auf ihn warfen. Die Freude war riesig, ebenso das Geschrei.

»Entschuldigung, wo ist die Betreuerin?«, fragte eine Mutter.

»Ich bin die Betreuerin«, konterte Sepko. »Das heißt, der Betreuer. Ich helfe heute aus.«

»Mama, ich will noch nicht nach Hause«, rief ein Kind.

»Ich auch nicht.« Das war das Kind der anderen Mutter.

In diesem Moment kam Lene zurück. Sepko spielte weiter mit den anderen Kindern und den Schaumstoffbällen, während die zwei Mütter ihre Kinder anzogen.

»Musste nur kurz telefonieren«, entschuldigte sich Lene. »Hab Handwerker in der Wohnung.«

»Ein neuer Betreuer?« Die eine Mutter lächelte verschwörerisch.

Lene lächelte ebenfalls. »Nein. Er ist ein Freund. Wollte mich einfach mal besuchen.«

»Guter Typ. Viel Glück.« Sie zwinkerte Lene zu und ging. Hinter ihnen prasselten massenweise Schaumstoffbälle auf Sepko ein.

»Und?«, rief Sepko. Er konnte Lenes Aufregung spüren.

»Wir müssen später reden«, rief Lene zurück. »Dringend.«

AUSGLEICHENDE GERECHTIGKEIT 25

Die beiden hatten vereinbart, sich am nächsten Tag nach der Arbeit in Lenes Wohnung zu treffen. Um kurz nach drei stand Sepko vor Lenes Wohnungstür.

»Komm rein«, sagte Lene, als sie ihm die Tür öffnete. Sie verschwand sofort wieder in der Wohnung. Es roch verlockend nach Gebratenem und er trat ein. Lene briet Fischstäbchen und Bratkartoffeln, in einem kleinen Topf blubberte offenbar Spinat. Sepko blieb in der Tür zur Küche stehen, in der Hand eine Klarsichthülle mit Unterlagen.

»Setz dich, ich bin gleich fertig«, sagte Lene. Sie stand zwischen der Unordnung, die beim Kochen entstanden war, und hatte Sepko den Rücken zugewandt. Er beobachtete sie eine Weile. Sie trug eine eigenwillige Kleiderkombination. Gestrickte Wollsocken mit Antirutsch-Noppen, etwas zu große, zerrissene Jeans-Hotpants, die durch einen Nietengürtel an ihrer schmalen Taille gehalten wurden. Unter einem ebenfalls etwas zu großen Tanktop aus dickem Strickgarn konnte Sepko einen Sport-BH erkennen. Während sie die Bratkartoffeln mit den Zwiebeln vermischte, fielen Sepko ihre muskulösen Oberarme auf. Dass sie sich ihm in diesem Outfit präsentierte, freute Sepko, er wertete es als eine Art Vertrauensbeweis.

»Willst du mitessen?«, fragte sie und füllte Kartoffeln auf einen Teller.

Sepko zögerte. »Sieht gut aus«, sagte er. An das Essen dachte er dabei gar nicht.

»Ich koche gerade meinen ersten Stern«, sagte Lene und füllte eine weitere Portion auf einen zweiten Teller. Sie stellte die Pfanne wieder auf den Herd, wischte sich die Hände an ihrer Hose ab, lutschte die Finger. »Also?«

»Was?«

»Willst du auch?«

»Auch so, ja. Gern.«

Lene ließ die restlichen Bratkartoffeln auf einen dritten Teller rutschen, dann verteilte sie Fischstäbchen und Spinat. »Voilà. Panierter Pangasius mit Pommes sautée an Spinat-Sahne-Soße.«

Sepko liebte ihren Humor.

»Luca! Essen!«

»Gleich.«

»Nein, jetzt.«

»Nur noch die Folge.«

»Nachher, wenn wir fertig sind.«

»Oaach.«

Luca setzte sich an den Tisch. Alle aßen.

»Warum wohnst du eigentlich allein?«, fragte Luca mit vollem Mund.

Sepko sah erst ihn an, dann Lene.

»Na ja. Ihr wohnt doch auch allein.«

»Wir wohnen doch nicht allein. Wir sind doch zwei.«

»Luca, iss jetzt.«

Luca rührte in seinem Spinat herum. Lene tauschte mit Sepko einen Ich-will-nicht-darüber-reden-Blick.

»Hast du eine Frau geheiratet?«, begann Luca erneut.

Sepko kaute. »Nein.«

»Und warum?«

Nun tauschte Lene mit Sepko einen Darüber-können-wir-gerne-reden-Blick.

»Na ja, zum Heiraten braucht man doch Ringe.«

Luca nickte.

»Und ich hatte noch nie einen Ring, der zur richtigen Frau passt.«

Luca guckte ihn an.

»Kennst du Aschenputtel?«

»Nee.«

»Natürlich«, ging Lene dazwischen.

»Hä?«

»Das arme Mädchen mit den zwei Stiefschwestern.«

»Ja, die kenn ich«, sagte Luca.

Sepko fuhr fort. »Der Prinz findet doch ihren Schuh.«

Jetzt wusste Luca wieder Bescheid. »Und als er Aschenputtel passt, heiratet er sie«, sagt Luca.

»Genau.«

»Also hast du einen Ring, aber keine Frau dazu.«

»Bingo.« Beide geben sich High-Five.

»Wo ist der Ring?«

»Irgendwo bei mir zu Hause.«

Luca nahm den letzten Happen Bratkartoffeln.

»Ich kann nicht mehr. Darf ich weitergucken?«

»Am Abend, okay? Geh in dein Zimmer und spiel was.«

»Na gut.« Luca verschwand, kam aber sofort wieder.

»Wenn du willst, kannst du mir den Ring geben. Dann suche ich für dich.«

Sepko musste lachen. »Ist gut.«

Dann verschwand Luca.

»Okay«, begann Sepko. »Zu morgen.« Er nahm die Klarsichtfolie hervor. »Erzähl noch mal, was hat er genau gesagt?«

»Ich hatte jemanden aus der Küche am Telefon. Er war sehr freundlich und gesprächig. Dann war ich zehn Minuten in der Warteschleife, und danach hat er mir den Termin morgen um halb drei gegeben – er könne nicht allein entscheiden und so.«

»Gut, pass auf. Ich habe dir ein paar Produkte aufgeschrieben, die seine Köche immer extra bestellen und auf die sie Wert legen. Es wäre gut, wenn du die kennst. Graffiti-Auberginen?«

»Klar.«

»San-Marzano-Tomaten?«

»Flaschentomaten. Kenn ich auch, ja.«

»Charentais-Melone.«

»Logo.«

»Und Rucola immer im Bund abgepackt, nie lose. Das hab ich alles aus Brunners Buchhaltungssystem ausgedruckt. Das ist die Pfeiffer-Preisliste vom Brunner für diese Woche. Und das sind Pfeiffers Abrechnungen vom letzten Monat.«

»Das ist Wirtschaftsspionage, mein Lieber.«

»Nennen wir es lieber ausgleichende Gerechtigkeit.«

Lene wirkte beunruhigt.

»Du kannst morgen auch einfach deine Preisliste präsentieren«, fuhr Sepko fort. »Vielleicht hast du Glück und bist günstiger. Was ich nicht glaube. Bei der Menge, die mein Boss kauft, bekommt er wahnsinnig gute Konditionen.«

»Los. Zeig schon her. Mit einem schlechten Gewissen wäre ich am Großmarkt sowieso fehl am Platz.«

Sie nahm Brunners Preisliste und verglich sie mit der von ihr. »Ich habe gestern mal etwas recherchiert im Internet. Pfeiffer ist wirklich eine fette Nummer.«

»Kann man so sagen. Schau dir die Umsätze an.« Sepko deutete auf die Abrechnungen.

Lene schluckte. Sie wusste, mit diesem Kunden wären ihre

finanziellen Probleme gelöst. Ein Restaurant von Pfeiffer machte in der Woche mehr Umsatz als ihr bester Kunde in einem Monat.

»Kennst du Pfeiffer persönlich?«

»Kann man nicht sagen. Nur aus den Medien.«

»Ich weiß nicht. Ich hab irgendwie Schiss. Willst du morgen nicht mitkommen?«

»Auf keinen Fall. Wenn er herausfindet, dass ich für Brunner arbeite … Nicht gut.«

Sepko spießte ein Stück Fischstäbchen auf. »Du kriegst das hin.«

Lene seufzte. »Ich werd's mir überlegen«, sagte sie und schob die Unterlagen beiseite. Dann sah sie Sepko eindringlich an. »Und jetzt zu dir. Hast du eine Freundin, ein Mädchen?«

»Nein.«

»Keine Frau?«

»Warum fragst du?«

»Ich würde es gern wissen.«

»Warum?«

»Einfach so.«

»Ernst jetzt?«

Lene überlegte. »Nein. Nicht einfach so. Eigentlich möchte ich wissen, was du damit willst.« Sie deutete auf die Unterlagen. »Oder die Sache mit dem Auto. Ich will wissen, woran ich bei dir bin. Wer bist du? Warum tust du das?«

Mit Lenes Direktheit hatte Sepko nicht gerechnet. »Du musst das nicht machen, wenn du nicht willst«, war die einzige Antwort, die ihm einfiel.

Lene nahm erneut Messer und Gabel zur Hand. Aß das letzte Fischstäbchen. Dann stand sie auf, räumte die Teller ab. Kurz bevor sie sich wegdrehte, beugte sie sich zu Sepko. »Okay. Wir machen das. Deswegen ist aber noch nicht vögeln angesagt, klar?«

Sepko sah ihr nach, als sie die Teller in die Küche brachte.

»Was machst du mit Luca?«, rief er ihr zu.

»Ich nehme ihn mit. Oder was meinst du – könntest du auf ihn aufpassen?«

»Natürlich.«

»Vielleicht besser. Länger als eine Stunde dauert das doch nicht.«

»Denke ich auch nicht.«

Sepko half Lene, das Geschirr in die Spülmaschine zu räumen.

Dann wollte er sich von Luca verabschieden, doch der war zu sehr vertieft in sein Spiel.

Wieder in der Küche sagte er: »Um halb zwei bin ich da.«

»Alles klar. Danke«, sagte Lene. Sie brachte ihn zur Tür.

Luca spielte immer noch in seinem Zimmer.

Lene setzte sich ins Wohnzimmer. Sie studierte Brunners Preisliste, verglich sie mit ihrer. Sie war erstaunt. Dann griff sie zum Telefon. Sepko hob ab.

»Yes?«

»Sag mal, ist das die richtige Preisliste, die du mir da gegeben hast?«

»Das ist die Preisliste von Brunner für Pfeiffer, ja. Wieso?«

»Du sagtest, ich sollte meine Preise den seinigen anpassen. Weil ihr so gute Konditionen habt.«

»Richtig.«

»Ich sehe mir das gerade an. Er ist überall teurer. Außer bei Weißkraut und Knollensellerie. Nicht gerade Gemüse, das in der hochwertigen Gastronomie Verwendung findet.«

»Machst du Witze?«

»Wenn ich es dir sage. Rucola, Tomaten, Zucchini und so weiter, überall verlange ich weniger bei meinen Kunden.«

»Dann hättest du meine Hilfe gar nicht gebraucht.«

»So meine ich das nicht.«
»Sei doch froh.«
»Alles klar. Dann sehen wir uns morgen.«
Sie verabschiedeten sich und legten auf.

26 STANDARD-LISTE

Sepko wartete pünktlich um halb zwei auf Lene. Sie kam im Lieferwagen angerauscht und übergab ihm Luca.

»Okay, ihr zwei. Was macht ihr in der Zeit?«

»Wir gehen auf einen Spielplatz. Wenn uns zu kalt wird, gehen wir irgendwo eine heiße Suppe essen, gut?«

»Oh, ja, cool«, sagte Luca.

Lene sah Sepkos skeptischen Blick. »Was ist?«

»Nichts.«

»Wie nichts? Spuck's aus.«

»So gehst du da hin?«

Lene hatte dasselbe wie gestern an. Leggins, kurze Jeans, das Tanktop, eine Daunenweste drüber, dazu Arbeiterboots, die Haare wild hochgesteckt.

Lene sah an sich herab. »Ich glaube, das wirkt bei Männern.«

»Bist du da sicher?«

»Zumindest bei dir bin ich mir sicher. So wie du mich gestern angesehen hast.« Sie zwinkerte ihm.

Sepko machte ein gespielt empörtes Gesicht. »Ich habe nicht dich bestaunt, sondern deine Kochkünste.«

»Ah, verstehe«. Sie grinste.

Sepko wurde wieder ernst. »Hör zu. Wegen der Preisliste«, sagte er. »Ich habe mir noch mal alles angeschaut, und mir ist da was aufgefallen. Pfeiffer hat eine Extra-Preisliste. Tatsächlich sind dort die Preise höher als bei den Standardkunden. Sieh mal.« Er zeigte Lene eine weitere Preisliste vom Brunner zum Vergleich. »Das ist das normale Angebot. Hier zum Beispiel die Tomaten. Für die Kiste mit fünf Kilo verlangt Brunner 8,95 Euro. Was musst du verlangen?«

Lene sah auf ihre Preisliste. »Ich verlange 9,20, 9,50 Euro. Manchmal zehn«, sagte sie.

»Alles klar. Fünfzehn Cent mehr. Nicht die Welt, das ist okay. Und nun schau dir an, was Brunner beim Pfeiffer verlangt.«

»Oha. Wahnsinn. Dieselbe Kiste, mit fünf Kilo?«

»Ja.«

»Hm. Vielleicht eine andere Qualität.«

»Klar. Die Verpackung wird handgemacht und mit Blattgold verziert.«

Lene sah noch einmal hin, um sicherzugehen, dass sie nicht in der Zeile verrutscht war.

»Dreizehn Euro.« Lene staunte.

»Tomaten sind einer der Hauptartikel, übers Jahr gerechnet ergibt das eine enorme Summe. Ist aber auch bei anderen Artikeln so. Zucchini, Paprika, Salate und so weiter.«

»Komisch. Pfeiffer ist doch Brunners wichtigster Kunde, da bekommt er doch eher Rabatt.«

»Kann ich Brunners Standard-Liste mitnehmen?«

»Mach keinen Scheiß. Was willst du ihm sagen, woher du die hast?«

»Vom Derfler? War ja mal mein Kunde. Wieso nicht? Vertrau mir. Ich mach das schon. Ich verrate dich nicht.«

Sepko zögerte. Dann gab er Lene die Liste.

Lene ging zu ihrem Auto, legte die Preisliste ins Handschuhfach. Wieder konnte Sepko den Blick nicht von ihrem Hinterteil lassen. Dann kam sie zurück, gab Luca einen Kuss.

»Also bis später.«

»Viel Glück.«

»Danke.« Sie stieg in ihr Auto, startete den Motor und hob die Hand zum Abschied.

Sepko und Luca hoben ebenfalls die Hand und gingen in Richtung Spielplatz.

27 »Nicht gut. Leider. Nicht gut.«

Sie hatte den Sprinter einen knappen Kilometer vom »Elixier« entfernt geparkt. Wenn sie mit dem alten Gefährt direkt vor dem Laden hielt, würde das vielleicht nicht den allerbesten Eindruck machen. Sie hatte einen Schreibblock unterm Arm und in einer Mappe Brunners Preisliste als Joker. Falls sie einen solchen überhaupt brauchte.

Sie betrat das Restaurant. Es war um diese Uhrzeit nur mäßig gefüllt. Ein Kellner kam auf sie zu.

»Haben Sie reserviert?«

»Nein. Ich habe einen Termin mit Herrn Pfeiffer. Lene Palatzky.«

»Sehr wohl, einen Moment.«

Der Kellner holte sein Telefon, wählte eine Nummer.

Lene blickte sich um. *Nicht schlecht.* Ihr Herz pumpte, und sie versuchte, sich ihre Nervosität nicht anmerken zu lassen. Ein bisschen fühlte sie sich wie in der Schule, wenn sie mit der Theater-AG ein Stück aufführten. Kurz bevor der Vorhang aufging, hätte sie sterben mögen, aber während der Aufführung war das Lampenfieber wie weggeblasen. Heute hatte sie keinen Text in wochenlangen Proben auswendig gelernt. Heute stand Improvisation auf dem Programm.

»Wenn Sie mir bitte folgen wollen.«

Der Kellner platzierte sie an einem Tisch in einer geschützten

Nische. Auf einer Anrichte an der Wand stand eine Vase mit Lilien. Ein Holzkohlengrill verbreitete einen angenehmen Duft. Lene legte die Daunenjacke neben sich und streckte unwillkürlich den Rücken durch, als dürfe man sich in so einer vornehmen Umgebung nicht anlehnen. Sie zählte die Plätze im Restaurant, schätzte, wie viele Gerichte dort wohl am Tag verspeist würden. Sie nahm eine Speisekarte von der Mitte des Tisches und checkte, wie groß der Gemüseanteil war. Es gab viele Salate, Tomaten, Zucchini, Artischocken, Austernpilze. Sie überlegte kurz bei Castelfranco. Okay, ein Bittersalat mit Flecken, eine Radicchio-Art. Und Cima di rapa? Klar. Stängelkohl. Sie versuchte, das, was auf den Teller kam, in die Liefermenge umzurechnen. Reiner Zeitvertreib, es war fünf nach halb drei. Sie blickte sich um. Niemand, der nach Geschäftsführung aussah. Also blätterte sie weiter in der Speisekarte. Die Gerichte waren außergewöhnlich: Balsamico-Linsen mit Burrata und Lauchzwiebeln, warmer Gemüsesalat mit Avocado, grünem Spargel, Bio-Hüftsteak mit Rotwein-Schalotten. Waldfrucht-Vanille-Tiramisu, Champagner-Pfirsich-Parfait. Lene bekam Hunger.

Sie legte die Karte zurück, sah sich erneut um. Sie begann zu rätseln, was die Menschen dort an den Tischen wohl arbeiteten. Das Ehepaar an der Fensterfront war wahrscheinlich in Rente und hing am Wochenende auf dem Golfplatz ab. Zwei Tische weiter saß eine Mutter mit zwei Kindern. Sie in beiger Chino-Hose, lässiger Bluse mit Blumenmuster und Designer-Turnschuhen, die Kids, geschniegelt und gestriegelt, ebenfalls in Markenklamotten, ihre Oma, mit reichlich Goldschmuck behangen, trank Kaffee. An einem kleinen Zweiertisch saßen zwei Herren in dunklen Anzügen. Manager, Unternehmensberater, irgendwas in der Art. Lene musste an Luca denken. Sofort wurde sie unruhig, knetete nervös die Hände. *Ich brauch Kohle. Muss raus aus der Scheiße. Endlich ein anständiges Leben führen.*

Richtig vorgelebt hatte ihr Vater ein solches Leben nicht. Wie auch, als einfacher Arbeiter. Er war der Grund, warum ihre Mutter die Familie verlassen hatte. Der Neue hatte Kohle. Heute wohnten sie mal auf Mallorca, mal auf Sylt. Oder wo auch immer. Ihre Mutter hatte den Kontakt zu ihr nach einem großen Krach abgebrochen, weil Lene sich auf die Seite des Vaters gestellt hatte. Vielleicht war es die falsche Entscheidung gewesen. Vielleicht hätte sie an der Seite ihrer Mutter ein sorgenfreies Leben führen können. Luca vor allem. Aber sie hatte sich für den Großmarkt entschieden und saß in ihren Pennerklamotten in diesem Nobelschuppen.

Es war fast drei. Lene korrigierte ihre Haltung. Sie war unwillkürlich in sich zusammengesunken.

Ein gut aussehender Typ erschien beim Kellner an der Bar. Lene schätzte ihn auf Anfang fünfzig. Der Kellner deutete auf Lene und der Mann sah sich zu ihr um. Es war Pfeiffer. Seine stahlblauen Augen und sein markantes Kinn kannte Lene aus dem Internet. Er ging lockeren Schritts auf sie zu.

»Frau Palatzky?«

»Das bin ich.«

»Pfeiffer, guten Tag. Entschuldigen Sie die Verspätung, mein Küchenleiter kommt gleich noch dazu. Hat man Ihnen etwas zu trinken angeboten?«

»Kein Problem.«

»Einen Espresso?«

»Gern.«

»Wasser dazu? Sprudel oder still?«

»Gern still.«

Pfeiffer ging zurück zur Bar. Er bewegte sich elegant und selbstbewusst. Wie ein Raubtier. Dann kam er zurück, setzte sich auf einen Stuhl ihr gegenüber und legte die verschränkten Arme auf den Tisch, als wollte er gleich zum gemütlichen Teil des Gesprächs übergehen.

»Und? Sind Sie schon lange am Großmarkt?«

»Wie man's nimmt. Ein paar Jahre sind es schon.«

»Unterschied zwischen Zucchini und Gurken ist also klar?« Pfeiffer lachte über seine eigene Bemerkung. Eine Kellnerin brachte Espresso und Wasser. Pfeiffer bekam einen Matcha-Tee. Er rührte in seiner Tasse.

»Viel Stress?«, fragte Lene.

»Bitte? Manchmal. Ja. Wieso?«

»Matcha-Tee enthält L-Theanin. Eine Aminosäure …«

In diesem Moment kam der Küchenleiter angerauscht.

»Scusi, hatte zu tun.« Er wandte sich um. »Einen Espresso, Padre«, brüllte er in lebensfrohem Befehlston, sodass es das ganze Restaurant hören konnte.

»Darf ich vorstellen«, sagte Pfeiffer und seufzte. »Teo Cuciuffo, mein Küchenchef.«

Der Küchenchef sah auf Pfeiffers Getränk. »Trinkst du schon wieder diesen Mist«, sagte er.

»Mach halblang, mein Freund. Diese ›Scheiße‹ enthält … was noch mal?« Er sah Lene mit gerunzelter Stirn an.

»L-Theanin. Eine Aminosäure.«

»Und was macht die genau?«, fragte Pfeiffer.

»Baut Stress ab, fördert gleichzeitig die Gehirnleistung.«

Pfeiffer sah gespielt triumphierend zu Teo. »Da hast du's. Eine Expertin. Trinken Sie das auch?«, fragte Pfeiffer.

»Nein. Die Info habe ich aus einer Gesundheitszeitschrift. Ich finde, es schmeckt scheußlich. Ich bleib bei Espresso.«

Teo lachte. Als er seinen Espresso bekam, stieß er mit Lene wie mit Sektgläsern an. »Bravo. Also, weswegen sind wir hier?«

»Sie sind von welcher Firma?«, fragte Pfeiffer.

»Von meiner eigenen.«

»Die heißt?«

»Birne Helene. Zumindest dachte ich mal an diesen Namen und habe ein entsprechendes Logo auf meine Rechnungen drucken lassen.«

»Sie heißen Helene?«

»Ja.«

»Lustiger Name.«

»Mein Name?«

»Nein, die Firma.«

»Allora.« Teo schob die leere Espressotasse beiseite. »Kommen wir zur Sache. Preisliste?«

Lene nahm ihre Preisliste aus der Mappe und gab sie ihm. Teo ging mit dem Zeigefinger Artikel für Artikel durch. Lene hatte auch alle Standardartikel des »Elixier« aufgenommen, so wie Sepko ihr aufgetragen hatte. Lene beobachtete den Küchenchef. Immer wieder ließ er ein Grunzen vernehmen, und Lene war nicht sicher, wie sie das zu deuten hatte. Sie warf Pfeiffer einen Blick zu, doch der hatte ein Pokerface aufgesetzt.

Schließlich war Teo fertig. Er sah erst Lene an, dann zu Pfeiffer und sagte:

»Nicht gut. Leider. Nicht gut.«

»Nicht gut. Leider. Nicht gut.«

Lene hatte die Stimme des italienischen Küchenchefs nachgemacht und grinste jetzt Sepko an. Der hatte gerade mit Luca auf der Schaukel geschaukelt, als Lene völlig außer Atem zu ihnen gelaufen kam.

»Und was meinte er damit?«, fragte Sepko.

»Ich dachte schon, das war's. Doch er meinte damit anscheinend die Preise vom Brunner. Jedenfalls sagte dieser Küchenleiter plötzlich, dass ich morgen liefern soll. Neun Uhr. Punkt. Du heilige Scheiße!«

Lene schüttelte den Kopf. Sie konnte es noch immer nicht fassen. Sie stieß einen wilden Jubelschrei aus, musste dann wieder laut lachen.

»Alle Restaurants?«, fragte Sepko.

»Nein. Erst mal nur das ›Elixier‹. Probelieferung. Dann sehen wir weiter.«

»Das ist doch schon mal was«, sagte Sepko. »Deine Chance. Jetzt darfst du es nicht vermasseln.«

Lene fasste sich mit beiden Händen an den Kopf. »Ja, ich weiß.«

»Und wann bekommst du deine Bestellung?«, fragte Sepko.

»Am frühen Abend.«

Sepko nickte. Er war mindestens so erleichtert wie Lene. »Okay. Dann warten wir bis heute Abend.«

Lene sah ihn an und lachte. Sie war wunderschön, wenn sie lachte. Diese tiefe Freude und Zufriedenheit war ein Geschenk für Sepko. Und er hatte es sich selbst bereitet. Er sollte Brunner gegenüber ein schlechtes Gewissen haben, weil er ihn hinterging. Doch er hatte kein schlechtes Gewissen. Es fühlte sich einfach so richtig an – mit Lene und mit Luca. Luca hatte in ihm einen großen Freund gefunden. Er redete ununterbrochen. Sepko musste sich sein ganzes Wissen über Traktoren, Feuerwehren und Ninja-Kampfkünste anhören. Sepko war auf dem richtigen Weg. Jetzt durfte nur nichts schiefgehen.

»Hast du Lust auf einen Kaffee?«, fragte Sepko vorsichtig. Er wollte bei Lene nichts überstürzen.

Lene sah zu Luca, der zwei Kinder zum Spielen gefunden hatte. Sie runzelte die Stirn. Offenbar wollte sie ihn ungern aus seinem Spiel reißen. Dann hellte sich ihre Miene auf.

»Ich hab noch welchen im Auto, von heute Morgen. Dürfte noch einigermaßen warm sein«, sagte sie und sprang schon auf. Kurz darauf erschien sie mit einer Thermoskanne und zwei Plastikbechern. Der Kaffee war schwarz und nur noch lauwarm, aber für Sepko schmeckte er besser als jede Cappuccino-Kreation aus einem teuren Kaffeevollautomaten.

Während sie tranken, klingelte bei Lene das Telefon. Sie musste einige Bestellungen annehmen. Sepko gefiel es, wie selbstbewusst freundlich und vor allem witzig Lene mit den Kunden am Telefon umging. Er konnte das nicht. Er konnte gut mit Menschen im persönlichen Umgang. Am Telefon wusste man nie, ob die Leute nicht heimlich die Augen verdrehten. Sepko hätte gern mit Lene zusammengearbeitet, und nicht zum ersten Mal, seit er sie kennengelernt hatte, fragte er sich, ob sie nicht gemeinsam Lenes Firma führen konnten. Seine Expertise am Großmarkt und ihr forsches sexy Auftreten – das hatte womöglich Potenzial.

Als sie den letzten Rest aus der Thermoskanne getrunken hatten, erhob sich Lene unvermittelt.

Sie legte die Hand an den Mund. »Luca!«, rief sie, »verabschiede dich langsam. Wir müssen los.«

»Nein, ich will noch nicht.«

»Aber die Sonne ist bald weg und dann wird es richtig kalt.«

»Nein, bitte! Mir ist nicht kalt.« Luca sah mit Hundeblick zu ihr her.

»Nichts da. In fünf Minuten.«

»Ich hab eine Decke im Auto«, versuchte Sepko zu vermitteln.

Lene schüttelte den Kopf. »Die wird Luca beim Schaukeln bestimmt nicht haben wollen.«

»Stimmt. Klar. Dann ein andermal.«

Sie packten ihre Sachen und machten sich auf den Heimweg.

Sepko saß kaum im Auto, als sein Telefon klingelte. Es war Brunner.

»Servus. Was machst?«

»Nichts. War gerade einkaufen«, log Sepko.

Einen Moment Schweigen. Sepko spürte, wie sein Puls beschleunigte. Hatte Brunner irgendwie Wind davon bekommen, dass Lene beim Pfeiffer war? Und dass sie sich kannten ... Seine Gedanken rasten. Doch dann fuhr Brunner fort:

»Am Wochenende – wie schaut's da aus bei dir? Hast Zeit? Der Busek hat mir seine Karten fürs Spiel gegeben. Gegen Gladbach. In der VIP-Lounge.«

Sepko atmete auf. Er wollte gerade antworten, als Brunner noch einen Satz nachschob:

»Lass uns mal wieder was zusammen machen.«

Sepko spürte, wie ihm ein Schauer über den Rücken lief. Und noch vor einer Viertelstunde hatte er überlegt, Brunner ein für alle Mal den Rücken zu kehren. Schließlich sagte er aber zu. Eine VIP-Lounge-Karte kostet immerhin dreihundertfünfzig Euro.

»Alles klar, machen wir, Chef.« Und mehr aus schlechtem Gewissen als aus Überzeugung fügte er an: »Ich freue mich.«

»Ich freue mich auch. Sehr«, sagt Brunner und legte auf.

Das Display zeigte drei Anrufe in Abwesenheit. Lene. Sepko rief sofort zurück.

»Sepko, scheiße.«

»Was ist passiert?«

»Pfeiffers Küchenleiter hat mich angerufen.«

»Hat er abgesagt?«

»Im Gegenteil. Ich soll morgen ein weiteres Restaurant beliefern. Den ›Königsgarten‹.«

»Oh, Hammer. Ich gratuliere.«

»Nichts da ›gratuliere‹. Ich bin gerade mal die Bestellungen durchgegangen. Das ist Wahnsinn, was dort an Ware gebraucht wird.«

»Hab ich dir doch gesagt.«

»Ja. Auch lauter so komisches Zeug, wovon ich noch nie gehört habe – Erdbeertrauben.«

»Haben keine Saison. Sicher ein Fehler.«

»Darum geht es auch nicht. Ich muss in Vorleistung gehen und habe kein Geld. Bei einigen Händlern bin ich in Verzug, ich bekomme nie einen Kredit.«

Sepko überlegte.

»Bist du noch dran?«

»Ja. Wie viel ist es denn? Schick mir doch mal die Liste.«

»Und dann?«

»Schick mir die Liste. Ich überlege mir etwas.«

28 ABSOLUTES HALTEVERBOT

Als Lene am nächsten Morgen um drei Uhr vom Wecker aus dem Schlaf gerissen wurde, hatte sie das Gefühl, die ganze Nacht kein Auge zugetan zu haben. Sie zog sich und Luca an und machte ihnen Frühstück. Dann nahm sie das Kind und die Bestellliste, die Sepko ihr gestern spät nachts noch geschickt hatte. Von den Artikeln, die auf der Liste standen, waren nur wenige mit einem Kreuz versehen. *Die kaufst du*, hatte Sepko geschrieben. *Wir treffen uns um 6 auf dem Parkplatz beim Kibek*. Lene wusste, das war der Großhändler für Teppiche und Fußböden in Taufkirchen.

Lene fuhr auf den Großmarkt und kaufte die paar Artikel, die Sepko angekreuzt hatte. Es waren vor allem extravagante Spezialartikel wie Pitahaya oder Rambutan. Allerdings war es nur ein Zehntel von dem, was sie an Ware für den heutigen Tag brauchte. *Was hast du vor?*, dachte Lene. Sie fuhr pünktlich vom Großmarkt und kam kurz vor sechs beim Kibek an. Von Sepko keine Spur. Zehn Minuten später schrieb sie: *Wo bist du?* Weitere zehn Minuten später erreichte sie die Antwort: *Verspäte mich etwas. Warte da.* Lene hörte Radio, Luca war in den Fußraum gekrochen und schlief. Dann kam Brunners Lieferwagen vorgefahren. Sepko stieg aus.

»Würdest du mir jetzt bitte mal erklären …?«

Doch Sepko hörte nicht zu. Er ging zur Ladeklappe, holte sechs Rollcontainer heraus und fuhr sie zu Lenes Sprinter.

»Los, lad ein. Für den Rest müssen wir uns später noch mal treffen. Sonst wäre es aufgefallen.«

»Aber was …«

»Frag nicht und lad ein. Schnell jetzt.«

Lene war klar, dass dies nicht der richtige Moment für Grundsatzdiskussionen war. Sie gehorchte und lud die Ware von den Rollcontainern in den Sprinter. Dann machten sie sich in ihren jeweiligen Wagen auf den Weg.

Es war kurz nach neun, als Lene beim »Elixier« eintraf. Die Ladezone war sehr eng und Lene musste den Lieferwagen mit Warnblinker im Halteverbot stehen lassen. Luca schlief immer noch im Auto. Sie entlud die Ware auf die dafür vorgesehenen Gitterwagen, die immer im Tausch mitgenommen wurden.

Eine mattschwarze Mercedes-G-Klasse fuhr vor und stellte sich auf den reservierten Personalparkplatz. Es war Pfeiffer. Er stieg aus, in der Linken das Handy, in der Rechten eine fast aufgerauchte Zigarette. Er steckte das Handy weg, warf die Kippe auf die Straße und blies Rauch in Lenes Laderaum.

Pfeiffer lächelte munter. »Schon eine Matcha-Latte zum Frühstück gehabt?«

»Guten Morgen«, presste Lene heraus, weil sie gerade einen Kartoffelsack auf den Gitterwagen wuchtete. »Sorry, bin ein bisschen spät. Und: nein, keine Matcha-Latte zum Frühstück.«

»Kein Problem. Und: Na dann vielleicht später mal.«

Sie holte den nächsten Sack. »Ihr Küchenchef vom ›Königsgarten‹ nimmt die Kontrolle sehr genau.«

»Das stimmt, er ist sehr penibel. War er wenigstens zufrieden?«

»Natürlich«, schnaubte sie und warf den zweiten Sack auf den ersten. Dann sprang sie elegant aus dem Laderaum. Der Gitterwagen war voll beladen, Lene rollte ihn in den Lastenaufzug, um mit dem nächsten weiterzumachen.

»Entschuldigung, da können Sie nicht stehen«, ließ sich in diesem Moment eine weibliche Stimme vernehmen. Eine Politesse war in der Seitengasse aufgetaucht. »Feuerwehranfahrtszone, absolutes Halteverbot«, erklärte sie.

»Sie ist gleich weg. Nur zum Entladen«, sagte Pfeiffer.

»Tut mir leid, aber hier geht es nicht. Um die Ecke ist eingeschränktes, da ist es mir egal.«

»Das sind zweihundert Meter.«

»Wie gesagt. Mir egal.«

»Also schön«, sagte Pfeiffer. »Wir machen den Platz frei.« Die Politesse nickte und marschierte zufrieden weiter.

»Moment«, sagte Pfeiffer zu Lene, stieg in seinen Mercedes und fuhr ihn bis an die Hauptstraße zurück. Dann öffnete er das Fenster und rief: »Stellen Sie ihn auf meinen Platz.«

Lene setzte sich in ihren Wagen und rangierte. Pfeiffer stellte seinen eigenen Wagen ins Halteverbot.

Am Ende der Gasse tauchte erneut die Politesse auf.

»Da kommt sie wieder«, sagte Lene.

»Wenn schon.«

»Hallo? Ich habe gesagt absolutes Halteverbot …«

»Und ich habe gesagt, wir machen den Platz frei – in fünf Minuten.«

Die Politesse plustere ihr roten Bäckchen auf, ihre Augen quollen hervor.

»Na los, schreiben Sie meinen Wagen auf. Ich weiß, Sie tun auch nur Ihre Pflicht«, sagte Pfeiffer und verschwand im »Elixier«.

»Kata! Sevdi!«, hörte Lene ihn rufen.

Kurz darauf kam er mit einem Mann und einer Frau zurück, Küchenangestellten, die Lene halfen, die Ware zu entladen.

»Matcha-Latte?«, fragte Pfeiffer freundlich, als alles erledigt war. »Oder lieber Espresso?«

»Vielen Dank. Vielleicht ein andermal. Ich habe noch Termine.«

Pfeiffer sah Lene an wie jemand, der Ablehnung nicht gewohnt war. Zumindest nicht bei Menschen, die in seinen Augen abhängig von ihm waren.

»Doch wer weiß«, sagte Lene augenzwinkernd, »vielleicht sehen wir uns in Zukunft ja öfter.« Damit reichte sie ihm den Lieferschein.

»Mein Küchenchef meldet sich bei Ihnen.«

Lene befürchtete fast, sie hätte ihn vielleicht ernsthaft verärgert, doch dann holte er ein Lederetui aus der Hosentasche.

»Hier ist meine Karte«, sagte er, »mit Privatnummer. Für alle Fälle.«

Am frühen Nachmittag entsorgte Lene gerade das Leergut am Großmarkt, als Sepko auftauchte.

»Wie lief es?«, fragte er.

»Ganz okay. Sag mal. Fällt das nicht auf, wenn du die Ware aus dem Lager klaust? Ist nicht gerade wenig.«

»Musste ein bisschen tricksen. Machen wir ja nicht jedes Mal.«

»Wir?«

»Schon gut. Betrachte es als Starthilfe und Schwamm drüber. Der Gewinn liegt im Einkauf, oder? Du hättest erst gar nicht liefern können. So läuft es am Großmarkt eben.«

Lene atmete tief durch. Luca saß auf dem Beifahrersitz und aß ein Wurstbrot. Ihr Telefon klingelte. Eine unbekannte Nummer.

»Hallo? … Ja … ja … ja, ja … Okay … Ja …« Schließlich: »Können wir … Jetzt? … Zwanzig Minuten.« Dann legte Lene auf.

»Was war das?«

»Eine Zusage. Probelieferung erfolgreich.«

»Wahnsinn. Und nun?«

»Ich muss da jetzt hin. Melde ich mich später?«

»Unbedingt.«

IN GUTEN WIE IN SCHLECHTEN ZEITEN 29

Brunner jubelte laut und fiel Sepko um den Hals. Er freute sich wie ein Kind. Einen 0:1-Rückstand in der fünfundvierzigsten Minute auszugleichen, das sorgte natürlich für Laune. Schon beim Essen vor Spielbeginn hatte Sepko gespürt, wie Brunner sich um gute Stimmung bemühte. Er drückte den Servicekräften Trinkgeld in die Hand, lobte den Rinderbraten mit Spätzle, und als er von der Toilette zurückkam, hatte er Sepko und sich im Fan-Shop zwei Schals gekauft. Brunner drückte ihm den mit *In guten wie in schlechten Zeiten* in die Hand, er behielt den mit der Aufschrift *Forever Number One*. Bis zum Anpfiff unterhielten sie sich an einem Sechsertisch mit Fans über die Saison vom Nachbartisch, darunter ein Autohändler, ein Gebäudemanager und ein Bauunternehmer, soweit es Sepko mitbekommen hatte. Als Brunner nach seinem Beruf gefragt wurde und er von seiner Firma am Großmarkt sprach, gab er sich bescheiden und verwies auf Sepko als seinen wichtigsten Mitarbeiter, ohne den nichts laufe. Sepko wusste nicht, dass Brunners gute Laune auch daher rührte, dass er sich am Vortag zum Kauf des Grundstücks in Südtirol entschieden hatte. Das Spiel gegen Gladbach endete in einem glorreichen 3:1.

Brunner lud Sepko danach noch zum Bier im Fan-Treff in der Innenstadt ein, doch der lehnte ab. Er sagte, es gehe ihm nicht so gut.

»Dann bis Montag«, sagte Brunner, klopfte ihm freundschaftlich auf die Schulter.

Zu Hause angekommen legte Sepko den Schal auf die Couch. *In guten wie in schlechten Zeiten.* Sollte das eine Anspielung sein? Wieder kam Sepko der Gedanke, Brunner könnte Verdacht geschöpft haben. Aber dann beruhigte er sich. Wenn er wirklich etwas ahnte, würde er ihn nicht ins Stadion einladen, er würde sich ihn gleich vorknöpfen, ihn feuern und was auch immer. So ein guter Schauspieler war Brunner nicht.

Sepko rief Diredare an. Er hatte vor, für Lene einen größeren LKW zu besorgen. Der hatte ein erschwingliches Exemplar gefunden, das er aber aus der Nähe von Stuttgart überführen musste. Das wäre kein Problem. Die Schwierigkeit war, das Geld aufzutreiben. Die Mengen, die Sepko aus Brunners Lager entwendete, durften nicht auffallen. Einige Standverkäufer am Großmarkt hatten bereits zugestimmt, Lene Kredit zu gewähren. Auch Sepko würde eine größere Summe bereitstellen – ein Teil seines Ersparten aus den Dealergeschäften. Den LKW, den Diredare herfahren sollte, konnte Lene in Raten zurückzahlen. Alle zogen an einem Strang.

FEUERWEHR-WAGEN 30

Lenes erste Lieferungen an Pfeiffer waren reibungslos verlaufen. Pfeiffer schien höchst zufrieden – mit den Lieferungen und der Lieferantin. Jeden Morgen wiederholte sich dasselbe Spiel: Pfeiffer überließ ihr seinen Parkplatz, organisierte Hilfe aus der Küche, damit sie schneller fertig wurde, und lud sie anschließend auf einen Matcha-Tee oder einen Kaffee ein, doch jedes Mal hatte Lene abgelehnt, mit der Begründung, dass die anderen Kunden ebenfalls warteten. An diesem Tag lud Pfeiffer Lene und Luca daher für den Nachmittag zum Essen ein. Lene sagte dankend zu.

Nach dem Feierabend, es war ein Mittwoch und sie war relativ früh fertig, fuhr sie zum »Elixier«. Pfeiffer empfing sie und führte sie zu dem Tisch in der Nische, den sie schon kannte. Dann ließ er auffahren – ein opulentes Menü. Carpaccio, Steak, Nachspeise. Luca wollte einen Burger und bekam ihn. Als sie gegessen hatten und Luca langsam quengelig wurde, weil er müde war, sah Pfeiffer ihn eine Weile an. Dann fragt er: »Was ist besser – Lego oder Playmobil?«

»Playmobil«, antwortete er wie aus der Pistole geschossen.

»Und was? Bauarbeiter, Feuerwehr, Polizei?«

»Feuerwehr. Die Drehleiter.«

»Aha. Die musst du mir mal zeigen.« Pfeiffer zückte sein Smartphone. »Darf ich?«, fragte Pfeiffer an Lene gewandt.

Lene verstand nicht genau, um was es ging. Also stimmte sie zu.

Pfeiffer öffnete die Website des Spielzeugherstellers und suchte dann mit Luca nach Feuerwehrwagen, bis sie schließlich einen mit Drehleiter entdeckten.

»Der da!«, rief Luca aufgeregt. Er beschrieb Pfeiffer alle Funktionen, und Pfeiffer gab sich höchst interessiert.

Mitten in Lucas Vortrag drehte sich Pfeiffer um und winkte eine Kellnerin heran.

»Sabrina, richtig?«, fragte Pfeiffer die junge Frau. Sie nickte. »Sabrina, geh doch bitte kurz zum Kaufhof in die Spielzeugabteilung und guck, ob sie diese Feuerwehr haben.« Er hielt ihr sein Smartphone hin. Die Kellnerin holte ihr eigenes Smartphone heraus und machte ein Foto.

Luca war verstummt und machte große Augen. Lene beschlich ein ungutes Gefühl.

»Luca, wir haben zu Hause so viele Spielsachen …«, setzte sie an. Doch dann sah sie seine Augen, diesen sehnsüchtigen Blick. Sie seufzte. Ihr war klar, dass sie aus der Nummer nicht mehr herauskam. »Also gut.«

»Willst du vielleicht mitkommen?«, fragte Sabrina und sah Luca freundlich an.

»Ja!«, rief Luca.

Pfeiffer bemerkte, dass es Lene nicht recht war, sie kannte das Mädchen schließlich nicht.

»Frag lieber erst deine Mutter. Sie traut dir das, glaube ich, noch nicht ganz zu, oder?«

Lene fühlte sich in die Ecke gedrängt. Aber dann sah sie die Kellnerin an. Sie machte einen sehr sympathischen, vertrauenswürdigen Eindruck.

»Na gut. Aber Sie passen gut auf ihn auf, ja?«

»Klar«, sagte Sabrina. »Ich war auch schon Babysitterin. Ich bin Profi.«

Dann waren sie allein. Einen Augenblick saßen sie schweigend da.

»Darf es jetzt ein Kaffee sein? Espresso?«, fragte Pfeiffer.

Lene nickte lächelnd, und Pfeiffer gab bei einem Kellner zwei Espresso und zwei stille Wasser in Auftrag. Dann wandte er sich wieder Lene zu.

»Ich bin übrigens der Markus«, sagte er.

»Lene«, sagte Lene.

»Erzähl mir von dir.«

»Was willst du wissen?«

Pfeiffer legte die verschränkten Arme auf den Tisch, wie er es auch bei ihrem Bewerbungsgespräch getan hatte. Die Geste hatte etwas Jungenhaftes, was den sexy Mann nur umso attraktiver machte. Als er sie jetzt ausfragte, stieß er bei Lene daher auf wenig Widerstand. Er wollte wissen, warum sie Luca mit an Bord hatte, ob der Vater arbeiten musste oder was da los war? Schließlich kamen sie auf ihre Firma zu sprechen. Lene beschloss, ihm reinen Wein einzuschenken.

»Okay. Mein Betrieb ist klein, sehr klein. Nur ein Lieferfahrzeug. Um deine Restaurants zuverlässig, also regelmäßig so zu beliefern, dass du zufrieden bist und dass ich zufrieden bin, muss ich mich langfristig verändern. Ich bin dazu fest entschlossen. Ich lehne mich dafür weit aus dem Fenster, muss Geld in die Hand nehmen und so, muss einen zusätzlichen Mitarbeiter anheuern …«

Pfeiffer richtete sich auf. »Okay«, sagte er bedächtig und nickte, »und das erwähnst du warum?«

»Das erwähne ich darum, weil ich es mir als alleinerziehende Mutter mit diesem Job am Großmarkt nicht erlauben kann, ein

Risiko einzugehen. Deswegen möchte ich dir sagen – verarsch mich nicht.«

»Oha.« Er hob die Augenbrauen. »Wieso sollte ich dich verarschen?«

»Dich beliefern ist okay. Aber mehr läuft nicht. Verstanden?«

Einen Moment sah Pfeiffer sie schweigend an. Dann hob er die Hände: »Natürlich. Kein Problem.«

»Und ich möchte gerne wochenweise Bezahlung.«

»Gut«, sagte er und lächelte. »Dann darf ich jetzt vielleicht auch Wünsche äußern?«

»Nur zu.«

»Ich kaufe mit sieben Restaurants ein. Kein schlechter Umsatz, oder?«

Lene nickte.

»Wie sieht es aus mit einem Skonto? Rückvergütung? Bonus-Staffelung? Ich meine – ich mache Gastronomie nicht erst seit gestern. Ich kenne die Masche der Lieferanten. Man unterbreitet ein attraktives Lockangebot mit günstigen Preisen. Und kaum habt ihr den Fuß in der Tür, zieht ihr die Preise an. Also, ich bitte dich – da fühle ich mich auch verarscht.«

»Dann sollten wir uns gegenseitig nicht verarschen.«

»Sehe ich auch so.«

»Ist meine Ware in Ordnung?«

»Die ist in Ordnung, ja.«

»Sind meine Preise zu hoch?«

»Bis jetzt nicht. Aber wer weiß.«

»Warum hast du dann den Lieferanten gewechselt?«

»Neue Besen kehren gut.«

»Alte wissen, wo der Dreck ist«, sagte Lene. Sie fühlte, wie sie hin- und hergerissen war. Sie wollte Pfeiffer als Kunden unbedingt haben, wollte aber auf gar keinen Fall die kleine Lieferantin sein, mit der man alles machen kann. Sie sah Pfeiffer ernst an, und der erwiderte ihren Blick. Sie starrten sich noch so an, als die Eingangstür aufging und Luca ins Restaurant gestürmt kam.

»Mama«, rief er schon von Weitem. »Das Feuerwehrauto ist ober-mega-supergeil.«

31 ANANAS UND SPARGEL

Es war Donnerstag, und Sepko hatte seine Wohnung auf Vordermann gebracht. Bisher war das nicht nötig gewesen, da er außer von Diredare von niemandem Besuch bekam. Er hatte drei Müllsäcke runtergebracht, geputzt, gesaugt und abgewaschen. Gestern war er sogar shoppen gewesen und hatte sich neu eingekleidet. Er war zuerst bei C&A gewesen, aber die Beratung war nicht gut. Also war er in die Innenstadt zu einem Designer-Laden gegangen. Styling war nicht gerade sein Ding. Ein freundlicher Verkäufer hatte ihm dabei geholfen, ganz ordentlich auszusehen. Bei den Preisen war Sepko allerdings zusammengezuckt. Er war kurz davor gewesen, alles liegen zu lassen. Aber dann sagte er sich, dass es für Lene war, und das war die Sache wohl wert. Er freute sich, dass sie endlich seine Einladung angenommen hatte. Er war aufgeregt. Nicht zuletzt, weil er angekündigt hatte zu kochen. Es sollte Pasta geben mit gebratenem grünem Spargel und Ananas. Aber jetzt war er sich nicht mehr sicher, ob Ananas wirklich eine so gute Idee war.

Pünktlich um sechs stand Lene mit Luca unten im Hausgang – in der Hand eine Menge Bestellzettel und Abrechnungen.

»Entschuldige bitte, ich muss noch ein paar Sachen erledigen.«

»Kein Problem, ich hab sowieso noch in der Küche zu tun.«

Sepko verschwand mit Luca in der Küche.

Lene ging ins Wohnzimmer, legte ihre Unterlagen auf den

Tisch und sortierte ihre Lieferscheine. Dabei entdeckte sie einen Briefumschlag. Sie öffnete ihn. Es war ein Gutschein für ein Wellness-Wochenende im österreichischen Pongau. Ein Notizzettel lag dabei. Darauf stand: *Nichts darauf einbilden. Ich schaffe es derzeit nicht, ihn einzulösen. Schönes Mutter-Kind-Wochenende – Markus P.*

»Willst du die Pasta mit oder ohne Parmesan?«, fragte Sepko, der plötzlich in der Wohnzimmertür stand.

Lene ließ den Gutschein zwischen den anderen Papieren verschwinden. »Gerne mit Parmesan.«

Beim Essen sprachen sie darüber, wie viel Obst und Gemüse Sepko wieder aus Brunners Lager verschwinden lassen musste.

Lene machte sich Sorgen, dass es früher oder später auffallen müsse, aber Sepko versicherte ihr, dass er die Situation im Griff habe.

Später am Abend fuhr Sepko erneut zu Brunner ins Lager. Pfeiffers Bestellung für den nächsten Tag war enorm und Sepko stellte für Lene acht Rollcontainer voller Ware zusammen.

32 WELLNESS

Das Wellness-Hotel war im dezenten Alpenloft-Stil gehalten. Duftendes Zirbenholz traf auf Mattmetall und Waschbeton. Mit einer Reisetasche in der Hand und Luca an ihrer Seite stand Lene an der Rezeption, während die Empfangsdame sie im professionellen Singsang im Pongau begrüßte und ihr die Schlüsselkarte aushändigte. Dann gingen sie aufs Zimmer, und Lene packte die Badekleidung aus. Luca wollte schwimmen, doch ein Schild am Spa-Bereich wies darauf hin, dass der Zutritt erst ab sechzehn Jahren erlaubt war. Lene suchte nach einem Spielbereich für Kinder, doch ihr wurde schnell klar: Pfeiffer hatte ihr einen Gutschein für ein Erwachsenenhotel geschenkt.

So verbrachten sie den Rest des Vormittags im geräumigen Hotelzimmer. Vor einem offenen Kamin lud ein flauschiger Flokati-Teppich zu romantischer Zweisamkeit ein. Lene kniete mit Luca darauf und faltete Origami-Tiere aus den Blättern des Notizblocks, der neben dem Zimmertelefon lag.

»Mama, mir ist langweilig«, verkündete Luca nach einer Weile. Und gleich darauf: »Mama, ich habe Hunger.«

Lene studierte die Gerichte in der Speisekarte, die neben dem Fernseher auf einem schmalen Tisch stand. Eindeutig hochpreisig. Sie schnitt einen Apfel vom Zimmerobst und schenkte sich und Luca ein Glas frisches Bergquellwasser aus der Leitung ein.

Nachmittags machten sie einen Spaziergang und entdeckten

in der Nähe einen Bauernhof. Luca war begeistert von den Traktoren und streichelte die Ziegen im Gehege und ein Pony.

Zurück im Hotel erklärte sich Luca bereitwillig bereit, eine Fernseh-Sitzung einzulegen, damit Lene sich eine Runde Massage, Swimmingpool und Sauna gönnen konnte.

In der Sauna beobachtete Lene ein älteres Ehepaar. Der Mann brachte seiner Frau eine Tasse Tee und streichelte sie. Lene musste an Sepko denken. Nicht zum ersten Mal an diesem Tag fühlte sie ein schlechtes Gewissen. Sie blickte aus dem Panoramafenster in die Abenddämmerung, die sich über die Alpenlandschaft legte. Lene atmete tief ein. Sie wäre jetzt gern bei ihm gewesen.

Sie musste eingeschlafen sein, denn als sie die Augen wieder aufschlug, war fast eine Stunde vergangen. Das Ehepaar war nicht mehr da.

Schnell ging sie zurück aufs Zimmer, wo Luca immer noch ins Netflix-Programm vertieft war. Es war fast sechs Uhr. Sie mussten sich umziehen, für das Abendessen.

»Sie haben reserviert?«, fragte der Restaurantleiter, als sie den dämmrigen Speiseraum betraten.

»Nein.«

»Ich fürchte, wir haben erst um halb acht wieder einen freien Platz. Sind Sie alleine?«

Lene sah ihn ungläubig an und stellte Luca demonstrativ vor sich.

»Verzeihen Sie, ich meinte wegen der Weinbegleitung«, erklärte der Mann.

Lene zögerte. Sie betrachtete die anderen Gäste, alles Paare. Bevor sie antworten konnte, wurde das Ehepaar aus der Sauna auf sie aufmerksam. Sie winkten den Restaurantleiter zu sich, sie sprachen kurz auf ihn ein, dann kam er zu Lene zurück.

»Bitte folgen Sie mir«, sagte er.

»Guten Abend, setzen Sie sich ruhig her. Wir sind gleich fertig«, sagte die Frau, ein gut aussehende Mittsiebzigerin, die Lene an die Schauspielerin Gaby Dohm erinnerte.

»Vielen Dank, sehr freundlich«, antwortete Lene.

Lene studierte die Speisekarte.

»Die Linguine sind sehr zu empfehlen.«

Linguine in Weißweinsoße, mit Safran und Garnelen. Zweiunddreißig Euro. Lene erhob instinktiv Einwände, aber die Dame tätschelte ihr begütigend den Unterarm.

»Sparsam leben können Sie noch das ganze Jahr. Wenn Sie schon einmal hier sind, sollten Sie sich auch etwas gönnen. Und bestellen Sie für den Kleinen das Wiener Schnitzel. Das ist auch sehr gut.«

Lene gab sich geschlagen. »Ich habe bei der Buchung nicht darauf geachtet, dass es kein Hotel für Kinder ist«, sagte sie, als sie ihre Bestellung aufgegeben hatte.

»Wir sind früher auch viel mit unseren Kindern gereist. Wir kennen das noch zu gut, nicht wahr, Werner?«

Ihr Mann lächelte wehmütig. Er war der Clark-Gable-Typ, nur ohne Schnauzbart. Seine Frau erzählte sogleich eine Anekdote aus den frühen Jahren ihrer Ehe. Sie hatten kaum Geld gehabt, doch sie hätten stets das Beste daraus gemacht.

Während das Essen kam und Lene und Luca anfingen zu essen, erzählte Werner von den Aufs und Abs in seinem Beruf. Er war ein erfolgreicher Bauingenieur, doch ohne die Unterstützung seiner Frau Edeltraud hätte er es nicht geschafft, erklärte er. Währenddessen unterhielt sich Edeltraud mit Luca, stellte ihm lustige Fragen, die Luca mit Vergnügen beantwortete.

Werner hatte eine neue Flasche Wein kommen lassen und schenkte ihnen nach. »Und was machen Sie?«, fragte er Lene.

»Ich arbeite im weitesten Sinne in der Gastronomie. In München. Ich verkaufe Obst und Gemüse.«

»Am Viktualienmarkt?«

»Nein. Ich kaufe die Ware am Großmarkt und liefere sie aus, an Restaurants und so.«

»Obst und Gemüse ist toll.«

Lene berichtete aus ihrem Alltag und dass es nicht immer einfach sei.

Edeltraud lächelte sie aufmunternd an. »Irgendwann kommt der Zeitpunkt, wo man sich über Geld keine Sorgen mehr machen muss. Glauben Sie mir. Bei uns hat es auch viele Jahre gedauert. Es hat viel Kraft gekostet«, sagte Edeltraud.

»Aber die Liebe hilft, alle Schwierigkeiten zu überwinden«, ergänzte Werner und drückte innig die Hand seiner Frau. Dann stand er auf und ging zum Restaurantleiter.

Edeltraud sah ihm verwundert hinterher. »Zweiundfünfzig Jahre hat es gedauert, dass er das sagt. Wir hatten die Firma, die Kinder. Eine Trennung kam da nicht infrage. Die Ehe war auch nicht immer leicht.«

Luca gähnte.

»Bist du müde?«, fragte Edeltraud.

»Ja, wir sollten langsam ins Bett gehen«, sagte Lene und winkte dem Restaurantleiter.

Werner, der in diesem Moment zurückkehrte, schüttelte den Kopf. »Sie sind eingeladen.«

»Oh. Das ist sehr nett von Ihnen. Vielen Dank.«

Die beiden begleiteten Lene und Luca zum Fahrstuhl. Lene bedankte sich für den schönen Abend und verabschiedete sich.

Oben auf ihrem Zimmer ging sie mit Luca ins Badezimmer, putzte ihm die Zähne, wusch sein Gesicht und seine Hände und legte ihn dann ins Bett. Sie selbst trat ans Fenster und sah hinaus in die sternenklare Nacht. Ein perfekter Abend. Gutes Essen, guter Wein, angenehme Gespräche. Fehlte nur die Zweisamkeit. Obwohl alles so wunderschön war, fühlte Lene sich gerade sehr einsam.

»Mama?«, fragte Luca hinter ihr.

»Hm?«

»Was findest du besser – Paw-Patrol-Polizei oder Paw-Patrol-Feuerwehr?«

Lene zog sich aus, schlüpfte in ihr Schlaf-T-Shirt und legte sich zu Luca.

»Eindeutig Feuerwehr.«

Lenes Handy vibrierte. Nachricht von Sepko.

Wie isses bei dir?

Nett. Wir sitzen noch zusammen. Melde mich morgen, tippte Lene. Sie hatte ein schlechtes Gewissen, da sie Sepko erzählt hatte, sie sei auf einem Mädelsabend und übernachte bei einer Freundin.

Das Handy vibrierte erneut. Pfeiffer.

Schön dort?

Sehr. Vielen Dank.

Lene überlegte kurz, noch mehr zu schreiben. Doch sie sah im Display das »Schreibt«-Symbol und wollte erst Pfeiffers Antwort abwarten. Doch es kam keine Antwort. Ohne groß darüber nachzudenken, schrieb Lene: *Melde mich morgen.* Dann schaltete sie das Handy aus.

TEO 33

Als Pfeiffer am Sonntagvormittag, frisch geduscht, mit nassen Haaren das Fitnessstudio an der Theresienhöhe verließ, nahm er nicht den direkten Weg zur Tiefgarage, sondern ging ein paar Meter weiter auf eine Anhöhe, von der man über die Theresienwiese sehen konnte. Zu seiner Linken ragte stolz die Paulskirche empor. Pfeiffer formte mit der Hand ein Fernrohr und spähte hindurch. Er nahm den Platz ins Visier, an dem in hoffentlich naher Zukunft sein Wiesn-Zelt stehen würde. Ein erhebendes Gefühl.

In diesem Moment klingelte sein Handy. Es war Teo.

»Ja«, meldete er sich.

»Wir müssen reden.«

»Wann?«

»Jetzt. Wie immer.«

Teo hatte aufgelegt, bevor er etwas entgegnen konnte.

Pfeiffer holte tief Luft, steckte das Handy weg und machte sich auf den Weg zur Tiefgarage. Als sein Auto in Sicht kam, drückte er die Fernbedienung, woraufhin die Blinklichter aufleuchteten. Als er gerade seine Sporttasche in den Kofferraum warf, hörte er eine Autotür, die zugeschlagen wurde. Schritte näherten sich. Pfeiffer sah sich um. Es war Brunner. Er hielt zielstrebig auf ihn zu. Die Schöße seines weiten Mantels flatterten.

Pfeiffer sah sich um. Außer ihnen war weit und breit kein Mensch.

»Du hier?«, fragte er, als Brunner schließlich vor ihm stand.

»Bleibt mir ja nichts anderes übrig. Du gehst nicht ans Telefon, und in deinem Laden lässt du dich verleugnen. Hätte ich nicht von dir erwartet. Wirklich traurig«, sagte Brunner.

»Was willst du, Brunner?«, fragte Pfeiffer, obwohl er die Antwort wusste.

»Warum kaufst du nicht mehr?«, kam es denn auch sofort zurück.

»Es ist doch immer noch meine Entscheidung, wo ich kaufe«, entgegnete Pfeiffer.

»Nach all den Jahren? Einfach so? Ich habe dir den ersten Laden verschafft …«

»Wie oft hab ich mir das schon anhören müssen. Du kanntest den Verpächter. Es war ein glücklicher Zufall.«

»Ich hätte dich nicht vermitteln müssen.«

»War ja nicht zu deinem Nachteil. Aber wenn du darauf bestehst, dass ich mich noch einmal bedanke, dann – danke. Ändert nichts an der Tatsache, dass sich die Zeiten ändern. Schau, jahrelang fahre ich BMW. Und jetzt habe ich gemerkt, der Audi ist auch nicht schlecht. Man will doch nicht auch immer dieselbe Frau ficken, oder?«

Brunner verzog keine Miene. »Pass auf, Pfeiffer, es geht hier nicht nur um das Geld. Es geht hier auch ums Prinzip.«

Pfeiffer stemmte die Hände in die Hüften. »Ich hab es dir doch schon gesagt, Brunner, meine Kassen sind mit einer direkten Leitung mit dem Finanzamt verbunden, die zählen mittlerweile jedes Salzkorn, jede Rolle Klopapier. Wir beide haben klein angefangen, da gingen solche Deals noch. Aber je größer, desto transparenter. Das ist leider Fakt und muss dir doch klar sein. Du und ich, wir sind doch keine Dinosaurier, die die Einschläge der Kometen nicht bemerken.«

»Lass uns noch mal reden«, bat Brunner.

Pfeiffer hielt seinem Blick stand. »Tut mir leid, Brunner. Ich habe jemanden gefunden, der mir saubere Rechnungen schreibt.« Damit ging er zur Autotür, öffnete sie.

Brunner ging ihm nach. »Was das Finanzamt angeht, da finden wir schon eine Lösung.«

Pfeiffer stieg ein. »Zu spät«, sagte er und schlug die Autotür zu.

Brunner klopfe an die Scheibe. Pfeiffer ließ sie herunter.

»Ich warne dich, Pfeiffer. Wenn ich untergehe, dann nehme ich dich mit.«

»Du wiederholst dich Brunner. Aber keine Angst. Du gehst schon nicht unter. Ich wünsch dir jedenfalls viel Glück.«

Pfeiffer startete das Auto und fuhr los. Im Rückspiegel sah er Brunner, der unbewegt stehen geblieben war.

Das »Adriano« im Münchner Stadtteil Laim war eines von Pfeiffers kleineren Restaurants. Der Laden trug den Namen zu Ehren des italienischen Schauspielers Adriano Celentano und unterschied sich stark von seinen anderen Restaurants. Keine Eleganz, kein aufwendiges Design, sondern eine bunte Mischung aus folkloristischem Kitsch dominierte das Interieur. Souvenirs aus Italien, venezianische Masken, dreibeinige Medusen aus Gips, Ansichtskarten und Plastikweintrauben, die von der Decke hingen. Doch was die Küche anging, genügte das »Adriano« höchsten Ansprüchen, und das war Teos Verdienst.

An diesem lauen Februartag saßen die meisten Gäste draußen im Garten, nur vereinzelt verirrten sich Leute in den Gastraum. Teo, ein kleiner Mann in seinen besten Jahren, mit Halbglatze, O-Beinen und Bauchansatz, stand in der Küche und dirigierte die Mitarbeiter wie ein Maestro sein Orchester. In monotonem Rhythmus rief er: »Allegria, allegria, allegria …« Dann gönnte er sich einen Schluck Rotwein. Den Rest des Glases schüttete er unter dem erstaunten Blick eines jungen Kochs in den Kochtopf mit Bolognese-Soße. »Tradizione familiare calabrese«, sagte er mit einem knurrigen Lachen und klopfte dem jungen Mann auf die Schulter. Danach sang er laut den Ohrwurm »Sarà perchè ti amo« mit, der gerade über die Lautsprecher lief. Teo besaß eine große CD-Sammlung mit italienischen Schlagern der Siebziger- und Achtzigerjahre, mit denen er gern den Gastraum ebenso wie die Küche beschallte, um südländisches Lebensgefühl zu verbreiten. Ob man nun Al Bano & Romina Power, Gianna Nannini, Eros Ramazzotti oder wie heute Ricchi e Poveri mochte oder nicht – hier regierte Teo, und das »Adriano« war definitiv kein Ort für chillige Lounge-Musik.

Pfeiffer stellte Teo stets als seinen »Küchendirektor« vor, der die Küchenbrigaden in seinen Restaurants leitete. Teo hingegen nannte Pfeiffer nur »die Kartoffel«. Er war geradezu vernarrt in dieses Wort. Pfeiffer hatte sich damit abgefunden.

Teos bevorzugtes Restaurant war das »Adriano«. Dort konnte er den hochnäsigen Schnöseln der anderen Häuser aus dem Weg gehen und Privatsphäre genießen. Während er jetzt auf die »Kartoffel« wartete, bereitete sich Teo eine Portion Spaghetti aglio e olio zu. Die wahre Kunst der italienischen Küche liegt in ihrer Einfachheit, wusste er von seiner Mamma. Teo hätte nie gedacht, dass er einmal eine solche Leidenschaft für das Kochen entwickeln würde. Und im Grunde genommen war diese Leidenschaft erst in Deutschland entfacht worden. Vor über zwanzig Jahren war er jedenfalls aus einem ganz anderen Grund nach Bayern gekommen.

Teo stammte aus Vorea, einem Ortsteil von San Luca an Italiens äußerster Stiefelspitze. Seine Kindheit war unbeschwert. Er spielte Fußball mit seinen Freunden oder hütete die Schafe des

Nachbarn. Seine Mutter erzog ihn streng, sein Vater Carlo war stets nachsichtig. Carlo war Bauarbeiter und oft tagelang nicht zu Hause. Als Teo zehn war, sah er eines Tages, wie sich sein Vater im Badezimmer Blut von den Händen wusch. Zuerst dachte Teo, sein Vater sei verletzt, doch das war er offenbar nicht. Dann sah er den Revolver neben dem Wasserhahn liegen. Teo fragte nicht, was das zu bedeuten hatte. Erst Jahre später begriff er, dass sein Vater zur Mafia, zur Ndrangheta, gehörte und was es damit auf sich hatte. Der beste Freund seines Vaters, Raffa d'Albani, war »Capocrimine«, das gewählte Oberhaupt der Organisation.

Zu jener Zeit herrschten blutige Auseinandersetzungen zwischen verfeindeten Familien. Fast jede Woche kam es zu Todesopfern. In der Öffentlichkeit wurde nicht darüber gesprochen, nur hinter vorgehaltener Hand. Carlo wollte um jeden Preis verhindern, dass sein einziger Sohn in die Fänge der Ndrangheta geriet. Der Junge sollte einen anständigen Beruf erlernen.

Aber Teo war ein lausiger Schüler. Mit vierzehn Jahren versuchte er sich als Schuhputzer im benachbarten Touristenort San Nicola. Doch die Arbeit brachte nicht viel ein, und Teo verlegte sich auf Diebstähle. Zwei Jahre später erledigte er zusammen mit seinem Freund Alessandro kleine Botendienste für Angelo, einen von Raffas Soldaten. Teo war neunzehn, als er sich ernsthaft darum bemühte, Teil der Ndrangheta zu werden. Doch sein Vater kam dahinter. Er tobte. Er wollte seinen Sohn zu Verwandten nach Norditalien schicken. Doch dazu kam es nicht. Carlo verschwand. Es hieß, dass er bei einer Auseinandersetzung mit der verfeindeten Moreno-Familie ums Leben gekommen sei. Aber niemand wusste Genaueres. Es gab keine Spuren und keine Leiche.

Ein Jahr verging. Teos Mutter ging eine neue Beziehung ein, und Teo zog zu seinem Freund Alessandro nach Bovalino. Er und Alessandro arbeiteten jetzt zusammen für Angelo. Sie übernahmen Botengänge oder überführten Fahrzeuge von A nach B. Immer mit dabei: eine Walter P38 von Alessandros Onkel, ein Relikt der Wehrmacht aus dem Zweiten Weltkrieg. Von Alessandro lernte Teo das Schießen. Munition gab es reichlich. Sie stammte aus einem Bunker, den Mussolini einst für die Nazis bauen ließ. Teo erwies sich als guter Schütze. Weil die beiden Burschen ihre Aufträge gewissenhaft erledigten und man sich auf sie verlassen konnte, bekamen sie von Angelo nach einem Jahr den Auftrag, Schutzgelder einzutreiben. Unter anderem bei Nino, einem Einzelhändler, der, wie sich herausstellte, der neue Liebhaber von Teos Mutter war. Dummerweise weigerte sich Nino, die jungen Burschen zu bezahlen. Angelo sagte, sie sollten Druck auf ihn auszuüben. Teo wusste: Das kam einer Prüfung gleich, und er war fest entschlossen, sich zu bewähren. Alessandro hingegen gefiel die Sache nicht. Er weigerte sich, ihn zu begleiten. Teo beschloss, die Sache allein durchzuführen. Nach altbewährter Manier wollte er Ninos Auto abfackeln. Bevor er losging, lieh er sich, für alle Fälle, die P38 aus. Es war kurz nach elf Uhr abends, als Teo den Wagen von Nino mit Benzin übergoss und ansteckte. Dummerweise hatte Nino ihn vom Fenster aus beobachtet. Außer sich vor Wut, stürmte er auf die Straße und auf Teo zu. Ohne zu zögern, jagte der ihm eine Kugel in den Kopf. Vier weitere in die Brust. Dies war der Moment, wo Teo fühlte, dass er kein Junge mehr war, sondern ein Mann.

Eine Woche lang versteckte er sich bei einem Schafhirten in einer abgelegenen Bergregion, bis Angelo ihn gemeinsam mit Alessandro aufspürte. Angelo nahm Teo die Waffe ab und führte ihn zu einem wartenden Auto. Als er auf der Rückbank saß, stülpte ihm ein Soldat einen Sack über den Kopf, und das Auto fuhr los. Teo dachte, man würde kurzen Prozess mit ihm machen.

Als das Auto nach einer kurvenreichen Fahrt schließlich wieder hielt, führte man Teo eine Treppe hinunter. Es roch nach Moder und Morast. Dann nahm man ihm die Augenbinde ab. Teo befand sich in einem Kellergewölbe, das von einer einzelnen Glühbirne schwach erhellt wurde. Gut zehn Männer standen im Halbkreis vor ihm, in der Mitte Raffa. »Weißt du, wer ich bin?«, fragte der mit leiser Stimme, und Teo nickte. »Du bist Carlos Sohn?« Teo nickte erneut. Ohne die Stimme zu heben, erklärte Raffa ihm in kühlen Worten, dass seine unüberlegte Handlung die *famiglia* geschwächt habe. Überall seien jetzt die Behörden präsent und behinderten die Geschäfte. Die Liquidierung Ninos sei ein unverzeihlicher Fehler gewesen. Aber Teo könne ihn wiedergutmachen. Raffa erklärte ihm, dass man inzwischen wisse, wer seinen Vater ermordet habe – niemand Geringerer als Stefano Moreno, der Boss des Moreno-Clans. »Erledige ihn, und deine Schuld ist abgetragen«, sagte Raffa.

Teo geriet ins Schwitzen. Ihm war klar, weshalb man ihn und nicht irgendeinen Soldaten auf den Clan-Boss angesetzt hatte. Die Mission war lebensgefährlich, im Grunde aussichtslos. Der Clan-Boss wurde rund um die Uhr von Leibwachen beschützt. Aber ganz gleich, ob Teo Erfolg haben würde oder nicht, Raffa konnte immer seine Hände in Unschuld waschen und die Tat als persönlichen Rachefeldzug eines Sohnes hinstellen.

Teo erkannte, dass er in einer ausweglosen Situation steckte. Es gab kein Zurück, er musste zustimmen. Angelo gab Teo die Pistole zurück und einer von Raffas Männern erklärte ihm den Plan. Man wusste durch einen bestechlichen Arzt, dass Stefano Moreno an akuter Gallenblasenentzündung litt und in zwei Tagen im Ospedale Riuniti operiert werden würde. Moreno, der so gut wie nie den Schutz seines Anwesens im Hinterland verließ, musste in die Stadt nach Reggio fahren. Irgendwo auf der Strecke bis zum Krankenhaus sollte Teo zuschlagen.

Wie durch ein Wunder gelang ihm das Unmögliche. Im zähfließenden Stadtverkehr kam es zu einem Auffahrunfall. Morenos Leibwachen stiegen aus, um sich mit dem Fahrer des Wagens vor ihnen auseinanderzusetzen, der wild gestikulierend auf sie einschimpfte. Teo nutzte die Gelegenheit. Durch die offene Tür feuerte er drei Schüsse auf den alten Moreno ab und war auf seinem Motorrad so plötzlich wieder verschwunden, wie er aufgetaucht war.

Danach wurde Teo von Raffa nach Deutschland geschickt – zu seinem Schutz. Doch Teo sollte nicht die Hände in den Schoß legen, sondern, getarnt als Pizzabäcker in Kaufbeuren, eine solide Operationsbasis der Ndrangheta errichten. Teo wurde zum Capo des Clans in Süddeutschland. Das mit Drogen- und Waffengeschäften verdiente Schwarzgeld musste in legale Unternehmen investiert und so gewaschen werden.

Von da an war Teo auf der Suche nach willfährigen Geschäftspartnern, korrupten Spielhallenbesitzern und Immobilienmaklern. Besonders das Gastgewerbe hatte es ihm angetan. Seit seinem ersten Besuch auf dem Münchner Oktoberfest träumte er davon, hier zu investieren. Es war ein gigantischer Markt, der der Stadt München innerhalb von zwei Wochen über eine Milliarde Euro einbrachte. Allerdings hatte bisher kein italienischer Staatsbürger, und auch sonst kein Zugereister, es bisher geschafft, Wiesn-Wirt in München zu werden.

Eines Tages tauchte dann Mario auf. Er besaß ein kleines italienisches Restaurant und war entfernt mit einem der Männer aus Teos Gefolge verwandt. Er erzählte von einem Gastronomen, den er vor einiger Zeit beim Pokerspielen kennengelernt hatte, bei dem sich zwielichtige Autohändler, Zuhälter und andere Kriminelle trafen, um ihre Spielsucht auszuleben. Der Gastronom, ein gewisser Pfeiffer, hatte sich von Mario Geld geliehen, das er nicht zurückzahlen konnte. Ursprünglich waren es zehntausend Euro gewesen, inzwischen waren noch zweimal zehntausend dazugekommen. Mario bat Teo um Hilfe, um wieder an sein Geld heranzukommen. Doch Teo hatte eine andere Idee. Sein Instinkt sagte ihm, dass es sich lohnen würde, wenn Mario ihn weiterhin Schulden machen ließe. Er selbst zahlte Mario die ausstehende Summe und wartete ab, wie sich die Sache entwickelte.

Es kam wie erhofft. Bereits drei Monate später waren Pfeiffers Schulden auf achtzigtausend Euro gestiegen. Teo vereinbarte mit Mario, dass er Pfeiffer zu einem geheimen Pokerturnier in Kärnten mitnehmen solle, bei dem Pfeiffer die einmalige Chance hatte, eine Summe zu gewinnen, mit der er seine Schulden auf einen Schlag zurückzahlen konnte.

Natürlich gelang es Pfeiffer nicht, das Geld zurückzugewinnen. Vielmehr verlor er alles und war am Boden zerstört.

Dort in Kärnten trat Teo erstmals an Pfeiffer heran. Er erklärte ihm in klaren Worten, wie das Spiel von jetzt an lief. Teo erließ Pfeiffer die Schulden. Ja mehr noch – er gab ihm mehrere Millionen, um ein Lokal nach dem anderen zu eröffnen. Und nicht am Stadtrand, sondern im Zentrum in bester Lage. Sein Ziel war es, Pfeiffer zu einem der einflussreichsten Gastronomen in München zu machen, der es als sein Strohmann am Ende zum Wiesn-Wirt brachte. Um die Geschäfte besser kontrollieren zu können, ließ sich Teo bei Pfeiffer in der Küche anstellen.

Als Pfeiffer schließlich das »Adriano« betrat, verspeiste Teo gerade den letzten Happen Spaghetti auf seinem Teller. Pfeiffer ging hinter den Tresen, füllte ein Glas Leitungswasser und warf einen Zitronenschnitz hinein.

»Setz dich«, sagte Teo. »Was macht die Bewerbung?«

»Läuft alles nach Plan«, sagte Pfeiffer und setzte sich zu Teo an den Tisch.

»Hier ist das Geld für deine Jungs.« Teo reichte ihm zwei DIN-A5-Umschläge. Pfeiffer sah hinein. Prall gefüllt mit 200-Euro-Scheinen.

»Hunderttausend. Wie vereinbart?«

»Sì.«

»Sehr gut.«

Pfeiffer trank einen Schluck Wasser. Teo nippte an seinem Rotwein.

»Schöne Ware hat sie, deine Neue. Schönes Obst, schönes Gemüse. Und schöne Beine, muss ich sagen. Kann verstehen, dass man da gern den Gemüselieferanten wechselt.«

Pfeiffer grinste.

»Oder gibt es irgendetwas, was ich wissen müsste?«

»Wieso?«

»Du und Brunner. Ihr seid Freunde. Dachte ich.«

Pfeiffers Miene wurde ernst.

»Wie lange geht das schon?«, fragte Teo.

Aber Pfeiffer trank demonstrativ von seinem Wasser und schwieg.

»Verkaufe mich nicht für blöd«, fuhr Teo fort. »Jeder Anfänger vom Finanzamt sieht, dass die Abrechnungen zwischen unseren Läden und die von Brunner nicht übereinstimmen. Wie lange geht das schon?«

Pfeiffer stellte sein Glas ab, sah zum ersten Mal in Teos Augen. »Seit der Gründung.«

»Markus«, sagte Teo. »Ich habe einen Fehler begangen, einen Fehler, vor dem mich viele gewarnt haben. Ich habe dir vertraut. Wer vertraut, setzt sein Leben aufs Spiel.«

»Brunner hat mir geholfen, der zu werden, der ich jetzt bin.«

»Falsch. *Ich* habe *uns* geholfen zu werden, wer *wir* jetzt sind. Bring das ins Lot. Bevor uns die ganze Sache um die Ohren fliegt.«

Dann hellte sich seine Miene auf. Er griff in die Innentasche seine Jacketts und überreichte Pfeiffer einen schmalen Umschlag.

»Was ist das?«

»Eine Einladung zur Hochzeit meines Neffen in gut vier Wochen. Wir kennen uns nun schon so lange. Es ist Zeit, dass du die *famiglia* kennenlernst.«

Pfeiffer war sich bewusst, dass Teo ihm das Ausschlagen des Angebots stark übel nehmen würde. Daher nahm er die Situation mit Fassung. »Danke«, sagte er und ließ sein charmantestes Lächeln aufblitzen.

Später am Tag saß Pfeiffer in seinem Büro im »Elixier«, als sein Handy klingelte. Lene.

»Entschuldige, ich war müde und bin gestern eingeschlafen.«

»Kein Problem. War es schön?«

»Ja, sehr. Danke«, antwortete Lene nach einem kurzen Zögern.

»Bin gerade auf dem Rückweg.«

»Wollt ihr noch zum Essen vorbeikommen? Ich lade dich ein.«

»Das ist sehr nett. Aber können wir das verschieben? Ich muss noch für morgen die Bestellungen fertig machen.«

»Wird Zeit, dass du jemanden einstellst, der dir die Arbeit abnimmt. Aber klar. Wie sieht es konkret mit nächstem Samstag aus? Ich habe eine Einladung zum Gastronomen-Ball. Sehr exklusiv. Ich wäre gern in Begleitung.«

»Muss ich noch sehen.«

»Okay.«

»Es ist so …«, fuhr Lene fort, »ich habe niemanden für das Kind.«

»Okay.«

»Aber lass mich mal sehen … Ich treibe schon jemanden auf … Also, ja klar, warum nicht?«

»Dann spätestens bis nächsten Samstag.«

»Ja, bis dann.«

Auf ihrer gut einstündigen Fahrt machte sich Lene Gedanken, ob sie Sepko reinen Wein einschenken sollte. Pfeiffers Absicht war offensichtlich, und Sepko hatte es nicht verdient, von ihr hintergangen zu werden. Luca war ein zusätzlicher Unsicherheitsfaktor. Er würde sich vielleicht vor Sepko verplappern. Deshalb war es besser, mit offenen Karten zu spielen.

Er war in Diredares Werkstatt, als sie ihn erreichte.

»War es schön?«, fragte Sepko.

Sie holte tief Luft. »Ja, ja. Ganz nett.«

»Okay.«

Er schien zu warten, dass sie ihm etwas von ihrem vermeintlichen Mädelsabend erzählen würde. Aber was sollte sie ihm erzählen? »Und bei dir?«, fragte sie stattdessen.

»Nichts Besonderes. Habe an ein paar Autos geschraubt. Fußball geguckt.«

Wieder entstand eine Stille.

»Sag mal …«, begann Lene zögerlich. »Könntest du vielleicht nächsten Freitag auf Luca aufpassen? Ich bin noch mal eingeladen.«

»Bei den Mädels?«

»Ja«, platzte es aus ihr heraus. Doch eine innere Stimme schrie: *Scheiße, scheiße, scheiße. Warum habe ich das gesagt?*

»Kein Problem«, antwortete Sepko. Er schien sich zu freuen. Sie verabredeten sich für den nächsten Tag um fünf.

Brunner saß am Schreibtisch, vor sich die Unterlagen seiner neu erworbenen Immobilie. Auf dem Computerbildschirm hatte er eine Tabelle und eine Statistik seiner Umsätze im vergangenen

Jahr geöffnet. Er hatte soeben die Umsätze von Pfeiffer herausgerechnet und erschrak. Er strich sich mit der Hand übers Gesicht. *Verdammt*, brummte er. Er massierte sich die Schläfen. *Verdammt!* So sehr er vor Pfeiffer getönt hatte, ihm ginge es ums Prinzip, der Umsatzverlust traf ihn schwerer als gedacht.

Brunner schloss die Tabelle und fuhr den Rechner herunter. Er würde sich morgen damit befassen. Jetzt musste er ins Bett, der Wecker klingelte wie immer um drei. Er ging ins Schlafzimmer, zog sich seinen Pyjama an und ging ins Badezimmer, als es an der Wohnungstür klingelte. Er wartete.

»Georg!«, rief Corinna von unten.

»Ja?«

»Für dich.« Brunner blickte auf die Uhr. 21.34 Uhr. *Wer will jetzt noch was von mir?*

An der Haustür stand Pfeiffer. Brunner steckte die Hände in die Bademanteltaschen, sah ihn verwundert an. »Markus.«

»Georg.«

»Was gibt es?«

»Ich wollte nicht ... Hör zu, tut mir leid, dass etwas zwischen uns steht. Und ich möchte kein böses Blut.«

Mit diesen Worten streckte er Brunner einen Umschlag hin.

»Wir vergessen die Geschichte, okay?«

Brunner sah den Umschlag an, dann Pfeiffer. »Spinnst du? Was willst du denn mit dem Scheiß, hä? Was ist da drin? Hundert Euro?«

»Dreißigtausend«, sagte Pfeiffer.

Brunner grunzte. »Sag mal, du Arschloch. Dir geht's wohl nicht gut? Behalt deinen Scheiß.«

»Gut. Ich gebe dir vierzig.«

»Du kannst mich vierzigmal am Arsch lecken. So schaut's aus. Verpiss dich. Glaubst du, damit machst du es wieder gut?«

Er schlug mit dem Handrücken gegen den Umschlag, der zu Boden fiel. Als Pfeiffer sich bückte, um ihn aufzuheben, trat Brunner nach ihm wie nach einem räudigen Hund. Aber Pfeiffer war ausgewichen und flüchtete zu seinem Auto. Brunner wäre ihm vielleicht gefolgt, wenn Corinna ihn nicht zurückgehalten hätte. Sie redete beruhigend auf ihren Mann ein und schloss die Tür.

Pfeiffer saß in seinem Auto. Er wischte sich den Schweiß von der Stirn. Atmete tief durch. Seine Hände zitterten, als er die dreißigtausend Euro aus dem Umschlag nahm und sie in zwei Haufen zu je fünfzehntausend teilte. Er steckte sie in die beiden Umschläge, die er von Teo für den Wirtschaftsreferenten und den Brauereidirektor bekommen hatte. Er sah noch einmal zu Brunners Haus zurück. Im Fenster im Obergeschoss glaubte er Brunner Silhouette ausmachen zu können. Dann fuhr er los.

GASTRO-BALL 34

Lene war gerade dabei, Geschirr aus der Spülmaschine zu räumen, als es an der Wohnungstür klingelte. Zehn vor fünf. Sepko war mehr als pünktlich. Lene ließ ihn herein. Im Wohnzimmer packte er ein Memory- und ein Uno-Spiel aus einem alten Turnbeutel.

»Günstig bei Ebay geschossen«, sagte er stolz.

Lene betrachtete den Turnbeutel. »Was ist da alles drin?«

»Ach, nichts weiter. Nur ein paar bequeme Klamotten, Zahnbürste, Handtuch und so.«

Sie sah ihn verwundert an.

Sepko lächelte. »Keine Angst. Ich bleib nicht über Nacht.«

Lene nickte. »Ich komme rechtzeitig wieder.«

Sepko nickte. »Alles klar. Wo ist Luca?«

»Mama! Kacka weg!«, kreischte in diesem Moment eine Kinderstimme im Badezimmer.

»Ich dachte, besser, wenn du davon befreit bist den Abend.«

Sepko nickte.

»Oder willst *du*?«

Sepko schüttelte heftig den Kopf.

Lene grinste, ging ins Badezimmer und machte ihrem Sohn den Hintern sauber. Der rannte sofort ins Wohnzimmer, stürmte auf Sepko zu und warf sich an ihn. Lene, die das sah, freute sich. Sie hatte ein paar Bücher ausgesucht und auf die Couch gelegt.

Ein Teller mit Apfelschnitzen stand auf dem Tisch. Aber jetzt wollte Luca erst mal Sepko und all seinen Playmobil-Figuren, die er als Publikum auf einer Kiste aufgereiht hatte, eine Dinosaurier-Show vorführen. Sepko folgte Luca ins Kinderzimmer, wo er sich im Schneidersitz auf den Boden setzte.

Lene ging in ihr Schlafzimmer und besah sich im Spiegel. Sie nahm ihre Handtasche, überprüfte, ob sie alles hatte: Lippenstift, Nagellack, Kamm, Zahnseide und vieles mehr. Sie blickte auf die Uhr. Plötzlich ging die Tür auf und Sepko kam herein.

»Oh, entschuldige.«

»Klopfen wäre schön.«

»Ich soll für Luca ein Bettlaken holen und er möchte eine Schnur spannen für eine Wand.«

»Was für eine Wand?«

»Für sein Theaterstück.«

»Bitte jetzt nicht. Ich habe alles aufgeräumt. Ihr könnt ein Buch lesen und von mir aus später fernsehen.«

»Okay.« Sepko wollte zurückgehen, hielt inne. »Wo geht es eigentlich hin?«

»Mädelsabend, wie gesagt.«

»Ja, aber wo trefft ihr euch?«

»Ich … ich weiß es noch nicht. Irgendeine Bar. ›Harry Klein‹, ›Rote Sonne‹ oder so.«

»Ah, cool. Sag den Trotteln liebe Grüße von mir, wenn sie euch nicht reinlassen, bekommen sie nächstes Mal keine Limetten. Ach, Shit. Ihr seid ja Mädels. Vergiss es.« Sepko lächelte sie freundlich an, dann schloss er die Tür.

Lene atmete auf. Sie zog Turnschuhe an und nahm ihren Mantel. Dann ging sie zum Kinderzimmer.

»Also, bis später«, sagte sie. »Ihr kommt klar, oder?«

Luca salutierte wie ein kleiner Matrose: Aye, aye. Lene bemerkte, wie Sepko sie anstarrte. Roch er etwa den Braten? Wunderte er sich, dass sie ungeschminkt war, dass sie sich nicht rausgeputzt hatte? Oder bildete sie es sich nur ein?

»Bis später«, sagte er schließlich.

»Danke dir. Ich bleibe nicht zu lange.«

Lene verließ die Wohnung, eilte die Stufen hinunter. Noch eine Stunde, bis sie sich mit Pfeiffer traf. Die Zeit würde sie brauchen, um sich aufzuhübschen. Ihr Lieferwagen war wie immer unter der Brücke geparkt. Sie öffnete die Heckklappe und stieg hinein. Dort hing eine Plastiktüte mit einem schwarzen Kleid und schwarzen Highheels. Alles Secondhand. Das Kleid war im Schulterbereich etwas zu weit, die Träger rutschten leicht. Aber ansonsten saß es wie angegossen. Ihre Klamotten packte sie bis auf die Turnschuhe zurück in die Tüte, dann nahm sie ihre Handtasche und ging die knapp hundert Meter bis zu dem Platz, wo ein öffentliches WC mit Münzeinwurf stand. Der Gestank war Übelkeit erregend, sie sprühte ein paar Tropfen ihres Parfums auf ihre Oberlippe, um es zu ertragen. Dann schminkte sie sich. Draußen checkte sie ihr Makeup noch einmal im Seitenspiegel eines Autos, da der Spiegel in der Toilette so versifft gewesen war. Sie stöhnte. Das war wirklich keine Art, sich auf ein Date vorbereiten.

Ihr Telefon klingelte. Pfeiffer.

»Wo genau wohnst du? Der Taxifahrer sagt, er steht vor einem Gartencenter unter einer Brücke. Ich denke, er hat sich verfahren.«

Hat er nicht, dachte Lene. Laut sagte sie: »Ich hab das Taxi schon gesehen. Er soll da stehen bleiben, bin in einer halben Minute da.«

Als Lene mit dem Taxifahrer durch das abendliche München fuhr, wurde ihr deutlich, wie schön diese Stadt doch war. Vorbei am beleuchteten Königsplatz, Richtung Lenbachhaus, Alte Börse, bog das Taxi ein in Richtung Promenadeplatz. Lene ging alles Mögliche durch den Kopf. Was die Wohnungen hier wohl kosten? Wahrscheinlich handelt es sich vorwiegend um Büros. Wie Pfeiffer wohl wohnt? Dann dachte sie an Luca. Sie hatte ganz vergessen, was für ein schüchterner Junge er bis vor wenigen Monaten noch gewesen war. Er war in der letzten Zeit richtig aufgetaut. Dank Sepko. Lene hatte sich sehr auf den Abend gefreut, sie war sehr aufgeregt. Trotzdem kostete es sie Überwindung, den Kleinen allein zu Hause zu lassen. Doch bei Sepko fühlte sich Luca wohl. Das hätte sich Lene vom leiblichen Vater gewünscht. Bei dem Gedanken an Sepko meldete sich sofort wieder das schlechte Gewissen, doch sie versuchte es zurückzudrängen. Sepko war nicht ihr fester Partner. Er war ein Freund, der heute auf ihr Kind aufpasste. Klar, Sepko hatte ihr in der letzten Zeit viel geholfen. Aber das tat man doch unter Freunden.

Das Taxi machte einen U-Turn und hielt neben den Porsches, Mercedes und BMWs, die wie polierte Edelsteine vor dem »Hotel Bayerischer Hof« aufgereiht waren. An der beleuchteten Fassade wehten weiß-blaue Fahnen, in der Mitte rotierte eine von einem Beamer projizierte Leuchtschrift: *Willkommen zum Münchner Gastronomen-Ball.*

Ein Portier öffnete Lene die Tür, grazil setzte sie ihre schlanken Beine aufs Trottoir, bevor sie sich erhob. So musste es bei den Filmstars in Los Angeles sein, dachte Lene und konnte sich ein Grinsen nicht verkneifen. Als sich die Blicke der vielen wartenden Menschen auf sie richteten, war sie froh, dass sie als Kind Ballettunterricht bekommen hatte, wo sie wochenlang nichts anderes geübt hatte als aufrecht gehen und stehen. Pfeiffer erwartete sie bereits. Er reichte ihr einen Kelch mit Champagner, den er schwungvoll vom Tablett einer vorbeilaufenden Hostess geschnappt hatte.

»Du siehst gut aus. Sehr gut«, sagte Pfeiffer.

»Vielen Dank. Ich gebe das Kompliment gern zurück.«

Dann stießen sie mit den Champagnerkelchen an. Sie mussten noch warten, bis das Paar vor ihnen den roten Teppich passiert hatte. Jenseits der Drehtür warteten Fotografen darauf, die neu ankommenden Gäste vor einer Wand mit Sponsoren abzulichten.

»Müssen wir auch da durch?«

»Ich ja. Publicity ist alles. Du musst nicht. Aber keine Angst, es ist gar nicht schwer.«

»Wer sind die beiden vor uns?«, fragte Lene.

»Ein Komponist. Hat Welthits geschrieben. Und seine Frau.«

Sie hatte ein wunderschönes Kleid an. Dunkelgrün, leicht schimmernd, perfekter Schnitt, passende Schuhe, passende Ohrringe, eine hübsche Hochsteckfrisur. Der Komponist im Smoking trug eine ordentliche Wampe vor sich her, aber er hatte eine sehr nette Art, mit den Fotografen umzugehen. Seine sonore Stimme und der starke baierische Akzent waren einfach charmant.

Schließlich waren sie an der Reihe. Beide leerten ihr Glas, dann betraten sie den roten Teppich.

Lene fühlte sich etwas verloren und hatte das Gefühl, sich an ihrer Handtasche festhalten zu müssen. Doch Pfeiffer war Profi. Er blickte seelenruhig von einer Kamera in die nächste. Dahinter winkten ihm die Fotografen zu. »Hier, zu mir sehen, bitte.« Pfeiffer wurde vor ein Mikrofon gebeten und gab einem Reporter und dessen Kameramann ein kurzes Interview. »Soll ich Ihnen auch ein Interview geben?«, drängte sich Pfeiffer einem weiteren Journalisten auf, der ihm wohl oder übel ein paar Fragen stellte. Eine niedliche Fotografin mit Hakennase und Zahnlücke machte Lene

Zeichen, sich noch einmal vor die Sponsorenwand zu begeben und sich bitte zur Seite zu drehen. »Jetzt zu mir sehen, bitte … Jetzt die andere Seite.« Dabei rutschte Lene der etwas zu lockere Träger herunter. Sie wollte ihn richten, doch die Fotografin rief: »Nicht, sieht toll aus. Perfekt.« Plötzlich richteten sich noch einmal alle Kameras auf sie. Anweisungen und Kommentare kamen von allen Seiten: »Wunderschön … die Beine bitte …« Lene stellte überrascht fest, dass sie die Situation genießen konnte, und ihr natürliches Lachen kam einfach daher, weil nur sie wusste, wo sie das Kleid gekauft hatte und wo sie sich vorher fertig gemacht hatte. Als Pfeiffer mit dem Interview fertig war, drehte er sich zu Lene und verfolgte mit Verwunderung den kleinen Aufruhr, den Lene verursacht hatte. Die Presse wollte die beiden noch mal als Paar ablichten. »Ist das Ihre Frau, Herr Pfeiffer? … Sind Sie ein Paar?« Pfeiffer und Lene ignorierten die Fragen und lächelten nur. Doch dann umfasste Pfeiffer leicht Lenes Taille, und Lene wandte sich zu ihm um und legte die Hand auf seine Schulter. »Vielen Dank!«, riefen die Fotografen. Lene und Pfeiffer sahen sich an, die Gesichter so nah beieinander, dass sich fast ihre Nasenspitzen berührten. Sie roch sein Parfum, sommerlich erdig. Die Fotografin mit der Hakennase winkte Lene noch einmal zu sich.

»Darf ich Ihren Namen haben?«

Lene war unsicher, ob sie ihn verraten sollte.

Pfeiffer kam zu Hilfe. »Sie ist meine Begleitung. Keine Namen, bitte.«

Das Gesicht der Fotografin verriet Enttäuschung, doch sie nickte nur. Dann berührte sie Lene zart am Arm, zog sie zu sich und flüsterte ihr ins Ohr: »Sie sehen toll aus. Die schönste Frau des Abends.«

Lene sah sie verwirrt an.

Die Fotografin lächelte. »Ich meine es ernst. Schönste Frau.«

»Wo sie recht hat, hat sie recht«, fügte ein Fotografen-Kollege mit Schlapphut hinzu. »Und so natürlich. Glauben Sie uns, wir machen das schon eine ganze Weile.«

Lene war überwältigt. Damit hätte sie im Traum nicht gerechnet. Verkehrte Welt.

»Danke«, sagte sie mit belegter Stimme.

Dann bot Pfeiffer ihr den Arm an. Sie hakte sich bei ihm ein und er geleitete sie durch die festlich gekleidete Menge an Menschen in Smoking oder Abendkleid in den großen Ballsaal.

35 MEMORY

Die vergangene Stunde hatte Sepko mit Luca Memory gespielt, und ihn schmerzte der Kopf. Vielleicht hing es mit seiner Arbeit zusammen, bei der immer alles sehr schnell gehen musste. Er konnte sich nicht so lange konzentrieren und sich unmöglich die Positionen der Bilder merken und das machte ihn wütend. Luca hingegen deckte immer mehr Paare auf. »Scheiße!«, fluchte Sepko leise.

Bisher hatte sein Vorhaben gut geklappt, dem Kleinen einen tollen Abend zu bereiten. Aber jetzt hätte er die Karten am liebsten gegen die Wand geschmissen. Zu seinem Glück wollte Luca nach der letzten Partie gern fernsehen. *Erst Zähneputzen*, hatte Lene gesagt. Also ging Sepko mit Luca ins Badezimmer.

Beim Suchen nach der Zahnbürste entdeckte er eine Zahnschiene.

»Die ist von Mama«, sagte Luca. »Damit sie nicht knirscht.« Dann setzten sie sich auf die Couch und sahen *Dragons*, eine niedliche Zeichentrickserie auf Netflix, die Luca offenbar regelmäßig sah. Wie beim Memory fiel Sepko es auch hier schwer, bei der Sache zu bleiben. Die Helden seiner Kindheit waren David Hasselhoff und Lee Majors gewesen. Der eine sorgte in *Knight Rider* für Gerechtigkeit, der andere war hauptberuflich Stuntman und durfte in seiner Freizeit knifflige Fälle lösen, und nicht selten flogen dabei die Fäuste. In Lucas Zeichentrickserie flogen keine

Fäuste. War ja auch gut so. Aber für Sepko war der kleine niedliche Drache ein bisschen zu niedlich.

Er stand auf. »Hast du Hunger?«

Luca reagierte nicht.

»Hast du Hunger?«, fragte er noch einmal.

Ohne aufzusehen, schüttelte Luca den Kopf.

»Also ich hol mir was.«

Luca reagierte nicht.

Sepko ging in die Küche und nahm sich die halbe Breze, die dort auf einem Teller lag. Er hatte sie erst halb verputzt, als er einen Drang verspürte. Er ging ins Badezimmer, klappte die Klobrille hoch und pinkelte im Stehen. Er hielt die Breze im Mund, um mit beiden Händen den Urinstrahl zu lenken, aber es waren bereits genug Spritzer danebengegangen. »Fuck«, murmelte er und reinigte die Sauerei notdürftig mit Toilettenpapier.

Er ging in die Küche, blickte sich um. Auf einer Anrichte standen Fotos von Lene und Luca. Er öffnete den Schrank, aber dieser enthielt nur Geschirr sowie Töpfe und Pfannen. In dem kleinen Schränkchen unter der Spüle wurde er fündig. Er holte den WC-Reiniger hervor.

»Wo habt ihr denn Lappen?«, rief Sepko ins Wohnzimmer rüber. Wieder keine Antwort. Scheiß Fernsehen, dachte Sepko. »Hey, wo habt ihr …« Dann sah er, dass Luca eingeschlafen war. Er lag in Embryohaltung auf der Seite, atmete gleichmäßig, seinen Mund umspielte ein zufriedenes Lächeln. Das machte Sepko glücklich. Er schaltete den Fernseher aus, deckte den Kleinen zu. Dann setzte er seine Suche nach dem Lappen fort.

In der Küche war nichts zu finden, ein Handtuch aus dem Bad wäre eine Möglichkeit gewesen. Vorsichtig spähte er in Lenes Schlafzimmer. Zwischen Kleiderschrank und Wand standen ein Besen, ein Wischmopp, ein Eimer sowie eine Kiste mit Putzutensilien, in der sich auch mehrere Wischlappen befanden. Sepko wollte gerade ins Bad zurückgehen, als sein Blick auf Lenes Bett fiel. Die flauschige Bettwäsche roch angenehm nach Waschmittel. Auf einem Nachttischchen stand eine Lampe, daneben lag ein Buch, Ben James Griebels *Die sieben Gesetze des Universums*. Das Lesezeichen verriet, dass sie es gerade erst begonnen hatte. Dann betrachtete er den Kleiderschrank. Eine Weile stand er da. Er wusste, er sollte es nicht tun, aber dann öffnete er ihn doch. Jacken, Blusen waren ordentlich auf Kleiderbügel gehängt. In den Fächern lagen T-Shirts, Pullis. Socken und Unterwäsche waren in kleinen Kistchen verwahrt. Sepko trat näher und atmete tief ein. Die T-Shirts rochen mehr nach Lene als nach Waschmittel, jedenfalls bildete er es sich ein. Noch ein tiefer Atemzug. Dann betrachtete er die Kistchen. Er nahm einen Schlüpfer heraus. Er war ganz schlicht, keine Spitze, nichts. Trotzdem spürte Sepko, wie das Stück Stoff ihn erregte. So stand er da, den Putzlappen in der einen, den Schlüpfer in der anderen Hand. *Gott, bist du peinlich*, dachte er. Wenn Lene davon erführe, wäre er für alle Zeiten bei ihr unten durch.

Er legte den Schlüpfer wieder zurück, schloss die Schranktür. Er wollte gerade zurück ins Badezimmer gehen, als sein Telefon vibrierte. Es war Ronny.

GASTRO-BALL (02) 36

Nach der Eröffnungsrede des Oberbürgermeisters begann eine fünfköpfige Combo Tanzmusik zu spielen und die ersten Paare drehten ihre Runden zu Walzer und Foxtrott.

»Fühlst du dich wohl?«, fragte Pfeiffer.

»Wie sieht es denn für dich aus?«, antwortete Lene und strahlte ihn an.

Pfeiffer lächelte zurück. Dann betrachtete er ihre leeren Champagnerkelche. »Möchtest du noch einen? Oder irgendetwas anderes?«

»Ich glaube, ich warte noch ein bisschen.«

»Also ich hol mir noch einen.«

Pfeiffer nahm ihren Kelch entgegen und sah sich nach einer Hostess um, als der Oberbürgermeister auf sie zutrat. Aus der Nähe war er noch hünenhafter und massiger, als er auf der Bühne schon gewirkt hatte. Sein übergroßer Smoking hing unförmig an ihm herab. Mit einem Stofftaschentuch wischte er sich den Schweiß von den Schläfen.

»Mein lieber Pfeiffer. Schön, Sie zu sehen und noch dazu in so reizender Begleitung.«

Pfeiffer hob die leeren Gläser zum Zeichen, dass er ihm nicht die Hand geben konnte. »Darf ich vorstellen …«, sagte er und sah abwechselnd Lene und den Oberbürgermeister an, »Albert Drösel – Helene Palatzky …«

»Angenehm«, sagte Lene.

»Ebenso«, sagte der Oberbürgermeister und gab Lene die Hand. Sie war feucht.

Der Oberbürgermeister berührte Lene sanft am Rücken. »Darf ich Sie mit meiner Frau Berta bekannt machen«, sagte er und dirigierte sie ein paar Schritte weiter in den Raum. Seine Frau steckte in einer Art Dirndl und unterhielt sich gerade mit der Dame im dunkelgrünen Kleid, der Frau des Komponisten. Die beiden nahmen sie freudestrahlend in Empfang, während der Bürgermeister sich wieder zu Pfeiffer begab.

»Ihr Kleid ist mir vorhin schon aufgefallen«, sagte die Frau des Komponisten, die sich als Brigitte vorstellte.

Berta nickte. »Von wem ist das?«, fragte sie.

»Ebay«, sagte Lene, ohne nachzudenken, aber es war die Wahrheit.

Die Damen lachten über den gelungenen Scherz.

»Aber nun im Ernst.«

Lene überlegte, welche Geschichte sie sich ausdenken sollte, doch in diesem Moment kam der Komponist zu ihnen und erlöste sie.

»Mir reicht es mit dem Zeug«, brummte er gut gelaunt. »Ich brauch jetzt ein Bier. Noch jemand?«

Die Damen schüttelten die Köpfe.

»Und Sie?« Er sah Lene an.

»Ich?«

»Ja. Wollen Sie auch ein Bier?«

»Ja. Warum nicht. Gern.«

»So ist's recht. Sie sind sicher ein Original, oder?«, fragte er und winkte eine Hostess heran.

»Ein Original?«

»Na ja. Eine Münchnerin.«

Lene lachte. »Zumindest habe ich hier eine Lebensberechtigungsurkunde.«

»Eine was?«

»Eine Lebensberechtigungsurkunde.«

»Ach, eine Lebens… Ha, ha, ha. Das habe ich auch noch nicht gehört, sehr gut.« Er reichte ihr ein Glas Bier und hob sein eigenes. »Ja dann, prost. Ich bin der Herbert.«

»Ich bin die Lene.«

Lene hörte interessiert zu, als Herbert ihr aus seinem Leben erzählte. Angefangen hatte er als Pianist in einer Cover-Band, mit der er über die Dörfer gezogen war. Das Einkommen war spärlich und die Musik so lala. Sein Ehrgeiz war schon immer gewesen, eigene Stücke zu schreiben. Nach und nach spielte seine Band immer mehr selbst komponierte Lieder. Und dann kam dieser eine Hit, der um die Welt ging. Seither galt er als zuverlässiger Hitlieferant. Mehrere Jahre hatte er auch in einem eigenen Studio in den USA gearbeitet. Doch die Welt jenseits des Großen Teiches, wie Herbert sagte, sei nicht die seine. Er liebe einfach sein Bayern. Jedenfalls die Landschaft. Die Leute könnten einem schon ganz schön beschwerlich werden. Das war früher auch schon so gewesen. Aber er hatte das Gefühl, es würde immer schlimmer werden. Vielleicht werde er aber auch einfach nur alt.

Jetzt trat eine Frau auf den Komponisten zu. »Entschuldigung«, unterbrach sie seine Rede. »Ich wollte fragen, ob ich ein Selfie mit Ihnen machen darf.« Es klang eher wie eine Feststellung, weniger wie eine Frage.

Herbert sah sie mit starrer Miene an. »Tut mir leid, ich möchte mich gerade unterhalten.«

Lene kannte die Frau von irgendwoher, und dann fiel es ihr wieder ein.

Auch der Frau schien etwas zu dämmern. »Wir sind uns schon begegnet, oder?«, fragte sie.

Lene nickte. »Ja. In Grünwald.«

»In Grünwald? Sie müssen mir auf die Sprünge helfen.«

»In der Kinderbetreuung. Ich sollte Ihr Kind meinem bevorzugen. Sie heißen Janine, nicht wahr?«

Das Lächeln der Frau gefror. Die einfache Fitnessstudio-Angestellte unterhielt sich angeregt mit ihrem Musik-Idol. Das schien ihr gar nicht zu gefallen.

»Wenn Sie ein Foto machen wollen, gern, mich stört es nicht«, sagte Lene freundlich. »Soll ich das Foto machen?«

Die Frau wirkte beschämt und nickte dankbar.

»Na schön, dann machen wir halt ein Foto«, sagte Herbert. »Aber eins, wo wir alle drauf sind. Brigitte, geh kurz her.«

Herbert hakte sich bei Lene und der anderen Frau ein.

»Das gefällt dir wieder, oder?«, spöttelte Brigitte.

»Auf meine alten Tage geht das schon.«

Brigitte lachte, Herbert lachte. Ein tolles Paar, dachte Lene. So natürlich. Und die Frau aus Grünwald musste mitmachen.

»Zeig her«, wies Herbert seine Frau an.

Herbert war zufrieden und die zudringliche Verehrerin verschwand in der Menge.

Brigitte sah ihren Mann an. »Aber jetzt hab ich dich mal für mich. Stell dein Bier da hin, ich möchte tanzen.«

»O mein Gott. Bitte nicht zusehen«, sagte Herbert verschmitzt zu Lene, stellte sein Bier auf dem Stehtisch ab und folgte seiner Frau auf die Tanzfläche.

Lene guckte den beiden zu, ein glückliches Paar.

»Wer hätte das gedacht.«

Eine sympathisch aussehende Frau Mitte fünfzig stand neben ihr. Lene wunderte sich kaum noch, dass hier offenbar jeder mit jedem sprach. »Ja, toll«, sagte sie daher, wie zu einer alten Bekannten.

»Ist dem Tod gerade noch mal von der Schippe gesprungen.«

»Wie meinen Sie das?«

»Wissen Sie es nicht?«

Lene schüttelte den Kopf.

»Dabei ist er so aktiv, Bergsteigen, Wandern, Skifahren, zu Hause betätigt er sich handwerklich, ein toller Mann, ein Tausendsassa. Und dann hat er plötzlich einen Schlaganfall – zu Hause in der Küche, beim Kochen.«

»Oje.«

»Ja. Gott sei Dank hat ihn die Brigitte gleich gefunden. Das zweite Leben für die beiden. Die sind schon so lange zusammen, man könnte sich die beiden ohne einander gar nicht vorstellen.«

»Schön, dass es so etwas noch gibt.«

»Ja, beneidenswert.«

Während Lene sich mit der Frau unterhielt, sah sie in der Ferne Pfeiffer, umgeben von mehreren Männern an. Er gestikulierte Lene, dass er gleich zu ihr komme.

Sie wandte sich wieder der Frau zu. »Sind Sie auch in der Gastronomie tätig?«, fragte sie.

»Nicht direkt. Aber mein Mann. Ich helfe nur manchmal im Büro aus. Und Sie?«

»Ich begleite einen Bekannten.«

»Also kein Restaurant oder Ähnliches?«

»Nein.«

Lene sah, wie sich Pfeiffer aus der Traube von Männern löste und in ihre Richtung kam. Doch in diesem Moment schob sich ein Mann neben sie. Sie roch Schweiß und Zigarettenrauch.

»Da bist du ja. Ich hab dich schon gesucht.«

Lene erkannte ihn sofort. Es war Brunner.

37 GARTENLAUBE

»Verflucht«, schimpfte Sepko. Er hatte es total vergessen. Heute war das vierteljährliche Gartenlauben-Treffen und Ronny erwartete die übliche Lieferung Stoff. *Verflucht, verflucht, verflucht!* Sepko hatte sich schon oft überlegt, das Koks-Dealen aufzugeben. Aber wenn, müsste er einen sauberen Abgang hinlegen, ohne sich Feinde zu machen. Wenn er heute nicht erschien, dann hatte er sich auf jeden Fall nicht nur einen Feind gemacht. Sepko überlegte fieberhaft. Es führte kein Weg daran vorbei, er musste Luca irgendwie ins Auto schaffen, das Zeug aus seiner Wohnung holen und zu Ronny bringen. Wenn er sich beeilte, konnten sie in einer halben Stunde wieder hier sein.

Die Sache ließ sich gut an. Als Sepko den Jungen vorsichtig aus dem Bett hob, fragte dieser schlaftrunken, was los sei. Sepko sagte, sie müssten eine kleine Tour mit dem Auto machen, es würde nicht lange dauern. Luca war es so gewohnt, zu später Stunde im Auto durch die Gegend zu fahren, dass er keine weiteren Fragen stellte und auf Sepkos Arm sofort wieder einschlief.

Die Gartenlaube befand sich in einer Schrebergartenkolonie zwischen dem Olympiapark und Moosach. Alle drei Monate kam hier eine wechselnde Gruppe von Köchen, Restaurantleitern, Sommeliers zusammen. Dass sie sich heute ausgerechnet am Tag des Gastronomen-Balls trafen, war gewiss kein Zufall. Im »Bayerischen Hof« paradierte alles, was Rang und Namen hatte –

Restaurantbesitzer, Brauereichefs, Politiker, Prominente. Die Küchenchefs und Restaurantleiter, diejenigen also, die den Betrieb am Laufen hielten, wurden nur selten dazugeladen. Deswegen empfanden sie das heutige Treffen gewiss als eine Art Gegenveranstaltung.

Sepko kannte die Treffen seit Jahren. Er wusste, dass Ronnys Prestige innerhalb der Gruppe nicht zuletzt davon abhing, dass er mit Sepko einen zuverlässigen Koks-Lieferanten an der Hand hatte. Sepko hatte bislang keine Probleme damit gehabt, herablassend wie ein besserer Laufbursche behandelt zu werden. Im Gegenteil. Wenn er bei Ronny gut ankam, dann stand er auch bei den anderen Anwesenden im Ansehen und konnte womöglich Neukunden gewinnen für Brunner, so hatte er immer gedacht. Seit er Lene kennengelernt hatte, hatte sich seine Sicht auf die Dinge allerdings geändert. Wenn er nicht mehr für Brunner arbeiten würde, wäre er auch nicht mehr abhängig von Ronny, und dann konnte er endgültig das Dealen aufgeben. So war der Plan. Aber noch war er nicht so weit.

Sepko stellte das Auto auf dem Parkplatz der Schrebergartenkolonie ab. Eine einsame Straßenlaterne schuf eine Lichtinsel, ansonsten war alles dunkel. Er ließ Luca schlafen. Er würde gleich wieder zurück sein. Ronny würde mindestens ein Bier mit ihm trinken wollen, aber diesmal würde er ablehnen.

Sepko nahm das Tütchen aus dem Handschuhfach, stieg vorsichtig aus und schloss leise die Tür. Dann betrat er die Anlage durch den Haupteingang.

Die Schrebergartenkolonie war eine wahre Oase mitten in der Stadt. Der ferne Autoverkehr war nur als leises Rauschen vernehmbar. Keine Menschenseele weit und breit. Erst am Ende des Weges sah Sepko zwei erleuchtete Fenster. Jetzt, wo er sich näherte, vernahm er gedämpftes Gelächter. Tagsüber mähten hier

Senioren Rasen und zupften Unkraut. Es war die perfekte Tarnung. Wer würde schon vermuten, dass ausgerechnet hier eine Drogenparty stattfand?

Sepko ging zügigen Schritts, er wollte schnell wieder bei Luca sein. Jetzt war auch Musik zu hören – Classic Rock mit viel Bass. Er erreichte die Hütte, klopfte im vereinbarten Rhythmus an, dann wurde er eingelassen.

Der Raum, den er betrat, war im Stil einer zünftigen Schankwirtschaft eingerichtet. Linker Hand wurde er von einem großen runden Tisch an einer Eckbank dominiert, um den sich etwa zehn Männer drängten, rechter Hand saßen noch einmal so viele Männer an einem Tresen auf Barhockern. Ronny saß an einem einzelnen kleineren Tisch mitten im Raum und unterhielt sich mit einem bulligen Kerl mit tätowiertem Gesicht. Als der Koch ihn bemerkte, leerte er sein Bierglas, erhob sich und trat auf Sepko zu.

Sepko wollte das Zeug schnell loswerden und wieder verschwinden. Doch das war nicht so einfach. Ronny schlang einen kräftigen Arm um seine Schultern und manövrierte Sepko zum Tresen. »Ein Glas für den Gemüsemann«, rief er einem älteren Herrn zu, der die einfache Zapfanlage bediente. Sepko kannte ihn, er hieß Franz und war einmal Koch im »Kempinski« gewesen. Im nächsten Moment stellte Franz zwei Bier auf den Tresen. Während Ronny Sepko eins der Biergläser in die Hand drückte und mit ihm anstieß, wandte Franz sich einem Laptop zu und wählte das Lied »Was wichtig ist« von Udo Jürgens. Dann öffnete er eine Magnumflasche Champagner. Alle kippten ihr Bier und wechselten ebenso schnell zu Champagner wie von Classic Rock zu deutschem Schlager. Sepko nippte vorsichtig an seinem Bier und lauerte auf einen günstigen Moment, um sich davonschleichen zu können. Doch es sollte anders kommen.

GASTRO-BALL (03) 38

»Das ist mein Mann«, sagte die Frau, die sich Lene als Corinna Brunner vorgestellt hatte. Ihr Mann hielt Lene seine Pranke hin. Sie war fleischig und rau, der Händedruck jedoch war unerwartet sanft. Lene sah, wie Brunner sie musterte, nicht lüstern, sondern mit einer gewissen Verwunderung.

»Kennen wir uns nicht?«, fragte er. »Irgendwo haben wir uns schon mal gesehen, oder?«

Lene lächelte unsicher. Sie wollte gerade etwas erwidern, als sie Pfeiffer bemerkte, der sich hinter Brunner näherte.

Brunner folgte ihrem Blick, drehte sich um. »Da schau her«, rief er aus. »Der Herr Großgastronom. Hab dich heute noch gar nicht gesehen.«

Pfeiffer setzte ein müdes Lächeln auf. »Wie geht's?«, fragte er, um den üblichen Smalltalk zu machen.

»Das fragt der Richtige«, sagte Brunner und nahm einen großen Schluck Wein. »Wie soll's einem gehen, wenn er hintergangen worden ist?«

Pfeiffer holte tief Luft. Das hier war garantiert nicht der Ort, um ernsthafte Debatten zu führen.

»Schneidig schaut er aus, oder?«, sagte Brunner zu seiner Frau.

Corinna konnte den Unmut ihres Mannes verstehen, gleichzeitig war ihr sein Verhalten peinlich, vor allem vor der jungen Frau, einer Außenstehenden. Sie lächelte Lene daher aufmunternd an. »Wollen wir uns noch etwas zu trinken holen?«, fragte sie. Sie wollte sich schon in Gang setzen, doch Lene blieb stehen.

Brunner sah Pfeiffer verächtlich an. »Was ist? Warum sagst denn gar nichts?« Er beugte sich bedrohlich vor. »Scheißt dir jetzt in die Hosen?«

Pfeiffer wandte sich Lene zu. »Komm, wir gehen.«

Brunner hob die Augenbrauen. »Ach, Sie gehören zu ihm? Na, da gratuliere ich Ihnen. Sie haben sich da einen wirklich ehrenwerten Geschäftsmann geangelt …« Er brach ab. Offenbar war gerade der Groschen gefallen. Er sah Pfeiffer mit großen Augen an. »*Jetzt* verstehe ich. *Sie* ist es also, die für die ganze Unruhe sorgt.«

Pfeiffer schüttelte traurig den Kopf. »Brunner. Lass es.«

»Ja, ist es denn nicht so?«

Brunners Stimme war immer lauter geworden. Die Gäste in der Nähe drehten sich bereits zu ihnen um.

»Sagen Sie, junge Frau, ist das Ihre Art, Kunden zu akquirieren? Machen Sie für alle Ihre Neukunden die Beine breit?«

Lene spürte, wie sie errötete.

»Hör nicht auf ihn. Er ist betrunken«, sagte Pfeiffer.

Corinna versuchte ihren Mann zur Ordnung zu rufen. »Georg? was ist denn in dich gefahren? Komm, lass uns zu den anderen gehen …«

Sie legte eine Hand auf den Arm ihres Mannes, doch der schüttelte sie ab. Stattdessen trat er dicht an Lene heran, hielt ihr einen dicken Zeigefinger vor die Nase.

»Sie glauben vielleicht, Sie kommen damit durch. Aber ich sage Ihnen, so läuft das Geschäft nicht. Bei einem wie Pfeiffer mag das funktionieren, aber auch der hat irgendwann genug von Ihnen und sucht sich eine Neue fürs Bett, und dann sind Sie ihm lästig, und er wird Sie fallen lassen, von heute auf morgen, so, wie er mich fallen gelassen hat. Es ist nur eine Frage der Zeit, meine Hübsche.«

Beim letzten Satz hatte er Lene mit dem Zeigefinger gegen das Brustbein gestoßen.

Sofort ging Pfeiffer dazwischen und schubste den schweren Mann zurück. »Brunner, für dich ist der Abend gelaufen, also schleich dich«, sagte er mit gepresster Stimme.

Doch Brunner dachte nicht daran, den Rückzug anzutreten. »Nimm deine Pfoten von mir«, schnaubte er und walzte wie ein Bulldozer voran. Er versuchte an Pfeiffer vorbeizukommen. Doch der hielt Stand. Brunner schubste, Pfeiffer schubste. Längst war der ganze Saal auf die Auseinandersetzung aufmerksam geworden. Die Pressefotografen schossen eifrig Fotos.

Pfeiffer sah sich um, machte einem Mann von der Security Zeichen, dass er die Sache übernehmen solle. Der Uniformierte trat vor Brunner und redete mit monotoner Stimme auf ihn ein. Der starrte nur ins Leere und rührte sich nicht. Pfeiffer wollte sich gerade befriedigt abwenden und Lene aus dem Saal führen, als Brunner einen letzten Versuch wagte. Mit einer Geschwindigkeit, die man dem schweren, betrunkenen Mann nicht zugetraut hätte, preschte er vor und schlug mit der Faust zu. Der Schlag hatte Pfeiffer gegolten, aber er traf den Security-Mann am Kinn. Sofort war Brunner von weiteren Uniformierten umringt.

Einer hob beschwichtigend die Hand und trat auf Brunner zu. »Wenn Sie uns bitte folgen wollen. Und wir raten Ihnen, keinen Widerstand zu leisten.«

»Ich? Was habe ich denn getan?«

»Bitte.«

»Das war doch nur ein kleiner Spaß.«

Ein zweiter Uniformierter trat auf ihn zu. »Bitte, folgen Sie uns.«

Brunner schüttelte den Kopf. »Bestimmt nicht, Freunde. Ich habe für diese Veranstaltung Eintritt gezahlt, und ich bin hier, um mich zu amüsieren, also schert euch zum Teufel, bevor ich …«

Weiter kam er nicht. Einer der Männer hatte sein Handgelenk ergriffen und ihm den Arm auf den Rücken gedreht. Dann führten sie den lautstark Protestierenden mit vereinten Kräften in Richtung Ausgang.

Lene und Pfeiffer hatten Brunners unwürdigen Abgang aus sicherer Distanz beobachtet.

»Bitte entschuldige«, sagte Pfeiffer.

Lene zuckte mit den Schultern. »Ist ja nicht deine Schuld. Kennt ihr euch schon lange?«

»Ja. Zu lange.« Er lächelte matt. »Das ist das Problem. Er glaubt, ich sei ihm etwas schuldig. Aber da täuscht er sich.«

Lene nickte unsicher. Der Vorfall hatte ihr gründlich die Laune verdorben.

In diesem Moment kam Brigitte mit zwei Champagnerkelchen um die Ecke.

»Unerhört, dieser Rüpel, nicht wahr?«, rief sie aus. Sie reichte Lene ein Glas. »Hier! Trinken Sie erst mal was auf den Schreck. Am besten vergessen Sie den Vorfall ganz schnell. Prost!« Sie leerte ihr Glas auf ex und stellte es auf einem der Stehtische ab. »So!«, sagte sie und wandte sich um. »Und jetzt will ich tanzen.«

PLATZWUNDE 39

Im Handumdrehen war die Magnumflasche Champagner geleert. Sepko nippte immer noch an seinem ersten Glas Bier. Über der Eckbank neben einem alten Kruzifix hing eine Kuckucksuhr, zu der Sepko immer wieder lugte. Es war Viertel vor elf. Er hoffte, dass Lene noch nicht an Nach-Hause-Gehen dachte. Er sah auf sein Handy. *Alles klar?*, hatte sie schon vor knapp einer halben Stunde geschrieben, und er hatte noch immer nicht geantwortet.

In diesem Moment trat Ronny in die Mitte des Raums und hob die Hand, um die Aufmerksamkeit auf sich zu lenken. »So, Mädels«, rief er gegen die laute Musik an, »kommen wir jetzt zum Höhepunkt des Abends.«

Dann setzte er sich an den kleinen Tisch in der Mitte und packte das Tütchen aus, außerdem eine Glasplatte, eine EC-Karte der Raiffeisenbank sowie einen 50-Euro-Schein.

»Das ist aber nicht standesgemäß«, sagte Franz, der ehemalige »Kempinski«-Koch, und brachte Ronny einen Zweihunderter.

Ronny grinste Sepko an, der gequält zurücklächelte. Ronny strich mit der EC-Karte mehrere Lines auf der Glasplatte zurecht, führte den Zweihunderter zur Nase und zog die erste Line. Franz betätigte sich unterdessen wieder an der Spotify-Playlist.

Sepko trat zu Ronny an den Tisch. Er beugte sich vor, flüsterte: »Ich muss los. Ich hätte dann gern die Kohle.«

Doch Ronny hörte nicht oder tat zumindest so. Sepko wiederholte seine Bitte. Ronny sah ihn eine Weile mit undurchdringlicher Miene an. Normalerweise wäre Sepko jetzt fordernder geworden, aber er wollte keinen Stress, nicht mit einem Kleinkind, das auf der Rückbank seines Wagens schlief. In diesem Moment vibrierte sein Handy. Er ging ein paar Schritte zur Seite, holte es hervor. Es war Lene. Fuck, kam sie etwa schon nach Hause?

»Hey, Ronny, gib mir die Kohle jetzt. Ich muss los, verdammt«, sagte Sepko energischer – im selben Moment, als der alte Franz auf der Suche einem neuen Stück versehentlich die Musik zum Verstummen brachte.

Alle Blicke richteten sich auf Sepko.

»Was ist los mit deinem Freund?«, fragte jemand an Ronny gewandt. »Er wirkt nervös.«

Ronny zuckte theatralisch mit den Schultern. »Keine Ahnung. Bist nervös, Sepko?«

Sepko schüttelte den Kopf, sagte aber nichts.

»Keine Ahnung, was er hat«, sagte Ronny laut. »Er sollte eigentlich zufrieden sein, dass er wieder den Fürstenhof als Kunden hat.« Er sah Sepko an. »Kennst du deine Vorgängerin?«

Besser, als du denkst, dachte Sepko. Doch er schwieg weiterhin.

»Die Kleine mit dem Kind?«, fragte ein anderer aus der Runde.

»Heißer Feger. Aber arrogant. Die Fotze hätte schon liefern dürfen. Wenn sie mich an ihren süßen Arsch gelassen hätte.«

Ronny lachte.

Sepko starrte ihn nur an. Am liebsten wäre er dem Großmaul an die Gurgel gegangen.

Ronny interpretierte seinen Blick falsch. »Keine Sorge, mein Freund. Ich bleib dir treu.«

Das war Sepko in diesem Moment so etwas von egal. Erneut vibrierte sein Telefon.

»Ich muss mal pissen«, sagte er und ging hinaus. Es war Lene. Er ging dran. »Hi«, sagte er.

»Hi. Alles klar?«

»Ja.«

»Wie geht's euch, schläft Luca?«

»Klar, längst.«

»Was habt ihr getrieben?«

»Gespielt, geglotzt.«

In der Gartenlaube lachten die Männer lauthals.

»Was war das?«

»Sorry. Der Fernseher.«

Offenbar schöpfte Lene keinen Verdacht, denn sie fuhr bereits fort. »Hör zu«, sagte sie, »ich wollte nur kurz sagen, dass ich noch ein bisschen bleiben werde, wenn das für dich in Ordnung ist.«

Sepko atmete auf. »Kein Ding. Ich bin ja da.«

»Danke. Zu spät wird es nicht.«

»Wann in etwa denkst du …?«

»Zwei Stunden?«

»Alles klar. Genieß den Abend.«

»Danke.«

»Bis später.«

Er legte auf. Als er wieder ins Haus ging, trat der Typ mit dem Gesichts-Tattoo auf ihn zu. Hamdi war sein Name. Er roch nach Schweiß.

»Wo warst du?«

»Pissen.«

»Red keinen Scheiß. Mit wem hast du telefoniert?«

»Red du keinen Scheiß.«

Sepko ging an ihm vorbei, zurück zu Ronnys Tisch.

»Der Typ verarscht uns, Ronny«, schimpfte Hamdi. »Er verarscht uns!«

Ronny sah ungläubig auf. »Bitte?«

»Hör nicht auf den Idioten«, sagte Sepko. »Gib mir jetzt die Kohle, ich will los.«

»Er hat telefoniert«, sagte Hamdi aufgebracht.

»Ist das nicht erlaubt?«, entgegnete Sepko.

»Der Typ gefällt mir nicht, Ronny.« Er trat dicht an Sepko heran. »Bist du ein Bulle oder was?«

Hamdi sprach wie jemand, der schon den ganzen Abend darauf wartete, einen Streit vom Zaun brechen zu können, und jetzt sah er die Gelegenheit endlich gekommen.

Sepko sah ihn nur von der Seite an. »Beruhige dich mal, Alter. Frag Ronny, wer ich bin, und jetzt verzieh dich, wir haben hier geschäftlich zu tun.«

Plötzlich war es still im Raum. Alle Augen waren auf ihn und Hamdi gerichtet.

Ronny erhob sich. »Alles gut«, sagte er an Hamdi gewandt. »Telefonieren ist erlaubt.«

»Ich war pissen, okay?«, erklärte Sepko erneut. »Und ich will jetzt endlich meine Kohle haben.«

»Schon gut, schon gut. Wie viel?«

Ronny wusste sehr gut, wie viel. Aber Sepko ließ ihm die Show durchgehen. »Fünfhundert«, sagte er genervt.

»Fünfhundert?« Hamdi tat entsetzt. »Der Typ zieht dich doch über den Tisch, Mann!«

Sepko verlor langsam die Geduld. Er wandte sich zu Hamdi und versetzte ihm einen Stoß. »Kümmer dich gefälligst um deinen eigenen Scheiß.«

Hamdi war einen Schritt rückwärts gestolpert und dabei gegen den Tisch geprallt. Ein Bierglas fiel um.

»Du Idiot, du Idiot!« Ronny beobachtete hilflos, wie das Bier die verbliebenen zwei Lines überflutete.

Sepko seufzte. »Los, gib mir die Kohle.«

»Fünfhundert für diese Biersuppe? Das kannst du vergessen, mein Freund«, schimpfte Ronny.

Das hatte noch gefehlt, dass Ronny anfing zu feilschen. »Nicht meine Schuld. Bedank dich bei deinem Kumpel hier«, sagte er und zeigte auf Hamdi.

»Jetzt reicht's mir aber«, sagte der Tätowierte.

Ehe Sepko wusste, wie ihm geschah, hatte Hamdi ihn am Kragen gepackt. Dann schlug er zu. Die Faust traf ihn voll in den Magen. Sepko krümmte sich, ihm blieb die Luft weg. Ein zweiter Schlag traf ihn am Kopf. Sepko ging zu Boden. Er lag da, rang nach Luft. Er dachte an Luca. An Lene. Blut lief ihm über das Gesicht. Ob es eine Platzwunde war oder nur Nasenbluten, Sepko konnte es am Boden liegend nicht beurteilen.

»Ist gut, ist gut«, japste er, »ich schenk euch das Zeug.«

Er wollte nur noch weg.

Als er wenig später den Parkplatz erreichte, hatte sich seine Atmung wieder einigermaßen normalisiert, aber seine Augenbraue blutete noch immer. Fritz hatte Mitleid mit ihm gehabt und ihn mit Papierhandtüchern versorgt, mit denen Sepko bislang vergeblich versuchte, die Blutung zu stillen.

Leise öffnete er die Fahrertür und setzte sich hinters Lenkrad. Luca lag unverändert auf der Rückbank und schlief. Sepko quälte das schlechte Gewissen. Was hatte er doch nur für einen Dummheit begangen! Er schaltete das Leselicht ein und betrachtete sein Gesicht im Rückspiegel. Er sah schlimm aus. Das ganze Gesicht rot verschmiert vom Blut. Immerhin war die Platzwunde nicht besonders groß und blutete nicht mehr so stark.

Sepko startete den Motor und fuhr los.

Nachdem er das Auto bei Lenes Wohnung geparkt hatte, versuchte er Luca so in den Arm zu nehmen, dass sein Schlafanzug kein Blut abbekam. Zum Glück begegnete ihnen niemand, weder auf der Straße noch im Treppenhaus. Die Leute hätten sofort die Polizei gerufen. Ein blutüberströmter Mann mit einem leblosen Kind in den Armen!

Oben in der Wohnung legte er Luca sofort auf die Couch, dann zog er sein T-Shirt aus und wusch sich Dreck und Blut vom Körper. Endlich hatte die Wunde aufgehört zu bluten. Sepko klebte trotzdem ein Pflaster, das er im Spiegelschrank fand, auf die Augenbraue. In dem Schrank sah er auch Lenes Beißschiene gegen Zähneknirschen, das vom Stress kam. Mit einem feuchten Geschirrtuch ging er noch mal ins Treppenhaus und wischte ein paar Blutstropfen von den Stufen, damit niemand auf dumme Gedanken kam.

Er wollte gerade zurück ins Badezimmer, als Luca rief.

»Mama! Mama!«

Sepko war sofort bei ihm. »Hey, Meister!«

»Wo ist Mama?« Luca hatte sich aufgesetzt. Im Halbdunkel des Wohnzimmers war er nur als Silhouette zu erkennen.

»Die kommt gleich. Komm, ich bring dich ins Bett.«

»Ich will zu Mama.« Er begann leise zu weinen.

Ach du heilige, dachte Sepko. Er setzte sich zu dem Jungen auf die Couch, nahm ihn in den Arm und versuchte ihn zu trösten. Er erzählte ihm eine Geschichte, die nur wenig Sinn ergab, und wippte mit ihm hin und her. Hin und her, hin und her. Das zeigte Wirkung. Luca hörte auf zu wimmern und schlief wieder ein.

Sepko ließ sich auf der Couch zurücksinken. Er musste den Jungen ins Bett tragen. Aber seine Glieder waren auf einmal bleischwer. Er schloss für einen Moment die Augen. Nur für einen Moment.

GASTRO-BALL (04) 40

Lene sah auf die Uhr. Kurz nach zwei. Sie wollte noch nicht nach Hause. Der unangenehme Zwischenfall mit Brunner war längst vergessen. Die alte Garde der Münchner Gastro-Szene hatte sich verabschiedet, zurückgeblieben waren die Jungen und Junggebliebenen, und der DJ ließ nach all den Walzern und Foxtrotts endlich Elektro-Beats aus den Boxen wummern. Die Tanzfläche war gut gefüllt und im blauen Licht der Lounge kam es verstärkt zur Pärchen-Bildung. Pfeiffer lehnte an der Bar und genehmigte sich ein Mineralwasser. Er sah cool aus. Und sie selbst fühlte sich jung, attraktiv, frei. Frei und sorglos. Wie lange hatte sie dieses Gefühl nicht mehr gehabt? Sie musste nicht lange überlegen. Genau fünf Jahre. Seit Luca da war. Der Gedanke an Luca versetzte ihr einen Stich, aber nur kurz. Sie betrachtete Pfeiffer, der am Tresen lehnte, als würde er für ein Modemagazin posieren. Sie stellte sich ihn nackt vor. Er war eindeutig durchtrainiert …

Kurz nach zwei. Schade. Sie ging zu Pfeiffer.

»Ich muss los. Leider.«

Pfeiffer leerte das Glas, stellte es ab. Er wandte sich ihr zu, lächelte ein Modemagazin-Lächeln. »Alles klar«, sagte er.

Lene konnte seinen Tonfall nicht deuten. War er sauer? Oder im Gegenteil froh, nach Hause zu kommen?

»Los. Komm. Fahren wir.«

Er ging voran und Lene folgte ihm zum Fahrstuhl. Ein älterer

Herr stieg hinzu und fuhr zwei Stockwerke mit. Lene und Pfeiffer tauschten Blicke. Sie wollte nicht wissen, was passiert wäre, wären sie jetzt alleine gewesen. Im Erdgeschoss wollte Lene aussteigen, doch Pfeiffer drückte die Tiefgarage. Er begleitete Lene zu seinem Auto. Ein dunkelblauer Porsche 911.

Wenn Pfeiffer gehofft hatte, Lene mit seinem Wagen zu beeindrucken, musste er sich getäuscht sehen. Sie hatte sich noch nie für schnelle Autos begeistern können. Doch ihr gefiel, wie Pfeiffer ihr die Tür aufhielt.

»Kannst du noch fahren?«, fragte sie ihn besorgt.

»Hab die letzten zwei Stunden nur Wasser getrunken.«

Der Wagen roch nach Leder und Pfeiffers Parfum und ganz leicht nach Zigarettenrauch. Pfeiffer stieg ein. Er steckte den Schlüssel in den Wagen, startete ihn aber noch nicht. Ohne Lene anzublicken, fragte er: »Und jetzt?«

Lene sah stumm geradeaus. Gern hätte sie mit ihm geschlafen. Doch wenn sie ehrlich war, wollte sie vor allem, dass das Gefühl der Sorglosigkeit noch länger andauerte. Und genau das war nicht möglich.

»Ich glaube, ich muss nach Hause.« Ihr Ton hatte etwas Entschuldigendes. Weil sie fürchtete, dass er beleidigt war. War er beleidigt? Sie wagte nicht, ihn anzusehen. Vermutlich war er es. Oder wie sollte sie es sonst interpretieren, dass Pfeiffer nicht losfuhr?

»Alles okay?«, fragte sie schließlich und wandte sich ihm zu.

Pfeiffer sah sie an. »Nicht ganz.«

Lene stutzte. Was kam jetzt?

Pfeiffer lächelte sie charmant an. »Soll ich erraten, wo du wohnst?«

Lene war es peinlich, von Pfeiffer schlecht gedacht zu haben. Sie musste lachen, da es ihr gefiel, dass Pfeiffer mit ihr spielte.

Sie gab ihm die Adresse, er drehte den Schlüssel um, der Motor heulte auf, und sie fuhren los.

Wenig später hielt er am Straßenrand.

»Hier?«

»Ja.«

Er stieg aus, eilte um den Wagen und hielt ihr erneut die Tür auf. Er reichte ihr die Hand, zog sie zu sich heran. »Es war ein schöner Abend«, sagte er.

»Fand ich auch.«

Pfeiffer beugte sich vor und küsste sie. Lene ließ es zu. Er führte seine Zunge in ihren Mund ein. Auch das ließ sie zu, spürte aber, wie sie ihren Körper dabei anspannte.

»Wann sehen wir uns wieder?«, fragte er, als er sich von ihr wieder gelöst hatte.

»Montag? Bei der Anlieferung?«

»Stimmt.«

»Also.«

»Also.«

»Gute Nacht.«

»Gute Nacht.«

Lene ging die Straße in Fahrtrichtung weiter. Nun musste Pfeiffer doch noch einmal beweisen, wie viel PS unter der Haube steckten, und er ließ den Motor aufheulen.

Ein großer Junge, dachte Lene und winkte ihm hinterher. Als Pfeiffer an der nächsten Straßenecke abbog, machte sie kehrt und ging in die entgegengesetzte Richtung, wo ihre Wohnung lag. Sie wollte nicht, dass Pfeiffer ihren genauen Wohnort kannte. Sie wusste selbst nicht warum.

In ihrer Wohnung war es dunkel. Durch das Licht im Treppenhaus konnte sie erkennen, dass die Tür zu Lucas Zimmer geöffnet war. Damit Sepko ihn hörte, falls Luca unruhig schlief, dachte

Lene. Sie schloss die Wohnungstür, ging im Dunkeln bis ins Wohnzimmer, wo sie Sepko auf der Couch schlafend vermutete.

Ein schwacher Lichtschein drang von draußen herein, und Lene sah, dass Luca bei Sepko auf der Couch lag und sich an ihn kuschelte. Sie betrachtete die beiden eine Weile. Dann erst bemerkte sie, dass Sepko mit nacktem Oberkörper dalag. Als habe er sich zum Schlafen umziehen wollen und es dann nicht ins Bett geschafft.

Lene beschloss, sie noch schlafen zu lassen, bis sie sich selbst bettfertig gemacht hatte. Sie ging ins Badezimmer, raffte das Kleid und ließ sich aufs Klo sacken, um zu pinkeln. Ein Kleid von Ebay hatte ihr den Abend gerettet. Sie musste lachen. Sie stützte den Kopf in ihre Hände, betrachtete vor sich die geflieste Wand und überlegte, ob sie bei Pfeiffer eventuell zu weit gegangen war. Doch sie verwarf den Gedanken. Sie nahm Toilettenpapier, spülte und stand auf.

Ihr Blick fiel auf ein blutverschmiertes Waschbecken.

Im Wohnzimmer stieß sie Sepko an. »Was ist denn im Bad passiert?«

»Hmmm?«, brummte Sepko. Er hatte Mühe, sich zu orientieren. Er sah sich um. Mist, er war mit Luca auf der Couch eingeschlafen. Intuitiv hielt er die Hand vor die Augenbrauen und tat so, als würde er sich den Schlaf aus den Augen reiben.

»Hey, wie war es? Hattest du einen schönen Abend?«, fragte er.

»Ja. Was ist im Bad passiert?«

Sepko wusste nicht gleich, was sie meinte. Dann fiel ihm ein, dass er es nicht mehr geschafft hatte, das Waschbecken sauber zu machen.

»Ach, nichts Schlimmes. Erkläre ich dir gleich. Ich bring schnell Luca ins Bett.«

Sepko trug Luca in sein Zimmer. Nun hatte er weniger als eine

Minute, um sich eine Geschichte einfallen zu lassen. Irgendein Missgeschick, ein unglücklicher Sturz … Er ging in den Flur, wo Lene ihm das T-Shirt entgegenhielt, das sie auf dem Boden gefunden hatte. Als er vor ihr stand, riss sie die Augen auf.

»Was ist denn mit dir passiert?«, rief sie aus.

Sepko blickte in den großen Spiegel, der im Flur hing. Sein Gesicht war von dem Faustschlag mittlerweile grün und blau. Inzwischen hatte auch ein pochender Schmerz eingesetzt.

»Was ist hier los gewesen? Wo warst du mit meinem Kind?«

Sepko sah zu Boden. Gab keine Antwort.

»Los, raus mit der Sprache!«

Sepko sah auf. Erst jetzt bemerkte er Lenes Outfit. »Bist du in den Klamotten aus gewesen?«

Lene stutzte. Verdammt. Sie hatte vergessen, das Kleid auszuziehen. »Antworte auf meine Frage!«

Sepko spürte, wie ihn Eifersucht erfasste. Von wegen Mädelsabend! Verdammt, und er saß hier und spielte Babysitter …

»Dem Kleinen geht es gut, mehr musst du nicht wissen. Okay?«, sagte er schärfer als beabsichtigt.

»Bitte was? Spinnst du? Ich habe ein Recht zu erfahren, was du mit ihm angestellt hast!«

Sepko nahm ihr wortlos das schmutzige T-Shirt aus der Hand und zog es an. Dann holte er seinen Turnbeutel aus dem Wohnzimmer.

»Ich muss ins Bett«, sagte er, ohne sie anzusehen. »War ein verdammt langer Tag. Wir sprechen morgen darüber.«

»Ich glaub's nicht«, schimpfte Lene.

Doch Sepko hatte bereits die Tür hinter sich zugeschlagen und lief die Treppenstufen hinab.

41 KÜNDIGUNG

Als Brunner am nächsten Tag aufwachte, schien ihm die Sonne ins Gesicht. Er hatte einen Brummschädel und einen fauligen Geschmack im Mund. Mühsam schwang er die Beine aus dem Bett. In Unterhemd und Unterhose auf der Bettkante sitzend, betrachtete er sein Spiegelbild in dem Spiegel an der Wand, und was er sah, gefiel ihm gar nicht. Der ganze Leib – viel zu dick, und dort, wo er einst Muskeln an den Armen gehabt hatte, hing jetzt schwabbelige Haut. Gut, die zerzausten Haare konnte er kämmen, er konnte sich die Zähne putzen, sich rasieren. Aber der Verfall war nicht zu übersehen. Er stand auf, streckte sich. Prompt spürte er ein Ziehen in der Leistengegend, das ihn daran erinnerte, dass er längst einmal zum Urologen hätte gehen sollen. Männer seines Alters taten das, aber er hatte sich bislang gesträubt.

Er trat näher an den Spiegel. Zog die Unterhose runter. Betrachte das schrumpelige Geschlecht. *Mann, du hättest viel mehr ficken sollen,* dachte er.

Klar, er hatte Corinna, das Liebesleben mit ihr war schön gewesen. Früher. Dann hatte ihn die Abenteuerlust ergriffen, Sex mit Prostituierten, neue Erfahrungen. Doch so richtig glücklich hatte ihn der außereheliche Sex nie gemacht. Er wünschte sich die Innigkeit zu seiner Frau zurück. Corinna hatte ihre Brustkrebserkrankung überwunden, doch die Therapie hatte sie unfruchtbar gemacht. Seither war sie nicht mehr dieselbe. Brunner hoffte, das Anwesen in Südtirol würde dazu beitragen, dass sie sich wieder näherkamen. Den Ärger, den er jetzt mit Pfeiffer hatte, konnte er da wahrlich nicht gebrauchen. Er empfand ihn als einen herben Rückschlag. Vor allem, dass Pfeiffer sich ausgerechnet seine Konkurrentin gekrallt hatte, kränkte ihn zutiefst.

Brunner zog die Unterhose wieder hoch und ging ins Bad. Er pinkelte, putzte sich die Zähne. Dann duschte er kalt, um die Kopfschmerzen zurückzudrängen.

Als Brunner wenig später nach unten ging, war von Corinna nichts zu sehen. In der Küche kochte er sich Kaffee und schmierte sich ein Brot. Er hatte einen ersten Bissen genommen und einen ersten Schluck getrunken, als Corinna aus dem Keller kam, in den Händen einen Wäschekorb mit frisch gewaschener Wäsche.

»Na? Ausgeschlafen?«, fragte sie, ohne die Miene zu verziehen, dann ging sie nach draußen auf die Terrasse, um die Wäsche aufzuhängen.

Brunner aß zu Ende, trank den Kaffee aus und stellte das Geschirr in die Spüle. Als Corinna wieder hereinkam, sah sie ihn unverwandt ernst an. Eine Weile herrschte Schweigen. Dann sagte sie: »Was willst du jetzt tun?«

Brunner reagierte perplex. »Tun?«, fragte er. »Was meinst du?«

»Dein Auftritt gestern. Willst du einfach so tun, als wäre nichts gewesen?«

Brunner stellte auf stur. Wie so oft. »Was ist denn gewesen?«

Corinna ging auf seine Frage nicht ein. »Wenn du dich gern lächerlich machst, ist das deine Sache. Aber hast du mal an mich gedacht? Wie ich dastehe?« Sie faltete theatralisch die Hände. »Die arme Frau! Verheiratet mit einem Tyrannen!« Sie holte tief Luft. »Die Leute müssen mich für völlig bescheuert halten.« Sie stemmte die Hände in die Hüften. »Also. Was willst du jetzt tun?«

»Was sollte ich deiner Meinung denn tun?«

»Dich zum Beispiel entschuldigen?«

»Bei diesem Flittchen? Spinnst du?«

Corinna zuckte mit den Schultern. »Oder bei Pfeiffer.«

Brunner schüttelte energisch den Kopf. »O nein. Das tue ich ganz bestimmt nicht. Der Wichser ist durch mich groß geworden. Dann will er mich loswerden und ersetzt mich durch eine Null?«

Corinna sah versonnen vor sich hin. »Ich habe mich mit ihr unterhalten.«

Brunner staunte. »Du hast mir ihr gesprochen?«

Corinna nickte. »Sie tut das alles für ihre Firma, für ihre Familie. Das heißt, für ihr Kind. Sie ist in dieser Hinsicht nicht anders als du.«

»Fällst du mir jetzt in den Rücken?«

»Red keinen Unsinn. Und erzähl mir nicht wieder, du hast das alles nur für mich aufgebaut.«

»Aber was, wenn es nun mal so ist.«

»Schon klar. Du suchst die Schuld immer bei den anderen. Aber wenn sich einer von dir abwendet, solltest du dir vielleicht mal überlegen, warum er das tut.«

Brunner schnaubte verächtlich. »Weil er die Fotze ficken will, nur deswegen«, schimpfte er. Doch er glaubte selbst nicht an seine Worte.

Corinna wandte sich zum Gehen. »Ich bin heute Nachmittag weg.«

»Wo gehst du hin?«

»Tu nicht so, als würde dich das interessieren«, sagte Corinna und ging nach oben in ihr Zimmer.

Am Nachmittag fuhr Brunner zum Großmarkt, weil sein Lieferant für Pilze in den Urlaub ging und vergessen hatte, ihm die Schlüssel zu übergeben. Brunner kannte den Lieferanten noch aus seiner Lehrzeit beim Röhrmoser, dementsprechend vertraute man sich, und Brunner konnte sich aus seinem Lager bedienen, ohne die nächsten Wochen auf eine Anlieferung warten zu müssen. Nach der Übergabe und einem kurzen Plausch sah Brunner, als er in sein Auto einstieg, wie ein Lieferwagen auf das Gelände fuhr. Erst dachte er sich nichts dabei, doch als er im Auto saß, bemerkte er, dass der Wagen in Richtung seines Lagers fuhr. Brunner folgte dem Wagen in einiger Entfernung und blieb dann zwischen zwei LKWs stehen, wo er nicht auffiel. Er beobachtete, wie der Lieferwagen rückwärts bei seinem Lager einparkte. Dann stieg der Fahrer aus. Brunner erkannte Sepko. Der Lieferwagen war ihm unbekannt. Brunner wollte schon aussteigen und Sepko nach dem Grund seines Erscheinens fragen. Doch irgendetwas sagte ihm, dass es besser war, noch ein bisschen zu warten. Brunner wartete.

Es war sehr still. Ein sonniger Sonntag in einem sehr milden Februar. Die Gastronomen hatten sogar die Biergärten schon geöffnet. Alle Welt tummelte sich an der Isar oder vergnügte sich im Biergarten, doch der Großmarkt glich einer Geisterstadt. Nach einer guten halben Stunde tauchte Sepko wieder auf. Er zog drei Paletten voller Ware auf die Laderampe. Als er alles in den Lieferwagen geladen hatte, fuhr er vom Hof.

Brunner rührte sich nicht. Er wartete noch eine Weile, dann stieg er aus und ging ins Lager. Auf den ersten Blick war nichts Ungewöhnliches zu sehen. Bei den großen Mengen fiel der Verlust von drei Paletten nicht weiter auf und auch im Chaos des nächsten Arbeitstages wäre ein Diebstahl in dieser Größenordnung nur schwer nachweisebar.

Am nächsten Tag saß Brunner in seinem Büro und wartete, bis Sepko nach getaner Arbeit die Lieferscheine zur Buchhaltung brachte.

»Bis morgen«, hörte er ihn zu den Büroangestellten sagen.

»Sepko!«, rief Brunner ihm zu, »hast du einen Augenblick?«

Sepko streckte den Kopf in sein Büro. »Klar.«

»Komm rein und mach die Tür hinter dir zu.«

Sepko schloss die Tür, setzte sich.

»Was ist mit deinem Gesicht passiert?«, fragte Brunner, dem schon am Morgen das Veilchen und das Heftpflaster an der Augenbraue aufgefallen waren.

Er machte eine wegwerfende Handbewegung. »Nicht der Rede wert. Eine Party, die aus dem Ruder gelaufen ist.« Er sah Brunner fragend an. »Was gibt's?«

Brunner lehnte sich in seinem Bürostuhl zurück. »Warum beklaust du mich?«

Sepko wurde bleich. Er sah Brunner ungläubig an. »Wie kommst du denn auf so etwas?«, fragte er.

»Weil ich dich gesehen habe. Gestern. Ich war da.«

Sepko schwieg, sah starr vor sich hin.

»Heute Morgen war ich bei den Schrankenwärtern an der Einfahrt. Offensichtlich war das gestern keine einmalige Aktion.«

Sepko schwieg weiterhin.

»Warum, Sepko?«

Schweigen.

»Ich war immer für dich da. Hab dir aus der Klemme geholfen. Hab dich wieder auf die Spur gebracht. Ich möchte nicht wissen, was du ohne mich heute wärst.«

Jetzt sah Sepko auf. »Du warst immer für mich da?« Er schnaubte verächtlich. »Ja, mit der Betonung auf *warst.* Aber wie sieht es heute aus? Kaum tauchte der Chinesen-Toni auf, war ich dir nicht mehr gut genug. Alles drehte sich nur noch um ihn. *Ich* war derjenige, der gesagt hat, der bescheißt dich. Aber du hast mir nicht geglaubt. Seit Jahren hast du nur noch Geldzeichen in den Augen. Und als sich herausstellt, dass ich recht hatte mit meiner Vermutung, fällt dir nichts Besseres ein, als mich auf den Wichser zu hetzen. Ich wäre fast zum Mörder geworden. Und fast selber draufgegangen. Und das nimmst du in Kauf. Ist ja fürs Geschäft! Dein Geschäft!«

Brunner betrachtete Sepko. Dann sagte er mit ruhiger Stimme: »Selbst wenn es so wäre, ist das noch lange kein Grund, mich zu beklauen und meine Ware der Konkurrenz zu geben.«

Sepko nickte. »Richtig. Trotzdem habe ich es gemacht. Trotzdem hat Pfeiffer gewechselt.«

Brunner war klar, dass er Sepko nicht einfach kündigen konnte. Sepko wusste zu viel über die Firma. Er war eine potenzielle Gefahr. Zudem war er wichtig für den Einkauf, sein direkter Draht zu den Kunden. Sein bester Mann, den er nicht einfach so hergeben konnte.

Auch Sepko war sich dieser Tatsache bewusst. »Und jetzt?«, fragte er provokativ.

»Du machst so etwas nie wieder, hast du mich verstanden?« Brunner hatte unwillkürlich einen drohenden Zeigefinger erhoben.

Sepko erhob sich. »Falsch. Ich kündige.«

Brunner sah ihn entgeistert an. »Das machst du nicht.«

»Und ob ich das mache. Kannst mich ja anzeigen, dann werden wir schon sehen, wer am längeren Hebel sitzt.«

Auch Brunner hatte sich erhoben. »Du drohst mir? Ist dir klar, dass ich mir für dich den Arsch aufgerissen habe? Die kleine Schlampe hat dir den Kopf verdreht, mein Freund. Sie wird nicht lang überleben mit ihrer One-Girl-Show.«

Sepko zuckte mit den Schultern. »Ich schlage vor, wir vergessen die Sache. Arbeitsgericht, Abfindung und all diese Sachen – ich verzichte drauf, und du hältst dafür die Klappe.«

Damit wandte er sich ab und ging.

Brunner konnte kaum glauben, was geschah. Der undankbare Arsch hatte es doch tatsächlich geschafft, das Blatt zu wenden.

Brunners Hass auf Lene wuchs ins Unermessliche.

42 EIN KILO KOKAIN

Noch am selben Tag rief Sepko bei Lene an und berichtete ihr, dass er nicht mehr für Brunner arbeiten würde.

»Hat er dich erwischt?«, fragte Lene.

»Ja. Aber ich habe von mir aus gekündigt«, antwortete Sepko.

Eine Weile schwiegen sie. Lene war noch immer sauer wegen Samstag. Sepko hatte ihr eine abenteuerliche Geschichte aufgetischt, von einem Kumpel, der auf die schiefe Bahn geraten war und dem er aus der Klemme hatte helfen müssen … Sie hatte ihm kein Wort geglaubt, aber sie hatte auch nicht nachgehakt, vermutlich weil sie ein schlechtes Gewissen wegen ihrer eigenen Lügengeschichte hatte.

»Also, wenn du doch einen Fahrer brauchst …?«, hatte Sepko schließlich gefragt. Es war eine rein rhetorische Frage. Sepko wusste, dass sie einen Fahrer brauchte. Pavel, der polnische Student, den Lene eingestellt hatte, kurz nachdem sie Lieferantin für Pfeiffer geworden war, hatte schon nach wenigen Wochen das Handtuch geworfen. Lene stimmte daher zu.

Natürlich war Sepko für Lene mehr als nur ein Fahrer. Vom ersten Tag an nutzte er seine guten Beziehungen zu den Händlern am Großmarkt. Sein Wechsel zu Lene sorgte für allerlei Gerüchte. Man munkelte, dass sie beide ein Paar seien. Wenn er darauf angesprochen wurde, dementierte Sepko, aber insgeheim wünschte er sich, dass es so wäre.

Lene konnte mit ihrem neuen Angestellten mehr als zufrieden sein. Es gelang Sepko, einige von Brunners Kunden abzuwerben und gute Verbindungen zu neuen Händlern aufzubauen. Der Umsatz wuchs beständig. Lene war schon lange nicht mehr auf Kredite angewiesen, geschweige denn auf gestohlene Ware. Sie war liquide und bezahlte ihre Rechnungen stets an Ort und Stelle, was bei den Händlern immer gut ankam.

Sepko war noch keine vier Wochen bei Lene, als ein weiteres Lieferfahrzeug fällig war. Als Fahrer konnte Sepko Cookie gewinnen. Mit zwei Angestellten fand Lene endlich die Zeit, um für Luca einen Kindergartenplatz zu suchen. Sie fand einen für drei Tage. An den anderen Vormittagen musste er immer noch im Fußraum des Lieferwagens schlafen, aber immerhin doch nicht jeden Tag.

Lenes anfängliche Skepsis, ob es gut gewesen war, Sepko anzustellen, schwand schnell. Sie hatte befürchtet, dass es schwer werden würde, Privatleben und Beruf weiterhin sauber zu trennen, aber die Sorge erwies sich als unbegründet. Sie mochte Sepko, und sie mochte Pfeiffer, und es gelang ihr, beide auf Abstand zu halten, ohne ihren Unmut zu erregen.

Pfeiffer war zum Glück die meiste Zeit viel zu beschäftigt, um große Ansprüche an Lene zu stellen. Seit Sepko bei ihr in der Firma war, hatten sie nur einmal Gelegenheit gehabt, gemeinsam etwas zu unternehmen, an einem Nachmittag, als Pfeiffer zu einem Geschäftstermin auf die Herreninsel im Chiemsee fuhr. Er hatte sie gebeten, sie zu begleiten. Wie sich herausstellte, handelte es sich um ein Treffen hochrangiger Personen, die Einfluss auf die Wiesn-Zelt-Vergabe hatten. Anwesend waren unter anderem der Brauereidirektor Grath sowie der Wirtschaftsreferent Floßmann. Lene wunderte sich einmal mehr, wie leicht es ihr fiel, sich auf dem gesellschaftlichen Parkett zu bewegen. Sie genoss die bewundernden Blicke der Männer und konterte ihre Sprüche und Scherze schlagfertig und mit gutem Humor. Sie wusste, dass sie Pfeiffer auf diese Weise half, sein Ziel zu erreichen, Wiesn-Wirt zu werden, aber sie gönnte es ihm. Sie fühlte sich von ihm nicht ausgenutzt, weil sie ihrerseits nichts von ihm erwartete. Nächsten Freitag würde Pfeiffer für vier Tage nach Italien reisen, Urlaub bei Freunden, wie er erklärt hatte. Er hatte Lene nicht gebeten, sie zu begleiten, und das war ihr nur recht.

Brunner hatte unterdessen seine Wunden geleckt und seinen Hass auf Lene weiter angefacht. Etwa zur selben Zeit, als Lene und Pfeiffer das Geschäftstreffen auf der Herreninsel mit einem feuchtfröhlichen Abend beschlossen, fand er sich im »Leierkasten« ein. Er wählte ein Mädchen aus, das aussah wie die Unschuld selbst, und buchte sie für zwei Stunden, in denen er seiner Lust freien Lauf ließ. Anschließend begab er sich in die Bar, wo ihn bereits Steff erwartete. Auch er hatte sich zuvor mit einem Mädchen vergnügt. Brunner orderte eine Flasche des edelsten Cognacs, den das Bordell zu bieten hatte.

»Hast du einen Neukunden, oder warum bist du so spendabel?«, fragte Steff.

»Im Gegenteil«, entgegnete Brunner. Er schüttete Steff sein Herz aus, erzählte von Sepkos Wechsel zur Konkurrenz, dem Verlust seines größten Kunden und den privaten Problemen mit Corinna. Nun kamen auch noch finanzielle Sorgen hinzu, da das Anwesen in Südtirol finanziert werden musste.

Steff riet ihm, Sepko einen gehörigen Denkzettel zu verpassen, doch Brunner verteidigte ihn. Er konnte nicht glauben, dass Sepko für diese Schweinerei verantwortlich war. Für ihn stand fest, dass Lene die treibende Kraft war.

Brunner hatte einen Plan. Er wusste, dass Steff Drogen konsumierte. Er wusste auch, dass er Kontakt zur albanischen Mafia hatte. Er sah dem ehemaligen Polizisten fest in die Augen, als er sagte: »Ich brauche Kokain. Viel Kokain. Was würde ein Kilo kosten?«

Steff sah Brunner überrascht an. Und er kam aus dem Staunen gar nicht mehr heraus, als er erfuhr, was Brunner mit dem Kokain vorhatte.

KALABRIEN 43

Pünktlich um 15.55 Uhr landete die Boeing der ITA Airways auf dem Flughafen »Tito Minniti« in Reggio Calabria. Der Flug mit Zwischenstopp in Rom hatte immerhin fünf Stunden gedauert, Pfeiffer war erschöpft. Als er die Gangway hinabstieg, wurde er von der heißen Luft fast erschlagen. Der Scirocco aus der Sahara hatte die Temperatur auf für Februar ungewöhnliche 25 Grad Celsius getrieben. Für Pfeiffer fühlte es sich an wie 30 Grad. Immerhin sorgte der Wind für klare Sicht – in der Ferne konnte man Sizilien und den Ätna erkennen. Die Passagiere gingen zu Fuß zum Flughafengebäude, einem flachen, blassgelben Betonbau, der aussah wie eine bessere Lagerhalle.

Nachdem Pfeiffer sein Gepäck bekommen hatte, passierte er die Sicherheitskontrollen. Vor dem Ausgang erwartete ihn ein junger Bursche von etwa zwanzig Jahren mit einem Schild in der Hand, auf dem sein Name stand. Er ging auf ihn zu.

»Signore Pfeiffer?«, fragte der junge Kerl freundlich und schob seine Sonnenbrille über das gegelte Haar. Aus der Nähe, mit den Pickeln im Gesicht, wirkte er noch jünger. Er trug ein übergroßes T-Shirt und um den Hals eine silberne Kette mit Kruzifix.

»Sì«, antwortete Pfeiffer.

»Alessio«, stellte sich der Bursche vor. »Venga con me.« Alessio nahm seine Reisetasche, trug sie zu einem älteren silbernen Mercedes E-Klasse-Coupé und verstaute sie im Kofferraum. Pfeiffer stieg hinten ein und sie fuhren los.

Verglichen mit der Gegend rund um den Gardasee oder Comer See wirkte die Region ärmlich. Ihre Fahrt ging nach Süden und folgte dem Küstenverlauf nach Osten. Sie passierten Obstplantagen und malerisch gelegene Dörfer, doch immer wieder sah man Bauruinen, Stahlträger ragten aus dem Beton. Links und rechts der Straße hatten sich Müllhalden gebildet. Verwilderte Hunde und Katzen liefen über die Straße. Alessio bremste nicht für sie, genauso wenig wie für die unzähligen Schlaglöcher in der Straße. Ein kurzes Knacken und Rumpeln und die Fahrt ging weiter. Aus den Lautsprechern drang unterdessen italienischer Hip-Hop, den Alessio laut und falsch mitrappte. Nach etwa einer Stunde erreichten sie endlich den kleinen Badeort Brancaleone. Alessio hielt vor einem schlichten Hotel, das auf den pompösen Namen »Pensione 2001« hörte.

Alessio stieg aus und stellte Pfeiffers Reisetasche ab. Pfeiffer wollte schon sein Portemonnaie zücken und dem jungen Mann ein Trinkgeld in die Hand drücken, doch der sprang bereits wieder ins Auto und brauste davon. Pfeiffer war es nur recht.

Er betrat das Hotel, das zugleich Bar und Restaurant war, und ließ sich von dem älteren Herrn, den er für den Besitzer hielt, seinen Zimmerschlüssel geben. Das Zimmer enttäuschte nicht seine Erwartungen, da er keine Erwartungen gehabt hatte – schäbiger Schrank, schäbiges Bett, winziges Bad.

Pfeiffer wollte keine Sekunde länger als nötig in diesem Zimmer verbringen. Er zog seine Badehose an, um sich im Meer abzukühlen. Den Abend verbrachte er im nahe gelegenen »Lido Liberty«, einem einfachen Ristorante mit hervorragenden Fischgerichten, Dosenbier und Karaoke. Er schickte Lene ein Foto von seinem Pasta-Scampi-Gericht mit dem Kommentar »Angekommen«. Sie antwortete nicht. Er hatte auch versucht, Teo zu erreichen, doch der hatte sein Handy ausgeschaltet.

Kurz bevor er ins Bett ging, erhielt er eine SMS von ihm. »Morgen Abholung 15 Uhr. Addio al celibato. Legere Kleidung.« *Addio al celibato*? Pfeiffer nutzte den Google-Übersetzer: Junggesellenabschied.

Pfeiffer schlief schlecht in dieser Nacht. Die Klimaanlage ließ sich nicht regulieren. Pfeiffer konnte wählen zwischen ein oder aus – Eischrank oder Sauna. Er wählte Sauna. Alle Stunde wachte er auf. Erst gegen Morgen schlief er ein. Um sechs Uhr weckten ihn kläffende Hunde. Das Frühstück bot immerhin eine angenehme Überraschung – der Espresso war ausgezeichnet, ebenso die Brioche.

Nach dem Frühstück ging Pfeiffer erneut an den Strand. Es gab eine Strandhütte mit Bar und WC sowie einen Sonnenschirmverleih. Doch der Tourismus war hier wenig ausgeprägt. Anders als in Rimini sah man keine Reklameschilder und es reihte sich nicht Liegestuhl an Liegestuhl. Pfeiffer lag unter seinem Sonnenschirm und las die Nachrichten auf seinem Handy. Lene hatte seine Nachricht noch immer nicht gelesen, dafür teilte sein Steuerberater ihm in einer E-Mail mit, dass die Bilanzen für die Einreichung für das Oktoberfest gut standen.

Pfeiffer blickte zufrieden auf das Meer, das ruhig dalag. Über dem Horizont flimmerte der Himmel. Er träumte vor sich hin und stellte sich vor, wer beim Wiesn-Einzug in seiner Pferdekutsche sitzen würde. Lene? Sie hatte sich den ganzen Tag nicht gemeldet. Keine guten Voraussetzungen für die Anwartschaft auf den Kutschenplatz … Dann fielen ihm die Augen zu.

Als Pfeiffer wieder erwachte, war es bereits ein Uhr.

Zurück im Zimmer wählte er eine helle Leinenhose und ein weißes Hemd, dessen Ärmel er aufkrempelte. Im Badezimmerspiegel begutachtete er sein Outfit. Es war eindeutig leger. Dann schlüpfte er in seine Lederslipper und beschloss, an der Bar noch einen Espresso zu trinken, während er auf Teo wartete. Oder Alessio.

Unten nahm er die *Gazzetta dello Sport* zur Hand und versuchte, einen der italienischen Berichte zu lesen. Wenig später hörte er in der Ferne ein charakteristisches Knattern. Kurz darauf kam die Geräuschquelle in Sichtweite: ein Ferrari 488 Cabrio. Die rote Rakete hielt vor dem Hotel mitten auf der Straße und ein athletischer Typ im Muskelshirt stieg aus. Er ließ den Motor laufen und die Fahrertür offen und betrat die Bar. Der Oberkörper des Mannes schien komplett tätowiert. Pfeiffer sah Heiligenbilder und Jesus am Kreuz, Symbole aller Art und Schusswaffen sowie ein Porträt von Marlon Brando als der Pate. Der Typ bestellte zwei Espressi.

Als Pfeiffer erneut zur Straße blickte, sah er Alessio, der den silbernen Mercedes ordentlich in einer Parklücke parkte. Hinter ihm saß Teo. Er stieg aus und kam zur Bar. Feiner Anzug, edle Lederschuhe. Bei den Temperaturen. *Von wegen leger*, dachte Pfeiffer.

Als Teo die Bar betrat, sah der athletische Typ auf und ging auf ihn zu. Sie begrüßten sich. Dann redeten sie in einem für Pfeiffer unverständlichen Italienisch aufeinander ein. Offenbar ging es um ein Autorennen zwischen dem italienischen Pferd und dem deutschen Stern, wobei das Pferd den Sieg davontrug. Kein Wunder, bei dem tosenden V8-Motor.

Jetzt sah Teo Pfeiffer. »Kartoffel!«, rief er und begrüßte seinen Gast aus München mit einem Kuss links und rechts auf die Wange. Das hatte er in Deutschland noch nie getan. »Das ist Pepe«, sagte er und wies auf den Typ im Muskelshirt. »Ein Verwandter.« Pfeiffer grüßte in seine Richtung. Doch Pepe beachtete ihn nicht. Er sah nach draußen auf die Straße, wo sich ein kleiner Stau hinter seinem Ferrari gebildet hatte. Doch niemand protestierte. Selbst ein blauer Polizei-Fiat wartete brav, bis er an der Reihe war, das Hindernis zu umfahren.

Teo kippte den Espresso herunter, den der Mann hinterm Tresen ihm ungefragt hingestellt hatte. Pfeiffer wollte bezahlen, aber Teo winkte ab. »Nicht nötig.«

Pepe setzte sich in seinen Wagen, drückte aufs Gas und war kurz darauf verschwunden. Pfeiffer setzte sich zu Teo nach hinten in den Mercedes.

»Gefällt es dir hier?«

Pfeiffer zögerte. Meinte er die Landschaft? Das Hotel? Oder war die Frage ironisch gemeint? »Gut«, antwortete er unsicher.

Teo nickte. »Das Hotel gehört einem Freund von uns. Wir helfen ihm ein bisschen, bringen Leute bei ihm unter, damit er seine Versicherung bezahlen kann«, sagte Teo.

Es klang wie eine Entschuldigung. Pfeiffer wunderte sich. Wirkte er unzufrieden?

Teos Handy piepte. Er holte es hervor. Eine Instagram-Nachricht.

»Der Typ ist verrückt«, lachte Teo.

Er zeigte Pfeiffer die Insta-Story, die Pepe gerade gepostet hatte. Während er in seinem Ferrari mit Höchstgeschwindigkeit über die Straße raste, hatte er das Handy gezückt und die Fahrt mit dem Handy gefilmt.

»Er stellt das öffentlich ein?«, fragte Pfeiffer.

»Ist ihm egal. Er wird *il gatto* genannt, die Katze, und die Katze landet immer auf den Füßen.«

Teo blickte zum Himmel, wo ein Löschflugzeug gerade eine Ladung Wasser abwarf, offenbar über einem brennenden Waldstück.

»Ah, fliegen sie wieder. Gott sei Dank.«

Pfeiffer hatte einmal gelesen, dass die Löschflugzeuge einem privaten Investor gehörten und als Mittel zur Geldwäsche benutzt wurden. Ohne Waldbrände kein Geld. Den Rest konnte Pfeiffer sich denken und schwieg.

»Hast du Hunger?«, fragte Teo.

»Ein wenig.«

»Solltest du.«

Sie fuhren an Orangenplantagen vorbei und gelangten schließlich auf die Anhöhe eines Ausläufers des Aspromonte-Gebirges. Der Ausblick, der sich ihnen auf die gebirgige Küste und das Meer bot, war beeindruckend. Doch die Dörfer, durch die sie kamen, wirkten ärmlich und verlassen. In einem dieser Dörfer hielt Alessio. Er parkte den Mercedes auf einem Schotterplatz, wo bereits mehrere Luxuskarossen standen. Ihr Ziel war eine Taverne zweihundert Meter oberhalb am Hang, die nur zu Fuß zu erreichen war.

Sie überquerten den Dorfplatz. Vor einer kleinen Bar neben der Kirche saßen einige ältere Männer an kleinen Kunststofftischen, vor sich eine Flasche Bier. Als Teo mit Pfeiffer und Alessio vorbeiging, verstummten ihre Gespräche, und die Männer schauten zu Boden.

Bei der Taverna handelte es sich offenbar um ein in der Gegend beliebtes Restaurant. An etwa zehn Tischen saßen zahlreiche Gäste, größere und kleinere Gruppen, Paare, Familien. Eine Gruppe von zwanzig Männern stand etwas abseits und empfing Teo freudig. Pfeiffer schüttelte jedem Einzelnen die Hand, ohne sich auch nur einen Namen merken zu können.

Ein langer Tisch war für sie reserviert, aber Pepe wollte einen anderen Tisch haben. Er ging zum Wirt und teilte ihm in ruhigen Worten mit, dass sie gerne an einem anderen Tisch sitzen wollten, der jedoch gerade von einer Familie in Anspruch genommen wurde. Der Wirt sprach mit dem Familienvater und bat ihn freundlich, sich woanders hinzusetzen. Obwohl sie gerade ihre Hauptgerichte aßen, stand die Familie ohne Widerrede auf und räumte den Tisch, den die Kellner sofort neu eindeckten.

Dann begann das Festmahl mit reichlich Fisch, Fleisch, Pasta und Rotwein, gefolgt von Karaoke mit alten italienischen Schlagern. Gegen acht Uhr erhoben sich die Männer und gingen, ohne auch nur einen Cent zu bezahlen. Teo flüsterte Pfeiffer ins Ohr: »Jetzt fängt der wahre Spaß erst an.«

Inzwischen hatte er auch den Bräutigam kennengelernt. Sein Name war Luciano. Pfeiffer vermutete, dass er Pepes jüngerer Bruder war.

Laut hupend fuhr der Konvoi aus Luxuskarossen über die Serpentinen zurück zur Küste. Unten angekommen folgten sie eine Weile der Hauptstraße und bogen dann auf eine Straße ab, die sie in ein Industriegebiet von Brancaleone führte. Dort stand auf einem umzäunten, weitläufigen Areal ein alter Flachdachbau. Die Autos bremsten vor einem Tor, über dem ein Schild mit einem verblichenen Schriftzug prangte: *Coco Baia – Discoteca*, konnte Pfeiffer mühsam lesen. Pepe öffnete das Tor und rief laut: »*Benvenuto nel mio regno*«, dann wandte er sich an Pfeiffer und sagte höflich: »Welcome!«

»Privatparty«, sagte Teo. »Er wohnt hier. Eine ehemalige Lagerhalle. Er hat sie zu seinem Wohnsitz umgebaut.«

Pfeiffer folgte den Männern durch eine große Flügeltür ins Innere und betrat eine andere Welt. Nach einer Art Vestibül gelangten sie in einen Wohnraum, der Platz für eine großstädtische Disco geboten hätte. Auf dem Boden weißer Marmor, an der Decke mehrere Kronleuchter, überall Stuck und Goldverzierungen, so weit das Auge reicht. Weiße Ledersofas umstanden einen großen Pool in Form eines vierblättrigen Kleeblatts mit einem Springbrunnen. Pepe war auf ein DJ-Podest getreten und hatte eine Fernbedienung zur Hand genommen. Er drückte einen Knopf, und sofort war der ganze Raum in Blau- und Lila-Töne getaucht. Er nahm eine weitere Fernbedienung zur Hand, drückte einen Knopf, und es erklang italienischer Hip-Hop.

»Wie kommt man auf so eine Idee?«, fragte Pfeiffer und sah sich in dem Raum um.

Teo zuckte mit den Schultern. »Langeweile? Keine Ahnung. So ist Pepe nun mal.«

Der Wodka floss in Strömen. Allmählich gewöhnte sich Pfeiffer sogar an die Musik. Nachdem sie alle mehrere Kurze gekippt hatten, ergriff Pepe ein Mikrofon und forderte Luciano auf, auf das DJ-Podest zu steigen. Er hielt eine launige Rede auf ihn, aber Pfeiffer verstand erneut kein Wort. Teo war unterdessen damit beschäftigt, verschiedene Leute zu begrüßen, die er offenbar lange nicht gesehen hatte. Pfeiffer bemerkte, dass sie ihm gegenüber eine gewisse Zurückhaltung zeigten, als ob sie ihm etwas schuldig wären.

Als Pepe mit seiner Rede fertig war, nahmen alle Gäste auf einem halbkreisförmigen Sofa im hinteren Bereich des Raums Platz. Dann wurden auf einen Wink von Pepe kleine Tabletts herumgereicht, auf denen mehrere Lines Koks samt Schnupfröhrchen vorbereitet waren. Das Zeug jagte Pfeiffer einen Hurricane durchs Gehirn. Dann kamen mehrere Prostituierte herein. Die ersten Männer öffneten ihren Hose und ließen sich oral befriedigen. Pfeiffer und Teo saßen nebeneinander und teilten sich ein Mädchen.

»Verlieb dich bloß nicht«, sagte Teo. »Erstens müsstest du sie in den Arsch ficken, damit sie nächste Woche als Jungfrau in die Ehe geht. Und zweitens denke ich, dass ihr Bruder etwas dagegen hätte.« Er deutete auf Alessio, der ihnen gegenübersaß und finster zu ihnen hersah.

Gegen ein Uhr morgens verließen Pfeiffer und Teo die Party, die noch in vollem Gange war. Die Hochzeit sollte am nächsten Morgen stattfinden. Pfeiffer war gespannt, ob alle pünktlich erscheinen würden.

Draußen erwartete sie ein Fahrer. Als sie eine Weile gefahren waren, wollte Pfeiffer gerade eindösen, als der Wagen plötzlich abrupt hielt.

»Bin gleich wieder da«, sagte Teo und stieg aus.

Pfeiffer sah im Scheinwerferlicht ein weiteres Fahrzeug. Zwei Männer zerrten einen Dritten aus dem Auto und brachten ihn in eine Häuserruine. Teo folgte ihnen. Nach etwa fünfzehn Minuten kehrte er zurück. Pfeiffer hatte keine Ahnung, was das zu bedeuten hatte, und er wollte es auch gar nicht wissen. Er wollte nur schlafen. Die Augen fielen ihm bereits wieder zu.

44 KALABRIEN (02)

Am nächsten Tag wurde Pfeiffer von lautem Klopfen an der Zimmertür geweckt. Es war Alessio. Der junge Mann war offenbar fit wie ein junger Turnschuh. Pfeiffer wankte ins Badezimmer, machte sich so frisch, wie es auf die Schnelle ging, und zog seinen dunklen Anzug an. Es war bereits wieder viel zu heiß, und er konnte es kaum erwarten, in das klimatisierte Auto zu steigen.

Sie fuhren in ein nahe gelegenes Dorf, wo sich auf dem Kirchplatz die Hochzeitsgesellschaft versammelt hatte, Verwandte, Bekannte, Frauen, Kinder, Alte. Auch die Männergruppe von gestern Abend hatte sich wieder eingefunden. Einigen war die Partynacht noch anzusehen.

Pfeiffer musste an die gestrige Veranstaltung denken. Was war da abgegangen? Wenn in einer armen Gegend wie dieser exzessive Koks-Partys gegeben wurden, kam das Geld nicht aus der Landwirtschaft. Das war klar. Und es war auch klar, dass er besser keine Fragen stellte, was diesen Punkt anging. Was er jedoch liebend gern wüsste, war, warum Teo ihn eingeladen hatte – nach Kalabrien und vor allem zu dieser Hochzeit? Es ergab keinen Sinn. Teo war sein Angestellter, ein sehr wichtiger Angestellter, natürlich. Sie arbeiteten eng zusammen und kannten sich entsprechend gut. Aber ihre Bekanntschaft war ausschließlich geschäftlicher Natur. Sie waren keine besten Freunde. Wollte Teo, dass sich das änderte? Aber warum? Nun, vielleicht würde sich im Laufe des Tages eine Gelegenheit ergeben, Teo diskret danach zu fragen.

Die Hochzeit verlief so, wie man sich eine traditionelle Hochzeit vorstellte. Die Braut, eine recht füllige junge Person im schulterfreien weißen Kleid samt Schleier, wurde von ihrem Vater in die Kirche geführt, wo Luciano, der Bräutigam, im Smoking und mit Blume im Knopfloch bereits auf sie wartete. Ein älterer, gemütlich aussehender Priester waltete seines Amtes, sprach seine Gebete und hielt eine offenbar recht launige Predigt, denn immer wieder lachte die Gemeinde, und Luciano und seine Frau sahen sich grinsend an. Dann gaben sich die beiden das Jawort und zogen unter den Klängen einer verstimmten Orgel Arm in Arm hinaus. Draußen wurden sie von einer wartenden Menge mit unglaublichen Mengen Reis beworfen.

Dann ging man zum gemütlichen Teil über. Ein Ristorante war gemietet worden. Man saß draußen an langen Tischen, geschützt unter einer Pergola. Es ging sofort sehr laut zu. Es wurde gegessen und getrunken und zu den Klängen einer vierköpfigen Combo viel getanzt und noch mehr gegessen. Pfeiffer fühlte sich rundum wohl. Er saß mal hier, mal dort und war Teil einer großen harmonischen Gemeinschaft, was ihn vergessen ließ, Teo nach dem Grund zu fragen, warum er eigentlich eingeladen worden war.

Zu vorgerückter Stunde kam Teo zu ihm an den Tisch. Er beugte sich zu ihm herunter. »Wann geht dein Flug morgen?«, fragte er.

»Dreizehn Uhr etwas«, antwortete Pfeiffer.

»Okay, dann bis morgen. Feier noch schön.« Er nickte ihm zu und verschwand.

Pfeiffer sah ihm nach. Er wunderte sich, dass Teo schon ging, obwohl das Fest noch in vollem Gang war. Dann wandte er sich wieder seinen Tischnachbarn zu – einem älteren Herrn und seiner Tochter, einer jungen Frau namens Laura, die gut Englisch sprach. Pfeiffer und Laura plauderten über ihre Familien, ihre Arbeit und wie Pfeiffer mit dem Brautpaar verbunden war. Pfeiffer gab vor, ein Geschäftspartner von Teo aus München zu sein.

»Ah, Monaco di Baviera. *Wunderschön*«, sagte ihr Vater und lächelte einfältig. In gebrochenem Deutsch begann er von seiner Zeit als Gastarbeiter in Deutschland zu erzählen. Er schwärmte vom deutschen Essen und Bier. Er bewunderte den Fleiß der Deutschen und schimpfte im Gegenzug über die Korruption in seinem Land. Er sprach über Politik, wollte Pfeiffer die genauen Zusammenhänge erklären, doch sein Deutsch war nicht gut genug. Pfeiffer begriff nicht viel, nur dass der Mann sehr unzufrieden war. Laura klopfte ihrem Vater beschwichtigend auf den Unterarm und übernahm wieder das Gespräch. Sie entschuldigte sich für ihn und deutete an, dass er im Alter vieles durcheinanderbekomme. Pfeiffer konnte nur ahnen, was den Alten bedrückte. Laura verabschiedete sich, um ihren Vater nach Hause zu bringen. Pfeiffer ließ sich zurück ins Hotel fahren.

Am nächsten Morgen wachte Pfeiffer früh auf. Er lag im Bett und dachte über die Ereignisse der letzten Tage nach. Das Hochzeitsfest war schön gewesen. Gleichzeitig ging ihm der alte Mann nicht mehr aus dem Kopf. Er hatte ihm das hiesige System der Korruption erklären wollen, aber mit seinem mangelhaften Deutsch war das unmöglich gewesen. Aber wer weiß, vielleicht wäre es ihm auch nicht leichter gefallen, wenn er sich mit Pfeiffer in seiner Muttersprache hätte unterhalten können. Pfeiffer musste an die Verhältnisse in Deutschland denken. Gab es in Deutschland vielleicht keine Korruption? In der Politik, in der Wirtschaft – es war immer dasselbe. Man erwies Gefälligkeiten, man setzte unter Druck, man erpresste. Auch er, Pfeiffer, kämpfte mit allen Mitteln darum, sein Ziel zu erreichen, Wirt auf dem Oktoberfest zu werden. Und er würde es bald geschafft haben. Nichts konnte ihn mehr aufhalten …

Das Klingeln des Handys riss ihn aus den Gedanken. Es war Teo.

»Hast du schon gepackt?«, fragte Teo.

»Wieso?«, fragte Pfeiffer.

»Ich hol dich gleich ab.«

»Mein Flug geht erst um eins.«

»Ich weiß. Ich bin in zehn Minuten da. Es gibt noch etwas zu erledigen.«

Pfeiffer schnaubte. Er hatte sich auf den Espresso und eine frische Brioche gefreut und auf einen letzten Besuch am Strand. Stattdessen packte er seine Sachen und ging anschließend nach unten, wo der graue Mercedes ihn bereits erwartete.

Auf Wiedersehen, »Pensione 2001«, dachte er fast ein wenig wehmütig und stieg zu Teo und Alessio ins Auto.

Während der Fahrt grinste Teo sonderbar vor sich hin. Als Pfeiffer fragte, was los sei und wohin sie führen, antwortete er nur: »Wart's ab.«

Bereits nach wenigen Minuten hielten sie vor einem Einfamilienhaus. Viele junge Männer standen dort und sahen zu dem Balkon im ersten Stock hoch. Pfeiffer erkannte einige der Hochzeitsgäste von gestern wieder. Es herrschte ausgelassene Stimmung. Einige klatschten rhythmisch und riefen im Chor: »Luci, Luci!«

Teo und Pfeiffer gesellten sich zu ihnen. Kurz darauf öffnete sich die Balkontür, und Luciano kam heraus, nur in Pyjamahose, mit freiem Oberkörper, in der Hand ein weißes Bettlaken, im Gesicht ein siegreiches Grinsen. Breitbeinig trat er vor sie hin. Dann entfaltete er das Bettlaken, hängte es über die Balkonbrüstung wie eine Fahne. In der Mitte des Lakens prangte ein Blutfleck.

Die Menge applaudierte und jubelte und skandierte »Luci, Luci«, so laut, als wäre die Nationalmannschaft gerade Weltmeister geworden. Auch Teo applaudierte kräftig und jubelte. Pfeiffer fühlte sich wie ein Bayern-Fan im Westfalenstadion.

Als Teo genug gejubelt hatte, machte er Pfeiffer ein Zeichen, und sie gingen zurück zu Alessio, der im Auto gewartet hatte.

»Und jetzt?«, fragte Pfeiffer, als sie wieder auf der Rückbank Platz genommen hatten. »Wohin fahren wir jetzt? Nach Reggio Calabria? Wir haben noch jede Menge Zeit. Ich hätte gern noch etwas am Strand zugebracht. Ich verstehe nicht ...«

Teo schnitt ihm mit einer herrischen Geste das Wort ab.

»Du redest zu viel«, sagte er schroff.

Alessio lenkte den Wagen durch enge Gassen, bis sie das Randgebiet von Brancaleone erreicht hatten. Dann folgten sie einer gewundenen Straße, die immer steiler wurde, je weiter sie sich von der Küste entfernten. Die kargen Hänge waren mit einzelnen Olivenbäumen bestanden. Sie passierten kleine Dörfer, die aussahen wie Festungen. Als sie etwa eine halbe Stunde so gefahren waren, verlangsamte Alessio die Fahrt und hielt schließlich am Straßenrand.

»Wir steigen aus«, sagte Teo und öffnete die Tür.

Pfeiffer war unwohl. Die Gegend schien verlassen. Ein Stück weiter vor ihnen parkten zwei schwarze SUVs vor einer Hausruine. Teo ging darauf zu. Pfeiffer folgte ihm mit Alessio. Das Haus kam ihm bekannt vor – und dann fiel es ihm wieder ein. Hier hatten sie vor zwei Tagen mit dem Auto gestanden und gesehen, wie ein Mann ins Hausinnere gezerrt wurde.

»Dieser Ort hat mein Leben verändert, Markus«, sagte Teo.

Sie betraten das Haus und standen in einer Art dämmriger Diele. Es roch nach feuchtem Stein und Moder. Zwei Männer, die offensichtlich Wache standen, nahmen Haltung an, als sie

Teo erblickten. Einer von ihnen öffnete eine Tür, hinter der eine Kellertreppe sichtbar wurde.

Teo wandte sich an Pfeiffer. »Nur damit du einen Eindruck davon bekommst, was passiert, wenn man sich mit der *famiglia* anlegt.«

Pfeiffer lief es eiskalt den Rücken herunten. Seine Knie begannen zu zittern, sein Herz raste.

Sie stiegen die Treppe hinunter und gelangten in ein Backsteingewölbe, das von einem Baustrahler grell ausgeleuchtet wurde. Auf dem brüchigen Steinboden kniete ein Mann, erschöpft, in sich zusammengesunken, das Haar blutgetränkt, das Gesicht von Blutergüssen dunkelrot verfärbt. Daneben stand ein bulliger Typ, den Pfeiffer von der Hochzeitsfeier wiedererkannte. Er war offenbar hier der Folterknecht. Teo ging zu ihm hin, begrüßte ihn. Pfeiffer blieb am Fuß der Treppe stehen. Ihm war speiübel. Was ging hier vor sich? Wer war Teo wirklich? Weswegen hatte er ihn hierhergebracht? War das alles eine Falle? Aber warum?

Jetzt waren oben bei der Kellertür Stimmen zu vernehmen. Dann wurden eine Frau und zwei Kinder, ein Junge und ein Mädchen, die Treppe hinabgeführt.

Der Kniende richtete sich auf. »*No!*«, schrie er. »*Per favore, non farlo! Per favore, non farlo! No, Teo. No!*« »*Papà!*«, riefen die Kinder. Die Frau weinte kläglich.

Die Szene erschütterte Pfeiffer. Er bebte am ganzen Leib. Sein Blickfeld verengte sich, er war der Ohnmacht nahe. Er tastete nach dem Treppengeländer, hielt sich daran fest.

Teos Männer fesselten unterdessen mit Kabelbindern die Hände der Frau und der Kinder hinter dem Rücken, dann stopften sie ihnen Stofffetzen in den Mund, um ihre Schreie zu ersticken. Bis auf ein dumpfes Schluchzen herrschte nun Stille.

Teo blickte Pfeiffer an. Er grinste, wie über einen gelungenen

Scherz. Die Situation war surreal. Pfeiffer konnte nicht glauben, was gerade geschah. Dann streckte Teo eine Hand aus. Einer der Männer reichte ihm eine Waffe. Teo nahm sie und ging damit zu Alessio, der lässig an der Mauer gelehnt hatte, sich jetzt aber davon abstieß und die Schultern straffte. Teo nickte in Richtung der Gefesselten. Pfeiffer hörte ein leises: »Avanti.«

Alessio holte tief Luft. Einen Moment schien er unschlüssig. Dann verengten sich seine Augen. Er nahm die Vollautomatik und trat hinter die Frau und feuerte ihr, ohne zu zögern, eine Kugel in den Kopf. Sie stürzte zu Boden, war aber nicht sofort tot. Sie zuckte noch und stöhnte. Alessio feuerte noch zwei Schüsse in ihren Kopf. Dann blieb die Frau regungslos liegen.

Pfeiffer hatte die Augen geschlossen. Er glaubte zu ersticken an dem Schrei, der ihm in der Kehle saß und der nicht herauskonnte. Er war schweißgebadet. Jemand klopfte ihm auf die Schulter. Pfeiffer öffnete die Augen. Es war Teo.

»Los, wir gehen«, sagte er.

Pfeiffer hatte keine Ahnung, wie er zum Auto gekommen war. Als er wieder einen einigermaßen klaren Gedanken fassen konnte, fuhren sie über die Serpentinen zurück Richtung Küste. Teo saß neben ihm und sah aus dem Seitenfenster. Nach einer Weile wandte er sich zu Pfeiffer um.

»Es musste sein«, sagte er mit tonloser Stimme. »Irgendwann sind sie erwachsen. Haben selber Kinder. Ich möchte, dass Frieden in unsere Familien einkehrt.«

»Wer … wer war das?«, fragte Pfeiffer mit heiserer Stimme. »Warum …?« Ihm versagte die Stimme.

»Quid pro quo«, sagte Teo. »Mehr musst du nicht wissen.«

Die Maschine nach München war pünktlich gestartet. Pfeiffer sah aus dem Fenster, doch sein Blick ging ins Leere. Aus irgendeinem Grund musste er an seine Kindheit denken, an das Tal in Tirol, wo er mit seinen Geschwistern aufgewachsen war und wo sein ältester Bruder noch immer den elterlichen Bauernhof betrieb. Er dachte daran, wie er mit Anfang zwanzig nach München gezogen war. Er war so unbeschwert gewesen, glücklich. Und jetzt? Wo war er falsch abgebogen?

Pfeiffer lehnte sich zurück, schloss die Augen. Das sanfte Brummen des Flugzeugs war beruhigend.

Als sie in München gelandet waren, sah er auf sein Handy. Mehrere Anrufe in Abwesenheit. Nicht von Lene. Dafür von seinem Geschäftsführer. Pfeiffer rief ihn an.

»Bist du wieder im Land?«

»Ja, was gibt's?«

»Wir haben ein Problem. Die Gemüselieferantin ist verhaftet worden. Ich schick dir einen Zeitungsartikel von heute. Wir müssen etwas unternehmen.«

Sie beendeten das Gespräch und Pfeiffer rief die Website der Zeitung auf. »Razzia – Drogenfund am Großmarkt«, lautete die Schlagzeile. Und darunter: »Ist Promi-Wirt Pfeiffer involviert?« Eine Zwischenüberschrift lautete: »War es das mit der Wiesn?« Illustriert wurde der Artikel mit einem Foto, das Pfeiffer – mit Masskrug und Breze in der Hand – hinter Gittern zeigte. Durch ein kleines Zellenfenster sah man das Riesenrad.

45 DREI TAGE ZUVOR

Lene gab Sepko, der bereits in der Markthalle war, am Telefon noch eine Bestellung durch: »Insgesamt zweiunddreißig Kisten Mischsalat … ja … danke.« Sie sah auf ihr Handy. 4.35 Uhr. Sie waren sehr gut in der Zeit. Sie brachte einen Lieferschein zu Cookie, der draußen vor ihrer kleinen Lagerhalle die Ware nach Kunden kommissionierte. Ein Gabelstapler lieferte gerade die erste Palette, als ein dunkler Transporter in hohem Tempo angefahren kam. Lene sah auf. *Ist der verrückt?,* schoss ihr durch den Kopf. Er fuhr viel zu schnell. Wenige Meter vor ihr hielt das Gefährt mit quietschenden Reifen, die Heckklappen öffneten sich, und mehrere dunkel gekleidete Gestalten sprangen aus dem Laderaum.

»Polizei! Jeder bleibt an seinem Platz! Alles stehen und liegen lassen! Die Hände nach oben!«

Innerhalb von Sekunden war Lenes Arbeitsplatz von Polizisten umstellt. Sie waren in voller Montur: Schussweste, Helm mit Visier, Maschinenpistole, die Gesichter vermummt.

»Motor aus!«, schrie einer der Beamten dem Gabelstaplerfahrer zu und drängte ihn mit Cookie und Lene zur Wand der Lagerhalle. Lene sah sich um, fand eine Lücke zwischen den Beamten und bewegte sich in Richtung zu ihrem Lieferauto. Luca schlief in der Fahrerkabine.

Ein Polizist hatte sie bemerkt. Er versperrte ihr den Weg. »Halt! Hier rüber!«, brüllte er.

»Ich muss …«

»Hier rüber!«, wiederholte er und marschierte bedrohlich auf sie zu.

Lene kämpfte mit den Tränen. Während sie sich wieder zu den anderen stellte, inspizierten die Polizisten das Gelände.

»Links gesichert!«, war zu hören. »Vorne gesichert!«

Jetzt trafen weitere Einsatzwagen ein. Blaulicht zuckte. Aus einem der Wagen sprangen Männer mit Schäferhunden. Lene sah, wie einer von ihnen zu ihrem LKW ging. Lene wollte ihm zurufen, dass ihr kleiner Sohn in der Fahrerkabine schlief, doch es war bereits zu spät. Er riss die Tür des LKWs auf und der Hund sprang mit einem Satz auf den Fahrersitz. Im nächsten Moment begann er laut zu bellen. Dann hörte man Luca kreischen. Der Hundeführer wirkte verunsichert. Er sah in den Lieferwagen, hielt den Hund an der kurzen Leine. Der Hund hörte nicht auf zu bellen und Luca hörte nicht auf zu schreien.

»Luca! Nein, lassen Sie mein Kind«, rief Lene und lief los. Doch erneut kam sie nicht weit. Sofort waren zwei Polizisten bei ihr. Einer hebelte ihr den Arm aus und brachte sie zu Boden. Dann fixierten sie Lene auf dem Bauch. Einer der Beamten drückte ihr ein Knie auf den Rücken. Lene blieb die Luft weg.

»Mama!«, hörte sie Luca schreien.

Ein Beamter in Zivil trat auf Lene zu und forderte die Kollegen auf, die junge Frau wieder aufzurichten.

»Hauk, Einsatzleitung. Ist das Ihr Kind? Wer ist hier der Ansprechpartner?«

Sepko war auf dem Weg zu Lene. Er war bester Laune. Der Kräuterbauer, bei dem er eine Weile zugebracht hatte, war ein unglaublicher Sprücheklopfer und es gab immer etwas zu lachen. Doch Sepkos gute Laune wich schlagartig, als er sich Lenes Lagerhalle näherte. Überall Polizeiwagen und Blaulicht. Ein Unfall? Es hatten sich bereits viele Schaulustige versammelt und Sepko versuchte sich durchzudrängen. Doch das Areal war mit Flatterband abgeriegelt. Ein Polizist im Kampfmontur, ein Maschinengewehr in den Armen, trat ihm entgegen.

»Was ist hier los?«

»Zurückbleiben«, sagte der Polizist.

»Ich arbeite hier.«

»Zurückbleiben«, wiederholte der Mann nur.

In diesem Moment sah Sepko gerade, wie ein weinender Luca von einem Polizisten zu Lene geführt wurde, die zusammen mit Cookie an der Wand der Lagerhalle stand. Jetzt wurden Cookie und Lene offenbar aufgefordert, ihre Handys abzugeben, denn sie holten sie heraus und reichten sie einem Beamten in Zivil.

Unter den Schaulustigen wurde lebhaft diskutiert. Einer von ihnen erkannte Sepko.

»He, was ist bei euch los?«, rief er ihm zu.

»Keine Ahnung«, gab Sepko zu Antwort.

»Ist die Razzia bei euch?«

»Kann man euch helfen?«

Sepko schüttelte den Kopf. Jetzt sah er, wie der Polizist in Zivil Lene, Luca, Cookie und den Gabelstaplerfahrer in ein Gruppenfahrzeug brachte. Dann geschah längere Zeit nichts. Die Gruppe der Schaulustigen löste sich langsam auf, sie mussten wieder ihrer Arbeit nachgehen. Ein Beamter brachte Heißgetränke und Kekse in das Gruppenfahrzeug.

Sepko überlegte, was zu tun war. Er griff nach seinem Telefon, um die ersten Kunden anzurufen, um ihnen mitzuteilen, dass die Auslieferung sich verspäten würde. Er hatte gerade zwei Anrufe getätigt, als ein Polizist aus der Halle kam. »Hab was gefunden«, rief er einem Kollegen beim Gruppenwagen zu.

Der nickte und öffnete die Tür des Wagens. Er sprach ein paar Worte mit dem Polizisten in Zivil. Dann stieg der Polizist mit seinem Fundstück in den Gruppenwagen, und die Tür wurde wieder verschlossen.

Kurz darauf wurden Cookie und der Gabelstaplerfahrer entlassen.

Sofort ging Sepko zu Cookie. »Was ist passiert?«

»Ich habe keine Ahnung. Plötzlich waren sie da, mit einem Durchsuchungsbeschluss.«

»Und Lene?«

»Sie wollten allein mit ihr reden. Kapierst du, was das soll?«

Sepko zuckte mit den Schultern. »Ich telefonier mit den Kunden«, sagte er. Dann tätigte er wieder Anrufe. Eine halbe Stunde verging. Dann stieg der Polizist in Zivil aus. Lene musste mit Luca in einen Streifenwagen steigen.

Der Polizist, der offenbar den Einsatz leitete, machte auf Sepko einen verständigen Eindruck. Er trat so nah an ihn heran, wie es das Flatterband zuließ.

»Hallo, entschuldigen Sie.«

»Ja?«, sagte der Einsatzleiter.

»Ich arbeite hier. Wir müssen die Kunden beliefern.«

»Es wird noch eine Weile dauern, bis Sie auf das Gelände gehen können …«

In diesem Moment läutete das Telefon des Beamten. Er holte es hervor, wandte sich zur Seite. »Servus«, hörte Sepko ihn sagen. »Gut … danke … Du, wir haben, wie es ausschaut, hier einen 29er BtMG mit einem Kind, das untergebracht werden muss. Wie machen wir das? … Alles klar … Okay … Dann warten wir im Dezernat auf euch.«

Sepko sah zum Streifenwagen, in dem Lene saß. Sie hielt Luca im Arm, strich ihm über den Kopf, er schien zu weinen.

Der Einsatzleiter riss ihn aus seinen Gedanken. »Können Sie sich ausweisen?«, fragte er und streckte schon eine Hand aus.

Der Streifenwagen fuhr mit Lene und Luca davon.

Das Vernehmungszimmer des Frauengefängnisses am Stadtrand hätte auch das Büro eines Versicherungsangestellten sein können. Die Wände in gefälligem Orange gehalten, grüne Fensterrahmen, zweckmäßiges Mobiliar, Tisch, Stühle, Aktenschränke. Nur das Tischmikrofon deutete darauf hin, dass Lene sich nicht in einem gewöhnlichem Büro befand. Luca saß hinter ihr am Boden. Man hatte ihm Wachsstifte und Papier gegeben. Er malte.

Nachdem sie eine Weile gewartet hatte, öffnete sich die Tür, und Hauk kam herein. Ihm folgte eine Frau, groß, sportlich, etwa Mitte vierzig sowie ein bulliger Typ um die dreißig. Hauk, eine Aktenmappe in der Hand, setzte sich Lene gegenüber an den Tisch, seine Begleiter bezogen bei der Tür Posten.

»Frau Palatzky, das ist Frau Scherer vom Jugendamt und mein Kollege Herr Riedel. Herrn Riedel haben Sie ja schon kennengelernt. Er hat das Kokain in Ihrem Büro gefunden.« »Exakt ein Kilo«, warf Riedel ein und grinste, als wäre er mit der Menge sehr zufrieden.

Hauk fuhr fort: »Reden wir nicht lange drum herum, Frau Palatzky. Ich befürchte, Sie sind mit dem Verfahren vertraut, wenn ich mir Ihre Vergangenheit anschaue.« Er öffnete die Mappe vor sich. »Drogenbesitz, Drogenkonsum, kleine Dealergeschäfte …«

»Das ist über zehn Jahre her. Das war in meiner Jugend, verdammt«, schimpfte Lene.

»So alt wirken Sie noch gar nicht«, sagte Riedel mit gespielter Verwunderung.

Hauk warf ihm einen vorwurfsvollen Blick zu. Dann sah er wieder Lene an. »Also?«, fragte er.

»Was also? Sie glauben doch nicht ernsthaft, dass ich mit Kokain deale! Ich habe ein Kind! So etwas würde ich nie tun!«, rief Lene laut aus, sodass Luca ängstlich zu seiner Mutter sah.

»Niemand will Ihnen etwas unterstellen«, sagte Hauk mit ruhiger Stimme. »Aber das Kilo Kokain ist nun mal bei Ihnen gefunden worden. Wenn Sie angeblich nichts damit zu tun, wer, glauben Sie, könnte es dort deponiert haben?«

Lene sah ihn an. »Ich habe nicht die leiseste Ahnung.«

Hauk nickte. »Also schön. Sie haben noch ein bisschen Zeit, über die Sache nachzudenken. Die Staatsanwaltschaft hat Haftbefehl beantragt. Man wird Sie innerhalb der nächsten vierundzwanzig Stunden einem Richter vorführen. Der entscheidet, ob der Haftbefehl vollstreckt wird oder nicht.«

»Ich habe nichts getan«, sagte Lene mit leiser Stimme.

Hauk ging nicht darauf ein. »In Ihrem eigenen Interesse sollte Sie uns alles mitteilen, was entlastend für Sie sein könnte. Wir benötigen zunächst einmal sämtliche Bankverbindungen sowie die Kontaktdaten Ihrer Kunden. Im Falle einer Untersuchungshaft müsste sich jemand um das Kind kümmern kann. Gibt es da jemanden – in der der Familie?«

»Um das Kind kümmern? Luca bleibt bei mir!« Lene spürte, wie Panik sie ergriff.

Hauk warf der Kollegin einen Blick zu. Die trat einen Schritt vor. »Frau Palatzky, niemand will Ihnen Ihr Kind wegnehmen. Derzeit wird nur geprüft, ob eine Gefährdung des Kindeswohls vorliegt und eine vorübergehende Inobhutnahme des Kindes notwendig ist. Bis dahin darf Ihr Sohn bei Ihnen bleiben. Keine Sorge.« Sie lächelte freundlich und reichte Lene ein Formular.

Lene las »Bezugsperson«. Sie überlegte fieberhaft. Dann griff sie zum Kugelschreiber und notierte einen Namen.

Gegen Mittag hatte die Polizei das Lager von Lene wieder freigegeben. Doch auch dann konnten Sepko und Cookie noch nicht ausliefern. Jede Kiste, die die Polizei inspiziert hatte, musste neu sortiert werden, bevor sie losfahren konnten. Sepko hatte den Kunden erzählt, dass es überall am Großmarkt zu einer groß angelegten Kontrolle gekommen sei, vermutlich ginge es um Drogen. Er hatte es bei Andeutungen belassen. Die meisten Kunden zeigten Verständnis, einige wenige reagierte ungehalten, aber Sepko konnte sie beschwichtigen. Er bat auch die Standbesitzer, bei denen er kaufte, um ihre Hilfe. Falls er am heutigen Freitag nicht alle Kunden beliefern konnte, mussten sie die Waren noch einen Tag zwischenlagern, was die Standbesitzer nur höchst ungern taten. Aber jetzt zahlte es sich aus, dass Sepko immer einen guten Umgang mit ihnen gepflegt hatte, er war überall beliebt, und niemand ließ ihn hängen.

Bis in den späten Abend belieferte er die Kunden. Er fand kaum die Zeit dazu, darüber nachzudenken, was genau am Morgen eigentlich passiert war. Er wusste weder, wo Lene oder Luca sich jetzt aufhielten, noch aus welchem Grund man sie verhaftet hatte. Der Einsatzleiter hatte ihm seine Karte mit einer Telefonnummer gegeben. Doch er war den ganzen Tag nicht erreichbar gewesen.

Am nächsten Morgen fingen Sepko und Cookie besonders früh an. Am Samstag wurde eigentlich nicht ausgeliefert, doch sie mussten die Kunden beliefern, die sie gestern nicht mehr geschafft hatten. Bereits um elf Uhr waren sie fertig. Sie trafen sich beim Kiosk. Sepko trank Mineralwasser, Cookie eine Spezi und einen Underberg.

»Immer noch nichts von der Chefin gehört?«, fragte Cookie.

»Nichts«, sagte er. »Und wie war es bei dir mit den Kunden? Haben sie dir Fragen gestellt?«

»Nein. Sie waren nur froh, dass sie die Waren endlich bekommen haben. Aber spätestens am Montag hat es sich bestimmt rumgesprochen, dass das nicht eine allgemeine Razzia auf dem Großmarkt war. Was sagen wir dann?«

»Ich habe keine Ahnung.«

»Na, vielleicht hat sich bis dahin ja alles als ein Missverständnis rausgestellt.« Cookie leerte seine Spezi. »Na dann, bis Montag«, sagte er und zog ab.

Sepko fuhr ebenfalls nach Hause. Er legte sich auf die Couch und schlief sofort ein. Das Summen des Handys weckte ihn. Es war fast vier Uhr am Nachmittag.

»Justizvollzugsanstalt München. Herr Kollinger? Frau Palatzky ist hier, die gerne mit Ihnen sprechen möchte.«

46 PFEIFFER SCHERZT NICHT

Pfeiffer fuhr vom Flughafen direkt in sein Büro. Er saß kaum am Schreibtisch, als er eine Nachricht von Brunner erhielt. *Hab es in der Zeitung gelesen. Schöner Mist. Wenn du einen Lieferanten suchst, du weißt, wo du mich findest. Ich steh bereit. Jederzeit.*

Pfeiffer sah den Text ungläubig an. Meinte er das im Ernst? Der peinliche Auftritt beim Gastro-Ball? Die Handgreiflichkeit in der Garage? Alles vergeben und vergessen? No bad feelings? Pfeiffer schüttelte den Kopf. Er wurde nicht schlau aus dem Mann.

Es klopfte an der Tür. Sein Sekretär streckte den Kopf herein.

»Herr Pfeiffer, da möchte Sie jemand sprechen. Er sagt, es sei sehr dringend.«

»Wer ist es?«

»Der Gemüselieferant.«

War Brunner jetzt völlig übergeschnappt? Warum schrieb er ihm die SMS, wenn er praktisch schon vor der Tür stand? Pfeiffer machte ein mürrisches Gesicht. »Lassen Sie ihn rein.«

Doch der Mann, der jetzt eintrat, war nicht Brunner, sondern ein junger Typ, kurz geschorenes Haar, athletisch, müde Augen. Er hätte Pfeiffers Bruder sein können, nur fünfzehn Jahre jünger und weniger gepflegt. Pfeiffer konnte ihn nicht gleich einordnen.

»Guten Abend«, sagte der junge Mann. »Josef Kollinger. Aber alle nennen mich nur Sepko. Ich arbeite für Lene.«

Er war näher getreten. Pfeiffer wies mit der Hand auf den Besuchsstuhl vor seinem Schreibtisch und der junge Mann setzte sich. »Ich wollte mich für das Chaos am vergangenen Freitag entschuldigen«, fuhr er fort.

»Ich bin gerade erst von einer Geschäftsreise zurückgekehrt. Ich habe mich noch nicht genauer mit der Sache befassen können. Aber was ich bisher erfahren habe, klingt in der Tat nicht gut.«

»Bei Lenes Verhaftung muss es sich um ein absurdes Missverständnis halten«, sagte Sepko. »Ich gehe davon aus, dass sich die Sache schnell aufklärt.«

Pfeiffer nickte. »Wie geht es ihr … und dem Kind?«, fragte er.

»Ich konnte nur kurz mit ihr telefonieren. Den Umständen entsprechend gut, würde ich sagen. Sorgen bereitet ihr nur, dass Luca, also ihr Sohn, bei einer Pflegefamilie untergebracht ist.«

Er brach ab. Pfeiffer bemerkte, wie sehr den jungen Mann die Sache mitnahm.

Jetzt lächelte er tapfer. »Sie bat mich, Ihnen mitzuteilen, dass Sie sich weiterhin auf die Lieferungen verlassen können, auch in der Zeit ihrer … Abwesenheit.«

Pfeiffer sah den jungen Mann an. »Darf ich Sie etwas fragen?« Der junge Mann nickte. »Sind Sie der Vater des Kindes?«

Der junge Mann schüttelte energisch den Kopf. »Nein, nein! Nein, ich bin nur ein … nur ein Mitarbeiter.«

Pfeiffer nickte. Es war klar, dass der junge Mann nicht nur ein »Mitarbeiter« war. Und mit Beschämung nahm er zur Kenntnis, dass er Eifersucht auf diesen unscheinbaren Jungspund verspürte.

»Kenn ich Sie nicht irgendwoher?«, fragte er ihn unvermittelt.

»Ich war früher bei Brunner. Vielleicht daher.«

Pfeiffer nickte. »Richtig. Ich kann mich erinnern. Warum arbeiten Sie nicht mehr bei ihm?«

Der junge Mann schwieg eine Weile, zuckte dann mit den Schultern. »Hat sich so ergeben.«

Er lächelte, doch Pfeiffer war klar, dass mehr dahintersteckte.

Als der Gemüsehändler gegangen war, las er noch einmal Brunners SMS.

Hab es in der Zeitung gelesen. Schöner Mist. Wenn du einen Lieferanten suchst, du weißt, wo du mich findest. Ich steh bereit. Jederzeit.

Dann nahm er sein Telefon zur Hand. Er musste zwei Telefonate führen.

Der Anwalt war noch in der Kanzlei. Er war guter Dinge.

»Ich muss Ihnen etwas Lustiges erzählen, Herr Pfeiffer«, eröffnete Girseck das Gespräch. Pfeiffer seufzte und wartete ab. »Wir haben seit zwei Monaten einen neuen Praktikanten. Ausgesprochen netter Junge. Hat im Studium allerdings nur sehr mäßige Noten bekommen.« Girseck lachte. »Der Praktikant heißt Alexander, aber alle nennen ihn nur Lexus.«

»Aha. Und weswegen erzählen Sie mir das?«

»Abwarten«, sagte Girseck. »Der Praktikant wird nicht nur Lexus genannt. Er ist auch der Sohn von Kriminalhauptkommissar Hauk, seines Zeichens Einsatzleiter bei der Razzia am Großmarkt. Wir kennen uns schon lange, und er hat vorsichtig angefragt, ob sein Sohn nicht ein Praktikum bei mir machen könne. Bei den Zensuren des Sohnemanns war er heilfroh, dass er ihn untergebracht hat. Nun, wie gefällt Ihnen das? Ich kenne auch die Staatsanwältin, die den Fall betreut. München ist ein Dorf. Und damit kommen wir zum Kern. Also, Herr Pfeiffer, machen Sie sich keine Sorgen. Bei Ihnen wurde schließlich nichts gefunden, sondern am Großmarkt. Der Journalist, der den Artikel lanciert hat, ist für seine Fake News mehr als bekannt. Niemand nimmt ihn ernst.«

»Das sind gute Neuigkeiten«, sagte Pfeiffer.

»Und dennoch. Die Sache ist ärgerlich. Irgendwas bleibt

immer hängen und wenn die Anschuldigungen noch so absurd sind. Wie es aussieht, wurde bei Ihrer Lieferantin eine erhebliche Menge Kokain gefunden. Arbeiten Sie mit der Firma zusammen?«

Pfeiffer stutzte. »Ja.«

»Nun, ich würde Ihnen dringend raten, die Zusammenarbeit sofort aufzugeben und sich demonstrativ von der Firma zu distanzieren. Besonders jetzt, wo der Zuschlag für die Wiesn bevorsteht.« Der Anwalt seufzte laut und überdeutlich. »Ei, ei, ei, das arme Ding. Das Frauengefängnis in der Schwarzenbergstraße ist derzeit kein Vergnügen. Das hat mir die Staatsanwältin gesteckt. Wegen der hohen Auslastung gibt es keine Arbeit für die Insassen und nur eine Stunde Hofgang, ansonsten Zelle. Und das Kind wurde ihr weggenommen. Sie kann froh sein, dass es nur Kokain war. Bei Heroin sähe die Sache noch mal anders aus. Na ja. Das muss Sie nicht interessieren. Wechseln Sie einfach den Lieferanten.«

Pfeiffer spürte einen Anflug von schlechtem Gewissen. »Und mit welchem Strafmaß muss sie rechnen?«, fragte Pfeiffer.

»Keine Ahnung. Kommt auf den Pflichtl an. Meistens sind die Pflichtverteidiger ... Na ja, kein schlechtes Wort über die Kollegen. Vielleicht findet sie jemanden, der eine Kaution aufbringt, wenn es ihrem Verteidiger gelingt, eine Kaution herauszuschlagen.«

»Wie hoch wäre so eine Kaution?«

»Nun, es geht um ein Kilo Kokain.« Girseck überlegte. »Fünfzig-, sechzig-, vielleicht siebzigtausend. In bar.«

»Könnten Sie eine Kaution von fünfzigtausend für sie herausschlagen?«

»Ich?« Girseck lachte. »Mein Gebiet ist Wirtschaftsrecht, schon vergessen? Mit Giften habe ich nichts am Hut.«

»Und wenn ich Sie bitte? Bei Ihren guten Beziehungen sollte das doch wohl kein Problem sein. Denken Sie an das Kind.«

Girseck lachte erneut. Offenbar nahm er Pfeiffer nicht ab, dass es ihm nur um das Kind ging.

»Ich bitte um Verzeihung, Herr Pfeiffer. Ich muss auf meinen Ruf achten.«

»Verstehe. So wie bei unserer Sache mit der Fahrerlaubnis.«

Einen Moment war es still in der Leitung. Hörbar ernüchtert sagte Girseck schließlich: »Sie drohen mir? Mit der Sache habe ich – mit Verlaub – Ihren Arsch gerettet. Sie hatten damals knapp zwei Promille intus.«

»Ja. Sie haben mir den Arsch gerettet und dafür eine hübsche Zuwendung erhalten. Ich glaube nicht, dass Sie möchten, dass das an die Öffentlichkeit kommt.«

Girseck nahm einen erneuten Anlauf. »Wir kennen uns schon so lange, Herr Pfeiffer. Warum wollen Sie ausgerechnet dieser Frau helfen? Da, wo sie jetzt sitzt, ist sie doch gut aufgehoben, wenn man bedenkt …«

Pfeiffer ließ ihn nicht ausreden. »Bereiten Sie alles Nötige vor. Das wäre es dann.« Er legte auf.

Sein nächster Anruf galt Grath, dem Brauereidirektor. Grath saß wie so oft im »Marktstüberl« im Schlachthofviertel, um zu Abend zu essen. Im Hintergrund war lärmender Betrieb zu vernehmen.

Grath begrüßte ihn weniger überschwänglich als der Anwalt.

»Ja, was ist das für ein Scheiß?«, rief er gegen den allgemeinen Lärm an. »Du weißt schon, dass das die Sache nicht leichter macht.«

Pfeiffer holte tief Luft. »Bullshit«, sagte er. »Da will mir jemand in die Suppe spucken. Und ich weiß auch ganz genau, wer …«

»Das weiß ich schon selber«, fiel ihm Grath ins Wort. »Natürlich steckt der Loibl dahinter. Wer sonst hat die Verbindung zu den Schmierblättern. Das kann er. Die sind ihm alle hörig. Aber das ist den Stadträten erst einmal egal. Wenn die dir in so einer Situation den Zuschlag geben, fällt auf sie ein ganz schlechtes Licht. Und der Floßmann nützt dir da auch nichts.«

Grath bekam offenbar seinen Leberkäse serviert. Er sprach kurz mit der Kellnerin. »Und noch ein Helles«, hörte er ihn rufen.

»Und jetzt?«, fragte Pfeiffer.

Grath seufzte. »Na ja. Gibt schon noch Möglichkeiten.« Er aß offenbar mit der Gabel in der Rechten und dem Handy in der Linken, denn er sprach schmatzend mit vollem Mund.

»Auf was willst du hinaus?«

»Pass auf …« Kurze Pause. Dann ging es mit vollem Mund weiter. »Angesichts der Umstände ist es nun ein deutlich erhöhtes Risiko, dich auf die Wiesn zu bringen. Wenn wir da weiter was tun sollen … Ich meine, was ist dir die Wiesn wert?«

»Ich denke, das haben wir alles längst geklärt.«

»Aber in der Zwischenzeit hat sich eben einiges geändert.«

Wieder hörte man Schmatzen. Offenbar spülte der widerliche Dickwanst sein fettiges Essen mit Bier hinunter. Es kostete Pfeiffer größte Mühe, ruhig zu bleiben. »Wie viel willst du jetzt noch?«, fragte er.

Grath rülpste. »Machst du einen Vorschlag«, sagte er leichthin. »Denk dran, du bist nicht der Einzige, der ein Zelt auf der Wiesn will.«

»Du hörst von mir.«

Pfeiffer legt auf und schloss für einen Moment die Augen. Er würde es ihnen schon noch allen heimzahlen. Aber noch musste er sich zusammenreißen, musste gute Miene zum bösen Spiel machen. Noch war er nicht am Ziel. Aber er stand kurz davor.

Pfeiffer schloss die Schreibtischschublade auf, holte eine Tüte mit Koks hervor. Sein Blick fiel auf die Postkarte, die er hier aufbewahrte. Sie zeigte ihn beim Fotoschießen. Daneben stand Brunner, gut fünfzehn Jahre jünger. Darunter die Schrift »Wiesn 2006«. Das Jahr, als ihm Brunner zu seinem ersten Restaurant verholfen hatte.

Pfeiffer schloss die Schublade, rollte einen Fünfziger auf, verteilte das Pulver auf dem Schreibtisch und zog eine Line.

Dann griff er erneut zum Handy. Er schrieb Brunner eine Nachricht:

Servus. Lass uns gern nächste Woche mal sprechen.

Dann verließ er sein Büro.

Eine halbe Stunde später erreichte Pfeiffer Gräfelfing im Hyundai seines Geschäftsführers, den dieser ihm freundlicherweise zur Verfügung gestellt hatte – er wollte lieber inkognito bleiben. Der Sprecher der Wiesn-Wirte bewohnte hier in einer ruhigen Siedlung eine moderne Villa in Flachbauweise. Pfeiffer stieg aus und stellte sich im Schutz der Abenddämmerung neben ein Mülltonnenhäuschen und beobachtete das nur spärlich erleuchtete Haus. Er überlegte noch, wie er am besten vorgehen solle, als sich plötzlich das automatische Garagentor öffnete. Pfeiffer zog sich hinter ein Auto zurück, das am Straßenrand parkte. Er sah Loibls Frau, die in einen Mini-Cooper stieg, der neben einem dunklen BMW Coupé stand. Im nächsten Moment fuhr sie davon. Dann schloss sich das Garagentor wieder.

Pfeiffer ging zurück zur Villa. Er überlegte zu klingeln. Aber es bestand die Gefahr, dass Loibl ihm einfach die Tür vor der Nase zuschlagen würde. Das konnte er unmöglich riskieren. Er war nicht als Bittsteller hierhergekommen.

Er öffnete leise die Gartenpforte und betrat das Grundstück. Er ging nicht zur Haustür, sondern um das Haus herum. Dort, wo Pfeiffer das Wohnzimmer vermutete, war alles dunkel. Doch hinter dem Haus befand sich ein Gartenhaus, in dem Licht brannte. Pfeiffer ging näher. Die Tür stand einen Spaltbreit offen. Vorsichtig öffnete er sie und trat ein. Er gelangte in einen kleinen Vorraum. Pfeiffer sah zur Linken ein Regal, in dem Handtücher gestapelt waren, zur Rechten eine Liege mit vielen Kissen darauf. Über einem Stuhl hing ein weißer Bademantel. In der Wand vor ihm befand sich eine Tür mit einem Bullaugen-Fenster. Sie führte zweifellos in eine Sauna. Pfeiffer trat vor und sah durch das Fenster. Im dämmrigen Licht saß Loibl auf der oberen Stufe der Treppenkonstruktion, mit hängendem Kopf, die Ellenbogen auf die Knie gestützt, und schwitzte sich die Seele aus dem Leib.

Ohne lang zu überlegen, riss Pfeiffer die Tür auf.

»*Ah! Scheiße! Verdammt! Verdammt!*« Loibl zuckte zusammen und wäre fast von der Treppe gefallen. Jetzt wich er hektisch zurück und zwängte sich in die Ecke, als könnte er seinem Angreifer so entgehen.

Als er Pfeiffer erkannte, entspannten sich seine von Panik entstellten Gesichtszüge ein wenig, aber der Schreck saß ihm noch in den Gliedern. »Pfeiffer! Spinnen Sie? Mein Gott!«

Er schlang das Handtuch, auf dem er bislang gesessen hatte, um seine Hüften und setzte sich aufrechter hin, ein verzweifelter Versuch, seine Würde wiederzuerlangen.

Pfeiffer stellte sich breitbeinig in die Tür. »Jetzt sind Sie einen Schritt zu weit gegangen, Loibl.«

Der Wiesn-Wirt sah ihn verdutzt an. »Zu weit gegangen? Ich habe keine Ahnung, wovon Sie reden.«

»Reden Sie keinen Unsinn. Ich weiß genau, dass Sie mit allen Mitteln zu verhindern versuchen, dass ich die Lizenz bekomme. Die Sache mit der Presse, was soll der Scheiß?«

Loibl hielt inne und hob beschwichtigend die Hände.

»Na gut, lieber Pfeiffer. Lassen Sie uns wie erwachsene Menschen darüber reden.«

»Ich höre.«

Loibl deutete dabei auf seinen Bademantel. »Würden Sie bitte …?« Loibl bedeutete ihm mit einer kreisenden Handbewegung, sich umzudrehen. Pfeiffer überlegte, ob das ein Trick war, um zu entkommen. Ein idiotischer Gedanke. Wie in aller Welt sollte er aus der kleinen Sauna entkommen? Pfeiffer drehte sich um, wartete, bis Loibl den Bademantel angezogen hatte. Gemeinsam betraten sie den Vorraum, und Loibl warf prüfende Blicke um sich, um zu kontrollieren, ob sie allein waren. Schließlich ging er zu einem kleinen Schränkchen.

Er sah Pfeiffer fragend an. »Sie gestatten? Ein Schlückchen Rum?«

Pfeiffer nickte. Loibl öffnete das Schränkchen, holte eine Flasche Rum hervor und schenkte sich großzügig einen Schwenker ein. Er war zu nervös, um Pfeiffer auch einen anzubieten.

»Ich begreife Sie nicht, Pfeiffer«, sagte er, nachdem er einen ersten Schluck genommen hatte. »Ich will ja gern, aber ich versteh's nicht. Was wollen Sie?«

»Was haben Sie gegen mich?«

Pfeiffer glaubte zu erkennen, wie der Schreck in Loibls Gesicht einem Ausdruck von Mitleid wich. Loibl nahm einen weiteren Schluck, dann stellte er sein Glas beiseite und ließ sich in einen Korbstuhl fallen, wo er majestätisch thronte. Pfeiffer nahm wahr, wie sein eigener Status dadurch schwand.

»Viele glauben, dass in Bayern die Welt noch in Ordnung ist, lieber Pfeiffer. Ich kann diese Meinung bis zu einem gewissen Grad nachvollziehen. Ich meine, waren Sie schon mal da oben? Ruhrpott? Brandenburg?« Loibl sprach hektisch, die Worte überschlugen sich fast. »Wir laufen hier in lustigen Lederhosen oder Dirndlkleidern herum, die Kühe scheißen unsere sattgrünen Wiesen voll, im Hintergrund kitschig blaue Berge. Als Österreicher verstehen Sie die Münchner Mentalität vielleicht besser. Doch für mich ist das alles nur Fassade, Pfeiffer, reine Tarnung. Ich sage Ihnen eins – ich atme die Luft dieser Stadt seit meiner Geburt – und gerade wegen ihrer scheinbaren Idylle stinkt sie noch mehr nach Geld und Macht wie anderswo.«

Pfeiffer hielt die Blick starr auf Loibl gerichtet. Er wusste nicht, ob Loibls Schwitzen noch von der Hitze der Sauna herrührte oder von seiner Angst, die er mit seiner Plauderei zu kaschieren versuchte. Er ließ ihn reden.

»Sehen Sie, ich betreibe mein Zelt seit über zehn Jahren. Sie machen sich keine Vorstellung, unter welchem Druck wir Wiesn-Wirte stehen. Wir werden mit Argusaugen beobachtet, und ich als Sprecher stehe ganz besonders in der Verantwortung. Die anderen Wiesn-Wirte meinen, ich habe Glück, weil mein Zelt nicht der Brauerei gehört, mit der ich mich herumärgern und den Bossen Jahr für Jahr kiloweise den Puderzucker in den Arsch blasen muss, damit der Pachtvertrag verlängert wird. Mein Zelt gehört einem Verein. Und natürlich lasse ich mich auf dessen Jahreshauptversammlung sehen, mache ein paar Fotos, esse einen Schweinsbraten, eventuell auch den Knödel, doch vor dem Dessert spätestens verschwinde ich. Hauptsache, ich bezahle brav die Rechnung, wenn im Vereinsheim ein Scheißhaus verstopft ist oder das Dach neu gedeckt werden muss. Der Vorstand mag mich deswegen, und ich werde wiedergewählt.«

Reden konnte Loibl, das musste Pfeiffer ihm zugestehen. Er verstand es geschickt, sein Gegenüber für sich einzunehmen. Pfeiffer musste auf der Hut sein. Bevor Loibl weiterreden konnte, hob er die Hand. »Ich frage noch mal, Loibl. Was haben Sie gegen mich? Liegt es an der Bewerbung?«, fragte er.

»Ich bitte Sie!«, sagte Loibl und verzog das Gesicht. »Nicht doch. Ich habe mir Ihre Bewerbungsunterlagen angesehen. Sie erfüllen in vielen Bereichen den Punktekatalog der Stadt. Was ich sagen will – ich habe schon viel gesehen und kenne alle Tricks. Und Tricksen tun wir alle. Wer ohne Schuld ist, werfe den ersten Stein, nicht wahr. Will man als besonders nachhaltiger Betrieb ausgezeichnet werden, investiert man in Elektromobilität, gönnt sich und seiner Familie privat E-Bikes. Will man für Radi und Radieserl ein Siegel für geprüfte Qualität aus Bayern, kauft man einmal bei einem Lieferanten, der dort gelistet ist, die restlichen fünfzehn Wiesn-Tage kauft man den billigen konventionellen Dreck dort, wo er vom Laster gefallen ist. So sind die Menschen, Pfeiffer. Alle. Meinen Sie, ich weiß nicht, warum der Herr Oberbürgermeister bei mir am Stammtisch sitzt? Der kommt nicht wegen dem Bier. Nein, der kommt, weil er bei mir den Ministerpräsidenten trifft und anbettelt, sein Kabinett soll die Altersobergrenze für Kommunalpolitiker erhöhen, damit er wiedergewählt werden kann. Weil er weiß, dass der Wirtschaftsreferent bereits an seinem Stuhl sägt, indem er als Verantwortlicher der Wiesn das Volksfest medial für seine Bewerbung benutzt. Sehen Sie sich den Mann doch an – kann kaum bis drei zählen, hat aber einen Auftritt in den sozialen Medien wie ein professioneller Influencer.«

Als Pfeiffer Anstalten machte, ihn erneut zu unterbrechen, hob Loibl die Hände. »Jetzt zu Ihnen, Pfeiffer«, fuhr er eilig fort. »Die Liste derer, die die Lizenz wollen, ist lang. Die meisten von den Anwärtern führen Traditionsgaststätten. Oft sind es Familienbetriebe wie wir, in der zweiten und dritten Generation. Wie lang sind Sie Gastronom? Fünfzehn Jahre? Noch nie hat es jemand in so kurzer Zeit auf die Wiesn geschafft, Pfeiffer, das wissen Sie doch selbst.«

»Was wollen Sie damit sagen?«, fragte Pfeiffer misstrauisch.

»Nun, ich habe vor der Presse bei der einen oder anderen Gelegenheit nur wiederholt, was man ohnehin so munkelt.«

»So? Und was munkelt man so?«

Loibl sah ihn jetzt geradezu herausfordernd an. »Dass bei Ihren Restaurants nicht alles mit rechten Dingen zugeht.«

Pfeiffer lachte verächtlich. »Nicht mit rechten Dingen zugeht? Was wirft man mir denn vor? Dass ich mit der Mafia zusammenarbeite?«

Jetzt lachte auch Loibl. »Na, das wohl gerade nicht. Um Himmels willen, Pfeiffer, glauben Sie mir, es ist nichts Persönliches gegen Sie.«

»Rufschädigung ist also nichts Persönliches.«

»Mit Verlaub, ich habe es nicht nötig, Ihren Ruf zu schädigen. Das tun Sie schon selbst, mein lieber Pfeiffer. Indem Sie hier auftauchen. In meinem Privathaus!«

Der Wiesn-Wirt glaubte, Oberwasser gewonnen zu haben, was Pfeiffer für einen Moment aus dem Konzept brachte. Er schwieg.

»Was wollen Sie mit Ihrem Erscheinen bezwecken, Pfeiffer? Es ist doch ein weiteres Armutszeugnis. Erst benutzen Sie meinen Sohn, um mir zu drohen, nun dieser Besuch, von dem Sie was genau erwarten? Dass wir Freunde werden? Wohl eher nicht. Was folgt als Nächstes? Brechen Sie mir die Arme, damit ich die Blaskapelle beim Anstich nicht dirigieren kann?«

Pfeiffer sah Loibls triumphierendes Lächeln. Er spürte eine aufsteigende Hitze. Er war fest entschlossen, sich von Loibl nicht unterkriegen zu lassen. Mit festem Blick konfrontierte er ihn: »Und was wäre, wenn es stimmt?«

»Wenn was stimmt?«

»Dass ich mit der Mafia zusammenarbeite?«

Loibls Lachen gefror. Man sah ihm an, dass ihm die Wendung des Gesprächs nicht gefiel.

Pfeiffer setzte nach: »Ihnen ist klar, was die Mafia mit Leuten macht, die sich ihr in den Weg stellen.«

»Was reden Sie denn da, Pfeiffer?«

»Und mit ihren Familien. Denken Sie an Ihre Frau, Ihren Sohn.«

»Pfeiffer, jetzt reicht's. Damit scherzt man nicht.«

Pfeiffer ging zu Loibl, griff ihm an die Kehle und drückte zu. Loibl hatte nicht damit gerechnet. Ein überraschter Schrei erstarb zu einem heiseren Röcheln. »Ich scherze nicht, Loibl. Und sage dir eins – stell dich mir nicht in den Weg, wenn das hier für dich gut ausgehen soll. Verstanden?«

Loibl sah ihn mit großen Augen an. Pfeiffer drückte fester zu. »Verstanden?«, wiederholte Pfeiffer scharf. Loibl nickte verkrampft. Damit wandte sich Pfeiffer ab und ließ Loibl schwitzend und zitternd zurück.

KNOCK-OUT 47

Corinna war noch nicht zu Hause. Sie war nach der Arbeit noch in ein Fitnessstudio gefahren, wo am Montag »Ladies Only«-Tag war. Aber Brunner hatte alles vorbereitet. Er war extra noch mal losgefahren und hatte im Feinkostladen eingekauft: Kaminwurzen, Kartoffelsalat, ein paar Scheiben Rollbraten, Gewürzgurken. Zudem drei Flaschen Weißwein. Als Corinna schließlich kam, standen zwei Teller und zwei Weingläser auf dem Esstisch im Wohnzimmer. Die kalten Köstlichkeiten hatte Brunner hübsch auf einem Silbertablett dekoriert. Er öffnete eine Flasche Wein und schenkte ihnen ein.

»Was ist los? Gibt es was zu feiern?«

»Vielleicht. Pinot Grigio. Barrique. Kommt aus Südtirol. Probier mal.« Brunner reichte ihr ein Glas.

Corinna stellte es gleich wieder ab. »Ich ziehe mich erst um.«

Nach zwanzig Minuten kam sie wieder. Brunner hatte sein Glas bereits zur Hälfte geleert.

»Setz dich. Ich stell den Topf noch mal auf den Herd«, sagte er und verschwand kurz in der Küche.

Corinna hörte, wie er piepend den Timer einstellte.

»Was gibt's denn?«, rief sie in die Küche.

»Rollbraten«, sagte Brunner und kam wieder zu ihr zurück.

»Aha.«

»Nimm derweil eine Kaminwurzn.« Er setzte sich. »Ich war

beim Meyr, der hat die besten. Oder hier – Kartoffelsalat. Hausgemacht.«

»Okay.« Corinna nahm ihr Glas. Sie trank, ohne mit Brunner anzustoßen.

»Und? Wie ist er?«

»Ja. Gut, ja.«

»Ich kenn den Winzer von einem Sommelier-Abend, bei dem ich im letzten Sommer war. Kommt ganz aus der Nähe von unserem Grundstück. Unsere Hänge sind für die Reben ideal. Von dem können wir viel lernen. Beste Nachbarschaft sozusagen.«

»Wann willst du eigentlich da hin?«

»Also …« Brunner holte tief Luft. »Ich habe mal mit den Architekten geredet. Nächstes Jahr könnten wir beginnen. Bis dahin organisiere ich alles für den Verkauf, und du kannst bis dahin schon mal runtergehen und dich etwas einleben.«

»Moment.« Corinna hatte einen weiteren Schluck Wein getrunken. Jetzt stellte sie das Glas abrupt ab. »Ich gehe also nach Südtirol. Verstehe ich das richtig?«

»So habe ich es mir gedacht, ja.«

»Und du willst die Firma jetzt doch verkaufen? Bei den sinkenden Umsatzzahlen kriegen wir keinen guten Preis, hast du gesagt.«

»Vielleicht sinken sie ja bald nicht mehr. Pfeiffer hat mir eine Nachricht geschickt. Er ist wieder an einer Zusammenarbeit interessiert.«

»Was ist mit der jungen Frau geworden, bei der die Razzia war? Sie hat Pfeiffer doch beliefert?«

»Keine Ahnung, nicht mein Bier.«

»Und Sepko? Der arbeitet doch bei ihr.«

»Ganz ehrlich, die beiden sind mir scheißegal. Ist nicht mein Problem. Du kennst Sepko lange genug und auch seine Vergangenheit. Er hat uns beklaut. Ich hab ihn auf frischer Tat ertappt. Und dass er mit Drogen zu tun hat, ist ein offenes Geheimnis. Früher oder später musste es so kommen. Wir können froh sein, dass es nicht bei uns war.«

In der Küche piepte es und Brunner stand auf und holte den Topf mit dem Rollbraten. Er gab sich und Corinna jeweils eine Scheibe auf den Teller, dazu noch Soße und Kartoffelsalat.

»Guten Appetit«, sagte er freundlich und griff zu Messer und Gabel.

Corinna sah gedankenverloren vor sich hin. »Irgendwie tut sie mir leid. Sie hat ein kleines Kind, soweit ich weiß.«

Brunner zuckte nur mit den Schultern, trank einen Schluck Wein, aß dann schweigend weiter.

Corinna sah ihn an. »Wir haben auch immer tricksen müssen, um mit der Firma durchzukommen. Oder etwa nicht? Da ging auch nicht immer alles mit rechten Dingen zu.«

Brunner verzog das Gesicht. »Tja. Jedem das Seine.«

Corinna sah ihren Mann prüfend an. Brunner entging das nicht. Er sah auf.

»Was ist? Hast du keinen Hunger? Der ist auch vom Meyr«, sagte er und zeigte auf den Kartoffelsalat.

»Hast *du* was damit zu tun?«

Brunner machte große Augen. »Mit was?«

»Der Razzia.«

»Was? Nein.« Er aß weiter.

Aber Corinna taxierte ihn weiterhin. »Georg. Sei ehrlich.«

Brunner lächelte, als würde ihn der Gedanke amüsieren. Tatsächlich spürte er, wie ihm die Hitze ins Gesicht stieg. »Na, hör mal. Sie haben ein Kilo Koks bei ihr gefunden. Wie sollte ich an so was rankommen?« Corinna sah ihn weiterhin nur an. Brunners Blick wurde ernst. »Corinna, warum sagst du so etwas?«

»Weil ich dich kenne. Wahrscheinlich besser, als du denkst.«

Brunner nahm eine Gabel voll Kartoffelsalat. Kaute wütend. »Du spinnst«, brummte er und sah vor sich auf den Teller.

Nach einer Weile begann Corinna zu sprechen. Ihre leise Stimme hatte etwas Bedrohliches. »Weißt du, Georg. Ich habe mich damit abgefunden, dass du dich über mich lustig machst, weil ich versuche, eigene Wege zu gehen, ein eigenes Leben zu führen, mich selbst zu finden. Auch, dass du hinter meinem Rücken ins Puff gehst. Ich dulde es, um meine Ruhe zu haben. Aber glaub ja nicht, dass ich dein Verhalten gutheiße. Immer hast du gesagt, Sepko sei wie ein Sohn für dich. Und dann beauftragst du ihn, einen Menschen für dich ins Koma zu schlagen. Das sind Mafia-Methoden, weißt du das? Klar, er hat dich hintergangen. Aber bist du besser? Du bescheißt den Staat, du bestichst die Köche, damit sie bei dir einkaufen, und jetzt machst du eine kleine Konkurrentin fertig, weil sie dir einen Kunden weggeschnappt hat. Ich sehe es dir doch an. Du schämst dich nicht einmal dafür. Im Gegenteil, du hast deine Freude daran. Unser ganzes Leben ist auf Betrug und Lüge aufgebaut. Ich habe das immer hingenommen. Aber ich will das nicht mehr, Georg. Ich will das nicht mehr.«

Brunner legte Gabel und Messer beiseite. »Was soll das heißen?«, fragte er.

Corinna stand auf. »Ich will das nicht mehr«, wiederholte sie.

»Was soll das heißen, *ich will das nicht mehr*!«, schimpfte Brunner. Er stand auf, griff sie fest am Arm.

Sie schüttelte ihn ab. »Lass mich los!«

Brunner trat auf sie zu. »Meinst du, ich habe das Anwesen in Südtirol zu meinem Privatvergnügen gekauft? Das Haus ist für uns! Für dich und mich! Verstehst du?«

»Ich will dein Anwesen nicht. Was soll ich da? Du alter Egoist. Frage mich doch einfach mal! Rede mit mir, verdammt!«

»Ich war immer für dich da! Ich mach Tag für Tag diesen Scheißjob, damit du hier im Luxus leben kannst.«

»Luxus?«

»Für mich ist das Luxus. Aber für die Tochter vom Herrn Bankdirektor reicht es wahrscheinlich nicht.«

»Lass meinen Vater da raus. Du weißt, mir war seine Meinung nie wichtig. Es ist nicht mein Problem, wenn ihr nicht miteinander konntet.«

»Jetzt mach aber mal halblang. Wer hat denn deinen Naturheil-Scheißdreck bezahlt? Keine Krankenversicherung hat das erstattet. Aber – *Chemo bringt ja nix.* Deine Worte! Was hat es gebracht? Irgendwann war sie doch unvermeidlich und die Titten haben sie dir auch abgenommen …« Brunner brach ab, er wusste, dass er zu weit gegangen war.

Corinna schnappte nach Luft. »Du … Du widerst mich an«, stieß sie hervor. »Ich danke Gott jeden Tag dafür, dass er mir kein Kind von dir geschenkt hat. Und weißt du was? Fick ruhig deine rumänischen Kinder. Die werden wenigstens bezahlt dafür, dass sie dir den Orgasmus vortäuschen, den du ihnen nicht besorgen kannst!«

Brunners Faust traf Corinna mitten im Gesicht. Sie ging zu Boden. Blieb reglos liegen.

»Scheiße. Corinna.« Brunner kniete sich neben sie, umfasste ihre Schulter. »Corinna!« Brunner schüttelte sie.

Endlich regte sie sich. Brunner wollte ihr aufhelfen.

»Lass mich«, sagte sie leise und erhob sich mühsam.

Dann verließ sie langsam den Raum und ging nach oben.

Brunner blieb zurück. Eine Weile betrachtete er das Silbertablett mit den Köstlichkeiten von der Metzgerei Meyr. Dann beugte er sich vor und schleuderte es mit einer heftigen Bewegung vom Tisch.

48 GESCHAFFT

Und dann ging plötzlich alles sehr schnell. Am Dienstag und Mittwoch erhielt Pfeiffer mehrere Anrufe. »Schorsch« Hagmeier, der Ministerpräsident, wollte ihn sprechen und machte Andeutungen. Floßmann der Wirtschaftsreferent rief an und zeigte sich zuversichtlich. Brauereidirektor Grath meldete sich und berichtete, dass er mit Loibl gesprochen habe, der erstaunlich handzahm geworden sei. Für Donnerstag war eine Sitzung des zuständigen Verwaltungsreferats anberaumt worden, bei dem auch der Bürgermeister anwesend sein würde. Am Freitag stand die Entscheidung fest: Pfeiffer erhielt den Zuschlag für die Lizenz, nachdem sich auch Oberbürgermeister Drösel für die Personalie ausgesprochen hatte.

Am nächsten Vormittag war Pfeiffer zu einem kleinen Empfang im Gasthaus Neuburger am Dom geladen, wo die gute Nachricht im kleinen Rahmen gefeiert werden sollte. Alle waren gekommen. Floßmann und Grath präsentierten sich an vorderster Front. Der feiste Brauereidirektor fing Pfeiffer am Buffet ab.

»Gratuliere. Haben wir es ja doch noch hingekriegt?«

Wir?, dachte Pfeiffer.

Grath tippte ihm mit einem dicken Zeigefinger gegen die Brust. »Vielleicht denkst du bei Gelegenheit an das Geld.«

Pfeiffer sah den untersetzten Kerl in seinem Trachtenanzug mit einem hasserfüllten Blick an. »Einen Dreck werde ich tun. Wie war das noch mal? *Es wird schwierig*? Hier mein Vorschlag. Du vergisst die Sache ganz schnell wieder, noch mehr Schmiergeld gefordert zu haben. Ist besser für uns beide, glaub mir.«

»Vorsicht, gell! Das Zelt ist schneller weg, als du denkst. Ich brauch nur mit den richtigen Leuten reden. Willst du das?«

»Die Frage ist, willst *du* das? Mach nur. Rede mit den Leuten und ich werde dich auflaufen lassen. Ich sehe die Schlagzeile schon vor mir – *Korruption bei der Wiesn* … Ein gefundenes Fressen für die Medien.« Pfeiffer lächelte müde. »Für den Konzern drüben in Brasilien bist du nur eine ganz kleine Nummer. Das ist dir hoffentlich klar. Wenn du in Schwierigkeiten gerätst, lassen die dich ganz schnell fallen. Dann kannst dich wieder hinter den Tresen stellen und Bier zapfen. Ich habe dann vielleicht keine Wiesn, aber meine Restaurants reichen zum Leben. Und du? Keine Premieren, keine Eröffnungsfeiern, keine Nutten, die du über deine Spesenabrechnungen bezahlst. Deine Frau und deine Kinder werden sich bestimmt freuen.«

Grath warf ängstliche Blicke um sich, ob sie auch niemand hörte. »Aber jetzt beruhig dich doch, Pfeiffer. Herrgott. Warum denn gleich so aggressiv? Jetzt feiern wir erst mal den Erfolg, gell?« Damit wandte er sich ab, um ein paar Takte mit Floßmann zu reden.

Nach einer knappen Stunde war die Veranstaltung vorüber. Pfeiffer verließ das Lokal. Es war kurz nach zwölf. Der Himmel war bedeckt, erste Regentropfen fielen. Pfeiffer öffnete die Anrufliste seines Handys. Kein Anruf von Lene. Er versuchte, sie zu erreichen, aber das Telefon war nach wie vor abgeschaltet. Seit gut einer Woche hatte er von ihr nichts mehr gehört.

49 IN FREIHEIT

Zur gleichen Zeit, keine zehn Kilometer entfernt, verließ eine erschöpfte Lene die Justizvollzugsanstalt in der Schwarzenbergstraße. Es regnete. Sie hatte Sepko gebeten, sie abzuholen. Er wartete schon auf sie, stieg aus seinem Auto, öffnete ihr die Beifahrertür. Sie ging auf ihn zu. Sie trug dieselbe Kleidung wie am Morgen der Razzia vor einer Woche. Sepko machte Anstalten, sie in den Arm zu nehmen, schien sich aber nicht zu trauen.

»Fahren wir?«, fragte Lene.

Sepko nickte nur stumm.

Auf dem Mittleren Ring herrschte starker Verkehr, der Regen hatte zugenommen.

»Ist die Musik okay?«, fragte Sepko. Aus dem Radio drang unauffälliges Popgedudel.

»Kannst ausmachen.« Lene hatte den Kopf an die Kopfstütze gelehnt. Jetzt wandte sie ihn in seine Richtung.

»Und? Das Geschäft läuft?«, fragte sie.

»Ja, klar. Wir haben alles im Griff«, antwortete Sepko. Er versuchte Zuversichtlichkeit auszustrahlen. »Und wie geht's dir?«

»Pff«, machte Lene und sah wieder aus dem Fenster.

Den Rest der Fahrt schwiegen sie. Eine Viertelstunde später parkte Sepko das Auto vor Lenes Wohnung. Gemeinsam gingen sie nach oben. Vor der Wohnungstür blieben sie stehen. Die Tür war aufgebrochen worden, das Schloss ausgetauscht. Lene hatte von der Polizei neue Schlüssel erhalten. Die Kosten hatte natürlich sie zu tragen. Es herrschte Stille im Treppenhaus, nur das leise Rauschen der Stadt war zu hören. Unten verließ ein Mieter das Haus. Dann trat wieder Stille ein. Schließlich öffnete Lene die Tür.

Vorsichtig trat sie ein, Sepko folgte ihr. Sie sahen in die Küche.

»O Gott«, hauchte Lene.

Alle Schubladen waren herausgerissen worden, Schränke leer geräumt. Alles Mögliche lag und stand auf dem Boden: Lebensmittelvorräte, Töpfe und Pfannen, Teller und Besteck. Der Kühlschrank stand offen. Man roch das verrottete Gemüse. Ein Blumentopf mit einer Basilikumpflanze war auf dem Tisch entleert worden. Die Erde war zu einem staubigen Pulver getrocknet.

In den anderen Zimmern bot sich ihnen das gleiche Bild. Lenes gesamter Hausrat war auf dem Boden, den Betten, der Couch ausgebreitet worden. Man musste aufpassen, wohin man seinen Fuß setzte, um nicht auf einen Bilderrahmen, ein Buch oder ein Kleidungsstück zu treten. In Lucas Zimmer hockte Lene sich hin und begann mechanisch, die Spielsachen zusammenzuräumen und an ihren Platz zu stellen.

Sepko trat neben sie. »Lass uns das morgen machen«, sagte er ruhig.

»Luca kommt am Montag. Ich will … ich will …« Ihre Lippen begannen zu zittern. »Ich will …«

Lene nahm das Feuerwehrauto, das Luca von Pfeiffer geschenkt bekommen hatte, betrachtete es. Die Leiter war abgebrochen. Sepko kniete sich zu ihr.

»Die Arschlöcher«, sagte er.

»Nicht so schlimm«, sagte sie mit tränenerstickter Stimme. »Im Gefängnis wurde mir gesagt, ich soll alles aufschreiben, was kaputtgegangen ist. Es wird ersetzt.«

Sie wischte sich eine Träne aus dem Auge. Ihr Blick fiel auf die Holzeisenbahn, die Luca vor einer Woche aufgebaut hatte. Sie war schief und krumm von den Tritten der Polizisten, einzelne Schienen fehlten. Lene richtete die Schienen wieder gerade, und Sepko stellte die Züge und Waggons wieder aufs Gleis. Bis die Anlage wieder intakt war.

»Ich will hier weg«, sagte Lene.

»Du kannst zu mir kommen. Wenn du willst.«

»Ich habe Hunger.«

»Soll ich was kochen?«

Lene nickte.

Sie erhoben sich.

Im Flur ließ Lene noch einmal den Blick durch die Wohnung schweifen. Dann wandte sie sich um und ging. Sepko folgte ihr.

»Auf was hast du Hunger?«, fragte Sepko, als sie wenig später seine Wohnung betraten.

»Egal. Hauptsache lecker.«

»Lecker ist immer gut.«

Sepko klappte den Laptop auf und ließ eine Playlist laufen.

»Ich würde gern ein Bad nehmen«, sagte Lene.

»Ja, logo. Das heißt – ich hab nur eine Dusche.«

»Dusche ist auch okay.«

Er ging zum Badezimmer. »Da sind Handtücher«, sagte er und zeigte auf ein Regal. »Sorry für die Unordnung. Hab nicht aufgeräumt.«

Lene warf ihm einen spöttischen Blick zu. *Was soll ich erst sagen.*

Sepko machte Anstalten, die schmutzige Wäsche vom Boden aufzuheben, während Lene schon anfing, sich auszuziehen.

»Okay«, sagte er, »mach ich später«, und warf die Wäsche wieder auf den Boden. »Ich geh kurz einkaufen.« Damit verließ er das Badezimmer.

Von drinnen hörte er Lene. »Shit. Ich habe mein ganzes Zeug zu Hause gelassen. Kannst du mir eine Zahnbürste mitbringen?«

»Klar.« Sepko verließ das Haus.

Als er nach einer knappen halben Stunde zurückkehrte, lief im Badezimmer immer noch die Dusche. Sepko begann die Einkäufe auszupacken. Er hörte, wie Lene die Dusche abdrehte. Aus den integrierten Lautsprechern des Laptops plärrte ein schrecklicher Malle-Hit. Sepko drückte die Pfeil-Taste. Zu Rod Stewart – »Some guys have all the luck« – packte er weiter aus.

Lene trat in die Tür. »Sorry, ich habe ein paar von deinen Sachen angezogen.«

Sepko drehte sich um. Lene stand in seinem weißen, viel zu großem T-Shirt und seiner viel zu großen Jogginghose vor ihm, war barfuß und hatte das Handtuch um den Kopf gewickelt.

»Hier.« Sepko reichte ihr die Zahnbürste.

»Danke.« Sie drehte sich um und ging noch einmal ins Badezimmer.

Also sie zurückkam, betrachtete sie den Kasten Bier, der unter dem Tisch stand. »Ist da noch eins drin?«

»Denke ja.«

»Und ich denke, ich brauch eins.«

Sepko öffnete zwei Flaschen und sie tranken. Dann stellte er zwei Foodboxen auf den Tisch.

»Vorspeise. Bami Goreng vom ›Coco Hut‹. Ist unten an der Ecke. Hat das beste asiatische Essen der Stadt, finde ich. Ist auch unser Gemüse. Und nicht teuer.«

Sie setzten sich und begannen zu essen.

»Was machen unsere Kunden?«, fragte Lene und langte ordentlich zu.

»Die meisten haben gar nichts mitbekommen«, sagte Sepko, nachdem auch er begonnen hatte zu essen. »Pfeiffer hat ein paar Mal angerufen. Aber insgesamt lief alles gut. Cookie hat Vollgas gegeben.«

»Ein Kilo«, sagte Lene unvermittelt. Sie legte ihre Stäbchen beiseite und lehnte sich auf ihrem Stuhl zurück. »Sag mir ganz ehrlich – hast du was damit zu tun?«

»Nein!« Sepko war entsetzt, dass sie so etwas denken konnte.

Lene nickte. Sie schien ihm zu glauben. Doch sie musterte ihn weiterhin. »Warum hast du es mir nicht erzählt?«

»Was erzählt?«

»Ich habe es im Gefängnis erfahren, Sepko. Als ich dich als Kontaktperson angeben wollte. Für Luca. Sie wollten ihn dir nicht geben. Wegen der Sache damals.«

Sepko holte tief Luft. »Ich hab damals Scheiße gebaut, Lene. Ich bin wirklich nicht stolz darauf. Aber das Kapitel liegt hinter mir, glaub mir.«

Lene trank einen Schluck. »Ich glaub dir. Weil ich dich mag.«

Lene sah ihn eindringlich an. Sepko spürte, wie er rot wurde. Als die Shuffle-Funktion am Laptop wieder einen schlimmen Ballermann-Hit zutage förderte, sprang Sepko auf.

»Sorry«, sagte er und drückte die Pfeil-Taste.

Lene trank das Bier leer, lehnte sich zurück und lauschte der Musik von Bon Iver.

Sepko blieb stehen, faltete die Hände wie ein Chefkoch, der den nächsten Gang ankündigt. »Ich mache ein paar Wraps. Ist das okay?«

Lene nickte. »Da ist sehr okay.« Sie nahm die leeren Foodboxen in die Hand. »Müll?«

»Hier.« Sepko deutete unter das Waschbecken.

Lene hatte das Handtuch vom Kopf genommen. Sepko sah,

wie ihr nasses Haar über ihre Schultern fiel, ihre Brust sich unter dem weiten T-Shirt abzeichnete. Er redete drauflos, um sich abzulenken.

»Erbsen-Patties. Haben viele Proteine. Willst du Avocado? Oder lieber Chimichurri?« Er stellte sich ans Waschbecken, um den Salat zu waschen. Ein neuer Song hatte angefangen. »Wer singt das?« fragte Sepko.

Es kam keine Antwort. Stattdessen spürte er, wie Lene ihn von hinten umfasste und sich an ihn schmiegte. Sie griff nach seinen nassen Händen. Sepko hielt sie einen Moment fest. Dann drehte er sich um, strich mit der Hand über ihre Arme. Er zitterte, Lene zitterte. Der Wasserhahn lief. Lenes Haar duftete. Ihre Hand strich durch sein Haar. Sie zog seinen Kopf zu sich. Küsste ihn. Sepkos Brust brannte. Beide taumelten Richtung Wohnzimmer, landeten auf der Couch. Überließen sich ihrer Lust.

50 ÜBERRASCHUNG

Als Sepko in seinem Bett erwachte, war es draußen noch dunkel. Er tastete neben sich. Lene. Er atmete auf. Er hatte es nicht geträumt. Die Straßenlaterne draußen warf einen schwachen Schein ins Schlafzimmer. Sepko konnte den Blick nicht von Lene lassen. Als sie sich zu ihm herumdrehte, landete sie mit dem Oberkörper auf seinem Arm, sodass er ihn nicht mehr bewegen konnte. Sie schmiegte sich an ihn. Er roch ihr Haar. Der Duft machte ihn verrückt. Er streichelte es, küsste es. Davon erwachte Lene. Als sie ihn erkannte, lächelte sie schlaftrunken. Er strich ihr eine Haarsträhne aus dem Gesicht, sie streichelte seine Wange. Sepko spürte einen lustvollen Schauer. Sie umschlang seine Hüfte mit ihren nackten Beinen. Sie sahen sich in die Augen. »Ich liebe dich.« Sepko war nicht sicher, ob er sich ihre Worte gerade nur eingebildet hatte. Vielleicht träumte er ja doch. Lene schenkte ihm erneut ein Lächeln. Nein, er träumte nicht. Sie pressten ihre Lippen aneinander. Und schliefen ein weiteres Mal miteinander.

Sepko wachte erneut von der Sonne auf, die ins Zimmer schien. Lene schlief fest. Sepko ging ins Bad. Zum Frühstück saßen sie am Küchentisch in Unterwäsche, tranken Kaffee, aßen Croissants. Lene hatte sich eine Bettdecke über die Schultern gelegt. Sie aßen schweigend. Sepko machte keine Musik an. Er genoss die friedvolle Stille.

Als sie fertig waren, erhob sich Lene. »Wollen wir?«

»Yep.«

Sie zogen sich an und fuhren zu ihrer Wohnung. Sepko hatte seinen Werkzeugkoffer dabei. Als Erstes schraubte er die Fußleisten wieder an, die die Polizisten auf der Suche nach einem Drogenversteck abgerissen hatten. Dann half er Lene beim Aufräumen. Es ging schneller als gedacht. Am frühen Abend sah die Wohnung wieder tadellos aus.

»Wie neu«, sagte Sepko.

Lene seufzte. »Ich glaube, ich kann hier nicht mehr sein.«

Sepko hätte Lene liebend gern angeboten, zu ihm zu ziehen. Doch mit Luca war das nicht möglich. Dafür war seine Wohnung viel zu klein.

»Wir könnten uns etwas Neues suchen«, sagte Sepko leichthin.

Doch Lene tat, als habe sie ihn nicht gehört. Sie drehte sich um ging ins Badezimmer.

Im Badezimmer schloss Lene die Tür ab. Sie holte ihr Handy hervor, legte die SIM-Karte ein. Unzählige Anrufe in Abwesenheit und Nachrichten von Pfeiffer. *Wo bist du? Alles in Ordnung?*

»Hast du Hunger?«, rief Sepko im Flur. »Soll ich uns Döner holen?«

»Gute Idee! Hast du Geld?«, rief sie zurück.

»Ja, kein Problem. Ich bin gleich wieder da.«

Schon war er verschwunden.

Lene wählte Pfeiffers Nummer.

Er hob ab.

»Na endlich, ich habe mir schon Sorgen gemacht.«

»Ich hatte im Gefängnis kein Handy.«

»Seit wann bist du draußen?«

Lene zögerte. »Seit gestern.«

Eine Weile herrschte Schweigen. »Wer hat dich abgeholt?«, fragte Pfeiffer schließlich.

»Sepko. Mein Mitarbeiter.«

Pfeiffer schwieg wieder.

»Bist du noch da?«, fragte Lene.

»Ja. Wann kommt dein Kind?«

»Der Anwalt meint am Dienstag.«

»Sehr gut.«

»Ja.«

»Eigentlich dauert es länger. Aber ich habe Girseck ordentlich Druck gemacht, dass er seine Beziehungen spielen lässt.«

»Danke.«

»Ich habe übrigens eine Überraschung für dich. Wo bist du?«

»Zu Hause.«

»Gut. Dann hole ich dich ab. Wir gehen aus.«

Lene war klar, dass sie Pfeiffer den Wunsch nicht ausschlagen konnte. »Okay. Aber ich …«

Pfeiffer ließ sie nicht ausreden. »Perfekt. Ich bin in einer Stunde da.«

Während Sepko auf die Döner wartete, rief Cookie an.

»Hi, Sepko, mein Freund.«

Er klang aufgekratzt, im Hintergrund war laute Musik zu hören, Partylärm.

»Der Porsche-Paule feiert heute. Bock, vorbeizukommen?«

»Du, tut mir leid. Heute nicht.«

»Na ja. Vielleicht überlegst du es dir und meldest dich.«

Sepko legte auf. Kurz darauf kam ein Foto: Cookie zwischen zwei vollbusigen Mädels. Ihre Shirts zeigten mehr, als dass sie verbargen. Es war nicht schwer zu erkennen, wo Cookie sich aufhielt. Im Hintergrund pinkes Neonlicht, futuristisches

Lounge-Mobiliar, Table-Dance-Stange. Das »Boobs« war ein Stammlokal von Porsche-Paule, den Sepko allerdings nur von Erzählungen kannte. Das »Boobs« wäre heute das letzte Etablissement gewesen, in das es Sepko gezogen hätte. Er freute sich auf einen ruhigen Abend mit Lene, vielleicht auf eine zweite Nacht.

Als er mit den Dönern zurück in die Wohnung kam, war Lene gerade mit Staubsaugen fertig. Er setzte sich an den Küchentisch und begann zu essen.

Lene setzte sich zu ihm, nahm den Döner, legte ihn aber schon nach wenigen Bissen wieder beiseite.

»Was ist?«, fragte Sepko. »Schmeckt nicht?«

»Doch, doch. Ich habe nur keinen großen Hunger.« Sie erhob sich. »Hör zu, Sepko, sei mir nicht böse, aber ich möchte heute Abend lieber allein sein.«

Sepko war wie vor den Kopf geschlagen. »Ähm, okay …«, sagte er und sah seinen Döner an. »Kann ich noch aufessen?«

Lene machte ein gequältes Gesicht. »Könntest du ihn unterwegs essen?«

»Ich … also … ja, klar …« Er stand auf.

»Bitte sei mir nicht böse«, sagte Lene, während er in Richtung Tür ging. »Ich brauche etwas Zeit für mich.«

»Kommst du morgen in die Firma?«, fragte Sepko.

»Ja. Vielleicht etwas später, gut? Ich melde mich.«

Sepko nickte. »Also dann.« Mit dem Döner in der Hand stieg er die Treppe hinab.

Lene sah aus dem Fenster und beobachtete Sepko, wie er in sein Auto stieg. Aber er fuhr nicht los. Sie wartete. *Verdammt, nun fahr schon,* dachte sie. Sie wählte Pfeiffers Nummer. Vielleicht konnte er später kommen. Er ging nicht ran.

Lene ging ins Badezimmer, duschte im Dunkeln. Es war Paranoia. Aber sie wollte nicht, dass Sepko dachte, sie würde sich im Bad hübsch machen. Als sie fertig war, sah sie auf ihr Handy. Keine Nachricht von Pfeiffer. Nur von Sepko erhalten. *Schönen Abend*, hatte er geschrieben. Und ein Herz-Emoji. Sie sah vorsichtig aus dem Fenster. Sein Auto war weg. Lene atmete auf. Ihr Handy klingelte. Es war Pfeiffer.

»Sorry, war unter der Dusche. Was gibt's?«

»Ach, nichts. Wollte nur sichergehen, dass du pünktlich bist.«

»Bin ich. Bis gleich.«

Kurz darauf stieg Lene zu Pfeiffer in den mattschwarzen Mercedes. Sie fuhren zum »Elixier«, und Lene erwartete, dass sie im Restaurant Platz nehmen würden, wo Pfeiffer ihr, wie bei ihrem ersten Treffen, ein köstliches Menü kredenzen würde. Doch stattdessen gingen sie in den ersten Stock. Vor einem Raum, der sonderbarerweise die Nummer 237 trug, blieb Pfeiffer kurz stehen und sah sich lächelnd zu ihr um. Dann stieß er die Tür auf.

Lene sah eine bunt gemischte Gesellschaft. Die Leute unterhielten sich laut, tranken, lachten. Einige tanzten zu südamerikanischer Popmusik.

»Wir feiern ein bisschen«, sagt Pfeiffer. »Denn seit gestern bin ich Wiesn-Wirt.«

BOOBS 51

Sepko stieg die beleuchteten Stufen hinauf und gelangte in den Bar- und Tanzbereich des »Boobs«. Die Tanzfläche war von einem Tresen umgeben, an dem Porsche-Paule umringt von seinen Leuten stand, darunter auch Cookie.

»Sepko, mein Freund!«, rief er und kam auf ihn zu, ein alter Mann mit einem Glas Champagner in der Hand, hüftlahm hinkend, der sich mit seiner zerrissenen Fake-Designerjeans und dem weiten Hawaii-Hemd vergeblich um ein jugendliches Aussehen bemühte.

»Schön, dass du da bist, komm, ich stelle dich vor …«

Porsche-Paule, mit mittellangem, nach hinten gekämmtem Haar und Dreitagebart, Anzug, schüttelte Sepko die Hand, beachtete ihn aber kaum.

»Wie wär's mit einem Drink?«, fragte Cookie.

»Wieso nicht«, sagte Sepko.

»Ich hole dir ein Glas und einen Kaugummi, du riechst nach Zwiebeln, was hast du gegessen – hat jemand einen Kaugummi für meinen Freund …?«, rief Cookie in die Runde.

Sepko war peinlich berührt. Cookie war garantiert der Ärmste hier, auf jeden Fall der Älteste, trotzdem meinte er den Jüngeren zeigen zu müssen, wie man feiert. Cookie ließ sich ein Glas Champagner geben.

»Prost«, rief Cookie. Die Gläser klirrten. Cookie trat näher an den Tresen und steckte den Tänzerinnen an der Poledance-Stange, wenn sich die Gelegenheit bot, einen 5-Euro-Schein zu. Wenn er keine mehr hatte, ging er zu Porsche-Paule, der ohne mit der Wimper zu zucken in seine Hosentasche griff und für Nachschub sorgte. Sepko setzte sich auf einen der weißen Lederbarhocker und nippte an seinem Champagner. Er betrachtete die Tänzerinnen, doch seine Gedanken waren bei Lene.

»Gefällt dir nicht?«, fragte ein junger Mann, der sich als Tom vorstellte. Er war etwa in Sepkos Alter und sah aus wie eine etwas jüngere Variante des Porsche-Paule.

»Woher kennst du unseren Opa?«, fragte Tom.

»Cookie? Von der Arbeit.«

Tom lachte. »Lass mich raten – dann bist du entweder Profi-Fußballer, Drogendealer oder Möbelfabrikant, Spezialgebiet Designer-Couches.«

Sepko verstand nicht. »Sorry, Insiderscherz. Cookie prahlt immer damit, dass er seine Putzfrau einmal die Woche auf der Designer-Couch vernascht.«

»Nein, nichts davon. Ich arbeite am Großmarkt.«

»Aha. Da arbeitet er auch noch. Und das in seinem Alter.«

Cookie stand am Tresen und sang zu »Sweet Caroline« mit, das er sich offensichtlich gewünscht hatte, denn die Tänzerinnen sahen ihn unsicher an und wussten nicht, wie sie sich dazu bewegen sollten. Als das Stück vorüber war, gesellte sich Cookie zu Tom und Sepko.

»Was ist los, ihr zwei? Auf geht's! Party! Die da gerade tanzt, ist rattenscharf.«

»Dein Freund schaut nicht so aus, als würde er drauf Bock haben. Vielleicht sollten wir mit ihm eine Runde Ski fahren gehen.«

»Du hast recht, gute Idee, komm mit, gehen wir.«

Bevor Sepko etwas erwidern konnte, zogen die beiden schon los. Sepko folgte ihnen eine Treppe hoch und an einem Türsteher vorbei in einen kleinen Raum. Zwei Stripperinnen saßen auf alten, durchgesessenen Bürostühlen am Fenster, in der einen Hand Champagner, in der anderen eine Kippe. Sie hatten sich Decken über ihre Arbeitskleidung geworfen. Sie machten gerade Tanzpause. Neben ihnen, an einem alten abgewetzten Schreibtisch, saß ein Mann, Typ Zuhälter, wie er im Buche stand: schütteres, schwarz gefärbtes, nach hinten gegeltes Haar, Hulk-Hogan-Bart, das Hemd weit aufgeknöpft, damit die dicke Goldkette, die er um den Hals trug, zur Geltung kam. Hinter ihm ein Tresor sowie Regale mit Ordnern und zwei pulsierenden Vulkanlampen. Im Raum roch es penetrant nach Zigarettenqualm, Alkohol und Schweiß.

»Opa, alter Verbrecher«, rief der Mann am Schreibtisch aus, als er Cookie sah. »Was gibt's? Tut dir die Hüfte weh vom Tanzen?«

»Ottmar, du alter Penner, bei meinem Hüftschwung biegen sich die Weiber nach hinten wie die Golden Gate Bridge.«

Der mit Ottmar Angesprochene lachte. »Großmaul.«

»Was ist jetzt los hier?«, fuhr Cookie fort. »Mein Freund möchte gern ein bisschen Ski fahren. Nicht wahr?« Er legte einen Arm um Sepko, stellte ihn Ottmar vor.

»Dein Freund. Okay. Und das andere Milchgesicht?« Ottmar betrachtete Tom.

Cookie sah zu Tom. »Du? Auch Ski fahren?«

»Klar«, antwortete Tom und lächelte. Er wirkte nervös.

»Er gehört zu Paules Amigos«, erklärte Cookie.

»Na dann, alles klar, altes Freibiergesicht.«

»Alt, aber topfit, mein Freund«, antwortete Cookie und vollführte steifbeinig ein paar Salsa-Tanzschritte.

Ottmar schnaubte verächtlich. Er holte aus einer Schreibtischschublade ein Schnupfset hervor und begann damit, mit einer Klinge vier Lines zu ziehen.

Sepko sah auf sein Handy. Lene hatte seine Nachricht gelesen, hatte aber nicht geantwortet. Er fand ihr Verhalten seltsam. Warum hatte sie ihn so plötzlich fortgeschickt? Nicht mal essen wollte sie mit ihm zusammen. Er wurde aus ihr nicht schlau.

Cookie rollte derweil einen Schein zu einem Röhrchen, dann zog er seine Line. Danach Tom und Ottmar. Sepko dachte an den gestrigen Abend. Hatte er um diese Uhrzeit bereits mit Lene im Arm gelegen? *Scheiß drauf.* Er nahm von Cookie den aufgerollten Schein entgegen und bediente sich ebenfalls.

»Was ist mit uns?«, fragte eine der jungen Frauen mit ausländischem Akzent.

»Nichts ist mit euch. Ihr wisst, ich muss mir das Zeug gut einteilen, bis ich wieder einen neuen Lieferanten gefunden habe.« An Cookie gewandt erklärte er: »Mein alter Lieferant liegt irgendwo in Holland im Kühlhaus.«

»Wie das?«, fragte Cookie.

»Hast du das nicht mitbekommen? Ein Kumpel hat das vor ein paar Tagen erzählt. Tulpe hat offensichtlich Scheiße gebaut.«

Sepko horchte auf. Tulpe war auch sein Dealer. Er besorgte ihm für gewöhnlich das Koks für die Köche.

»Was ist denn passiert?«, fragte Sepko.

Ottmar zuckte mit den Schultern. »Keine Ahnung.«

»Er hat mit den Bullen zusammengearbeitet«, sagte eine der jungen Frauen.

Sepko sah sie an. »Ich kenne Tulpe«, sagte er. »Ich kann mir das nicht vorstellen. Dafür ist er nicht clever genug.«

Ottmar zuckte erneut mit den Schultern. »Ich hab's auch nicht gern, wenn man mich beklaut. Ein Clan macht da kurzen Prozess. Vor allem bei der Menge Koks.« Er hielt sich mit dem Zeigefinger eine imaginäre Waffe an die Schläfe und drückte ab.

»Arme Sau«, sagte Cookie.

»Ja. Idiot«, stimmte Ottmar zu. Dann sah er zu den Frauen, klatschte in die Hände. »Hopp-hopp. Schwingt eure Ärsche wieder an die Stange und verdient Kohle.« An seine Besucher gewandt fuhr er fort: »Und den Herren spendiere ich noch eine Runde, einverstanden?«

Als die jungen Frauen hinausgingen, folgte Sepko ihnen. »He, du«, rief er der einen nach. »Wie heißt du?«

»Kira.«

»Hi, Kira. Ich bin Sepko. Du hast gesagt, Tulpe habe mit den Bullen zusammengearbeitet. Woher weißt du das?«

»Sorry, ich kenne dich nicht.«

»Aber ich kannte Tulpe gut.«

»Ich will keinen Ärger.«

»Bekommst du nicht.«

Die andere Frau war schon ein paar Stufen nach unten gelaufen und blieb jetzt stehen.

»Hey, wenn du was von ihr willst, buch eine Privatstunde«, rief sie.

Sepko spürte, dass Kira sprechen wollte, er blieb hartnäckig.

»Hör zu, du kannst mir vertrauen. Ich möchte nur wissen, warum du denkst, dass Tulpe für die Bullen gearbeitet hat.«

Kira zögerte. »Okay«, sagte sie schließlich. »Es war so, dass immer ein Typ zu mir gekommen ist. Er war Stammgast. Ein Polizist.«

»Hier?«

»Nein. Ich arbeite … na ja, ich habe noch eine andere Beschäftigung … Im ›Leierkasten‹.«

Sepko nickte.

»Unser Boss sagt, wir können jederzeit Nein sagen, wenn uns der Typ nicht gefällt. Aber er ist nun mal Polizist, und der Boss meinte, da sollen wir ein Auge zudrücken. Keine von uns mag ihn. Er hatte so etwas Ekliges an seinem Bauch.«

»Am Bauch?«

»Ja. So eine Tüte. Stinkt manchmal widerlich.«

»Warte mal.« Sepko holte sein Handy heraus. Googelte. »So etwas?«

»Ja, genau.« Sepko sah auf sein Handy. Es zeigte das Bild eines künstlichen Darmausgangs.

EXOTISCHE FRÜCHTE 52

Am nächsten Tag um halb sechs stand Brunner vor einer Gruppe Jugendlicher in der Großmarkthalle an einem Stand für exotische Früchte. Es war eine Exkursion für Lehrlinge aus der Gastronomie, die die Herkunft der Waren und den Handel am Platz kennenlernen sollten. Mit müden Augen und hängenden Schultern hörten sie seinen Erklärungen zu, wie das Obst und Gemüse aus aller Welt nach München gelangte, umgeladen und verkauft wurde. Brunner genoss es, den jungen Menschen Wissen zu vermitteln. Er musste an seine eigene Jugend denken und an seine Anfänge auf dem Großmarkt. Am meisten freute er sich allerdings auf das obligatorische Weißwurst-Essen im Anschluss. Gerade befasste er sich mit Exoten wie Pitahaya, Litschi und Mango, die ihm Drago, der Standverkäufer, reichte, als er in den Augenwinkeln eine Gestalt bemerkte. Sepko – er war auf Einkaufstour.

»Erzählst du ihnen auch, dass du andere Leute bei der Polizei verpfeifst?«, rief Sepko Brunner zu.

»Wie war das?«, rief Brunner mit kaum verhohlener Wut.

Die Jugendlichen waren sofort hellwach. Ein kleiner Streit war spannender als exotische Obstsorten.

Brunner war noch nicht fertig. »Scher dich zum Teufel!«, rief er Sepko zu, »bevor ich mich vergesse.« Er wog die Mango in der Hand, als wollte er Sepko damit steinigen.

Der war stehen geblieben, stemmte die Hände in die Hüften

und sah Brunner herausfordernd an. »Was willst du? Mich verprügeln? Hast du noch nicht genug Unheil angerichtet?«

Brunner war außer sich. »Ich? Wer hat denn hier wen verraten? Ich habe dir vertraut, ich habe dich zu meiner rechten Hand gemacht. Und was tust du? Bestiehlst mich.«

Drago trat zu ihm, fasste ihn an der Schulter. »Beruhig dich, Brunner. Du machst dich lächerlich. Lass den Sepko in Ruhe, hörst du?«

Inzwischen hatte sich Schaulustige eingefunden. Die Leute tuschelten, einige grinsten.

Brunner packte Drago am Revers: »Ich soll mich beruhigen? Ich? Wenn man mich hintergeht?«

»Hände weg, Brunner«, sagte Drago und löste sich von Brunners Griff. »Niemand hat hier Mitleid mit dir.«

Brunner sah Drago verwundert an. »Was soll das heißen, hä?«

»Kapier's endlich. Die Leute mögen dich nicht, Brunner. Keinen wundert es, dass Sepko nicht mehr für dich arbeiten will. Akzeptier es und schrei hier nicht so rum.«

Brunner starrte Drago an. Er spürte, dass er aussprach, was alle dachten.

In diesem Moment kam der Kontrolldienst der Großmarkthalle vorbei. »Was ist hier los?«

»Nichts«, sagte Drago und drehte sich zu seinen Kollegen um, die das Ganze beobachteten. »Oder?«

Sie nickten, wandten sich ab und gingen schweigend davon.

Brunner stand allein da.

Sepko war immer noch aufgewühlt, als er beim Ladeplatz eintraf, wo Cookie bereits die Kisten in den LKW lud. Die Zeit drängte, und Sepko packte mit an. Dann belud Sepko seinen eigenen Lieferwagen.

Lene erschien. Sie wirkte müde.

»Guten Morgen«, sagte Sepko. »Wie geht es dir?«

»Hab nicht gut geschlafen.«

»Verstehe.«

Lene blätterte in den Lieferscheinen. »Auftragslage okay?«, fragte sie.

»Ganz okay, ja.« Er sah sie an. »Lene«, begann er. »Wir müssen reden.«

Lene sah ihn ernst an. »Ja. Ich denke, das müssen wir.«

»Also schön«, sagte Sepko. »Wer fängt an?«

Lene zuckte mit den Schultern. »Du.«

»Okay. Also, pass auf, ich habe da was sehr Interessantes erfahren.«

Lene sah ihn verwundert an. »Erfahren? Was denn?«

»Es geht um einen Drogendealer. Hier in München. Sein Name ist Tulpe, und den Stoff, den er verkauft, bekommt er von einem Clan.«

Lene wollte etwas sagen, aber Sepko ließ sie nicht zu Wort kommen.

»Also. Tulpe begeht eine Dummheit. Er stiehlt dem Clan eine größere Menge Koks. Das heißt exakt ein Kilo. Der Clan kommt dahinter und bringt Tulpe um.«

»Sepko, warum erzählst du mir das?«

»Wart's ab. Ich denke, Tulpe hat den Stoff nicht gestohlen. Der Clan sollte aber denken, er hat ihn gestohlen. Und wer Stoff klaut, wird umgebracht. Und jetzt pass auf! Gestern habe ich ein Mädchen in einem Club getroffen, wo sie als Stripperin arbeitet. Sie arbeitet aber auch im ›Leierkasten‹ und einer ihrer Stammgäste ist ein Polizist. Dieser Polizist ist eine absolute Laberbacke. Minderwertigkeitskomplex trifft auf Profilneurose. Er will unbedingt mit ihr Sex haben, nur stinkt er manchmal nach Scheiße, weil er einen künstlichen Darmausgang hat. Sie ekelt sich vor ihm, sagt, sie hat keine Lust. Er aber macht Druck. Fängt an zu protzen, was er schon für Dinger gedreht hat. Unter anderem hat er einem – Achtung! – Informanten der Polizei Kokain abgeluchst. Exakt ein Kilo. Hat ihn damit auffliegen lassen. Und dieser Informant war niemand anderes als Tulpe …«

»Auf was willst du hinaus, Sepko?«

»Worauf ich hinauswill, ist Folgendes. Ich weiß zufällig, wer der dickste Kumpel von dem Polizisten ist, der Tulpe exakt ein Kilo Koks abgeluchst hat.« Sepko machte eine theatralische Pause, lächelte triumphierend.

»Sepko, nun red schon!«, sagte Lene, die allmählich die Geduld verlor.

Sepko ließ die Bombe platzen. »Brunner!« Er sah Lene an. Wartete auf eine Reaktion. Die nicht kam. Sepko fuhr fort. »Ich habe Brunner vorhin in der Großmarkthalle getroffen. Ich hab ihn darauf angesprochen. Vor allen Leuten. Glaub mir, Lene. Ich habe es in seinen Augen gesehen. Er hat dir das Koks untergejubelt. Um dich auszuschalten. Weil du ihm seinen wichtigsten Kunden weggeschnappt hast. Aber damit kommt er nicht durch. Wir werden es ihm zeigen!«

Lene warf Sepko einen Blick zu, den dieser nicht deuten konnte. Schließlich sagte sie: »Er ist damit aber durchgekommen, Sepko. Pfeiffer wird wieder zu Brunner wechseln.«

Sepkos Kinnlade klappte herunter. »Was? Aber wieso …? Ich … ich verstehe das nicht … Woher weißt du das?«

Lene schluchzte. »Pfeiffer hat mich angerufen und es mir gesagt.«

»Was?« Sepko konnte es nicht fassen. Eine Riesenwut erfasste ihn – auf Pfeiffer, auf Brunner. Gleichzeitig empfand er Mitleid mit Lene. Das hatte sie nicht verdient. Er berührte sie sanft an der Schulter. »Hey, wir schaffen das, auch ohne Pfeiffer. Wir geben nicht auf, Lene. Wir sind ein Team.«

Lene nickte. Dann holte sie zitternd Luft. »Hör zu, Sepko. Da ist noch etwas, über das wir reden müssen …«

Sepko sah auf sein Handy. Es war schon nach sieben. »Lene, lass uns später über alles reden. Ich muss los. Mach dir keine Sorgen. Wir kriegen das hin. Warum kommst du nicht heute Abend zu mir? Ich besorg uns was Leckeres zu essen. Vielleicht könntest du bei mir übernachten.«

Lene sah ihn an. Sie schien nach Worten zu suchen. Schließlich sagte sie: »Okay. Bis heute Abend.«

Sepko nickte, war schon auf dem Sprung. »Sagen wir halb acht?«

Lene nickte. »Halb acht.«

Um 20.04 Uhr saß Sepko am gedeckten Küchentisch. Frisch geduscht, rasiert. Er hatte extra eine Tischdecke gekauft, außerdem Stoffservietten sowie Teelichter, die er im ganzen Raum verteilt hatte, um für romantische Stimmung zu sorgen. Er hatte auch bei Ebay ein neues Feuerwehrauto für Luca erworben. Es stand auf der Anrichte mit ausgefahrener Leiter. Auf der Fahrerkabine hatte Sepko ebenfalls ein Teelicht platziert. Auf dem Laptop lief eine Youtube-Playlist mit »Love Songs«.

Sepko sah gerade zum tausendsten Mal auf sein Handy, als eine Nachricht von Lene kam.

Tut mir leid. Ich liebe dich sehr. Aber ich kann nicht.

Lange starrte Sepko auf die Nachricht. Dann ging sein Blick ins Leere. Schließlich gab er sich einen Ruck. Er erhob sich. Packte die kleinen Teller und Schalen mit libanesischen Mezze in den Kühlschrank. Löschte die Kerzen. Dann ging er ins Bad. Er betrachtete sich im Spiegel. Und fasste einen Entschluss.

53 FEUER

Brunner drückte das Gaspedal durch, ignorierte das rote Blitzen der Radarfalle kurz nach dem McGraw-Graben, einer Vertiefung der Stadtautobahn des Mittleren Rings. Der Motor seines Lada heulte auf und übertönte die Sprecherin der 21-Uhr-Nachrichten, die von einem verheerenden Feuer auf dem Gelände des Münchner Großmarkts berichtete. Zum Glück herrschte wenig Verkehr. Brunner raste am Stadion der Grünwalder Straße vorbei. Jenseits der Isar sah er bereits den gespenstigen Feuerschein am Nachthimmel. Als er nach dem einen Kilometer langen Candidtunnel endlich die Brudermühlstraße erreichte, bewahrheiteten sich seine schlimmsten Befürchtungen. Eine enorme orangerote Rauchwolke wogte dort, wo sich – jetzt noch von Bäumen verdeckt – der Großmarkt befand. Auch blinkendes Blaulicht war bereits zu sehen. Als Brunner rechts auf die Schäftlarnstraße einbiegen wollte, musste er in die Bremse treten, da ein Löschzug der Feuerwehr mit lautem Martinshorn an ihm vorbeifuhr. Brunner trat wieder aufs Gas, folgte dem Einsatzfahrzeug, das kurz darauf die Zentraleinfahrt des Großmarkts passierte. Sie umfuhren ein Lagergebäude, und dann sah er es – sah die Flammen, die seine Lagerhalle auffraßen. Als das Feuerwehrfahrzeug hielt, hätte er fast einen Auffahrunfall verursacht. Er brachte den Wagen quietschend zum Stehen. Der Motor soff ab. Brunner hatte die Hände um das Lenkrad gekrallt und den Kopf gegen Nackenstütze gelehnt. So saß er da und konnte sich nicht rühren. Das grelle Licht des Feuers blendete ihn. Die Hitze war selbst im Auto zu spüren. Ein Feuerwehrmann kam zu ihm, klopfte an die Scheibe. Brunner sah ihn mit ausdrucksloser Miene an.

»Bitte zur Seite fahren und den Weg für die Einsatzfahrzeuge frei halten«, sagte der Mann.

»Das ist mein Lager«, rief Brunner durch die Scheibe. »Das da ist mein Lager.«

»Machen Sie den Rettungsweg frei!«, wiederholte der Feuerwehrmann.

Brunner startete den Motor und fuhr den Wagen an die Seite. Jetzt erst sah er die vielen Einsatzkräfte, die vielen Fahrzeuge, die ausgefahrenen Drehleitern und Wasserstrahlen, die von allen Seiten auf die Lagerhalle gerichtet waren. Brunner stieg aus. Ging so weit in Richtung Feuer, wie es die Hitze zuließ. Der Anblick, der sich ihm bot, schien unwirklich, wie ein Albtraum, aus dem er jeden Moment erwachen musste. Und doch war ihm bewusst, dass all das sehr real war und dass es hier nichts mehr zu retten gab.

Erneut trat ein Feuerwehrmann auf ihn zu. »Sie müssen hier weg, hinter die Absperrung. Der zweite Öltank ist noch nicht unter Kontrolle.«

»Was ist mit dem ersten?«

»Explodiert. Was glauben Sie, warum es hier so aussieht?«

»Was ist passiert? Das ist meine Halle«, sagte Brunner.

Die Miene des Feuerwehrmanns veränderte sich. Er bedachte Brunner mit einem mitleidigen Blick. Dann wies er in Richtung eines Polizeiwagens.

»Wenden Sie sich bitte an die Kollegen der Polizei dort drüben.«

Brunner nickte, wandte sich ab und ging zu dem Polizeiwagen.

Als Brunner sein Auto knapp eine Stunde später in der Garageneinfahrt parkte, hatte er keine Ahnung, wie er die Strecke zurückgelegt hatte. Er war wie in Trance gefahren. Im Haus brannte überall Licht. Corinna verfolgte gewiss die Berichterstattung im Fernsehen. Schlafen würde er in dieser Nacht wohl kaum. Doch als er die Haustür aufschloss, traf ihn der nächste Schlag. In der Diele standen zwei Koffer. Das ganze Haus wirkte unaufgeräumt. Corinna kam gerade die Treppe herunter, in der Hand eine schwere Reisetasche. Jetzt sah Brunner den Mann, der im Wohnzimmer unruhig auf und ab gegangen war und sich jetzt zögerlich näherte.

»Das ist Uwe«, sagte Corinna und stellte die Reisetasche zu den Koffern. »Ein Freund.«

Corinna ging in die Küche, öffnete den Hängeschrank und entnahm ihm mehrere Tablettenpackungen, die sie dort verwahrte.

Brunner sah von Corinna zu dem Mann, der jetzt einige Meter vor ihm in der Diele stand. Dann wieder zu Corinna. »Was … was hat das zu bedeuten?«

Corinna verstaute die Tabletten in der Reisetasche. Brunner sah den prall gefüllten Kulturbeutel, die Zahnbürste lugte hervor.

»Ich gehe zu Anett«, sagte Corinna, ohne aufzusehen. »Uwe fährt mich.«

»Ich … ich verstehe nicht …«, stammelte Brunner. »Zu Anett? Aber … wieso …?«

Corinna erhob sich, sah Brunner mit ausdrucksloser Miene an. »Ich kann bei ihr erst mal wohnen.«

Brunner trat auf Corinna zu. Der Mann, der auf den Namen Uwe zu hören schien, näherte sich Corinna von hinten. Er war deutlich jünger als Brunner, trug einen legeren Sommeranzug, wirkte durchtrainiert. Offensichtlich wollte er Corinna beschützen.

»Wow. Okay.« Er warf dem Mann einen verächtlichen Blick zu. »Fickt ihr?«, fragte er.

»Georg, bitte lass das.«

»Wieso? Glaubst du, das interessiert mich nicht? Vielleicht klärt Uwe mich ja auf.« Er sah den Typ im Sommeranzug an. »Fickst du meine Frau?«

Uwe sah zu Corinna, die versuchte, die übervolle Reisetasche zu schließen. Er vermied ganz offensichtlich den Blickkontakt mit Brunner, wollte ihn nicht provozieren.

Brunner wedelte mit den Händen in der Luft. »Verdammt! Wie hast du dir das vorgestellt? Ziehst du zu ihm? Seid ihr ein Paar? Corinna? Rede mit mir.«

Corinna erhob sich erneut. »Georg, wir haben uns auseinandergelebt. Sieh das endlich ein. Wir leben in verschiedenen Welten. Es geht so nicht mehr.«

»Das glaubst du? Das glaubst du wirklich?«

Brunner schrie fast, doch Corinna blieb ruhig.

»Ich habe keine Lust, mich zu erklären. Weil ich weiß, auf was es hinausläuft. Du musst tun, was du für richtig hältst. Ich tu das, was ich für richtig halte. Und weil es dich offenbar so brennend interessiert – nein, wir haben nicht miteinander geschlafen. Noch nicht.«

»Das Lager ist abgebrannt, Corinna.«

Corinna zeigte keine Regung.

»Lass mich jetzt nicht allein.«

»Es tut mir leid.«

Corinna nahm die Tasche, Uwe die beiden Koffer. Dann verließen sie das Haus. Brunner beobachtete reglos, wie Corinna die Haustür schloss, ohne ihn noch einmal anzusehen. Er ging zur Tür, wollte sie aufreißen, doch er brachte die Kraft nicht auf. Er lehnte sich mit dem Rücken dagegen, hörte, wie Autotüren zugeschlagen wurden, wie ein Wagen gestartet wurde und davonfuhr.

Brunner sackte an der Tür zu Boden. Er ließ seinen Tränen freien Lauf.

NICHT MEHR KÄMPFEN 54

Lene war um Punkt neun bei der Pflegefamilie, die im Münchner Stadtteil Pasing ein hübsches Reihenhaus mit Garten bewohnte. Als sie den Flur betrat, sah sie Luca bereits im Wohnzimmer, den Rucksack auf dem Rücken, den er vor über einer Woche auf dem Großmarkt bei sich gehabt hatte – wie ein kleiner Mann, der auf Wanderschaft wollte. Als er sie sah, rannte er auf sie zu, fiel ihr in den Arm. Er begann zu weinen.

»Mama, wo warst du? Warum hast du mich alleingelassen? Ich will nach Hause.«

»Luca, ich lass dich nie wieder allein. Ich verspreche es. Nie, nie wieder. Und jetzt fahren wir nach Hause.«

Zu Hause machte Lene ihnen als Erstes Frühstück. Sie hatte extra Nutella gekauft. Luca verdrückte seine Scheibe in Rekordgeschwindigkeit. Offenbar hatte er die ganze Woche nur schlecht gegessen. Er hatte bereits zwei Glas Milch getrunken und verlangte noch ein drittes.

Danach gingen sie ins Badezimmer. Luca wusch sich die Nutella aus dem Gesicht, putzte sich die Zähne.

Lene ging unterdessen ins Schlafzimmer, wo die Tasche stand, die sie gepackt hatten.

»Verreisen wir, Mama?«, fragte Luca.

»Wir machen uns es jetzt schön, mein Schatz. Mama wird ganz viel Zeit für dich haben.«

»Hast du Urlaub?«, fragte Luca.

»Ab jetzt habe ich immer Urlaub, Luca! Mama kann jetzt immer mit dir frühstücken, dich vom Kindergarten abholen, dich abends ins Bett bringen. Du kriegst ein größeres Zimmer …«

»Und ein Baumhaus?«

»Vielleicht auch ein Baumhaus.«

»So wie Pippo im Buch?«

»So wie Pippo.«

»Baut Sepko das Haus?«

Lene zögerte. »Ich weiß nicht, Luca.«

Es klingelte. Lene sah auf die Uhr. Er war früh dran. Es war noch nicht elf.

»So. Nimm deinen Rucksack, wir werden abgeholt.«

Lene ging mit den Taschen voran. Luca folgte ihr.

Unten stand Sepko.

Lene sah ihn erschrocken an.

Sepko strahlte. »Überraschung!«, rief er. Doch als er Lene mit den Taschen erblickte, erstarb sein Lächeln.

Luca drängte sich an Lene vorbei, stürmte auf Sepko zu. »Sepko!«

Der nahm ihn in den Arm.

Lene geriet in Panik. »Was machst du hier?«, fragte sie mit belegter Stimme.

»Ich habe mich extra beeilt, um früh fertig zu werden. Cookie hat mir ein paar Touren abgenommen.« Sepko erhob sich. »Was ist los?«, fragte er, als er Lenes entsetzten Blick sah, die hinter ihm etwas erblickt hatte. Sepko drehte sich um.

Auf der Straße, in zweiter Spur, hielt ein Mercedes, G-Klasse. Ein Mann stieg aus. Es war Pfeiffer.

»Hey, mein Kleiner!«, rief er schon von Weitem und trat näher. »Da bist du ja wieder. Und ihr seid reisefertig, wie ich sehe. Sehr gut. Ich trag schon mal die Taschen ins Auto.« Er sah zu Sepko, den er jetzt erst zu bemerken schien. Er nickte ihm zu, warf dann Lene einen fragenden Blick zu.

Die sah ihn mit einem gequälten Gesichtsausdruck an.

Pfeiffer wandte sich wieder Luca zu. »Gut, Kleiner«, sagte er. »Wir gehen schon mal ins Auto. Hilfst du mir beim Tragen?«

Sie gingen mit den Taschen zum Auto. Sepko und Lene blieben auf dem Bürgersteig zurück.

»Es tut mir leid«, sagte Lene. Ihre Stimme war nur ein Flüstern. »Glaub mir, Sepko, es tut mir so leid ...« Sie schwieg, wusste nicht, wie sie es ihm sagen sollte. Dann gab sie sich einen Ruck. »Ich hab mich entschieden«, sagte sie. »Ich gebe die Firma auf. Ich kann einfach nicht mehr. Ende der Woche ist Schluss.«

»Was?«, rief Sepko. »Das ist nicht dein Ernst! Das kannst du doch nicht tun! Wir haben so für das Geschäft gekämpft, Lene! Und ich weiß, wir können es schaffen!«

Lene schüttelte den Kopf. »Ich will nicht mehr kämpfen müssen, Sepko. Ich bin Mutter. Ich will endlich für Luca da sein.«

Sepko starrte sie an. Fassungslos. Sprachlos.

»Tut mir leid«, sagte Lene erneut. Dann ging sie zu Pfeiffers Auto und stieg ein.

55 ABSCHIED

Brunner hatte die ganze Nacht kein Auge zugetan. Erst am frühen Morgen war er auf der Couch in einen unruhigen Schlaf gefallen, bei laufendem Fernseher. Um kurz nach acht erwachte er. Sein Handy zeigte zahllose Nachrichten und verpasste Anrufe an. Die nächsten Stunden verbrachte Brunner mit Telefonaten – mit der Polizei, mit der Versicherung, mit dem Kommunalreferenten des Großmarkts und nicht zuletzt mit dem alten Schneeberger, seinem Steuerberater. Gegen elf machte er sich einen Kaffee und verdrückte eine Scheibe Brot. Dann befreite er den Ford Mustang in der Garage von seiner Abdeckplane und fuhr zur alten Scheune in Dietenhausen, einem kleiner Weiler dreißig Kilometer südlich von München. Der Besitzer war ein guter Freund von ihm. Im Winter vermietete er sie an Wohnwagenbesitzer. Im hinteren Teil der weitläufigen Halle befand sich eine Falltür, die in einen kleinen Keller hinabführte, einem einzelnen, immer kalten, immer modrig riechenden Raum, spärlich erleuchtet von einer einzelnen Glühbirne an der Decke. An den Wänden einsturzgefährdete leere Regale, in der Mitte des Raums Kisten und Kartons. Die Kartons waren akribisch beschriftet mit Kürzeln und Daten. Brunner wusste genau, wo er zu suchen hatte.

Der alte Schneeberger hätte längst nicht mehr arbeiten müssen. Aber einigen ausgewählten Mandanten hielt er auch mit seinen fast achtzig Jahren die Treue – und sie ihm, denn er war noch immer einer der Besten seines Fachs und mit allen Wassern gewaschen. Jetzt saß er am Schreibtisch seines unscheinbaren Arbeitszimmers in seiner geräumigen Eigentumswohnung im Stadtteil Bogenhausen und beobachtete, wie der Drucker das Schreiben ausspuckte, das er soeben aufgesetzt hatte. Er nahm es zur Hand, setzte eine Lesebrille auf, las es erneut. Dann nickte er, legte das Schreiben vor sich auf den Schreibtisch und sah zu Brunner. Der saß vor ihm wie ein Häufchen Elend – oder eher wie ein ziemlich großer Haufen Elend – und starrte vor sich hin.

»Über die Konsequenzen sind Sie sich im Klaren, nehme ich an«, sagte Schneeberger.

Brunner schreckte auf wie aus einem Traum. Er setzte sich aufrechter hin und brummte. »Ja, ja.«

»Was sagt die Versicherung?«

Brunner machte ein gequältes Gesicht. »Die Kühlanlagen waren alt, und der Vermieter hat mich darauf hingewiesen, dass ich sie auf den neusten Stand bringen soll. Ich habe unterschrieben, dass ich mich darum kümmere. Irgendwann. Tja.«

»Verstehe. Das riecht nach einem Rechtsstreit.«

»Ich weiß einfach nicht, wie es jetzt weitergehen soll. Ich kann die Kunden nicht beliefern. Die Stadt hat mir eine Behelfshalle zur Verfügung gestellt, völlig überteuert, dreimal kleiner als die alte. Selbst meine LKWs wurden vom Feuer zerstört. Die meisten meiner Kunden haben sich schon andere Lieferanten gesucht. Selbst wenn ich wieder im Geschäft bin, wechseln die nicht einfach zurück.« Brunner sackte wieder in sich zusammen. »Verdammt, ich fürchte, für einen Neuanfang fehlt mir einfach die Kraft.«

Schneeberger nahm das Schreiben, hielt es hoch. »Warum

dann dieser Schritt? Ich meine, es geht hier um eine Summe von über einer Million. Selbst wenn Sie das Geld zurückzahlen könnten ...«

»Kann ich nicht.«

»Eben. Damit ist eine Haftstrafe fast unvermeidlich.«

Brunner sah Schneeberger schicksalsergeben an und schwieg.

»Na schön, Herr Brunner.« Schneeberger räusperte sich. »Dann unterschreiben Sie bitte hier. Und hier ebenfalls. Zu meiner eigenen Sicherheit – die Erklärung der Ablehnung einer Belehrung über möglichen Konsequenzen Ihrerseits et cetera et cetera ...«

Brunner nahm die Blätter entgegen, las noch einmal den Betreff des Briefs: *Selbstanzeige wegen Steuerhinterziehung nach § 371.* Dann nahm er den bereitliegenden Kugelschreiber zur Hand und unterschrieb.

Schneeberger schloss indes den unangenehm nach Keller riechenden Karton und verklebte ihn mit Paketband.

Brunner fuhr im Mustang zur Großmarkthalle. Er parkte und ging dann mit schweren Schritten zu seiner Halle – oder dem, was von ihr übrig geblieben war: ein riesiges Stahlskelett und ein schwarz verkohltes Trümmerfeld. Ein penetranter scharfer Geruch lag in der Luft. Ein einzelnes Einsatzfahrzeug der Feuerwehr hielt Brandwache. Brunner stand vor der Ruine wie vor einem Grab und nahm Abschied wie von einem verstorbenen Freund.

Als er sich auf den Weg zurück zu seinem Auto machte, fiel sein Blick auf »Ellies Kaffeestand«, auf eine Gestalt, die dort an einem der Stehtische auf einem Barhocker saß und in der Sonne eine Butterbreze aß.

Als Sepko Brunner auf sich zukommen sah, zuckte er unwillkürlich zusammen. Er legte seine Breze beiseite, rutschte vom Hocker herunter. Nervös sah er sich um. »Ellies Kaffeestand« war gut besetzt. Aber wenn Brunner auf Krawall aus war, würde ihn das nicht hindern. Sepko machte sich auf alles gefasst.

Doch Brunner war nicht auf Krawall aus. Er wirkt müde, ausgelaugt, als er jetzt zu Sepko an den Tisch trat.

»Noch keinen Feierabend?«, fragte Brunner mit ruhiger Stimme und setzte sich.

Sepko setzte sich ebenfalls wieder. »Bin auf Jobsuche«, sagte er und biss in seine Breze.

Brunner runzelte die Stirn. »Läuft nicht mehr gut?«

Sepko sah Brunner argwöhnisch an. War da eine Andeutung von Häme in der Stimme? Seine Miene wirkte arglos. »Nein«, sagte Sepko, »sie gibt den Laden auf. Schon in den nächsten Tagen gibt's einen neuen Pächter für ihr Lager.«

Brunner hob die Augenbrauen. »Pfeiffer hat sie also auch fallen gelassen.«

Sepko machte ein grimmiges Gesicht. »Im Gegenteil. Pfeiffer hat ihr anscheinend ein sorgenfreies Leben versprochen. Nie mehr arbeiten!« Sepko schnaubte verächtlich. »Sie ist mit Luca jetzt bei ihm.«

Brunner machte große Augen. »Nicht dein Ernst. Du hast Liebeskummer? Wegen der Schlampe? Das ist nicht gut. Mach dich nie von einer Frau abhängig und handle nicht emotional. Kann dich den Kopf kosten. Ich weiß, wovon ich rede.«

»So, weißt du das?«, fragte Sepko und sah Brunner skeptisch an.

Brunner nickte. »Tja. Wir sitzen im selben Boot, mein Freund. Wir haben beide keine Arbeit mehr und unsere Herzensdamen treiben es mit anderen Männern. Bier?«

Jetzt war es an Sepko, verblüfft zu sein. »Was soll das heißen? Was ist mit Corinna?«

»Ausgezogen«, sagte Brunner und reckte den Arm in Richtung Tresen. »Bring uns mal zwei Helle. Flasche reicht«, rief er der Servicekraft zu. Sie saßen schweigend da und warteten auf das Bier.

»Wahnsinn. Mein Leben lang reiße ich mir den Arsch auf«, grübelte Brunner niedergeschlagen vor sich hin. »Und was habe ich erreicht? Nichts. Alles für die Katz.«

Die Biere kamen und Brunner leerte seine Flasche fast auf ex. Sepko nahm einen kleinen Schluck. Brunner lachte auf und rülpste gleichzeitig.

»Was ist?«, fragte Sepko.

»Ich musste gerade an den alten Röhrmoser denken. Kanntest du den noch?«

»Nein.«

»Mein Boss. Damals. Brutal. War der ein Ekel. Hat die Leute zusammengefaltet, Gott erbarm. Die Geschichte mit der Jacke, ich hatte da wohl Glück.«

»Jacke?«

»Kennst du die gar nicht?« Brunners Augen begannen zu glänzen. »Ich war am Anfang Luft für ihn. Wie alle. Eines Morgens kommt er ins Büro, brüllt: ›Wer hat seine Jacke da hingehängt?‹ Schon fliegt die Jacke aus dem Fenster. War meine. Alle gucken mich an. Ich gehe raus, hole sie wieder. Als ich zurückkomme, stehe ich drinnen vor Röhrmoser. Pitschnass, denn draußen hat es wie aus Eimern geschüttet. Er sieht mich an und sagt erst kein Wort. Alle warten gespannt. Von Gardinenpredigt bis Abmahnung und Rausschmiss ist alles drin. ›Das ist mein Haken‹, sagt er. – ›Wusste ich nicht‹, sage ich. – ›Jetzt weißt du's‹, sagt er. Dabei klingt er schon ganz versöhnlich. Dreht sogar die Heizung hoch, damit ich die Jacke trocknen konnte. Das glich einem Ritterschlag. Seither hatte ich einen Stein im Brett bei ihm.«

»Warum mochte er dich?«

»Keine Ahnung. Vielleicht Dusel? Vielleicht brauchte er auch einfach nur einen Chauffeur. Ab da durfte ich ihn nämlich jeden Morgen kutschieren – Punkt zehn nach vier, keine Minute später – in seinem dunkelgrünen Benz. Vom Büro zur Halle.«

»Das sind doch gerade mal hundertfünfzig Meter, wenn überhaupt.«

»Ein Röhrmoser ging nicht zu Fuß. Passte zu ihm. Der Pate vom Großmarkt. Alle hatten Respekt vor ihm. Und auch vor mir hatten bald alle Respekt. Bisher war ich nur im Büro gehockt, aber als Verkäufer in der Halle hatte ich das Sagen. Hat mir gefallen. Die Kunden hingen von mir ab. ›Lass dir nichts gefallen‹, hat Röhrmoser immer gesagt. Der hatte ein Mundwerk, sag ich dir. Schlimmer als jeder Koch. Er meinte, wenn dir einer dumm kommt, machst du ihm die Preise saftig. Da herrschte damals noch ein ganz anderes Leben, nicht wie heute, wo jeder am Telefon hängt.«

Brunner leerte seine Flasche und orderte zwei neue, obwohl Sepkos erste noch nicht geleert war.

»Keine Ahnung, warum meine Alten wollten, dass ich Koch werde, Sepko. War nicht mein Ding. Aber hier habe ich es sofort gespürt. Ich liebe den Großmarkt. Hier kannst du es zu was bringen. Deswegen habe ich mich nach ein paar Jahren selbstständig gemacht. ›Brunner – Münchens Lieferant für Obst und Gemüse‹. War ich schon stolz. Der Aufdruck auf meinen LKWs. Die ganze Stadt kann es lesen, wenn ich ausliefere.«

»Gute, alte Zeiten. Heute herrscht nur noch Preiskrieg und Verdrängung«, sagte Sepko.

»Die herrschten immer schon, glaube mir. Ohne Röhrmoser

hätte ich keine Chance gehabt. Gott sei Dank hat er mir anfangs noch unter die Arme gegriffen. Kaum war er in Rente, war es vorbei mit dem Welpenschutz. Da haben es mir die Händler heimgezahlt, dass ich vorher so forsch aufgetreten war. Von da ab war es schwer, die Preise zu halten. Pfeiffer kam mir da ganz gelegen, mit seinem Trick, nur die Hälfte zu versteuern. So konnte ich die Kunden halten. Und dann kamst du, Sepko.« Brunner nahm einen großen Zug von seinem Bier.

»War mir nicht sicher, ob das was wird, als du damals bei mir angefangen hast. Die anderen Zeitarbeiter waren schon solche Nieten.« Wieder trank Brunner.

»Ich hatte gar keinen Plan«, sagte Sepko.

Brunner setzte das Bier ab. »Nein, du warst anders. Du kamst von Anfang an mit den Leuten klar. Sie mochten dich. Im Gegensatz zu mir. Deshalb hab ich dich machen lassen. Und du hast deine Sache gut gemacht.«

Stille. Beide saßen da und schwiegen einfach nur. Dann hatten sie Blickkontakt. Zum ersten Mal während des Aufeinandertreffens. Dann nippte Brunner wieder am Bier und Sepko tat es ihm gleich.

»Die Sache mit dem Chinesen-Toni war Mist, Sepko.« Brunner senkte die Stimme. »Geb ich zu. Tut mir leid. Da hab ich dich im Stich gelassen.«

Stille.

»Es hat mir nun mal gestunken. Dass du recht hattest. Dass er eine miese Ratte war … Wie auch immer. Bringst uns noch Bier!«

Letzteres hatte er wieder mit ausgestrecktem Arm Richtung Tresen gebrüllt.

Sepko aß den Rest seiner Breze, trank einen Schluck Bier. Es war seltsam. Er hatte gedacht, er hätte sich ein für alle Mal von Brunner gelöst. Aber dem war nicht so. Vielleicht waren sie sich einfach zu ähnlich. Seine Reaktion auf Pfeiffers Verrat war geprägt gewesen von Eifersucht und Neid. So auch bei Sepko und dem Chinesen-Toni. Brunner hatte drastische und moralisch fragwürdige Entscheidungen getroffen. Aber hatte er, Sepko, nicht ähnlich gehandelt? Hatte er nicht auch Vergeltung geübt?

Sepko leerte seine Flasche Bier, und Brunner stellte ihm eine neue hin. Dann tranken sie weiter.

56 NO FREE LUNCH

Als Pfeiffer am Abend nach Hause kam, lag Lene mit Luca auf der niedrigen Ledercouch, die in seinem topmodernen Penthouse-Wohnzimmer mit Kücheninsel vor dem Panoramafenster stand und einen beeindruckenden Blick über Schwabing bot. Lene hatte Luca alle Bücher vorgelesen, die er mitgenommen hatte, das Buch vom *Kleinen Major Tom* gleich zweimal. Als Lene müde geworden war, hatte sie ihm erlaubt fernzusehen, während sie auf einer der Liegen draußen auf der Dachterrasse unter einem großen Sonnensegel ein kleines Nickerchen machte. Danach hatten sie Memory gespielt und mehrere Runden Uno. Pfeiffers Haushälterin, Emilia, eine mittelalte Frau, die Spanierin oder Portugiesin zu sein schien, versorgte sie mit Getränken und kleinen Snacks und bemühte sich vor allem um Luca in rührender Weise. Es waren Stunden der Erholung und des Friedens, die sie beide, Lene und Luca, nach der vergangenen Woche so dringend benötigt hatten.

Emilia wischte sich die Hände an einem Geschirrtuch ab und sah Pfeiffer an. »Ich bin gerade fertig geworden«, sagte sie und deutete auf den schweren Esstisch, einem Metallgestell mit dicker Holzplatte, wo für ein viergängiges Menü gedeckt war. »Brauchen Sie noch etwas?«

»Danke. Das wäre es dann. Den Rest schaffe ich allein«, antwortete Pfeiffer.

Lene erhob sich und stand unsicher da. Sie wollte ihm nicht entgegengehen wie die Ehefrau, die den nach Hause kommenden Ehemann mit einem Küsschen begrüßte. Auch Luca, der in den vergangenen Stunden so gelöst gewesen war und drauflosgeplappert hatte wie früher, wirkte befangen.

Pfeiffer zog sein Jackett aus, warf es über einen der Stühle. »Wir können gleich essen. Wollt ihr schon mal etwas trinken?«, fragte er.

»Was willst du trinken, Süßer?«, fragte Lene und setzte sich wieder zu Luca auf die Couch.

»Ich habe keinen Durst«, sagte Luca und versteckte seinen Kopf in ihrem Schoß.

»Wir haben Cola, Fanta, Sprite …«, zählte Pfeiffer gut gelaunt auf.

Lene verdrehte demonstrativ die Augen, um ihm anzuzeigen, dass zuckerhaltige Getränke bei ihr eigentlich tabu waren.

Pfeiffer hob theatralisch die Hände. »Okay, okay. Wir haben auch köstliches Wasser. Ein Glas Leitungswasser gefällig?«

Lene lächelte dankbar. »Ja, ein Wasser, bitte.«

Pfeiffer schenkte aus einer Karaffe Wasser in ein Glas. Dann ging er zum Kühlschrank, entnahm ihm eine Flasche Champagner und öffnete sie. Er hob sie in Lenes Richtung. »Ein Glas vorab?«

Doch Lene schüttelte den Kopf. »Für mich auch nur Wasser, bitte.«

Pfeiffer war die Enttäuschung anzusehen. Doch er schenkte ohne zu zögern ein weiteres Glas Wasser ein. Den Champagner stellte er in den bereitstehenden Kühler auf dem Tisch.

»Medium ist in Ordnung, oder?«, fragte er und wandte sich mit großer Geste dem Ofen zu, um den Zustand des Roastbeefs zu überprüfen.

»Klar. Ist in Ordnung«, sagte Lene.

Als sie später beim Essen saßen, herrschte betretenes Schweigen. Luca saß auf Lenes Schoß und stocherte in dem Fleisch herum, das Lene für ihn geschnitten hatte. »Komm, iss«, sagte Lene.

»Ich mag nicht rotes Fleisch«, sagte Luca.

»Aber so schmeckt es am besten«, sagte Pfeiffer.

Lene war klar, dass Luca das blutige Fleisch nicht essen würde. Auch die Ofenkartoffeln mit Rosmarin hatte er kaum angerührt. Lene sah, wie Pfeiffers Ärger wuchs. Er hatte sich diesen Abend zweifellos anders vorgestellt.

»Ach, Shit«, rief er, als er sich Soße auf sein Hemd spritzte. »Ich ziehe mich kurz um.« Er stand auf und ging den Flur hinunter und verschwand in einem Raum, der das Schlafzimmer zu sein schien. Als er wiederkam, trug er Jeans und T-Shirt.

»Ach, ich habe übrigens was für dich, Luca«, sagte er. Er wandte sich um und öffnete eine weitere Tür. Er machte Licht, stieß die Tür weit auf.

Lucas Aufmerksamkeit war geweckt. Der Kleine sprang auf und zerrte Lene zu dem winzigen Raum, der wohl eine Art Gästezimmer sein sollte. Lene sah eine auf dem Boden liegende Matratze, samt Decke und Kissen. Davor ein großes Geschenk. Pfeiffer stand für einen kurzen Moment sehr nah bei ihr. Lene roch sein Aftershave, spürte, wie er nur darauf lauerte, sie in den Arm zu nehmen, sie zu küssen. Doch nichts war so abtörnend, wie zu wissen, dass ihr Kind in einer Abstellkammer geparkt werden sollte.

Luca riss unterdessen das Geschenkpapier von dem Karton, ein Polizeihubschrauber von Playmobil. Lene überlegte, ob das ein Witz sein sollte. Warum nicht gleich eine Einheit der Drogenfahndung und ein Gefängnis, in dem eine Frau festgehalten wurde? Wenigstens schien Luca für den Moment wieder glücklich.

»Essen wir noch das Dessert?«, fragte Pfeiffer leise an Lene gewandt.

»Ich muss kurz auf die Toilette«, sagte Lene ebenso leise. Doch Luca hatte sie gehört. »Mama, du sollst nicht weggehen«, sagte er.

»Ich geh nur ganz kurz auf Toilette. Ich bin gleich wieder da«, sagte Lene und ging Richtung Gäste-WC.

»Du kannst auch ins große Bad«, sagte Pfeiffer.

»Schon okay«, sagte Lene und ging in den kleinen Raum nahe der Wohnungstür. Sie schloss hinter sich ab, stellte sich vor den Spiegel. *Verdammt. Was tue ich hier?*, dachte sie. Es war klar, worauf das hinauslaufen würde. Wollte sie das wirklich? Sie schloss die Augen, versuchte vernünftig zu überlegen. Ja, sie musste ihm dankbar sein. Pfeiffer hatte sie aus dem Gefängnis geholt, hatte die Kaution für sie bezahlt, hatte dafür gesorgt, dass Luca sofort wieder zu ihr konnte. Ja, er war sexy und konnte sehr charmant sein. Das hatte er in den vergangenen Wochen oft genug unter Beweis gestellt. Er hatte sie zu Empfängen und Partys mitgenommen, hatte sie behandelt wie eine Königin, und sie hatte es genossen. Sie hatten viel Spaß miteinander gehabt. Aber hier – in seiner superschicken Wohnung, zusammen mit Luca –, hier wirkte alles falsch. Das hier war nicht ihre Welt. Sie kam sich vor wie ein Fremdkörper. Sie wusste nicht, wie es weitergehen würde mit ihnen beiden, sie wusste nur, dass sie nicht hier sein wollte.

Lene drehte den Wasserhahn an, wusch sich das Gesicht mit kaltem Wasser, dann betätigte sie die Toilettenspülung. Als sie aus dem WC kam, saß Pfeiffer am Tisch und checkte sein Handy. Lene überlegte, ob sie sich zu ihm setzen sollte, als Luca rief: »Mama, hilfst du mir beim Bauen?«

Erleichtert wandte sie sich ab und ging zu Luca ins Zimmer.

Sie würde mit ihm den Hubschrauber zusammenbauen, auch wenn es ein Polizeihubschrauber war.

»Und was ist jetzt mit dem Dessert?«, rief Pfeiffer im Wohnzimmer.

»Luca, möchtest du Nachtisch?«, fragte Lene, die sich zu ihrem Sohn auf den Boden gesetzt hatte.

»Ich will spielen«, antwortete Luca.

»Ich esse ihn später«, rief Lene zurück.

»Kein Problem«, rief Pfeiffer, der seinen wachsenden Ärger kaum noch verbergen mochte. Geräuschvoll begann er den Tisch abzuräumen und die Teller, das Besteck und die Gläser in die Geschirrspülmaschine einzuräumen. Dann hörte Lene ihn fluchen.

»Was gibt's?«, fragte sie.

»Nichts. Ich kann die verdammten Tabs nicht finden.«

Lene hatte das Gefühl, ihren guten Willen zeigen zu müssen, deswegen erhob sie sich und ging zu ihm. Sie sah sich um.

»Hier sind sie doch«, sagte sie. Ein Blick in den Küchenunterschrank hatte genügt.

»Fuck. Das mit dem Hausmann muss ich noch üben«, sagte er. »Entschuldige. Ich bin mit der Situation etwas überfordert. Frau und Kind im Haus …« Er lächelte unsicher. »Ich weiß einfach nicht, wie ich mich verhalten soll.«

Lene war überrascht, wie verändert er plötzlich wirkte. Es war, als würde ein verletzlicher Junge unter der harten Schale des Geschäftsmannes zum Vorschein kommen.

»Kriegst du die Maschine wenigstens zum Laufen?«, fragte sie.

»Ich kann es ja mal probieren«, sagte Pfeiffer lachend. Er legte den Tab ein, schloss die Tür und drückte den Startknopf. Die Maschine begann Wasser zu ziehen.

»Na also, es besteht noch Hoffnung«, sagte Pfeiffer und sah Lene treuherzig an.

Lene wurde nicht schlau aus ihm. War das nur ein Taktikwechsel? Oder war er wirklich verunsichert und brauchte – wie sie – Zeit, um sich auf die neue Situation einzustellen? Es ging ihr mächtig auf die Nerven, ständig Misstrauen zu hegen. Aber ebenso wenig ertrug sie es, nicht frei entscheiden zu können, und alles hier in der Wohnung schien einen unerträglichen Druck auf sie auszuüben.

»Mama, ich bin müde.«

Erneut rettete Luca sie aus der Situation. Als sie sich abwandte, um zu ihm zu gehen, hörte sie, wie Pfeiffer hinter ihr enttäuscht schnaubte.

Lene holte Lucas Schlafanzug und ihren Kulturbeutel aus ihrer Tasche, die sie im Flur abgestellt hatte, und verschwand mit Luca im Bad. Nach dem Zähneputzen kehrten sie zurück, Luca im Schlafanzug.

»Ich will bei dir schlafen«, sagte Luca und sah zu Lene auf.

»Große Männer können doch auch allein schlafen, oder?«, sagte Pfeiffer, der zu ihnen getreten war.

»Ich bring ihn ins Bett.«

Pfeiffer schwieg.

»Wo ist der Mümmel?«, fragte Luca.

»Ach, mein Kleiner, ich habe deinen Hasen zu Hause vergessen. Wir holen ihn morgen, okay?«

»Aber ich will ihn jetzt haben.«

»Es ist schon spät.«

»Ich will nach Hause!« Luca weinte fast.

Lene ging neben ihm in die Hocke. »Luca, wir schlafen heute Nacht hier, und morgen holen wir den Mümmel, gut?«

»Ich will nach Hause!« Luca versteifte sich, sah wütend zu Boden.

Lene ahnte, dass es schwer werden würde, ihn zu beruhigen.

»Luca, tu mir den Gefallen. Ich lege mich auch zu dir ins Bett und …«

Luca hörte nicht zu. »Ich will nach Hause!«, rief er lauter denn je.

Pfeiffer hatte den Wortwechsel mit wachsender Unruhe verfolgt, jetzt riss ihm der Geduldsfaden. Er klatschte in die Hände. »So, Schluss jetzt, kleiner Mann. Es ist spät. Die Erwachsenen wollen ihre wohlverdiente Ruhe haben. Ab ins Bett!«

Wenn Pfeiffer gehofft hatte, dass das Machtwort eines Mannes den kleinen Kerl zur Räson bringen würde, sah er sich getäuscht.

»*Du bist nicht der Bestimmer!*«, schrie Luca aus Leibeskräften, und seine verweinten Augen funkelten zornig.

Für einen Moment entglitten Pfeiffer die Gesichtszüge. Lene sah den unverhohlenen Hass in seinem Blick. Unendliches Mitleid mit ihrem Sohn ergriff sie. Das hatte er einfach nicht verdient. »Er ist müde«, versuchte sie Luca zu verteidigen.

Pfeiffer stemmte die Hände in die Hüften, sah Luca streng an. »Als ich klein war, hat man mir beigebracht, dass man Erwachsenen nicht widerspricht, mein lieber Freund.«

»Er hat es nicht so gemeint.«

»Ich will nach Hause.« Luca weinte erneut und Lene nahm ihn in den Arm.

»Komm, ich lege mich mit dir schlafen.«

Pfeiffer schnalzte mit der Zunge. »Im Ernst? Na toll.«

»Was erwartest du? Er ist ein Kind, wir haben uns eine Woche nicht gesehen, und hier ist alles fremd für ihn.«

»Was ich erwarte? Ein bisschen Dankbarkeit vielleicht? Er hat den Hubschrauber bekommen und quengelt nur rum? Ich fass es nicht.«

Lene sah Pfeiffer entsetzt an. Das Maß war voll. Sie wandte sich ab. »Komm Luca. Wir gehen.«

»Wie bitte?«

Sie nahm Luca an die Hand, ging zur Garderobe und holte ihre Jacke. »Wir gehen!« Sie öffnete die Wohnungstür.

Mit drei großen Schritten war Pfeiffer bei ihr. Er packte sie am Arm, riss sie zu sich herum. »Lene, du bleibst hier, verdammt!«

Lene zitterte am ganzen Leib. Luca hatte sich hinter ihrem Rücken versteckt. Panik ergriff sie. Pfeiffer keuchte. Mit der Linken hielt er sie fest, die Rechte hatte er zur Faust geballt. Lene nahm all ihren Mut zusammen und stieß Pfeiffer mit aller Kraft gegen die Brust. Er wankte einen Schritt zurück. Ließ ihren Arm los. Einen Moment starrten sie sich gegenseitig an. Dann begann Pfeiffer hämisch zu lächeln. Er trat einen Schritt näher und sagte mit leiser, bedrohlicher Stimme: »There is no free lunch in life.« Dann knallte er die Wohnungstür zu.

Lene schnappte nach Luft. Sie nahm Luca wieder an die Hand und begann mit zitternden Knien die Treppen hinunterzusteigen. Im nächsten Moment hörte sie, wie die Tür noch einmal aufging.

»Du hast was vergessen«, rief Pfeiffer und warf ihre Tasche ins Treppenhaus. Sie landete laut hallend auf dem Treppenabsatz unter ihr. Dann der Hubschrauber, der auf den Stufen zerschellte. Pfeiffer schlug die Tür wieder zu.

57 KURZSCHLUSS

Das Navi hatte Sepko in eine ruhige Nebenstraße in Schwabing geführt. Er sah Lene sofort. Sie stand im gelblichen Licht einer Straßenlaterne auf dem Bürgersteig. Sie hatte den schlafenden Luca im Arm.

Sepko hielt bei ihnen an, stieg aus.

»Hi«, sagte Lene.

»Hi«, sagte Sepko.

Einen Moment sahen sie sich befangen an. Dann öffnete Sepko die hintere Tür. Er beförderte mehrere alte Coffee-to-go-Becher, die auf der Rückbank lagen, auf den Boden sowie einen schweren Wagenheber, den er längst Diredare hatte zurückgeben wollen. »Bitte sehr!«, sagte er schließlich und wies mit der Hand auf die Rückbank, als wäre er der Chauffeur einer Luxuslimousine.

Lene legte Luca auf die Rückbank und nahm neben ihm Platz. Sepko schloss leise die Tür, setzte sich hinters Lenkrad und fuhr los.

Eine Weile fuhren sie schweigend. Dann:

»Sepko?«

»Ja?«

Lene zögerte. »Kommst du mit zu uns? Ich glaube, ich ertrage es heute Nacht nicht, allein zu sein.«

»Natürlich. Klar. Kein Problem.« Er sagte es leichthin, obwohl er viel lieber gejubelt hätte. »Ich fahr nur schnell zum Großmarkt und hole noch meine Sachen aus unserem Lager. Bevor sie wegkommen, wenn der neue Pächter einzieht. Gut?«

»Gut.«

Auf dem Großmarktgelände war es totenstill. Erst in einer Stunde würden die ersten Händler mit der Arbeit beginnen. Sepko parkte das Auto auf dem Ladeplatz vor Lenes Lager und stieg aus.

»Dauert nur fünf Minuten«, sagte er und wollte gehen – als er die dunkle Gestalt sah, die zwischen Paletten und einem Container auf ihn zukam. Im spärlichen Gegenlicht der Straßenbeleuchtung war das Gesicht nicht zu erkennen.

»Da bist du ja.«

Es war Brunner, der wankend näher kam.

»Was machst du hier?«, fragte Sepko. Er schloss die Wagentür, leise, um Luca nicht zu wecken.

Brunner trat vor ihn hin. »Du Arschloch!«

Er schubste ihn heftig und Sepko taumelte zurück.

»Ihr wart das, gell?«

Sepko wich weiter zurück. »Was? Was waren wir?«

Brunner mochte betrunken sein, aber die unbändige Wut, die in ihm loderte, machte ihn zu einer tödlichen Kampfmaschine. Seine Rechte traf Sepko völlig unvorbereitet. Als er die Augen wieder öffnete, lag er am Boden. Brunner hockte mit seinem ganzen Gewicht auf ihm und drückte ihm die Gurgel zu.

»Mein Lager. Nix Kurzschluss in der Kühlanlage. Die Bullen haben Brandbeschleuniger gefunden. Ihr wart das, ihr Dreckschweine! Gib's zu!« Brunner drückte mit aller Kraft zu. Sepko spürte, wie ihm die Sinne schwanden. Als er schon glaubte, es sei aus mit ihm, ging ein heftiges Zucken durch Brunners Leib, dann kippte er wie ein gefällter Baum um.

Sepko rang nach Luft, riss die Augen auf. Über ihm stand Lene. Das Gesicht zu einer Grimasse maßlosen Entsetzens verzerrt.

Er richtete sich auf. Brunner lag da. Das Gesicht entstellt, überall Blut. Sepko sah zu Lene. In ihren zitternden Händen hielt sie die eiserne Pumpstange des schweren Wagenhebers. Sie stand unter Schock. Da begann Brunner unnatürlich zu röcheln. Er schnappte nach Luft, drohte zu ersticken. Sepko sah, wie ihm der nahende Tod in den Augen stand.

Er nahm Lene die Stange ab und erlöste Brunner mit einem festen Schlag von seinem Leid.

EPILOG

Ausschnitte aus dem Einsatzbericht des Polizeipräsidiums München K 11 – Tötungsdelikte

Am 30.05.2024 um 15.05 Uhr ging bei der Einsatzzentrale des Polizeipräsidiums München der Notruf des Zeugen M. ein. Er gab an, am Stauwehr Oberföhring einen im Wasser treibenden leblosen männlichen Körper gesehen zu haben. Es liegen derzeit Hinweise vor, dass es sich bei der unbekannten Person um den seit drei Wochen vermissten Georg Brunner handelt. Der endgültige Obduktionsbericht der Rechtsmedizin steht noch aus. Nach ersten Erkenntnissen lag der Körper mindestens zwei Wochen im Wasser. Die genauen Umstände, wie und wo der Körper ins Wasser gelangte, sind aufgrund der langen Liegezeit schwer zu rekonstruieren. Ein Unfall ist nach vorläufiger Einschätzung auszuschließen. Die vorliegende schwere Schädelverletzung deutet auf einen Schlag mit einem schweren Gegenstand hin. Es wird angenommen, dass diese Verletzung zum Tod führte und dass der oder die Täter den Körper post mortem im Wasser abgelegt haben.

Aufgrund starker Regenfälle führte die Isar Hochwasser, was zu einer starken Unterströmung und Sogwirkung am Stauwehr führte. Dies könnte erklären, warum der Leichnam über einen längeren Zeitraum unter Wasser verborgen blieb und erst jetzt entdeckt wurde. Hierzu dauern die Ermittlungen an.

Im Zusammenhang mit dem Fall steht Markus Pfeiffer, wohnhaft München, Sederanger 7, lediger Gastronom, unter dringendem Tatverdacht. Eine Selbstanzeige des Opfers bei der Staatsanwaltschaft München II, vom 08. 05. ergibt Hinweise auf ein strafrechtliches Verhalten des P. Im Zuge anderweitiger Ermittlungen der Steuerfahndung konnte eine Verbindung zum organisierten

Verbrechen der italienischen Mafiaorganisation 'Ndrangheta hergestellt werden. Der Tatverdächtige Pfeiffer wurde in Gewahrsam genommen.

Meldung wichtiger Ereignisse vom 05.06.2024

Durchsuchungsaktion gegen Italienische Organisierte Kriminalität

Im Rahmen der umfangreichen Ermittlungen erließ die Staatsanwaltschaft in Reggio Calabria, Italien, EU-Haftbefehle gegen sechs mutmaßliche Angehörige der kalabrischen 'Ndrangheta in Deutschland. Es besteht der dringende Tatverdacht, dass der aus Kalabrien stammende Teo Cuciuffo sich in Bayern zum »Capocrimine« hochgearbeitet hat und nun den internationalen Kokainhandel in Süddeutschland kontrolliert. Die Ermittlungen des Bayerischen Landeskriminalamtes und der Staatsanwaltschaft München I ergaben Hinweise, dass Cuciuffo Drogengelder durch Investitionen in der Gastronomiebranche gewaschen hat, um über den Gastronomen Pfeiffer als Strohmann ein Zelt auf dem Münchner Oktoberfest zu erwerben.

Cuciuffo hat nach vorliegenden Erkenntnissen beträchtliche Summen aus dem illegalen Drogenhandel in verschiedene gastronomische Betriebe investiert, um eine legale Fassade für seine Aktivitäten zu errichten. Durch Ermittlungen wurde bestätigt, dass Cuciuffo einen Strohmann einsetzte, um eine Zelt-Lizenz für das Münchner Oktoberfest zu erhalten, einem der größten und profitabelsten Veranstaltungsorte in Deutschland.

Die Ermittlungen haben gezeigt, dass Cuciuffos Bemühungen, die 'Ndrangheta in ein modernes, wirtschaftliches Unternehmen zu verwandeln, erfolgreich waren. Seine Fähigkeit, die Organisation zu leiten und gleichzeitig die Strafverfolgungsbehörden in die Irre zu führen, stellte eine erhebliche Herausforderung dar. Die Infiltration des Münchner Oktoberfestes durch die 'Ndrangheta ist ein Beweis für die wachsende Reichweite und den Einfluss der Organisation in Deutschland.

DANKSAGUNG

Im Jahr 1998, nach meinem Zivildienst, überredete mich mein bester Freund, mich hinter das Steuer eines LKWs zu setzen. Seine Freundin brauchte einen Fahrer für ihre kleine Firma, um Obst und Gemüse auszuliefern. »Wer Krankenwagen fahren kann, kann auch LKW fahren«, sagte er. Eine wilde Zeit. Es war Sommer, am Abend grillten draußen die Nachbarn, und ich musste schlafen. Einundzwanzig Uhr war nicht meine Zeit, um ins Bett zu gehen. Irgendwann gelang es mir einzuschlafen, doch um zwei Uhr morgens wurde ich vom Wecker aus dem Tiefschlaf gerissen. Nicht selten endete mein Tag oft erst nach vierzehn Stunden auf der Straße. Schlafmangel wurde zur Gewohnheit und Anerkennung von den Kunden war selten. Oft kam ich zu spät – weil meine Greenhorn-Fahrweise dafür sorgte, dass die Tomaten, Champignons, Salate und so weiter im Frachtraum wild durcheinanderflogen und ich die Ware vor Übergabe erst mühsam wieder in einen präsentablen Zustand in die Kisten zurück sortieren musste.

Parallel zur Arbeit am Großmarkt begann ich als Kellner auf dem Münchner Oktoberfest. Das bereitete nicht nur Vergnügen, sondern schuf auch das nötige finanzielle Fundament für meine spätere Ausbildung an der Schauspielschule. Ein weiterer Job in einer Kneipe hielt mich über das Jahr hinweg über Wasser.

Zwanzig Jahre sicherten der Großmarkt und die Gastronomie meine Existenz. Dass diese beiden Welten einmal das Fundament einer Story sein würden, hatte ich mir nicht vorstellen können. Erst nach einem harten Schlag gegen meinen besten Freund und seine Frau, der unser Leben und das unserer Familien ganz schön ins Wanken brachte, entstand die Idee für diese Geschichte. Bei einem Spaziergang mit einer guten Freundin. Ich bündelte meine Erlebnisse aus zwei Jahrzehnten tiefer Einblicke in den Maschinenraum der Münchner Gastronomieszene und schuf *Bavarese.*

Viele Jahre ist das nun her. Seither habe ich viele großartige Menschen kennengelernt. Einige mochten nicht an die Geschichte glauben. Ohne es zu wissen, wurden sie gerade dadurch zu meinem Antrieb. Vielen anderen wiederum sehe ich mich von Herzen verpflichtet, sie in großer Dankbarkeit hier zu erwähnen.

Ich danke: Genija Rykova – sie war die Initialzündung. Wing-Men Florian Schneider und Christian Limmer sowie Wing-Woman Maren Lüthje für ihr Vertrauen und Durchhaltevermögen. Übersetzerin Stephanie von der Mark, Bücherwurm Theresa Haubs sowie die Schauspielerinnen Inez Björg David und Kathrin von Steinburg – geballte Frauenpower und meine lieben Freundinnen, die zu jeder Tages- und Nachtzeit zu einer Partie Pingpong der Ideen herhalten mussten. Dem Kameramann und Freund Florian Schilling – seine bildhaften Einfälle waren genau so erfrischend wie unsere Lach-Eskapaden. Der Produzentin Anna Rohde-Seyfried als Wächterin über das Entwickelte. Daniela Stewens – meiner guten Seele und Vermittlerin. Dem Team vom Heyne Verlag, allen voran Oskar Rauch, »Sista« Anna Baubin und Daniela Völker für ihre Unterstützung und erkennbare Leidenschaft. Ihr seid der Wahnsinn. Lektor Heiko Arntz für seine mir unerklärliche Fähigkeit, aus meinem Wirrwarr an Wörtern etwas Lesbares zu gestalten. Helena und Martin Neumeier, die mir in ihrem Einrichtungshaus neben einer Hundeschar ein relativ ruhiges Plätzchen zum Tippen freigeschaufelt haben. Mama, Antonia und

Seppi – schön, dass es euch gibt. Und Papa, der das Buch bestimmt da oben liest. Liebe Band, ihr seid mein energetischer Ausgleich. Ein besonderer Dank gilt allen Experten aus den Bereichen Polizei (namentlich Rudi Weber und Ludwig Waldinger), Gastronomie, Brauerei und Jura.

Zum Schluss: Liebe Jenny, lieber Kiesi – von Herzen Gemüsehändler – ohne die unzähligen gemeinsamen Stunden und euren unermüdlichen Support, auch in herausfordernden Zeiten, wäre dieses Werk nie entstanden. Ich liebe euch. Und ich liebe dich, Mareike. Und euch, Kids. Wenn wirklich alle Stricke drohten zu reißen, wart und seid ihr mein Kraftort. Was einst auf einer griechischen Insel begann, wuchs zum Fels in der Brandung, gedieh zur Muse meiner Kreativität.

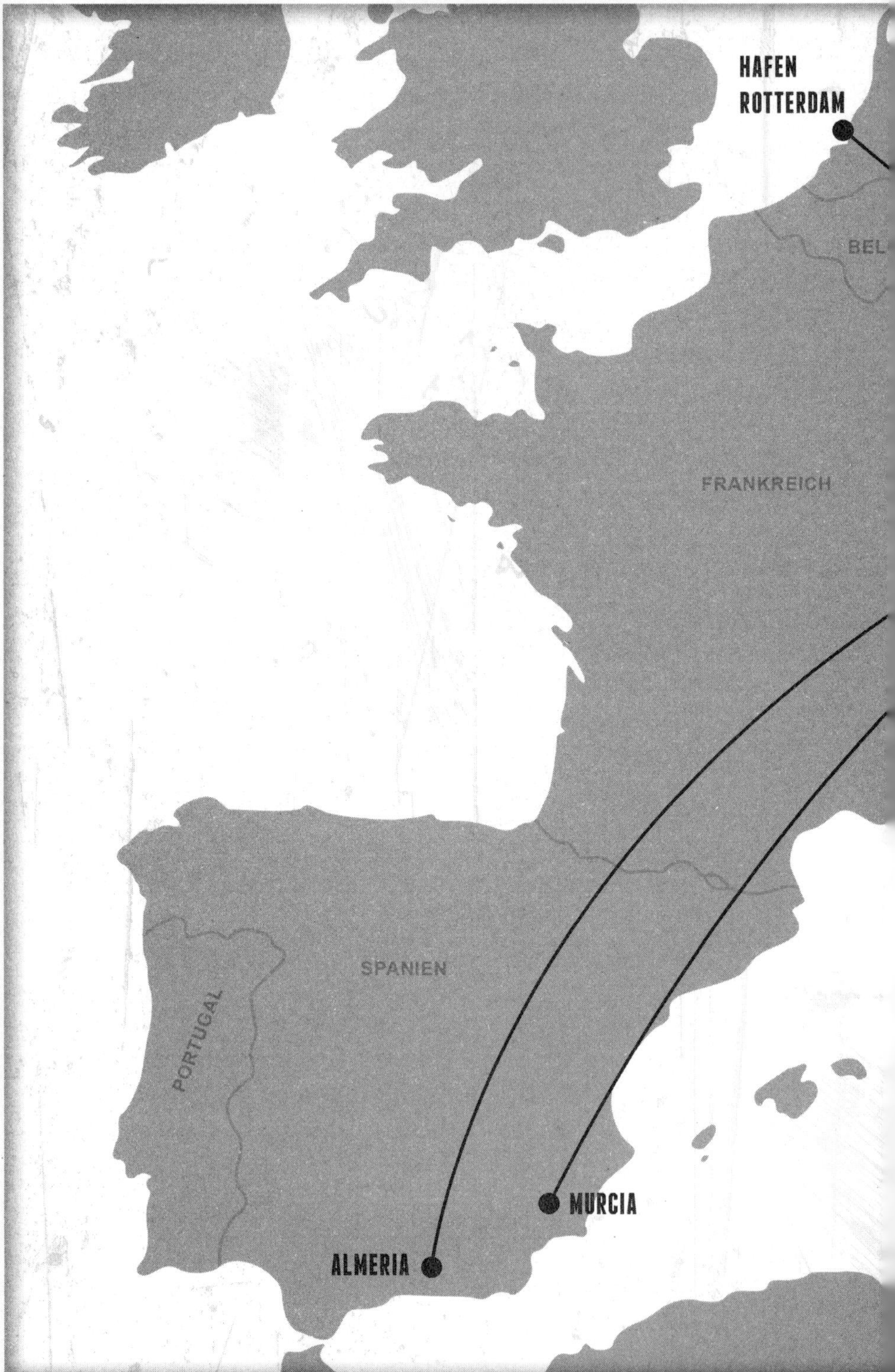
HAFEN
ROTTERDAM
BEL
FRANKREICH
SPANIEN
PORTUGAL
MURCIA
ALMERIA

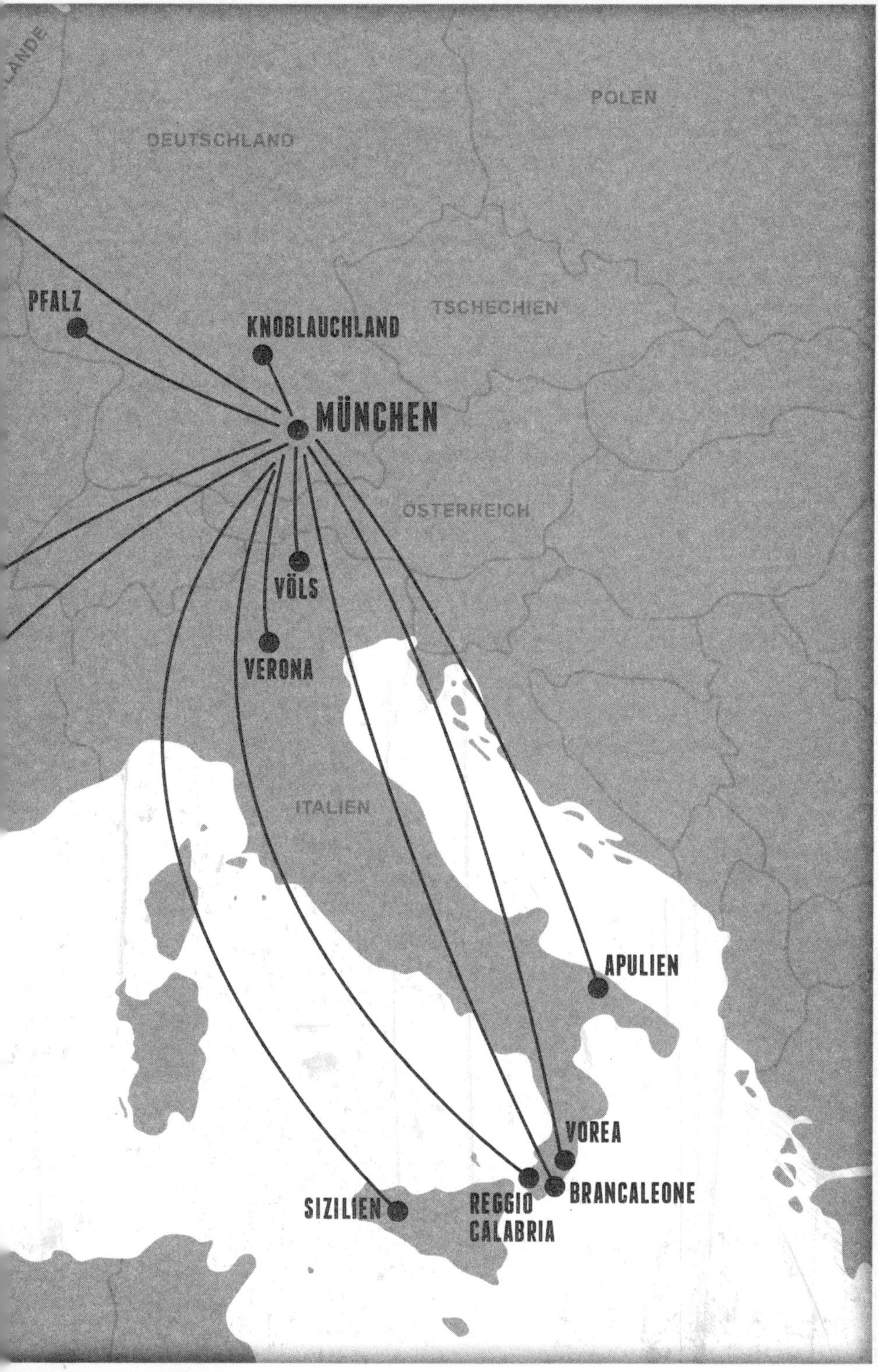

DEUTSCHLAND
POLEN
TSCHECHIEN
PFALZ
KNOBLAUCHLAND
MÜNCHEN
ÖSTERREICH
VÖLS
VERONA
ITALIEN
APULIEN
VOREA
BRANCALEONE
REGGIO CALABRIA
SIZILIEN